I0573557

IN CERCA DI BRISTOL

Ricerca e soccorso Eagle Point, libro 3

SUSAN STOKER

Traduzione dall'inglese a cura di Emanuele Mazzola per Well Read Translations

Correzione bozze: Kelli Collins, Anna Maria Sacchi (edizione italiana)

http://wellreadtranslations.com

Design di copertina: AURA Design Group

Prodotto negli Stati Uniti

Also by Susan Stoker

Ricerca e soccorso Eagle Point
In cerca di Lilly
In cerca di Elsie
In cerca di Bristol
In cerca di Caryn (4 Aprile)
In cerca di Finley
In cerca di Heather
In cerca di Khloe

Il Rifugio
Meritare Alaska
Meritare Henley (3 Gennaio)
Meritare Reese (30 Maggio)
Meritare Cora
Meritare Lara
Meritare Maisy
Meritare Ryleigh

Delta Duo
La forza di Gillian (1 Dicembre)
La forza di Kinley (1 Febbraio)
La forza di Aspen (1 Maggio)
La forza di Jayme (15 Giugno)
La forza di Riley (15 Agosto)
La forza di Devyn (15 Settembre)
La forza di Ember (1 Novembre)
La forza di Sierra

Forze Speciali alle Hawaii
Trovare Elodie
Trovare Lexie
Trovare Kenna

Trovare Monica
Trovare Carly
Trovare Ashlyn (7 Febbraio)
Trovare Jodelle (22 Luglio)

Armi & Amori: verso il futuro

Soccorrere Caite
Soccorrere Brenae
Soccorrere Sidney
Soccorrere Piper
Soccorrere Zoey
Soccorrere Avery
Soccorrere Kalee
Soccorrere Jane

Delta Force Heroes

Salvare Rayne
Salvare Emily
Salvare Harley
Il Matrimonio di Emily
Salvare Kassie
Salvare Bryn
Salvare Casey
Salvare Sadie
Salvare Wendy
Salvare Mary
Salvare Macie
Salvare Annie

Armi e Amori

Proteggere Caroline
Proteggere Alabama
Proteggere Fiona
Il Matrimonio di Caroline
Proteggere Summer

Proteggere Cheyenne
Proteggere Jessyka
Proteggere Julie
Proteggere Melody
Proteggere il Futuro
Proteggere Kiera
Proteggere i figli di Alabama
Proteggere Dakota

Mercenari di Montagna

Difendere Allye
Difendere Chloe
Difendere Morgan
Difendere Harlow
Difendere Everly
Difendere Zara
Difendere Raven

Ace Security

Il riscatto di Grace
Il riscatto di Alexis
Il riscatto di Bailey
Il riscatto di Felicity
Il riscatto di Sarah

Una raccolta di storie brevi

Un momento nel tempo

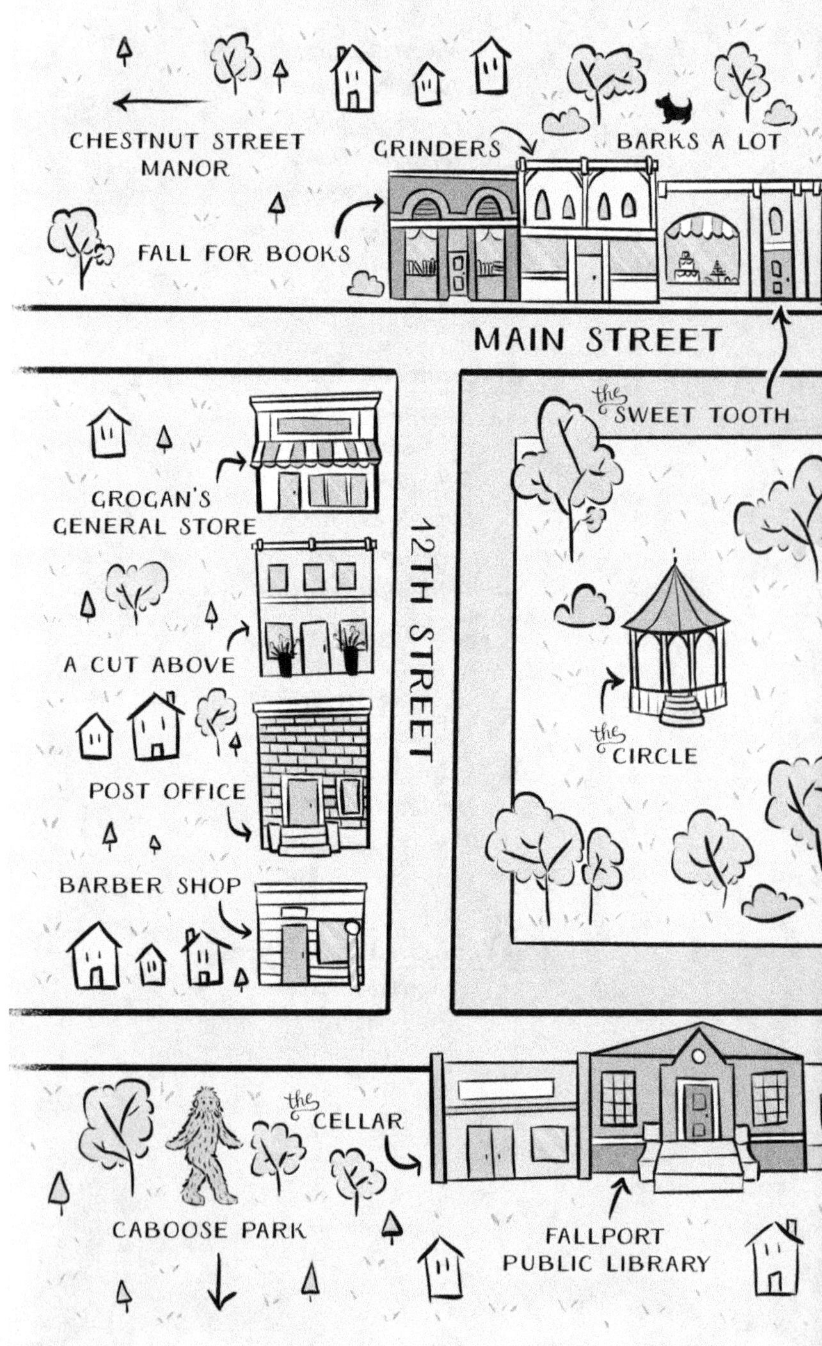

CHESTNUT STREET MANOR
GRINDERS
BARKS A LOT
FALL FOR BOOKS
MAIN STREET
the SWEET TOOTH
GROGAN'S GENERAL STORE
12TH STREET
A CUT ABOVE
the CIRCLE
POST OFFICE
BARBER SHOP
the CELLAR
CABOOSE PARK
FALLPORT PUBLIC LIBRARY

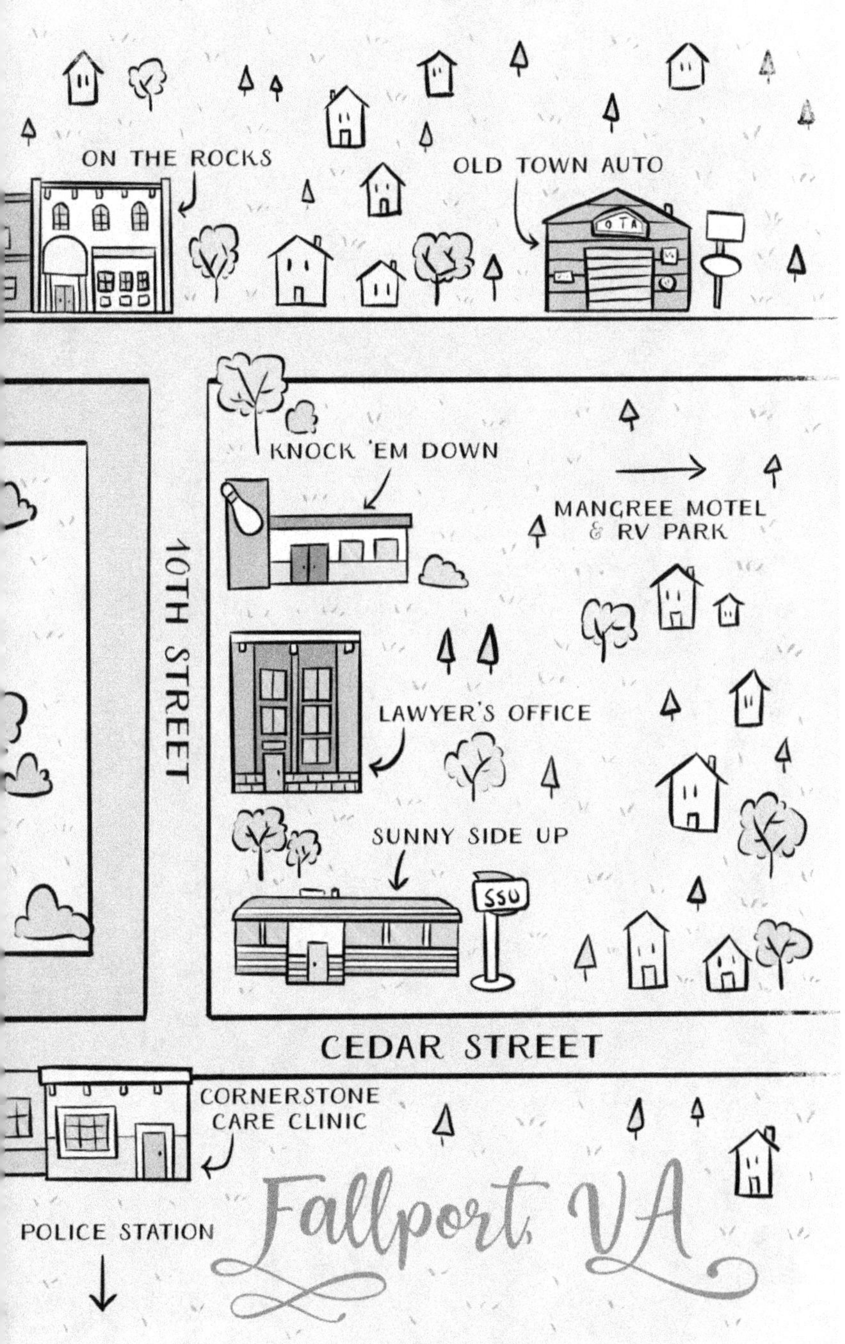

ON THE ROCKS
OLD TOWN AUTO
OTA
KNOCK 'EM DOWN
MANGREE MOTEL & RV PARK
10TH STREET
LAWYER'S OFFICE
SUNNY SIDE UP
SSU
CEDAR STREET
CORNERSTONE CARE CLINIC
POLICE STATION
Fallport VA

CAPITOLO UNO

Bristol Wingham avrebbe voluto prendersi a schiaffi.

Avrebbe dovuto immaginare che non era il caso di percorrere sentieri di montagna da sola. Però Mike l'aveva fatta arrabbiare talmente tanto che lei non avrebbe più sopportato una sola notte insieme a lui senza dare di stomaco. Gli aveva detto ripetutamente che non le interessava andare oltre, che preferiva mantenere con lui un rapporto di amicizia; pensava che il messaggio gli fosse finalmente arrivato.

Sì, certo, lei aveva un bisogno disperato di amici, motivo per cui, quando lui l'aveva invitata a fare quel viaggio, lei aveva accettato.

Tuttavia, appena erano arrivati a Fallport, cittadina d'altri tempi, lui aveva ripreso a insistere, facendole pressioni per convincerla ad andare oltre, instaurando un rapporto di coppia.

Mike era un bell'uomo; anzi, era proprio abituato a piacere alle donne. Capelli castani, occhi nocciola, fisico muscoloso, aveva tutti i requisiti per conquistare molte donne, ma Bristol aveva smesso da molto tempo di lasciarsi impressionare dagli attributi fisici degli uomini. Inoltre, Mike aveva ventinove anni e avrebbe dovuto già superare la fase della vita in cui vedeva ogni donna come un terreno di conquista. Invece evidentemente non era così.

Bristol sospirò, poi chiuse gli occhi. Avrebbe dovuto immaginare che c'era qualcosa sotto, quando Mike l'aveva informata all'ultimo minuto che in viaggio sarebbero venuti anche Drake Long e Carol Page. Drake aveva venticinque anni, Carol era più giovane, solo ventitré anni. Bristol aveva passato una settimana a sentirla ridacchiare e vederla fare la gattamorta col suo ragazzo... ma anche con Mike.

Prima di andarsene da Fallport, il programma prevedeva un'ultima escursione verso una zona di campeggio molto pittoresca lungo il sentiero di Falling Water. La camminata presentava una difficoltà intermedia, a un certo punto si raggiungeva il mitico sentiero degli Appalachi, ma loro non sarebbero andati tanto avanti. Il punto d'osservazione in cui si trovava il campeggio era a circa quindici chilometri dall'imbocco del sentiero.

Dopo appena sei chilometri, Mike aveva suggerito una fermata per accamparsi appena fuori dal sentiero. Bristol si era trovata un po' spiazzata... finché lui le aveva chiesto di partecipare a un'orgetta che ovviamente aveva già programmato con il consenso di Carol e Drake.

Bristol era rimasta sgomenta... e aveva ripetuto a Mike per la tremillesima volta che non era interessata ad andare oltre l'amicizia e che *certamente* non voleva nemmeno fare sesso con gli altri due.

Mike aveva dato una scrollata di spalle dicendole che era peggio per lei, poi si era girato tranquillamente e aveva cominciato a montare... una tenda sola!

Bristol non aveva certo intenzione di starsene là ad ascoltare gli altri tre che facevano sesso tutto il pomeriggio fino a sera, quindi aveva girato i tacchi e aveva ripreso il sentiero principale con l'intenzione di arrivare al punto di osservazione come da programma... beh, almeno come quello che lei *credeva* fosse il programma.

Avrebbe ritrovato l'ex amico la mattina dopo, sarebbe tornata con lui a Kingsport e non avrebbe parlato mai più né con lui né con gli altri.

Peccato che non era mai arrivata a quel campeggio. Era uscita dal sentiero per fare pipì, aveva sentito dei rumori strani tra gli alberi e aveva deciso di osservare più da vicino. Non che si aspettasse di trovarci Bigfoot, niente del genere, ma le sarebbe tanto piaciuto vedere degli animali selvatici, pur senza allontanarsi troppo dal sentiero.

Però non si aspettava che il terreno le franasse sotto i piedi.

A quel punto, non ricordava molto bene cosa fosse successo. Probabilmente, cadendo aveva battuto la testa e aveva perso i sensi. La botta le faceva male... molto male. Provava un senso di nausea e un'emicrania intensa. Eppure la botta in testa non era la ferita peggiore che si era procurata.

Nel cadere, chissà come, si era fatta male allo stinco della gamba destra; la botta era stata talmente intensa che, la prima volta che Bristol aveva cercato di rimettersi in piedi, il dolore l'aveva fatta svenire.

Quando si era risvegliata, dopo aver vomitato per il dolore alla testa e alla gamba, aveva fatto molta attenzione a come si muoveva.

Alzò lo sguardo e si accorse di essere in fondo a un dirupo roccioso molto inclinato. Era scivolata giù di una decina di metri, vedeva chiaramente le tracce del ruzzolone, favorito dal terriccio instabile. Per fortuna era stata fermata da alcuni cespugli, altrimenti la caduta avrebbe potuto rivelarsi anche letale... o le conseguenze avrebbero potuto essere molto peggiori.

Aveva ancora lo zaino in spalla, un bel vantaggio, peccato che non riusciva a camminare. Il massimo che potesse fare era trascinarsi per terra, nel tentativo di trovare un accesso più semplice per tornare in cima a quel declivio, poi verso il sentiero. A quel punto, qualcuno avrebbe *dovuto* passare... almeno lei ci sperava.

Però erano già trascorse tre notti e Bristol stava cominciando a preoccuparsi seriamente. Aveva urlato per un tempo interminabile, forse per delle ore, ma sul sentiero non era passato nessuno, oppure lei era troppo lontana e nessuno l'aveva sentita. Sperava che Mike e gli altri notassero la sua scomparsa, tornando alla macchina e non trovandola, ma ormai era chiaro che non la stessero cercando.

Probabilmente avevano immaginato che fosse tornata in città facendo l'autostop o in qualche altro modo. Eppure, come pensavano che tornasse a casa? Teletrasportandosi?

Del resto, forse stava giudicando la situazione troppo duramente: forse una squadra era stata inviata a cercarla, ma non l'aveva ancora trovata.

Sotto sotto, però, dopo tre notti, Bristol ormai si era convinta che Mike e gli altri se ne fossero andati senza soffermarsi un solo secondo a pensare a cosa le fosse successo.

Era un pensiero che la demoralizzava e la spaventava.

Il primo giorno, era riuscita a trascinarsi sul terreno; era rimasta sul fondo del declivio, lontano dalle rocce taglienti, spostandosi con estrema lentezza. Il dolore atroce alla gamba le scatenava fitte in tutto il corpo e dopo appena un paio d'ore Bristol aveva deciso che era meglio stare ferma e sperare che qualcuno la trovasse, piuttosto che muoversi ancora, col rischio di peggiorare ulteriormente la situazione della gamba.

Aveva cercato di costruire alla bene meglio una stecca per sostenere lo stinco destro, ma dato che non aveva la minima conoscenza tecnica per farlo, non sapeva nemmeno se stava trattando bene la ferita o se stava solo peggiorando le cose. Aveva continuato a bere per non disidratarsi, sforzandosi di mangiare le barrette di cereali iperproteiche che si era portata per quell'escursione, ma avevano un saporaccio e Bristol le aveva mandate giù a fatica.

Era riuscita anche a tirare fuori dallo zaino la tenda, pur non riuscendo a installarla, dato che non poteva nemmeno alzarsi in piedi. Però i teli della tenda l'avevano protetta meglio di niente, per fortuna li aveva portati con sé. Andare di corpo era stata un'avventura, tanto che ormai si sentiva totalmente lercia.

Alzò gli occhi al cielo, i raggi del sole trapelavano dalle cime degli alberi che la circondavano; avrebbe voluto piangere, invece si sforzò di respirare a fondo. Almeno era viva, doveva rimanere ottimista. Però temeva di non poter rimanere molto a lungo in quel rifugio di fortuna: se nessuno l'avesse trovata, avrebbe dovuto arrangiarsi per salvarsi da sola.

Bristol non era mai stata una persona lamentosa, una di quelle che si piangono addosso. I genitori l'avevano cresciuta inculcandole la forza di non arrendersi mai, e non aveva certo intenzione di cominciare ad arrendersi proprio in quel frangente.

Nessuno l'avrebbe trovata dov'era, ormai ne era sicura; avrebbe dovuto trovare il modo di sopportare il dolore e trascinarsi fino al sentiero. Non si era allontanata troppo, mentre cercava di scoprire che animale avesse fatto quel rumore. Una volta tornata sul sentiero, spostarsi sarebbe stato molto più facile. Prima o poi avrebbe raggiunto l'imbocco del sentiero e qualche passante l'avrebbe trovata. In fondo, quel percorso era piuttosto popolare.

Le servirono due ore per rimettere nello zaino la tenda e tutto il resto, poi fu pronta a spostarsi. Si era fatta da sola un discorsetto di incoraggiamento e aveva cambiato le bende intorno alla gamba per immobilizzarla... sapeva che il risultato era piuttosto scadente, ma stava cercando di convincersi del contrario. Aveva lo zaino in spalla, pronta a muoversi ancora.

Decise che forse il dolore alla gamba l'avrebbe tormentata

di meno, se si fosse sdraiata sulla pancia trascinandosi in quella posizione; così fece un bel respiro e si girò. Durante il movimento, la vista le si annebbiò per il dolore; cominciò ad ansimare e appoggiò la fronte al terriccio.

"Merda, cazzo," mormorò, mentre il mondo sembrava girarle tutt'intorno. Sentì gli occhi pieni di lacrime, ma si sforzò di trattenerle. "Fatti forza," si disse ad alta voce, "ti sei messa da sola in questa situazione, da sola dovrai tirartene fuori."

Alzò il mento e osservò il paesaggio che aveva davanti. Doveva muoversi verso est, aggirare il declivio, poi svoltare verso sud nella speranza di incrociare il sentiero. Non aveva la minima idea di quanto fosse largo quel promontorio o di quanta strada avrebbe dovuto fare trascinandosi per aggirarlo e raggiungere il sentiero, ma in fin dei conti la distanza non importava: Bristol non aveva scelta. Era rimasta ad aspettare tre giorni e tre notti che qualcuno la trovasse, ma dopo non aver visto nemmeno l'ombra di anima viva, aveva capito di non poter rimanere più a lungo in quell'anfratto.

Centimetro dopo centimetro, cominciò a trascinarsi. Ogni spanna in avanti le sembrava un chilometro. I sassi le perforavano le mani e gli avambracci, la gamba pulsava di un dolore tanto atroce che si era dovuta fermare due volte con i conati di vomito, pur avendo lo stomaco vuoto. Però continuava a procedere. Si sforzava di spostare i sassi e i rami per evitare di passarci sopra con la gamba, ma il terreno selvatico su cui si stava trascinando era brutale.

Dopo un periodo difficile da stimare, a lei sembravano passate delle ore, Bristol si guardò alle spalle per valutare quanta strada avesse fatto... ma rimpianse subito di aver guardato. Nonostante la vegetazione fitta, in distanza riusciva ancora a vedere il punto in cui si era accampata nelle ultime tre notti.

L'istinto di abbandonarsi al proprio destino era forte. Avrebbe voluto incolpare di tutto Mike, che si era comportato da bastardo arrapato, ma la realtà era diversa: era stata lei ad avventurarsi fuori dal sentiero. Era stata lei a insistere di voler raggiungere il punto di osservazione che credeva essere la meta di quell'escursione, invece di tornare subito all'imbocco del sentiero per cercare un passaggio e rientrare a Fallport.

Dopo un respiro lento e profondo, Bristol strinse i denti e riprese a trascinarsi. Poteva farcela. Del resto, non aveva altra scelta.

———

Cohen "Rocky" Watson camminava di buon passo lungo il sentiero di Falling Water. All'imbocco, quando era arrivato, non aveva trovato altre macchine, il che era strano, per quel periodo dell'anno.

Non era ancora convinto che la persona presunta scomparsa, la donna che stava cercando, non si fosse semplicemente dimenticata della promessa di tornare a salutare Sandra Hain, la proprietaria dell'Occhio di Bue, la tavola calda in centro a Fallport. Capitava continuamente a tante persone: prima una promessa, poi tutto dimenticato, alla faccia degli altri, che contavano su quella promessa.

Sandra però era convinta del contrario e aveva pregato Rocky di andare a cercare Bristol Wingham, la turista con cui lei aveva fatto amicizia.

Rocky non aveva idea del motivo per cui Sandra avesse preso tanto a cuore quella donna, quando era sempre stata molto selettiva sulle persone che le andavano o meno a genio, come molti altri abitanti di Fallport, una cittadina di montagna. A prescindere dai motivi per cui Sandra era andata subito d'accordo con quella Bristol, Rocky non aveva avuto il coraggio di deludere Sandra, che l'aveva pregato almeno di andare a controllare il sentiero, nel caso quella donna si fosse trovata nei guai.

Dopo aver fatto colazione alla tavola calda, era tornato a casa a prendere lo zaino che teneva sempre pronto per le missioni di ricerca e soccorso, poi si era cambiato, indossando gli indumenti adatti per andare in montagna. Non si era preoccupato di telefonare a Raiden, l'altro membro della squadra Eagle Point ancora in città.

Gli altri erano andati tutti con Zeke, Elsie e con Tony, il figlio di Elsie, all'osservatorio di Eagle Point.

Rocky sorrise tra sé e sé: sapeva tutto della sorpresa che attendeva Elsie, una volta arrivata a destinazione. Elsie non amava particolarmente la vita all'aria aperta e Zeke aveva cercato di metterla il più possibile a suo agio, così era andato il giorno prima alla torre dell'osservatorio, portando con sé un materassino gonfiabile, lenzuola e copertina. S'era portato dietro anche dei fiori, Rocky ne era quasi sicuro.

Rocky era davvero entusiasta per l'amico: Elsie era una donna molto piacevole, come anche il figlio Tony, un bravo ragazzo che aveva un disperato bisogno di sentirsi al centro dell'attenzione, soprattutto con degli uomini. Rocky non poteva capire molto bene i sentimenti di un bimbo di nove anni, dato che anche lui aveva perso il padre ed era stato cresciuto dalla madre. Però per lui era diverso, perché almeno aveva il fratello gemello, Ethan, più una sorella, quindi era cresciuto in compagnia.

Gli venne un brivido, ripensando a ciò che il padre biologico di Tony aveva tentato di fare al proprio figlio: aveva tramato per ucciderlo, per poi riscuotere il premio dell'assicurazione sulla vita che si era intestato. Che stronzo bastardo.

Rocky non era sicuro di volere dei figli, ma un giorno, nel caso ne avesse avuti, li avrebbe protetti a costo della propria vita. Il mondo traboccava già fin troppo di malvagità per corrompere o ferire anche le nuove generazioni. Lui lo sapeva bene, l'aveva visto coi propri occhi, quando lavorava ancora come SEAL.

Era uscito dalla Marina insieme al fratello, perché non

poteva nemmeno immaginare di allontanarsi da Ethan. Fare il SEAL non gli mancava: la burocrazia del mondo militare gli aveva tolto ogni aspirazione. Trasferirsi a Fallport per cercare le persone disperse sui monti Appalachi gli era sembrato molto meno pericoloso di ciò che faceva prima, ma con altrettanta soddisfazione.

Era una mattinata gradevole, il tempo era bello e c'era fresco; nel pomeriggio, lo sforzo della camminata si sarebbe fatto sentire, per via del calore, ma Rocky non poteva certo lamentarsi, almeno per il momento. Si sistemò lo zaino sulla schiena (era molto più leggero rispetto ai pesi che trasportava nei SEAL) e poi riprese il cammino lungo il sentiero.

Aveva già percorso una decina di chilometri, quando qualcosa catturò la sua attenzione. Qualche chilometro prima, aveva notato le tracce di una tenda piantata in una zona non autorizzata... non era permesso campeggiare in quell'area. Gli aveva dato fastidio, ma non si era del tutto sorpreso. In passato si sbalordiva, quando trovava rifiuti lungo il sentiero: pannolini usati, lattine e bottiglie vuote, a volte persino dei capi d'abbigliamento; dopo tanto tempo, però, non si sorprendeva più tanto facilmente. Tante persone vivevano in modo pigro e si credevano in diritto di fare ciò che volevano, senza il minimo riguardo per gli altri, finendo per mancare di rispetto alle persone che sarebbero seguite negli stessi sentieri, agli animali, che potevano infortunarsi anche gravemente nel tentativo di mangiare i rifiuti lasciati in giro, e infine a chi raccoglieva quelle robacce da terra per ripulire.

Ecco perché scoprire che qualcuno aveva piantato una tenda in una zona non destinata al campeggio non l'aveva sorpreso; s'era immaginato che i quattro di cui Sandra gli aveva parlato si fossero fermati in quel punto per la notte, per poi tornare a percorrere il sentiero; tuttavia, non poteva essere certo che fossero stati loro a fermarsi in quel punto, quindi decise di proseguire fino al punto di osservazione, la destinazione originale del gruppo. Ormai gli mancavano cinque o sei chilometri.

Invece, dopo circa tre chilometri, Rocky si fermò in mezzo al sentiero e notò con disappunto gli arbusti calpestati in direzione degli alberi, sulla sinistra. Non ne era del tutto sicuro, ma gli sembravano tracce di una persona sola.

Tracce *recenti*.

Tutto d'un tratto, sentì un picco di adrenalina e tutti i pensieri relativi a quella semplice passeggiata scomparvero.

"Probabilmente non è nulla," mormorò fra sé e sé. "Questo sentiero è percorso da fiumi di persone. Chissà quanti sono usciti dal tragitto segnalato."

Eppure... così di recente? Le tracce che stava osservando erano al massimo di qualche giorno prima.

Con cautela, uscì dal sentiero battuto e ben segnato per seguire quelle tracce, che portavano verso il bosco. Rocky sapeva bene che c'era un ampio dirupo non molto lontano dal percorso nei boschi. C'erano spuntoni di rocce per quasi un chilometro, ogni tanto qualcuno inciampava e cadeva oltre quei massi. Era possibile sopravvivere a una caduta su quel declivio, il dislivello non superava i dieci metri, ma c'era il rischio di ferirsi gravemente. In passato, la squadra di Eagle Point aveva salvato due persone che vi erano cadute e Rocky si aspettava che capitasse ancora, in futuro.

Gli capitava spesso di chiedersi cosa *mai* attirasse gli escursionisti a uscire dal sentiero battuto. Fosse stato superstizioso, avrebbe immaginato creature misteriose che si nascondevano tra gli alberi, pronte ad adescare i passanti perché uscissero dal percorso. Però ne aveva viste già troppe per credere a miti come quelli di Bigfoot o degli uomini falena, o peggio ancora, al mito della creatura che alcuni abitanti dei monti Appalachi chiamavano Sheepsquatch, la creatura bianca mutata dalle radiazioni; ecco perché seguiva senza timore le tracce più che evidenti che qualcuno aveva lasciato negli ultimi giorni.

Quando raggiunse la fine delle tracce, proprio dove lui si aspettava, cioè sul bordo del leggero dirupo, imprecò a denti stretti. Non solo: vide tracce di trascinamento vicino al bordo, nel terriccio ghiaioso, dove una zolla di terriccio era stata chiaramente smottata. Era passato qualcuno... che poi era scivolato giù per il dirupo.

Guardò in basso con cautela e fu sollevato nel non trovare in fondo al precipizio alcun corpo fratturato o pieno di lividi. Però non era ancora sicuro che non ci fosse qualcuno laggiù, dolorante e bisognoso di assistenza.

"C'è nessuno?" gridò, rimanendo in ascolto mentre l'eco di quelle parole rimbalzava tra gli alberi vicini. Il richiamo potente spaventò alcuni uccelli, che si staccarono dai rami sporgenti per svolazzare e gracchiare lamentosamente.

Rocky rimase in ascolto ben concentrato, ma non sentì nulla, oltre al suono del proprio cuore.

Deglutì a fatica: in tanti si sarebbero accontentati, scrollando le spalle e proseguendo per la propria strada, ma ormai a lui era venuta la pelle d'oca. L'intuito gli diceva che aveva localizzato la donna dispersa, quella che Sandra gli aveva chiesto di trovare. Non ne aveva ancora le prove, anzi, era improbabile che fosse ancora là, quando gli altri dello stesso gruppo non c'erano più; eppure qualcosa gli diceva di non arrendersi, perché aveva appena scoperto cos'era successo a Bristol Wingham.

Attese un momento e cercò di pensare a cos'avrebbe fatto *lui*, se fosse caduto giù per quel dirupo. Se non si fosse ferito, probabilmente avrebbe cercato di risalire nello stesso punto da cui era caduto. Se però si fosse ferito...

Rocky si guardò intorno, prima a destra, poi a sinistra. Se si fosse ferito, avrebbe fatto del suo meglio per tornare verso il sentiero nel modo più veloce e più semplice, nella speranza di incrociare altre persone.

Quindi si sarebbe diretto a est.

Camminando con passo felpato, osservando con attenzione dove metteva i piedi, per evitare di cadere giù da quel pendio, Rocky si sforzò di trovare laggiù in basso dei segni anomali. Doveva procedere lentamente, dato che il limite del pendio non era ben definito e doveva aggirare massi, alberi e roveti. Ogni tanto urlava, sperando che Bristol (o chiunque altro fosse caduto in quel dirupo) non avesse perso i sensi e potesse sentirlo.

Camminò per una decina di minuti, poi qualcosa giù in fondo catturò la sua attenzione. Sarebbe sfuggito a tanti, ma Rocky non era come tanti.

C'era una chiazza d'erba schiacciata, una zona circolare chiaramente visibile grazie alle erbacce più alte che la circondavano. Dovendo scommettere, avrebbe immaginato che qualcuno ci avesse piantato una tenda o un qualche tipo di rifugio.

Il picco di adrenalina che gli era sembrato di sentire prima non era nulla, rispetto al fremito che lo spingeva a scendere per ritrovare la donna scomparsa, un fremito che gli attraversò tutto il corpo; ma lui si costrinse a rallentare, a pensare.

"C'è nessuno?" urlò di nuovo. "Bristol Wingham, mi senti?"

Rimase in ascolto, concentrato, ma non sentì altro che il vento.

"Maledizione," mormorò. A quel punto fu preso dalla determinazione. Era vicino. I segnali c'erano tutti. Bristol *era* laggiù. O almeno c'era stata.

Poteva anche aver raggiunto il sentiero, magari qualcuno l'aveva trovata e l'aveva aiutata a uscire dal bosco... ma Rocky non pensava fosse andata in quel modo. Una donna ferita ritrovata in un sentiero era un argomento di cui i buoni cittadini di Fallport avrebbero senz'altro parlato, non riuscendo a trattenere la voglia di chiacchierare.

Silas, Otto e Art, i tre vecchi simpaticoni che passavano il tempo ogni giorno in piazza, davanti all'ufficio postale, avrebbero sentito parlare di quel salvataggio e non avrebbero resistito alla voglia di fare gossip, raccontandolo letteralmente a tutti quelli che incontravano. No: se era stata Bristol a cadere in quel dirupo, costretta ad accamparsi alla bene meglio in fondo al declivio, doveva essere ancora laggiù e aveva bisogno di aiuto. Rocky avrebbe potuto scommetterci l'osso del collo.

Camminò lungo il bordo del declivio cercando un punto in cui fosse semplice scendere, alla ricerca di altre tracce della donna scomparsa. Passarono pochi minuti, poi finalmente trovò un passaggio meno scosceso del resto del dirupo. Scendere non sarebbe stato facile, ma era troppo difficile cercare tracce a dieci metri di distanza. Rocky doveva portarsi più in basso per interpretare meglio le tracce.

Muovendosi con lentezza, Rocky cominciò a scendere lungo il declivio. Man mano che scendeva, sceglieva con attenzione gli appigli a cui aggrapparsi. Gli amici probabilmente gli avrebbero dato del matto per il rischio che si stava assumendo, ma lui si sentiva sempre più irrequieto a ogni minuto che passava. Non sapeva il perché, era come un bisogno profondo di raggiungere quella donna scomparsa.

Certo, s'era sempre sentito in quel modo, ogni volta che andava in missione con la squadra, ma quel frangente gli sembrava... diverso. Forse perché era andato da solo. Forse perché Bristol era nel bosco già da tre giorni. Forse per il modo in cui Sandra ne aveva parlato, con rispetto e preoccupazione. La proprietaria della tavola calda era una donna che socializzava facilmente, sì, ma non al punto da fare amicizia e legare con un'estranea come era successo con Bristol, almeno per quel che ne sapeva Rocky.

Quale che fosse il motivo, Rocky sapeva di doverla trovare. Il prima possibile.

Arrivò in fondo al dirupo e si pulì le mani sui pantaloni. Le rocce a cui si era aggrappato gli avevano procurato dei tagli sui palmi, il dolore era pungente, ma lui lo sentiva a malapena. Esaminò il terreno e vide ciò che gli era sfuggito da dieci metri più in alto.

Segni di trascinamento.

Si preoccupò immediatamente.

Anche se Bristol non fosse stata attirata fuori dal sentiero da una creatura mitica... poteva sempre essere stato un uomo in carne e ossa. O una donna. Magari uno o una del gruppo con cui era uscita in escursione l'aveva fatta avvicinare al declivio, l'aveva spinta e poi l'aveva raggiunta là in basso per assicurarsi che fosse morta. Poi ne aveva trascinato il corpo in cerca di un buon nascondiglio.

Rocky cercò la propria arma: un riflesso condizionato, dato che non era più un SEAL e non portava più addosso una pistola. Però aveva un coltello e sapeva usarlo molto bene. Certo che, se in giro ci fosse stato qualcuno disposto a uccidere, lui avrebbe preferito un'arma da usare anche da lontano.

Imprecò. Esaminò di nuovo quella zona, ma non vide altre anomalie. Se qualcuno avesse spinto volutamente Bristol, era improbabile che fosse ancora nei paraggi, anche se era sempre meglio non rischiare.

Sempre più determinato, Rocky seguì le tracce lasciate sul terreno. Non avrebbe più gridato, nel caso qualcuno avesse agito *di proposito* e fosse ancora nei paraggi. Nel qual caso, puntare sul fattore sorpresa gli avrebbe dato un certo vantaggio. Un vantaggio che comunque *aveva*: non c'era alcun dubbio che Rocky conoscesse quei boschi meglio di chiunque altro, e poi era stato addestrato a uccidere anche a mani nude, in caso di estrema necessità.

Il pensiero di dover uccidere qualcuno gli fece rivoltare lo stomaco, ma Rocky non rallentò. Avrebbe fatto di tutto, pur di salvare una vita innocente. Anche se non era più nei SEAL, non si voltava certo dall'altra parte, quando qualcuno aveva bisogno di aiuto.

Man mano che seguiva le tracce di trascinamento, si convinse sempre più che quei segni non erano stati lasciati da qualcuno che cercava di occultare un cadavere. Soprattutto perché nessuno sano di mente avrebbe trascinato *alcunché* tanto a lungo. Ormai aveva superato molti punti in cui un corpo poteva essere nascosto, un sottobosco fitto e alcune piccole caverne scavate nel dirupo roccioso.

No; le tracce che stava seguendo erano diverse: erano state lasciate da una persona ostinata e molto determinata che ce la stava mettendo tutta per sopravvivere. Ormai era chiaro che i segni che stava seguendo non erano stati lasciati da una persona che ne trascinava un'altra, ma da una persona a terra che si spingeva avanti come poteva. L'unica spiegazione per quel tipo di spostamento era una ferita che non consentisse di camminare.

Rocky provò molto rispetto per quella persona; man mano che procedeva, cresceva anche lo stupore. Se fosse stata Bristol a trascinarsi in quel modo, doveva essere di sicuro una persona molto combattiva. Saperla ferita gli dava molto fastidio, ma provava anche molto rispetto per quella determinazione, per la forza di volontà che la spingeva a uscire da quel bosco.

Senza più esitare, alzò la testa e la chiamò per nome urlando di nuovo; non era più preoccupato che ci fosse qualcuno in agguato. "Bristol!"

Per un momento, non sentì altro che silenzio. Sospirò frustrato.

Poi sentì qualcos'altro. Una voce da lontano.

"Aiuto! Sono qui!"

Porca vacca!

C'era riuscito. L'aveva trovata.

Rocky cominciò a camminare prima ancora di accorgersene. Poi allungò il passo, mettendosi a correre seguendo le tracce sul terreno, verso il punto da cui proveniva quella voce.

"C'è nessuno?" gridò la voce femminile, con un tono estremamente affranto.

"Arrivo!" le rispose urlando. "Resisti!"

Passarono ancora un paio di minuti, ma quando finalmente Rocky raggiunse Bristol Wingham, quasi inciampò su di lei.

Aveva appena girato un angolo, finalmente era arrivato alla fine della parete rocciosa sporgente e il terreno prendeva a risalire per raggiungere di nuovo la quota del sentiero, quando all'improvviso eccola là: seduta per terra, con le gambe verso il fondo del declivio e la faccia paonazza per lo sforzo, i capelli lunghi tutti arruffati, tenuti con un cerchietto, gli occhi in lacrime.

Rocky praticamente scartò di lato per evitare di camminarle addosso.

"Bristol?" la chiamò mettendosi in ginocchio vicino a lei.

Lei spalancò gli occhi marrone scuro, respirava con grande affanno. Per rispondergli, annuì.

"Mi chiamo Rocky, stai bene?"

Lei fece un respiro profondo e scosse la testa.

"Dove ti sei fatta male?" Bristol era chiaramente in preda al dolore, ma Rocky fu molto colpito da lei: non si stava agitando freneticamente, si limitò a guardarsi la gamba prima ancora di parlare. L'unico motivo per trascinarsi nella foresta era l'impossibilità di camminare.

Un sospetto confermato da una steccatura rudimentale.

"La gamba," gli disse. "Non so cos'abbia, ma immagino si sia rotto qualcosa. Mi fa male. Molto male."

Proprio come s'era immaginato. Bristol aveva messo alla bene meglio una steccatura allo stinco destro, anche se chiaramente non era esperta di medicina, ma nella sostanza aveva fatto la cosa giusta: immobilizzare l'arto, proteggerlo. Dai pantaloni che indossava, non si vedeva uscire alcun osso, ma sotto poteva sempre esserci una frattura scomposta.

"Come hai fatto a trovarmi?" gli chiese rimanendo calma.

"Sandra," le rispose Rocky.

"La proprietaria dell'Occhio di Bue?" gli chiese lei, chiaramente sorpresa.

Rocky fu altrettanto sorpreso di scoprire che Bristol ricordava perfettamente chi fosse Sandra. La stragrande maggioranza dei turisti non si prendeva la briga di ricordare i nomi degli abitanti di Fallport, non per maleducazione, ma solo perché non era usanza, con tutte le persone che si incontravano nella vita.

Invece, proprio come Rocky aveva intuito, Bristol e Sandra avevano stretto un legame particolare. "Sì. Dato che non sei passata a salutarla, lei si è preoccupata e mi ha chiesto se potevo venire da queste parti a cercarti, per vedere come stavi."

Bristol corrugò la fronte. "Quindi tu... cioè... hai mollato tutto e hai cominciato a girovagare per i boschi senza una meta precisa?"

Rocky fece una risata; era talmente sollevato di averla trovata che non reagì a quello sguardo incredulo. "Sì, qualcosa del genere. Ma sai, faccio parte della squadra di ricerca e soccorso di Fallport," le spiegò. "Conosco molto bene i sentieri su queste montagne, per questo Sandra mi ha chiesto di provare a trovarti."

"Ah. Ok. Capito," rispose Bristol. "Beh, meno male. Non so come ringraziarti. Sono in estasi!"

Vedendo quel sorriso, Rocky si sentì attraversato da una specie di scossa; Bristol era sporca e aveva un odore tutt'altro che piacevole, probabilmente una gamba rotta... eppure, nonostante tutto, riusciva ancora a provare una grande gioia.

Negli anni, Rocky aveva salvato un sacco di persone, sia quando faceva ancora il SEAL, che durante il periodo nella squadra di Eagle Point. Aveva visto il peggio e il meglio degli altri. Quando le persone scomparse venivano ritrovate, alcune si mettevano a piangere, altre andavano totalmente fuori di testa, in preda a una paura folle, alla confusione, con atteggiamenti scontrosi, a volte persino irritanti. Rocky lo capiva: era lo stress estremo. Quando gli capitava di salvare persone che si comportavano male, lui non la prendeva mai sul personale.

Tirare fuori dai guai le persone in difficoltà era il suo lavoro, niente di più.

Però Bristol Wingham aveva qualcosa di diverso, qualcosa che gli piaceva: la forza d'animo, il coraggio... il chiaro atteggiamento ottimista.

Rocky si scosse da quei pensieri. Non era il momento di pensare agli eventuali punti in comune con quella donna: Bristol era ferita e l'imbocco del sentiero distava una decina di chilometri.

Quel pensiero lo rabbuiò.

"Che c'è?" gli chiese lei, notando quel cambio d'espressione. "C'è qualcosa che non va?"

"No, nulla," si sforzò di risponderle con leggerezza. Rocky non aveva certo intenzione di dirle che, per quanto l'avesse ritrovata, c'era ancora da fare una faticaccia enorme per portarla in ospedale. Si sentì un idiota per non aver telefonato a Raiden e non avergli detto ciò che stava facendo. Nessuno sapeva di quell'escursione se non Sandra, che probabilmente non avrebbe avvertito Raid.

Rocky non sapeva quando Ethan sarebbe tornato con gli altri dall'osservatorio di Eagle Point; aveva con sé il telefono, ma il segnale nei boschi era meno che scarso. Per la millesima volta, rimpianse che il comune non avesse i soldi per fornire alla squadra i telefoni satellitari che Ethan insisteva a chiedere, perché servivano per comunicare durante le missioni o per rintracciare dai boschi il medico di Fallport, il dottor Snow.

Si scrollò di dosso quei pensieri: non era il momento di pensare a ciò che gli mancava o a ciò che non aveva fatto. Si tolse di spalla lo zaino. "Devo dare un'occhiata alla gamba, almeno per capire come sta messa. Poi ti faccio una steccatura come si deve. Per fortuna ho con me degli antidolorifici, così ti alleggerisci un po', intanto che usciamo dal bosco."

"Mi dispiace, non sapevo bene come fare."

Sentendo quelle parole pronunciate con un filo di voce, Rocky tornò a guardarla. "Che cosa?"

"La gamba. Non sapevo bene come fare la steccatura, quindi non ho fatto altro che copiare ciò che ho visto in TV, sai, tra film e serie varie. Ho usato le corde della tenda per legare i paletti alla gamba, ma è ovvio che non sapevo come muovermi."

"Sei stata brava," le disse Rocky cercando di rassicurarla.

Lei sbuffò una risata.

"Dico davvero. Sono colpito." Era vero. "Non sai quante persone incontro che non sono capaci di fare *nulla* da sole. Invece tu hai fatto quel che potevi per prenderti cura della ferita, ma hai anche tirato avanti per tre notti nel bosco da sola. Immagino tu sia rimasta nella tenda per un po', prima di decidere che era meglio cercare di tornare al sentiero, invece di rimanere dov'eri. Nonostante la ferita alla gamba, ti sei trascinata fino a qui in preda al dolore. Non conosco tanta gente in grado di fare o *disposta* a fare ciò che hai fatto tu."

Lei sentì di nuovo gli occhi inumiditi, ma li chiuse prima che le lacrime le sfuggissero. "Ti ringrazio," gli sussurrò.

"No, sono io che ringrazio *te* per non esserti arresa," le rispose Rocky, "per essere stata forte e aver resistito finché non ti ho trovata."

"A proposito, come hai *fatto* a trovarmi? In fondo, sono uscita dal sentiero tracciato."

Rocky tirò fuori un paio di forbici dallo zaino e fece un cenno verso la gamba di Bristol. "Adesso devo tagliarti i pantaloni per vedere com'è messa la gamba. Sei pronta?"

"Ma certo," gli rispose lei senza esitare.

Era una domanda sciocca, ma Bristol sarebbe rimasta colpita, sapendo quante persone si ribellassero e non volessero farsi tagliare i vestiti. Rocky capiva: l'abbigliamento da montagna comportava una bella spesa; ma diventava esasperante, quando chi veniva salvato si impuntava per un paio di pantaloni.

Mentre le toglieva con attenzione la steccatura che Bristol si era attaccata alla gamba e cominciava a tagliare i pantaloni per vedere lo stinco, Rocky le spiegò che aveva notato il punto in cui lei era uscita dal sentiero, poi aveva trovato le tracce dove lei era caduta nel dirupo, infine il punto in cui si era accampata, e che a quel punto era sceso giù aggrappandosi alle rocce e aveva notato le tracce di trascinamento che lei aveva lasciato sul terreno.

"Per un attimo, m'era venuto il dubbio che qualcuno ti avesse spinta giù e che stesse trascinando il tuo corpo esanime," le disse senza pensarci. Poi rimpianse di averle parlato in modo troppo diretto. L'ultima cosa che voleva era rimarcare il cattivo stato di Bristol; invece lei lo sorprese di nuovo mettendosi a ridere.

"Non ci avevo nemmeno pensato, però guardo abbastanza serie poliziesche e so che quel dubbio poteva starci benissimo. Non riesco a credere che tu abbia trovato le mie tracce tanto facilmente. Mi ero allontanata dal sentiero per fare pipì," gli spiegò un po' timidamente, "poi, quando ho finito, mi è parso di sentire un rumore e mi sono avvicinata per curiosare. Una stupidaggine, lo ammetto. Avrei dovuto fare più attenzione. Non mi sono nemmeno accorta del dirupo se non quando era troppo tardi e stavo già scivolando giù. Mi ricordo di aver rigettato, poi ho perso i sensi, non ricordo altro... se non il dolore."

"Non ti ricordi?" le chiese Rocky con decisione.

"No."

"Hai battuto la testa? Ti fa male?"

"Da morire," gli rispose con estrema naturalezza, come se stesse parlando del tempo.

Rocky sentì un crescente rispetto verso di lei. "Potrebbe trattarsi di trauma cranico," le disse.

"Credo proprio di sì," gli rispose lei facendo spallucce. "Mi sono venuti conati di vomito per due giorni, dopo che sono caduta. Adesso la nausea mi è un po' passata, ma il dolore alla testa c'è ancora tutto."

Rocky si fece serio: non erano dei bei sintomi, ma ormai erano passati tre giorni da quando Bristol era caduta in quel dirupo e non c'era più molto da fare per attenuare gli effetti del trauma cranico. Esaminò la gamba: per fortuna non vide traccia di ossa che fuoriuscissero dalla pelle, così le disse sottovoce: "Non è una frattura scomposta."

"Benissimo," rispose lei, osservandolo mentre lui la esaminava.

Rocky provò a tastarle la gamba, notando quando lei sussultava, nei punti in cui il dolore sembrava peggiore. Pur non essendo un medico, Rocky aveva visto molte ossa rotte nella vita. "Di sicuro è una frattura, ma senza i raggi non è possibile stabilirne la gravità," le disse, mentre cominciava a bendarle la gamba, stringendo le bende per la steccatura.

Bristol annuì, ma non gli rispose. Solo quando Rocky finì di immobilizzarle la gamba meglio che poteva, tornò ad alzare lo sguardo e la trovò con gli occhi chiusi e i denti stretti. Bristol si teneva alzata con una mano dietro la schiena, mentre teneva l'altra stretta lungo il fianco.

Di nuovo, Rocky si sarebbe preso a schiaffi da solo: si era talmente concentrato sulla fasciatura che non aveva nemmeno pensato di darle gli antidolorifici prima di cominciare. Quando era fuori con la squadra, mentre esaminava gli infortuni, nel frattempo c'era sempre un altro che pensava alle pillole.

Motivo in più per rimpiangere di non aver telefonato a Raiden. L'amico avrebbe mollato tutto per uscire in montagna con lui, e a Rocky avrebbe fatto davvero comodo una mano, in quel frangente. Raiden sarebbe potuto tornare all'imbocco del sentiero per contattare il medico, oppure provare con Life-Flight, il pronto soccorso aereo, per portare Bristol a Roanoke nel modo più veloce, così che fosse visitata il prima possibile.

Invece era da solo e quella stupidaggine la stava facendo soffrire.

"Merda," commentò mentre infilava di nuovo una mano nello zaino.

A quell'imprecazione, lei spalancò gli occhi. "Cos'è? Cosa c'è che non va?"

"Oh, no, nulla, è solo che sono un idiota," le confessò apertamente. "Prendi," le disse tirando fuori due pillole dal flacone e porgendogliele.

Lei si limitò a guardarlo confusa.

"Sono antidolorifici. Scusami tanto, avrei dovuto darteli prima di cominciare a tastare e tirare la gamba. Potrei anche farti una flebo, ma sinceramente non ho proprio modo di preparare tutto il necessario e portarti fuori di qui allo stesso tempo. Piuttosto preferisco una medicazione volante per farti raggiungere il prima possibile il medico." Parlava troppo alla svelta, troppe spiegazioni, ma non riusciva a frenarsi.

"Ho fatto una cazzata," ammise. "So benissimo che non è il caso di mettersi a fare ricerche da solo, ma è che, sinceramente, non pensavo fossi ancora in zona. Speravo che ti fossi solo dimenticata di passare a salutare Sandra, che fossi tornata a casa sana e salva. Andarcene da qui non sarà semplice. Anzi, sarà una bella rottura. Alla grande. Ecco perché adesso mi sto prendendo a parolacce da solo. Qui il cellulare non prende e non posso lasciarti da sola per tornare al parcheggio e chiedere aiuto."

Bristol sbatté le palpebre. "Perché no?" gli chiese mentre ingoiava le pillole e le mandava giù insieme all'acqua della borraccia che aveva a tracolla.

Rocky non sapeva se sentirsi o più sollevato o più incazzato, perché Bristol aveva ingoiato quelle pillole senza nemmeno chiedergli che pillole fossero. Era una sensazione strana, una sensazione che lui non aveva mai provato prima, con le donne che salvava. Non riusciva a capire come mai quella donna lo disorientasse tanto, ma decise di preoccuparsene in un altro momento. "Cosa, perché no?" le chiese.

"Perché non puoi lasciarmi qui? Adesso sai dove sono, io non avrei più tanta paura. A meno che, ovvio, tu non ti faccia del male mentre torni al parcheggio, o ti capiti un incidente mentre vai in macchina a cercare aiuto. *Quella sì* che sarebbe una bella sfortuna." Gli regalò un sorrisetto.

"Non ti lascio qui da sola," le ripeté con fermezza. Bristol aveva ragione, forse avrebbe impiegato meno tempo a fare una corsa alla macchina per cercare aiuto, ma lui non era nemmeno disposto a considerare il pensiero di lasciarla di nuovo da sola. Ormai gli era rimasto inculcato nel cervello: una vittima non si lascia mai da sola. Mai. Aveva visto persone che sembravano perfettamente sane crollare nel giro di pochi minuti. L'ultima cosa che voleva, dopo aver trovato Bristol, era perderla per la decisione avventata di andarla a cercare da solo, senza alcun aiuto.

"Allora, che si fa?" gli chiese Bristol inclinando la testa. "Cioè, posso sempre continuare a trascinarmi verso il sentiero, ma non sono sicura di poter coprire tutti i dieci chilometri fino al parcheggio."

Rocky alzò gli occhi al cielo. "Sì, e secondo te ti lascio trascinarti per terra. Ti porto io."

Lei spalancò gli occhi. "Non puoi portarmi!" esclamò.

"Perché no?"

"Perché no!"

A quel punto fu il turno di Rocky di farsi una bella risata. "Ti garantisco che non mi cadrai. Quanto sei alta... uno e cinquantadue?"

"Uno e cinquanta," borbottò lei.

"Ecco. Credo proprio che alcuni degli zaini che portavo in spalla quando ero in Marina pesassero più di te. Però non sarà certo una passeggiata," la avvertì.

"Perché, trascinarmi per terra è stata una passeggiata?" gli chiese lei guardandolo con ironia, mentre gli mostrava i palmi delle mani.

Di nuovo, Rocky si sarebbe preso a schiaffi da solo. Si era preoccupato talmente tanto della gamba di Bristol che non aveva nemmeno pensato alle ferite che si era procurata alle mani trascinandosi sul terreno selvatico. Le afferrò dolcemente i polsi e si abbassò per guardare meglio i graffi e le lacerazioni sui palmi delle mani di Bristol.

"Non muoverti," le disse mentre tornava a prendere il proprio zaino.

CAPITOLO DUE

Bristol fissava l'uomo che l'aveva trovata. Quando si era sentita chiamare per nome dal bosco si era sentita pervasa da tanto sollievo che quasi aveva pensato di svenire. Tuttavia... l'uomo che era sbucato dal bosco all'inizio l'aveva intimorita.

Indossava una maglia color verde militare, pantaloni mimetici, barba folta e piuttosto lunga; era molto muscoloso. Da una delle maniche della maglia spuntava appena un tatuaggio; portava in spalla uno zaino enorme. Per un secondo, Bristol aveva temuto di essere saltata dalla padella nella brace, incontrando guai peggiori. Poi però lui si era presentato, aveva fatto il nome di Sandra, si era messo all'opera cercando di farla star meglio.

Bristol non era una persona molto mondana; passava tanto tempo da sola, nella sua casa di Kingsport, persa nella propria arte. Però quell'omone aveva qualcosa di particolare che la convinse a fidarsene in breve tempo. Forse perché era la prima persona che lei avesse incontrato dopo qualche giorno, o forse perché, nel profondo, sapeva che non ce l'avrebbe mai fatta a tornare al sentiero da sola. Forse era stato il modo in cui lui l'aveva guardata, con quei begli occhi marroni, quando le aveva chiesto il permesso di tagliarle i pantaloni; o chissà, magari l'evidente maestria con cui le aveva rifatto la steccatura alla gamba.

Quale che fosse il motivo, Bristol ormai non aveva dubbi: quell'uomo non le avrebbe mai fatto del male.

Lo osservò frugare nello zaino, alla ricerca di qualcosa da darle per le mani. I palmi le facevano male, ma non tanto quanto la gamba. Tuttavia, le pillole che Rocky le aveva dato cominciavano a farle effetto. Bristol non sapeva che farmaco fosse, ma cominciava a sentirsi più leggera. Si rendeva ancora conto di dov'era e di ciò che stava succedendo, ma era come se stesse succedendo a qualcun altro, come se lei stesse fluttuando e osservasse da sopra.

Quando lui si voltò per metterle in mano un flacone con dentro del liquido e alcune garze, lei stava sorridendo leggermente.

"Che c'è?" le chiese Rocky vedendo quell'espressione. "Va tutto bene?"

"Tutto bene," gli rispose lei. "Anzi, in realtà va alla grande. Non ti ha mai detto nessuno che somigli un po' a Bigfoot?"

Lui esitò per un momento, la fissò, poi scoppiò a ridere.

Bristol non poté far altro che continuare a fissarlo. Rocky era un bell'uomo, senza dubbio, ma quando rideva? Diventava tremendamente *affascinante*.

Lei non aveva mai avuto un compagno con la barba; si chiese se i peli di quella barba fossero ispidi, o se gli fossero d'impaccio quando mangiava. Gli dava fastidio, quando nuotava? Se la pettinava ogni mattina, come fanno tutti con i capelli? Le venivano in mente tante domande, ma nonostante la sensazione di leggerezza sapeva bene che erano domande poco opportune.

"Veramente non me l'ha mai detto nessuno, ma con tutto il polverone che quel maledetto programma ha sollevato su Bigfoot, immagino che d'ora in poi me lo sentirò dire più spesso."

"Scusami, non volevo certo offenderti," gli disse Bristol

scusandosi, mentre lui cominciava a pulirle le mani con molta cautela. Bristol non si era resa conto di quanto si era rovinata la pelle, mentre si trascinava sulla vegetazione, ma del resto non aveva avuto scelta; anche *nel caso* se ne fosse resa conto, in quel momento non avrebbe potuto farci nulla.

Rocky fece un gran sorriso. "Non mi sono certo offeso," le disse. "È difficile che mi offenda; peraltro, con questa barba e con la tua... altezza non eccessiva, probabilmente ti sono sembrato *davvero* una specie di bestione."

"Quanto sei alto?" gli chiese Bristol; non fosse stato per l'effetto dei farmaci, non sarebbe stata tanto ficcanaso; ma dato che a lui non sembrava dare fastidio, non si trattenne e glielo chiese.

"Uno e ottantadue."

"Hmmmm. Sei più alto di me, più di una spanna."

Rocky sorrise. "Immagino che ci sarai abituata, vero?"

"Abituata a essere più bassa degli altri? Eh sì."

"Forse è un bene che Raiden non sia venuto con me oggi, in fin dei conti."

"Perché? E chi è Raiden?" gli chiese Bristol.

"È un mio amico, fa parte anche lui della squadra di ricerca e soccorso. Lui è alto più di due metri."

Bristol fissò Rocky con gli occhi spalancati. "Davvero?"

"Sì. Penso che il suo segugio sia più alto di te."

Lei si fece seria. "Ma dai, non mi starai prendendo in giro perché sono bassa? Cioè, guardami, poverina. Persa nel bosco, ferita, addolorata." Stava scherzando, per lo più.

Rocky la guardò e l'espressione allegra che aveva prima in volto svanì. "Non ti prenderei mai in giro," le disse con tono serio. "A me non importa un fico secco di *quanto* sei bassa o alta. Non m'importa nemmeno del peso, della provenienza o di altri aspetti superficiali in base ai quali la gente discrimina al giorno d'oggi. A me interessa quel che c'è dentro una persona: sei una persona che si gira dall'altra parte, quando incontra qualcuno che ha bisogno, oppure ti fermi anche in mezzo a una strada trafficata per salvare un gattino impaurito?"

"Io mi fermerei," sussurrò Bristol, quasi ipnotizzata dallo sguardo di Rocky.

Continuarono a fissarsi per un lungo momento, poi lui annuì. "Me l'ero immaginato: hai fatto un'ottima impressione su Sandra."

Bristol sbatté le palpebre; le sembrava che fosse appena successo qualcosa di importante, ma non sapeva bene cosa. "Sandra è gentile, mi ha ascoltata quando mi sono sfogata per via di Mike. Intendo, ascoltata *davvero*, perché le interessava, non solo perché ero una cliente."

"Mike?" le chiese Rocky, mentre continuava a medicarle le mani.

"Sì, quel cretino con cui sono venuta, quello che pensavo fosse mio amico. Il tipo che mi ha chiesto con estrema naturalezza se volevo partecipare al *ménage à trois* che aveva organizzato con Carol e Drake. Non so come si chiami poi, se lo fai in quattro, ma non importa: non fa proprio per me. Gliel'avevo anche detto varie volte."

"È così che sei finita quaggiù?" le chiese Rocky.

Bristol annuì. "Avevano talmente tanta voglia di farlo che non sono nemmeno arrivati al campeggio sul punto di osservazione; ci tenevo tanto ad arrivarci, per questo ho deciso di proseguire. Lo so, è stata una scelta stupida. Poi mi scappava e... beh, il resto lo sai già."

"Ho visto dove si sono accampati," le disse Rocky, che nel frattempo aveva finito di medicarle le mani e si era seduto vicino a lei, tenendole semplicemente i polsi. Lei sentiva benissimo quel contatto, ma dato che lui invece non sembrava nemmeno notarlo, Bristol rimase ferma e cercò di non mostrarsi troppo elettrizzata dal pizzicore che le percorreva le braccia. Certo, poteva sempre essere il disinfettante che lui aveva usato per pulirle le abrasioni ai palmi delle mani, ma insomma...

"Io gliel'ho detto che non era un punto destinato al campeggio, ma a loro interessava solo calarsi i pantaloni e se ne sono fregati," gli spiegò Bristol facendo spallucce. "Poi ho pensato che sarei comunque tornata all'imbocco del sentiero prima di loro, il giorno dopo, in modo da farmi almeno portare a casa. Sarebbe stato imbarazzante tornare con loro, dopo quanto è successo, ma pazienza. Invece immagino che non si siano nemmeno presi la briga di avvertire qualcuno che forse ero rimasta nel bosco?" gli chiese.

Lui scosse la testa. "Non che io sappia, mi dispiace."

"Non mi sorprende. Mike si è rivelato tutt'altro che un vero amico."

"Allora come mai sei venuta da queste parti insieme a lui?" le chiese Rocky.

"La verità?"

"Sempre."

"Avevo bisogno di distrarmi... e non ho molti amici. Non esco spesso e mi piace camminare in montagna. Pensavo che almeno così sarei uscita di casa per un po', per potermi ricaricare."

"Ricaricare?"

"Sì; sono un'artista, creo vetrate istoriate particolari. Produco anche gioielli e a volte delle sculture, ma il vetro è la mia passione. Così, siccome è difficile che faccia qualcosa di diverso, a parte lavorare, cominciavo a sentirmi esaurita e ho deciso che un po' d'aria fresca mi avrebbe fatto bene. Anche se di aria ne ho presa un po' più del previsto," concluse con un po' di imbarazzo. Si era accorta che stava parlando senza freni, ma le sembrava impossibile fermarsi. "Rocky?"

"Sì, Punky?"

Bristol aggrottò la fronte. "Punky?"

Rocky fece una smorfia. "Sì, me la ricordi parecchio."

"Vuoi dire Punky Brewster, quella della sitcom degli anni Ottanta?"

"Sì, proprio lei. Era divertente, vivace e coraggiosa, anche bella tosta, come te."

"Immagino sia meglio che sentirsi chiamare Tipetta o Bassina."

"Beh, anche Punky era bassina," commentò Rocky.

Bristol alzò gli occhi al cielo, anche se, sotto sotto, quel soprannome non le dispiaceva. L'avevano già chiamata in mille modi, in passato, ma il soprannome scelto da Rocky nascondeva un ragionamento che le piaceva.

"Cosa volevi chiedermi?"

Bristol si fece seria. "Non ne ho idea."

"Ti fa male la testa?" le chiese Rocky con tono preoccupato.

Lei annuì.

"E la gamba?"

Bristol annuì di nuovo.

"Che altro?"

"Le mani. La schiena. Il sedere. Ho i piedi talmente schiacciati negli stivaletti che mi sembra che stiano per soffocare, perché da quando sono caduta non me li sono più tolti. Poi i gomiti. Penso di essermi graffiata anche sul fianco, quando sono capitombolata giù nel dirupo."

Rocky allungò una mano verso l'orlo della maglia di Bristol, che d'istinto si scostò.

Si fidava di lui, ma non al punto da comportarsi da scema: Rocky era pur sempre un uomo, in fin dei conti. Un uomo molto più forte di lei. In quelle condizioni, le sarebbe stato impossibile anche solo tentare di tenergli testa, con tutti quei muscoli, alto com'era. Per non parlare del servizio in Marina a cui aveva fatto riferimento... chissà, magari era stato persino nei SEAL o in chissà che altro corpo e conosceva centouno modi di uccidere qualcuno senza lasciare tracce.

"Non devi avere paura di me," le disse lui tranquillamente mentre si allontanava da lei.

Bristol fece un respiro profondo. "Scusami," borbottò.

"E non devi nemmeno scusarti."

A quel punto, lei sbuffò con una certa irritazione. "Allora cosa *posso* fare?" gli chiese.

"Tieni duro," le disse senza esitare. "Prima dicevo sul serio: andarcene da qui sarà una faticaccia. Posso portarti, ma non starai molto comoda."

"E *tu* sarai comodo?" gli chiese.

"No; però a me non fanno male le mani, il sedere, la gamba, i gomiti, il fianco e la testa."

Una logica stringente. "Terrò duro. L'alternativa sarebbe trascinarmi per altri dieci chilometri col sedere per terra e fidati: anche quello non è stato molto divertente."

Rocky sorrise e scosse la testa. "Non riesco a crederci, sto sorridendo. Anzi, non riesco a credere che *tu* stia sorridendo."

"Che altro posso fare?" gli chiese con tono serio. "Potrei mettermi a piangere, ma non servirebbe a nulla. Potrei incazzarmi, o prendermela con te, ma sarebbe una stupidaggine, dato che sei tu che mi stai portando fuori di qui. Potrei farmi prendere dal panico, ma anche la paura non servirebbe a nulla. Però, se ti fa sentire meglio, posso prometterti che avrò *tutte* quelle reazioni più tardi... tranne che prendermela con te, perché mi sembra impossibile."

"Mah, direi che fa lo stesso. Sei pronta a partire?"

"Sì!" Esclamò Bristol, che poi tornò seria. "Come pensi di fare?"

Rocky si stava già muovendo; le tolse con cautela lo zaino dalle spalle e lo aprì.

"Rocky?"

"Sì?" rispose lui, mentre cominciava a svuotarle lo zaino.

"Cosa stai facendo?"

"Non posso trasportarti mentre tieni lo zaino in spalla, devo per forza mettere le tue cose nel mio zaino. Dammi un attimo."

"Lascia perdere."

A quel punto, lui alzò lo sguardo. "Come dici?"

Bristol annuì. "Lascialo pur perdere. Che se lo prendano i Piedone. O si dice i Piedoni? Come si fa il plurale?"

Chissà perché, Rocky si mise a ridere sonoramente.

"Cosa c'è? Come mai ridi così tanto?"

"È che... il figlio della fidanzata di un mio amico una volta gli ha chiesto la stessa cosa. Lui ha chiesto a me cosa ne pensassi e ci siamo messi a parlare seriamente per una ventina di minuti sulle inflessioni della lingua e sui plurali."

"E cosa avete concluso su Bigfoot?" gli chiese Bristol con un sorriso.

"Non abbiamo concluso niente, però non lascio qui le tue cose. Metto tutto nel mio zaino. Non mi ero portato molto per questa ricerca perché, di nuovo, da bravo idiota, pensavo di fare una camminata facile e di star fuori una sola giornata. Non ho intenzione di lasciare in giro le tue mutande, chissà che non passi qualche Sheepsquatch pervertito e che le trovi."

"Un qualche... che?" gli chiese Bristol, mentre lui si riempiva lo zaino con le sue cose.

"Uno Sheepsquatch. Anch'io non ne avevo mai sentito parlare, prima di trasferirmi a Fallport. Sembra che siano bestioni pelosi con la testa lunga e a punta, zanne lunghe e taglienti come delle sciabole e ovviamente con due corna come degli arieti. Camminano in posizione eretta, hanno la coda senza peli come un opossum, sono grossi come degli orsi e puzzano di marcio, un po' come le puzzole."

"Ma che schifo!" esclamò Bristol, completamente confusa.

Rocky fece una risatina. "Vero? Gli avvistamenti sarebbero avvenuti in Kentucky, ma anche a Fulks Run, in Virginia. Io penso che sarebbe meglio far diventare famosa Fallport per Bigfoot, piuttosto che per uno Sheepsquatch."

"Tu hai mai visto Bigfoot?" gli chiese Bristol. Rocky la guardò con un'espressione che la fece ridere. "Ecco, immagino di no."

"Ho visto un sacco di cose in vita mia, Punky, ma Bigfoot non è tra queste. Non ho idea se esista davvero una creatura del genere, ma se esiste spero che se ne stia ben nascosta. Pensa che inferno sarebbe per lui (o per lei) se qualcuno ne catturasse un esemplare: indescrivibile. Il governo probabilmente vorrebbe praticare una dissezione, i telegiornali andrebbero fuori di testa, un vero macello anche per gli altri esemplari. Probabilmente finirebbe in uno zoo a farsi guardare dalla gente, sempre che sopravviva. Non potrebbe mai più girovagare liberamente."

"Sono d'accordo," gli disse Bristol annuendo.

Rocky finì di ripiegare lo zaino di Bristol e lo mise dentro il proprio, poi si alzò e se lo infilò sulle spalle. Si muoveva come se non si fosse appena accollato un peso di almeno venti chili o forse più. Lei sapeva benissimo che lo zaino con le sue cose non era esattamente una piuma, ma vederlo muoversi con naturalezza, come se i due zaini messi insieme non pesassero nulla, le fece capire esattamente che uomo forte fosse Rocky.

"Scommetto che posso camminare," gli disse. "Cioè, intendo col tuo aiuto. Se mi metti una mano intorno alla vita, posso usarti come stampella. O come bastone... non importa."

Rocky la guardò come se stesse cercando di leggerle nella mente. Poi si abbassò... e Bristol dovette sforzarsi per non guardargli in mezzo alle gambe.

Certo, era ferita e un po' imbambolata dagli antidolorifici che aveva assunto, ma era sempre una donna a cui piacevano gli uomini, e Rocky era un uomo estremamente bello. Bristol si conosceva bene: era attratta da lui. Gli uomini grandi e grossi le erano sempre piaciuti. Le venne voglia di scoprire se fosse grande e grosso dappertutto, ma si trattenne dal guardare. A malapena.

"Non voglio farti camminare, o saltellare. Ci penso io, Punky. Non ti farò cadere. Posso portarti in braccio fino alla macchina."

"E poi?" sbottò lei, rimpiangendo di aver fatto la domanda

appena la terminò. "Non importa, lascia stare," gli disse rapidamente. "Apprezzo che tu sia venuto ad aiutarmi."

"E poi ti porto a Fallport dal dottor Snow. È il medico con lo studio in città. Ti darà un'occhiata e ti darà la sua opinione professionale sulla gamba. Ha anche l'attrezzatura per fare i raggi, ma immagino che, con il capitombolo che hai fatto, più il trauma cranico, ti dirà che è meglio farti visitare da un centro traumatologico più attrezzato. Specialmente se dovessi essere operata, nel qual caso, a seconda del livello di dolore, posso portarti in macchina a Roanoke o telefonare al pronto soccorso di LifeFlight. Però, per cominciare, concentriamoci sul ritorno a Fallport, sentiamo cosa dice il medico e poi vediamo."

"Vediamo?" ripeté Bristol perplessa.

Rocky non le rispose subito, si limitò a fissarla. Dopo una pausa molto lunga, annuì. "Certo. Se pensi che ti metta su un elicottero o che ti lasci all'ospedale per andarmene via... ti sbagli di grosso."

Lei avrebbe voluto chiedergli il perché, ma era troppo sollevata, troppo grata (anche perché i medici non le andavano molto a genio) e quindi non fece altro che annuire.

"Per te va bene?" le chiese.

"Sì," gli rispose semplicemente.

"Ottimo." Rocky le sorrise leggermente. "Anche perché, Bristol Wingham, hai qualcosa di particolare che mi ha già catturato."

Quelle parole le fecero venire la pelle d'oca dappertutto. "Vale anche per me," gli rispose sottovoce.

Sul viso di Rocky comparve un altro sorriso. "Adesso purtroppo ti farò male. Mi dispiace, ma non c'è un altro modo di dirlo. Tu non devi fare altro che tenerti stretta, hai capito? Io non ti farò cadere, non ti lascerò. Adesso mi abbasso e ti prendo in braccio. Ti metto un braccio sotto le ginocchia e l'altro dietro la schiena. Faremo parecchie pause, perché perderai sensibilità alle gambe, per via del braccio che le sosterrà. Ho delle altre pillole, cerchiamo di tenerti sempre sotto l'effetto degli antidolorifici, ma proverai lo stesso un certo disagio, ti sentirai indolenzita. Sei pronta?"

"Sono pronta," gli rispose con un filo di voce, anche se non ne era affatto sicura, ma era mille volte meglio farsi portare in braccio da Rocky che tornare a strisciare nel sottobosco. Ricordare il dolore atroce che aveva già sopportato, quando si era trascinata, le bastò per farsi forza e prepararsi a sopportare.

"Bravissima," le disse Rocky sottovoce, "dai che andiamo."

Quando lui si abbassò verso di lei, Bristol si tese, ma gli mise un braccio intorno al collo e trattenne il fiato, mentre lui si alzava prendendola in braccio. Nonostante lo sforzo di alzarla di peso, Rocky non fece una grinza: sembrava non fare la minima fatica.

Fu invece il dolore lacerante alla gamba che costrinse *lei* a inspirare bruscamente.

"Respira, Punky," le disse Rocky tranquillamente, rimanendo fermo in piedi. "So che ti fa male, ma puoi farcela."

Lei fece del suo meglio per non vomitare sull'uomo che la teneva in braccio, finché il dolore non si attenuò leggermente. Si sentì meglio, perché non era più col sedere per terra. Aprì gli occhi e si voltò leggermente verso di lui. Le loro facce erano vicine. Ormai estremamente vicine. Però Bristol non aveva paura. Non di lui. "Sto bene."

"Sei sicura?" le chiese Rocky.

Bristol annuì. "Dai, andiamo."

Rocky la guardò pieno di rispetto e ammirazione, poi annuì e cominciò a camminare.

CAPITOLO TRE

Rocky stava cercando di camminare sobbalzando il meno possibile, ma sapeva che ogni passo faceva del male alla donna che teneva in braccio. Non era facile camminare nel bosco senza che i piedi di Bristol colpissero arbusti o rami sporgenti. Ogni volta che lei colpiva qualcosa con la gamba, sussultava dal dolore e inspirava bruscamente.

Però Rocky non era mai stato tanto colpito da qualcuno, prima di Bristol: lei non piangeva, non urlava dal dolore. Diamine, in parte lui sperava che urlasse, se non altro per scaricare parte della tensione. Quando finalmente arrivarono al sentiero, lui sospirò di sollievo. Cercò con lo sguardo un posto in cui fare una breve pausa; quando vide ai bordi del percorso una roccia dalla superficie piatta, capì di aver trovato un buon sostegno.

"Sei pronta per fare una pausa?" le chiese.

Mentre la portava in braccio fuori dal declivio roccioso in cui era caduta, non avevano parlato molto. Bristol non era pesante, tutto sommato, ma tra il peso combinato degli zaini che Rocky portava in spalla, l'estrema attenzione a dove metteva i piedi, la cautela per non farle del male mentre attraversava la vegetazione, anche a lui avrebbe fatto comodo una pausa di una decina di minuti. Inoltre, Bristol doveva ormai essere tornata in preda al dolore.

"Sì," gli rispose senza girarci troppo attorno.

A Rocky piaceva quell'aspetto di Bristol: gli piaceva che non avesse paura ad ammettere il bisogno di una pausa.

"Va bene. Qui c'è una bella roccia. Adesso mi abbasso così ti ci faccio sedere sopra. *Non* provare a muovere le gambe da sola. Mettiti in equilibrio con le mani, poi ti abbasso anche le gambe, hai capito?"

Lei annuì.

Rocky le aveva fasciato le mani, che però dovevano essere ancora gonfie. Gli venne una strana sensazione di disagio allo stomaco; non gli piaceva pensare che Bristol fosse sofferente. Però, come gli aveva detto lei stessa, in quel momento le faceva male dappertutto. Era stata molto fortunata, tutto sommato: una gamba sicuramente rotta e molti graffi e contusioni. Molto probabilmente anche un trauma cranico, almeno a giudicare dai vari sintomi che gli aveva descritto; però almeno erano passati tre giorni dall'infortunio, il peggio doveva essere passato.

"Va bene, eccoci qua. Un bel respiro." Quando lei inspirò profondamente, Rocky fece esattamente ciò che le aveva descritto: la mise col sedere sulla roccia e aspettò che lei si sentisse in equilibrio. Poi le abbassò le gambe con cautela, facendole appoggiare i talloni sul terriccio.

Bristol aveva il viso pallido, coi denti si mordeva il labbro inferiore, ma non urlò per il dolore. Fece solo ciò che lui le aveva chiesto, lasciandosi appoggiare e sistemare nella posizione che lui riteneva più comoda.

"Da uno a dieci, se dieci è il dolore peggiore che tu abbia mai provato in tutta la vita, adesso quanto ti fa male?" le chiese.

"Cinque," gli rispose lei a denti stretti.

Rocky sbatté le palpebre sorpreso. "Sul serio?" sbottò. Lui si aspettava almeno uno otto.

"Sì."

"Quando ti è capitato un dolore da dieci?" le chiese, non sapendosi trattenere.

Lei spalancò gli occhi e lui comprese che gli antidolorifici che le aveva dato stavano finalmente facendo effetto. Avrebbe dovuto pensarci.

"C'è dolore e *dolore*," gli disse sospirando. "La sofferenza peggiore della mia vita è stata quando mio padre è morto di cancro al colon. Ero totalmente inerme, non c'era nulla che potessi fare per lui."

"I miei genitori sono stati bravissimi, pensa che non si sono mai lamentati quando è diventato evidente che mi interessava l'arte più di altre materie maggiormente *utili*, come matematica o scienze. Mi hanno incoraggiata a frequentare molti corsi artistici, tutti quelli che potevo mettere nel piano di studi. Non hanno mai detto nulla per scoraggiarmi, così mi sono laureata in arte; credimi, molte altre persone mi dicevano che facendo l'artista non mi sarei mai guadagnata da vivere, che avevo bisogno di un piano di riserva; invece io ho sempre voluto creare qualcosa di bello. Mia mamma è stata la mia prima cliente pagante, quando ho aperto il negozio online. Ha usato persino un nome falso, per non farsi scoprire. Me l'ha confessato dopo qualche anno." A quel ricordo, Bristol sorrise teneramente.

"Comunque sia, quando il papà mi ha detto che aveva il cancro... avrei tanto voluto farlo guarire, usare i soldi che avevo per farlo visitare dai migliori medici al mondo. Non mi è capitato mai più di soffrire quanto in quel momento, quando ho capito che il mio papi grande e grosso stava morendo. Gli hanno fatto la chemio e la radioterapia, di tutto, ma non c'è stato nulla da fare. Non mi è rimasto che tenerlo per mano finché non è spirato. Non c'è dolore fisico paragonabile a quello."

Rocky stava malissimo. Non intendeva farle tornare un ricordo tanto doloroso. "Mi dispiace."

"Ti ringrazio," gli rispose lei senza esitare. "Presto saranno sette anni che è morto, il dolore è ancora intenso quanto quel giorno. Però... la vita va avanti, lo sai? Non si può tornare indietro e cambiare le cose, per quanto uno lo desideri."

"Lo so."

Bristol a quel punto lo guardò negli occhi e Rocky ebbe l'impressione che potesse leggergli la mente. Invece di chiedergli qualcosa, però, lei si limitò ad annuire.

"Mio padre è morto quando ero ancora giovane," le disse Rocky, sentendosi quasi in dovere di condividere quel ricordo. "Non lo conoscevo tanto bene, non ero legato come te con tuo padre. È stata mia mamma a crescermi, insieme a mio fratello e mia sorella. Mia madre è una donna meravigliosa, non potrei nemmeno immaginare di perderla come tu hai perso tuo papà."

"Hai un fratello?" gli chiese Bristol. "E anche una sorella?"

Rocky si tolse lo zaino dalle spalle e lo appoggiò in mezzo al sentiero. Poi si stiracchiò i muscoli della schiena e si godette quel momento di leggerezza. Bristol non era affatto pesante, ma portare in braccio una persona e camminare nel bosco non era certo un'attività abituale, e i muscoli gli stavano dicendo che avrebbe pagato quello sforzo nei giorni successivi.

Rocky alzò lo sguardo verso le cime degli alberi, poi annuì. "Sì. Mio fratello si chiama Ethan, vive anche lui a Fallport. Siamo gemelli."

"Gemelli? Che il Signore abbia pietà di noi, se andate in giro fianco a fianco!" esclamò Bristol.

Lui fece una risatina. "Purtroppo è lui quello bello. Siamo gemelli dizigoti, quindi non siamo proprio identici."

"Stai scherzando, vero?"

Lui si fece serio e si voltò verso di lei. "Sul fatto che siamo gemelli? No."

Lei scosse la testa. "No, sul fatto che quello bello dovrebbe essere lui."

Tra loro si creò come un'energia frizzante: Rocky sapeva bene come lo guardavano le donne, quando andava in giro, ma quasi sempre le ignorava. Da quando si era fatto crescere la barba, le occhiate si erano fatte meno frequenti. Alle donne piaceva di più Ethan, con il suo fascino virile più curato, rispetto all'aspetto arruffato da montanaro di Rocky. Del resto, lui non era in cerca d'amore. Era soddisfatto del suo lavoro nell'edilizia e della sua vita, per quanto vivesse in un appartamento un po' scadente.

Sentire Bristol ammettere che le piaceva il suo aspetto gli fece capire meglio quanto anche *lui* fosse attratto da lei. Bristol aveva di sicuro qualche antenato proveniente dall'Asia che le aveva trasmesso un certo fascino esotico. Nonostante i capelli sporchi e arruffati, il sudore sul viso e il terriccio che la copriva praticamente dappertutto, era sempre bella.

"Sul serio, Rocky. Sì, ricordi un po' Bigfoot, ma con un certo fascino. Un bel fascino," gli disse. Una punta di rossore le riempì le guance mentre gli parlava, ma lei non distolse lo sguardo.

"Non ci ho mai pensato molto; mi basta essere in grado di fare ciò che devo, quando devo; per il resto, non m'interessa," le disse apertamente.

"Tipo portare in braccio la principessina sperduta nel bosco?" gli chiese lei.

Lui le sorrise e si mise seduto aiutandosi con le mani dietro la schiena. "Esatto. Anche se non ti definirei proprio una principessina sperduta. Hai fatto un ottimo lavoro nell'arrangiarti per tre giorni, prima che ti trovassi."

Lei sogghignò. "Beh, c'è una bella differenza tra il trascinarsi per tre giorni e l'arrivare davvero al sentiero."

"Ci saresti arrivata," le disse Rocky con la massima convinzione.

Lei scrollò le spalle. "Cosa combini, quando non giri nei boschi per salvare turisti infortunati?" gli chiese.

Rocky non ebbe nulla da obiettare a quel cambio di argomento. Se lei non aveva voglia di parlare di quanto lui la considerasse tosta, allora lui avrebbe lasciato perdere. "In pratica, mi occupo di edilizia. Intervengo su case vecchie, costruisco pedane in legno, pavimenti nuovi, cose di questo tipo."

Lei annuì. "Adesso capisco meglio il tuo commento di un attimo fa, quando hai detto che il tuo corpo deve fare ciò che gli chiedi. Per forza sei in ottima forma!"

"Il mio vecchio caposquadra della Marina mi prendeva a calci in culo, se prendevo peso o mi ammorbidivo," le disse.

"Quanto tempo sei stato in Marina?" gli chiese lei.

A Rocky piaceva quella conversazione: si stavano conoscendo meglio. Gli piaceva anche sentirsi addosso tutta l'attenzione di Bristol. In quel momento non stava armeggiando con il cellulare, non stava tentando di trovare un modo per uscire da quella conversazione, né tantomeno parlava solo di se stessa. Lo guardava dritto negli occhi e sembrava curiosa di scoprire più informazioni su di lui. Rocky era altrettanto interessato a conoscerla meglio.

"Mi sembra sia passata un'eternità," le rispose finalmente. "Però mi piaceva essere un SEAL, almeno quasi sempre. Non mi sarei divertito tanto, se Ethan non fosse stato al mio fianco. Non eravamo nella stessa squadra, ma spesso andavamo in missione insieme. L'ambiente delle forze speciali è ristretto, prima o poi ci è capitato di lavorare con gran parte delle altre squadre di SEAL... anche con tante squadre delle Delta Force."

Bristol scoppiò a ridere.

"Cosa c'è di tanto divertente?" le chiese Rocky; gli piaceva molto vederla ridere; Bristol si lasciava andare di tutto cuore, senza riserve.

"Pensa che prima mi era venuto questo pensiero, che con la fortuna che mi ritrovo, magari tu potevi essere un SEAL che conosceva cento modi per uccidere senza lasciare tracce.

Per un attimo, quel pensiero mi ha spaventata, ma poi mi sono detta che era una sciocchezza."

Il sorriso di Rocky svanì. "Io non ti farei mai del male."

"Lo so."

"Lo sai?" le chiese, non riuscendo a trattenersi. "Sono un uomo alto e grosso, e hai ragione: *conosco* svariati modi di uccidere anche senza usare delle armi. Ero un SEAL maledettamente bravo, il governo mi ha addestrato bene."

"Stai cercando di spaventarmi?" gli chiese lei con tutta calma.

Rocky ci pensò per qualche secondo, poi scrollò le spalle. "Chissà."

"Perché mai?"

"Perché tu mi *spaventi* un sacco."

Lei lo guardò sbalordita. "Io? Ma dai! Sono innocua come un gattino. Peraltro, come hai detto, sei un uomo grande e grosso. Se anche io cercassi di farti del male, tu mi manderesti al tappeto con una sola mossa."

"Non lo farei mai," le disse Rocky con un certo fervore.

"Allora mi spieghi come mai ti spavento?" gli chiese lei.

Rocky decise che la sua arma migliore era l'onestà. "Perché hai qualcosa di diverso da tutte le altre che ho incontrato. Non so proprio cosa sia, o perché, ma adesso capisco come mai Sandra si è legata a te così alla svelta. Il solo pensiero che tu soffra, che sia ferita, mi fa impazzire. Voglio farti star bene. Voglio anche prendere a calci quel Mike e i suoi amici del piffero, che ti hanno lasciata qui nel bosco senza il minimo rimorso."

Si fissarono a vicenda per un momento molto lungo, tanto che Rocky si convinse che fosse una follia. Si erano appena incontrati. Eppure non poteva mentire a se stesso: Bristol aveva qualcosa di speciale.

"Non so bene che dire."

"Non devi dire nulla," le rispose Rocky. "Non te l'ho detto per metterti a disagio. Volevo solo rassicurarti che non ti farei mai del male, tanto quanto non ne farei a mio fratello. Come va la gamba?"

"A parte lo stinco destro rotto? Non male, grazie," gli rispose scherzando.

Ecco. Appunto. Bristol aveva tutti i motivi possibili e immaginabili per lamentarsi e piagnucolare per la sofferenza, invece minimizzava e ci scherzava sopra. Era una reazione che avrebbe potuto avere *lui*, o uno dei suoi amici. Forse era quello il motivo per cui si trovava tanto bene con lei.

"Senti pizzicare i piedi? Ti ho tenuta con un braccio sotto le ginocchia, può bloccare la circolazione, se non facciamo attenzione."

"Sto bene. E *tu*, invece? Anche se non sono tanto alta, non dev'essere facile portarmi in braccio di peso."

"Io sto bene. Però, sì, sarebbe più facile se ci fosse anche il resto della squadra, ovviamente. Sei pronta a ripartire?"

Lei annuì. "Ti va di raccontarmi qualcosa della tua squadra?"

"Certo." Rocky si alzò in piedi, inarcò la schiena, poi si abbassò e si prese le punte dei piedi. Ruotò il torso a destra, poi a sinistra, infine si avviò verso il punto in cui aveva appoggiato lo zaino. Se lo infilò di nuovo sulle spalle, per poi tornare da Bristol. "Va bene, stessa storia di prima. Ti prendo in braccio, tu mi metti un braccio intorno al collo senza muovere le gambe. Lascia che faccia io lo sforzo."

"Va bene. Sono pronta."

Rocky la prese in braccio come fosse stata una statuina di ceramica; tenerla tra le braccia lo fece sentire di nuovo... a posto. Che sensazione irrazionale!

Era meglio concentrarsi sul compito del momento. Bristol era ferita, bastava un minimo movimento sbagliato per colpire la gamba malamente e costringerla a patire per il resto della vita. La fiducia totale che lei riponeva in lui lo rese ancor più determinato a non far nulla che potesse causarle disagio.

Dato che erano arrivati sul sentiero battuto, Rocky poteva

camminare più rapidamente. Mancava ancora parecchia strada per raggiungere l'imbocco del sentiero, dove il segnale del cellulare era più forte. La prima telefonata sarebbe stata per Raiden, il quale gli avrebbe fatto una bella ramanzina per la cazzata di andare in montagna a fare una ricerca per conto suo... anche se Rocky pensava che fosse una ricerca improbabile. Poi avrebbe telefonato al dottor Snow per assicurarsi un appuntamento; Bristol doveva essere visitata immediatamente nella clinica in città.

"Rocky?" Bristol lo chiamò. "A cosa stai pensando tanto intensamente?"

"Sto pensando a chiamare aiuto appena sbuchiamo dal sentiero," le rispose. "Però tu mi avevi chiesto della squadra, vero?"

"Sì, se ti va."

Rocky non aveva alcun problema a parlare degli amici. "Beh, sai già di mio fratello. Ethan è di fatto il leader della squadra di ricerca e soccorso Eagle Point. L'idea di partire è stata praticamente tutta sua, poi ha coinvolto me e gli altri. La scelta di venire a Fallport è stata la decisione migliore della mia vita. Non solo posso continuare a lavorare con mio fratello, ma Ethan è riuscito anche a trovare degli altri che la pensano allo stesso modo."

"Quanti anni avete tu e tuo fratello gemello?"

"Trentacinque. Perché? Tu quanti anni hai? Oh, scusa... alle signore non si chiede, vero? Lascia stare, non rispondermi," le disse.

Bristol fece una risatina e Rocky la sentì vibrare in tutto il corpo, dato che la teneva stretta al petto.

"Non preoccuparti, non mi vergogno di dire la mia età. Ho trentasette anni, anche se a volte mi sento vecchia e stanca, ma ci sono anche giorni in cui mi sembra ieri che mi stavo diplomando alle superiori."

"Capisco cosa intendi. Comunque, Ethan ha incontrato una donna fantastica, Lilly, proprio a inizio anno. Adesso sono fidanzati e vogliono una cerimonia di nozze in stile holly-woodiano."

"Come si sono incontrati?" gli chiese Bristol. "Ti prego, dimmi che non è stato perché lei si è persa nei boschi e lui l'ha trovata."

A quel punto fu Rocky a farsi una risata. "Non esatta-mente. Lei faceva l'operatrice di ripresa in città quando hanno girato una puntata su Bigfoot per uno spettacolo TV."

"Ma non mi dire!" esclamò Bristol. "Dici sul serio?"

"Sì. Per farla breve, Ethan ha passato molto tempo con lei, e alla fine lei è rimasta a Fallport."

"Wow, che follia! Cioè, in realtà è grossomodo lo stesso motivo per cui ci sono venuta io, a Fallport. Mike aveva sentito parlare di quel programma e pensava che sarebbe stato divertente venire qui a caccia del bestione. Ha proprio detto che era meglio venirci subito, prima che la puntata venisse trasmessa, perché poi sarebbero venuti mari e monti a Fallport."

"Direi che aveva ragione, anche se *comunque* è un defi-ciente per come ti ha trattata."

Bristol rise di nuovo. "Su questo siamo d'accordo."

"In ogni caso, poi c'è Zeke. Lui era nelle forze speciali dell'esercito, i Berretti Verdi, adesso invece è proprietario del bar che c'è in città, l'On the Rocks. Lui sta con Elsie, una mamma single che fa la cameriera nel locale. Si conoscono già da un po', ma la scintilla è scoccata solo di recente, si sono appena sposati. Zeke ha portato Elsie e il figlio Tony all'osser-vatorio di Eagle Point, insieme agli altri della squadra; anche per questo, adesso non sono con me."

"Drew un tempo era nella polizia di Stato della Virginia, adesso invece fa il commercialista. Ci prepara le denunce dei redditi e ti giuro che è un genio, per quanti soldi ci ha fatto risparmiare."

"Vorrei tanto avere anch'io un bravo commercialista. Negli anni ne ho passati tanti e ho avuto l'impressione che fossero interessati solo a *incassare* e non ad aiutarmi a risparmiare sulle tasse," disse Bristol sospirando.

"Sono sicuro che non gli dispiacerà incontrarti e fare due chiacchiere sulla tua attività e tutto il resto. Se non altro ti darebbe dei buoni consigli."

"Sarebbe fantastico. Vediamo se si può fare, grazie," gli disse Bristol.

"Poi c'è Brock, che lavorava per la polizia di frontiera, adesso invece fa il meccanico. Non gli sfugge nulla in materia di motori, sa tutto sulle macchine. Talon invece è britannico, era nei servizi speciali della marina, sarebbero le forze speciali inglesi. Lui è il belloccio, tra tutti noi. Probabilmente perché fa il barbiere, ha sempre un aspetto immacolato, quindi se vuoi rompergli le scatole, digli che ha i capelli in disordine, o che sono troppo lunghi."

Bristol sorrise. "Ehm, dato che non lo conosco, sarà meglio evitare."

"Magari lo conoscerai presto. Fa anche il pagliaccio spesso e volentieri... ma può cambiare in un lampo. L'ho visto più volte che rideva e poi in un attimo era pronto a prendere qualcuno a calci."

"Allora sarà davvero meglio che non lo faccia incazzare tanto facilmente," commentò Bristol.

"L'ultimo della squadra è Raiden. Quello alto che ti dicevo. Non ha avuto un'infanzia facile; era mingherlino, col naso a punta e con le orecchie strane... parole sue. Lo prendevano sempre in giro. In più di un'occasione ci ha raccontato che quando era bambino aveva solo amici cani. Guarda caso, quando è entrato nella guardia costiera, l'hanno messo nell'unità cinofila. Coi cani è bravissimo. Tipo l'uomo che sussurrava ai cavalli, ma coi cani. Ha un cane da ricerca, un segugio di nome Duke, che è *fantastico*. Tanti segugi sono difficili da gestire, perché sono attirati dal cibo e sono molto cocciuti; invece Duke fa tutto quello che gli dice Raiden, quasi prima che glielo dica."

"Ma daiiiii, adoro i segugi!" esclamò Bristol. "A parte la bava. Quella mi fa un po' senso."

Rocky si mise a ridere. "Sì, infatti. Però Duke è incredibile a seguire le piste. Probabilmente ti avrebbe trovata in metà del tempo."

"Da come parli, si capisce che hai molto rispetto per i tuoi amici e vuoi loro molto bene."

"È così. Ma soprattutto mi fido ciecamente di loro. Quando siamo fuori per un lavoro, non vorrei nessun altro al mio fianco."

"Ti sei messo nei guai perché sei venuto a cercarmi da solo?" gli chiese Bristol aggrottando la fronte preoccupata.

"No, la squadra non funziona così, non c'è una vera e propria gerarchia. Ethan è il nostro leader, ma solo perché è disposto a prendersi degli impegni in più, tipo andare alle riunioni in municipio, incontrare il sindaco per discutere del budget, parlare alla stampa, quando ce n'è bisogno. Per il resto, siamo solo un gruppetto di ragazzoni che prestano un servizio alla città e aiutano amici e concittadini in difficoltà, o anche turisti, quando capita. Però resta il fatto che mi faranno il mazzo per essere uscito da solo senza dire a nessuno dove andavo. Avrei dovuto saperlo, che non era il caso di fare una stupidaggine del genere."

"Anch'io avrei dovuto saperlo, che non era il caso di andare a zonzo da sola," gli disse Bristol tranquillamente.

"Esattamente. Raiden è l'unico in città in questo momento; avrei dovuto telefonargli prima di partire. Anche se non era sicuro che la preoccupazione di Sandra fosse fondata. Ma almeno ho imparato la lezione. Spero solo che la mia stupidità non ti pesi troppo."

"Non mi pesi troppo? Rocky, tu mi hai *trovata*."

"Sì, ma potevamo già essere tornati al parcheggio, se Raiden fosse venuto con me. Avrei potuto mandarlo alla macchina per chiamare aiuto, mentre io rimanevo con te.

Non avresti dovuto patire il dolore che stai patendo, se non fossi stato da solo."

"Pazienza," rispose Bristol accalorandosi. "Devi smetterla di affliggerti in questo modo! Se dovessimo sederci in poltrona a giudicare col senno di poi ogni decisione presa in passato, non ci alzeremmo più per la frustrazione. Potevi agire in modo diverso? Certo. Però anch'io potevo comportarmi diversamente. Potevi anche decidere di ignorare le parole di Sandra, potevi presumere che io stessi bene, allora *nessuno* mi avrebbe più trovata. Quindi datti una calmata."

Rocky a quel punto non si trattenne e si mise a ridere. "Hai ragione, scusami."

Bristol non aveva tutti i torti. Andarla a cercare da solo era stata una stupidaggine, ma *almeno* c'era andato.

Camminò ancora per mezz'ora, prima di suggerire un'altra pausa. A quel punto, quando la mise a terra, il dolore la costrinse a fremere. Rocky le prese un'altra pillola. Avrebbe voluto farle mangiare qualcosa, ma con un possibile intervento chirurgico in arrivo, forse non sarebbe stata una buona idea.

Chiacchierarono ancora un po', poi, quando arrivò il momento, lui la riprese in braccio con molta cautela. Più tempo passava tenendola in braccio e più gli piaceva. Pur essendo molto esile, il corpo di Bristol si modellava perfettamente addosso a quello di Rocky, stranamente, considerando la differenza di statura.

Quando arrivarono all'imbocco del sentiero, erano entrambi stanchi, sudati e doloranti. Era pomeriggio avanzato, Rocky aveva percorso quasi venti chilometri, metà dei quali trasportando il doppio del peso con cui era partito quel mattino. Lui però ignorò i dolori e gli acciacchi, perché sapeva che non erano nulla, rispetto alla sofferenza di Bristol. Lei negava ancora di patire un dolore superiore a un cinque, nella scala da uno a dieci, ma col passare del tempo Rocky si era sempre più convinto che lei stesse mentendo a denti stretti.

La fece accomodare sul sedile del passeggero della sua vecchia Chevy Tahoe blu e poi tirò fuori il cellulare. La prima telefonata fu diretta a Robert Snow, il medico con lo studio a Fallport, il quale accettò l'appuntamento alla clinica in piazza appena ci fossero arrivati.

Non volendo perdere altro tempo, Rocky avviò la macchina e partì verso Fallport. Trovò il numero di Raiden mentre guidava.

"Ciao Rocky, come ti passa?" gli disse Raid rispondendo.

"Prima di tutto, ho fatto una cazzata; lo *so* che ho fatto una cazzata e lo apprezzerei se ti tenessi la predica per un altro momento," gli disse Rocky. Aveva telefonato col vivavoce; guardò di sfuggita Bristol e fece spallucce, mentre aspettava di sentire la risposta dell'amico.

"Ecco. Allora di che hai bisogno?"

Perfetto esempio del motivo per cui Rocky rispettava tanto gli amici, rispettava Raiden. Gli raccontò rapidamente ciò che gli aveva detto Sandra quel mattino, dicendogli che era andato al sentiero Falling Water e aveva trovato Bristol. "Stiamo andando in questo momento dal dottor Snow, ma forse dovremo andare a Roanoke, dipende da cosa rivelano i raggi X."

"Va bene. Di nuovo, di che hai bisogno?" gli chiese Raid.

"Ti va di fare un salto all'Occhio di Bue per parlare con Sandra? Dille che ho trovato Bristol, che sta bene; può darsi che debba aspettare qualche giorno, prima di vederla, a seconda che dobbiamo o meno andare a Roanoke; ma voglio solo farle sapere che Bristol sta bene."

"Considerala avvertita. Che altro? Vuoi che passi anch'io a tenerle compagnia, intanto che tu vai a casa a farti una doccia o a prendere qualcosa da mangiare?"

"Non ho bisogno di un badante," protestò Bristol.

Rocky ignorò il suo intervento. "Sarebbe fantastico,

grazie. Dopo l'uscita di oggi puzzo un po' di selvatico. Di sicuro il dottor Snow e il personale medico di Roanoke non apprezzerebbero, se mi presentassi con addosso l'odore di una scarpa ammuffita."

"Va bene. Allora parlo con Khloe e poi vengo dal dottore. Vuoi che porti qualcosa?"

"No, grazie mille, Raid, l'apprezzo molto."

"Meno male, scimunito! Come se potessi dirti di no. Anche se è *vero*, hai fatto una cazzata non telefonandomi. A dopo."

Quando la telefonata si interruppe, Rocky ebbe un fremito. Raid aveva un carattere introverso; il fatto che non avesse esitato a prendersela e sfogarsi la diceva lunga su quanto fosse *veramente* arrabbiato.

"Mi sembra... gentile."

"Infatti è gentile," confermò Rocky.

"Chi è Khloe?"

"La sua impiegata."

"E lui dove lavora?"

"Oh, non te l'ho detto? Lui è il direttore della biblioteca pubblica di Fallport."

"Sul serio?"

"Sì. Perché?"

"Non lo so. Mi ero fatta una mezza idea di lui; è stato nella Guardia Costiera, alto più di due metri e con un segugio, mi immaginavo tutto tranne che un bibliotecario."

Rocky non trattenne la risata. "C'è una cosa che devi sapere sugli uomini della squadra di ricerca e soccorso Eagle Point: non corrispondono affatto a tante immagini stereotipate."

Bristol allungò una mano e gliela posò sul braccio; Rocky avrebbe giurato di sentire da quel contatto un formicolio su tutto il corpo. "Grazie per avergli chiesto di andare a parlare con Sandra. È stato un pensiero molto carino."

"Le hai fatto un'ottima impressione, si è preoccupata. Sarebbe crudele tenerla in pensiero, adesso che sei al sicuro."

"Sono d'accordo. Per questo ti ringrazio."

"Devi *smetterla* di ringraziarmi," le disse Rocky.

"E perché?" gli chiese lei ritirando la mano e mettendosela sulla gamba.

Aveva i capelli neri in disordine; in una delle pause, se li era raccolti in uno chignon improvvisato, ma alcuni ricci erano sfuggiti all'elastico e penzolavano sul viso. Bristol non aveva un filo di trucco, il volto era rigato dal sudore e dallo sporco; era maleodorante, come chiunque fosse rimasto nella natura selvatica per giorni; aveva urgente bisogno di farsi una doccia e di cambiarsi con abiti puliti. Eppure Rocky non sembrava capace di toglierle gli occhi di dosso.

Cominciava a capire un po' meglio il motivo per cui il fratello si era innamorato perdutamente di Lilly tanto in fretta.

"Perché non voglio passare tutto il tempo che avremo a disposizione a ripeterti continuamente 'non c'è di che'."

"Ma ti stai facendo in quattro per aiutarmi!" esclamò lei.

"Non ci sei abituata?" le chiese, sinceramente incuriosito.

"Io... veramente no. Io sono un po' come il tuo amico Raid, sono un'introversa. Passo molto tempo a casa da sola, a lavorare ai miei progetti."

"Beh, allora sarà meglio che ti ci abitui, perché io non vado da nessuna parte; rimarrò qui a lungo termine."

"Qui?"

Rocky scrollò le spalle, rallentando l'auto che si avvicinava alla piazza in centro città. "Qui al tuo fianco per controllare che tu stia bene."

"Fai così con tutte le persone che salvi?"

Rocky parcheggiò lungo il marciapiede proprio davanti allo studio medico in piazza, poi spense il motore. Si voltò per guardare Bristol negli occhi. "No. Di solito il nostro lavoro finisce appena troviamo chi si era perso. Il caso passa alla polizia, o ai soccorritori medici."

"Allora perché fai così adesso, con me?" gli chiese lei.

"Perché qualcosa mi dice che, se ti lasciassi andare, sarebbe l'errore peggiore della mia vita."

Al che, Rocky scese dal SUV e andò sull'altro lato del veicolo. Probabilmente si era esposto troppo, e sapeva di sembrare ridicolo, però era tutto vero. Non aveva intenzione di nascondere per la vergogna il legame che sentiva con quella donna.

A meno che lei non gli dicesse chiaramente che non voleva avere nulla a che fare con un semplice lavoratore, ex militare amante della vita all'aria aperta.

CAPITOLO QUATTRO

Bristol non sapeva bene che pensare di Rocky.

No, non era quella la verità.

La verità era che Rocky le piaceva. Molto. Troppo. Era una follia quanto rispetto nutriva nei suoi confronti, pur avendolo conosciuto solo da poche ore. Tuttavia, in quelle poche ore, lui aveva fatto di tutto per rassicurarla, per medicarle le ferite, per non farla sobbalzare più del necessario; in generale, l'aveva trattata come il bene più prezioso e delicato che potesse trovare in mezzo al bosco.

Tutto ciò che aveva appreso su di lui fino a quel momento le piaceva.

Rocky l'aveva accompagnata nella clinica medica, nell'adorabile cittadina di Fallport; il medico era stato molto comprensivo e si era dispiaciuto per ciò che lei aveva passato. Era rimasto anche molto colpito e gliel'aveva detto senza alcun timore: i raggi alla gamba avevano evidenziato una frattura al perone; era stata fortunata a rompersi l'osso minore dello stinco e non la tibia.

Però era pur sempre una frattura completa, non una semplice infrazione dell'osso, il dottore aveva ritenuto necessario suggerire un fissatore esterno per favorire la guarigione, quindi serviva un viaggio a Roanoke per andare da uno specialista. Il dottor Snow l'aveva rassicurata che avrebbe parlato direttamente con il collega dell'ospedale, in modo da farle trovare l'equipe medica pronta ad accoglierla e curarla al suo arrivo.

Rocky era andato a casa a farsi una doccia e cambiarsi d'abito prima di partire per Roanoke. Mentre Bristol lo aspettava, aveva conosciuto il suo amico Raid, che le aveva tenuto compagnia. Rocky le aveva detto la verità: Raid aveva un aspetto insolito, e non solo perché torreggiava su di lei. Aveva i capelli di un rosso particolarmente acceso, con le orecchie leggermente a sventola. Quando lei l'aveva incontrato, s'era messa a ridere appena aveva notato che anche lui portava la barba.

"Cosa c'è da ridere?" le aveva chiesto Rocky prima di andar via.

Bristol si era chiusa nelle spalle e gli aveva chiesto: "Ma voi portate tutti la barba?"

Lui le aveva sorriso, aveva annuito, poi l'aveva sbalordita come un fulmine a ciel sereno abbassandosi su di lei e baciandola sulla fronte dolcemente. Lei era rimasta con gli occhi spalancati a guardarlo, dopo quel gesto intimo tutt'altro che sgradito, così lui le aveva detto: "La mia fa più effetto, però." Poi le aveva fatto l'occhiolino ed era uscito dalla stanza.

"Interessante," le aveva detto Raid, dopo che Rocky se n'era andato.

"Che cosa?"

"Sembra proprio che voi due abbiate fatto comunella, nel bosco."

Quelle parole potevano anche essere fraintese da qualcuno, ma lui le aveva dette con un bel sorriso e Bristol non se la prese: fece spallucce e rispose semplicemente: "Sì."

Gli occhi verdi di Raiden incontrarono quelli di Bristol e lì rimasero per un lungo momento, poi lui le disse: "Rocky è un brav'uomo, uno dei migliori. Darei letteralmente la vita per lui. Dopo aver visto suo fratello Ethan e Zeke innamorarsi tanto alla svelta di due donne meravigliose, penso che anche lui stia cercando lo stesso. Io di certo non so cosa ci riservi il futuro, ma ti prego... se pensi di non poterti mai trasferire a Fallport, se non ti vedi insieme a Rocky, allora non illuderlo."

Di nuovo, Bristol avrebbe potuto prendersela, per quanto Raiden saltava a conclusioni affrettate, ma era ovvio che lo faceva perché voleva bene all'amico, quindi lei non si offese in alcun modo. "Nemmeno io so cosa ci riservi il futuro. A me sembra che sia un po' presto per pensare a trasferirsi, o anche ad avere un rapporto con Rocky. Però, per la cronaca... io lavoro da casa, quindi posso vivere dove voglio."

"Non ho mai preso in giro gli uomini con cui sono stata e non ho certo intenzione di cominciare adesso. Se... e sottolineo se io e Rocky dovessimo decidere di lasciarci trasportare dalla chimica che si è creata tra noi, non sarà certo per illuderlo. Te lo prometto, Raid. Faccio un lavoro che amo, ho una mamma meravigliosa, ho abbastanza risparmi sul conto in banca e ci tengo alla mia indipendenza. Non sono una scroccona, non sto cercando disperatamente di avere figli e se anche rimanessi single per tutta la vita, non me ne farei un problema."

Raiden sorrise e a Bristol mancò il fiato per un attimo. Quel sorriso l'aveva completamente trasformato. Prima era un uomo alto, buio e brontolone, poi era diventato affascinante e piacevole in un batter d'occhio.

Raiden fece una risata e le disse con un filo di voce. "Rocky è bello che sistemato."

Lei aprì la bocca per chiedergli cosa intendesse esattamente, ma proprio in quel momento una signora entrò in stanza a passo spedito, come se avesse avuto tutte le ragioni per entrare pur non essendo né un medico né un'infermiera, a giudicare da com'era vestita.

"Ciao, mi chiamo Khloe, volevo solo sapere se va tutto bene. Ti fa male la gamba? Cosa si può fare perché tu ti senta meglio? Dov'è Rocky? Penso che tu debba darti una mossa, è passato già molto tempo dall'infortunio. Prima arrivi in ospedale e prima ti operano, prima guarirai. Raid, puoi telefonare a Rocky per capire quanto dovremo aspettarlo ancora?"

Bristol non poté fare altro che fissare confusa quella donna. Sembrava preoccupatissima per lei, una perfetta estranea, più del normale. Khloe era una donna minuta, come Bristol, ma pur sempre di una decina di centimetri più alta rispetto al suo metro e quarantanove. La testa di Khloe era praticamente alla stessa altezza di quella di Raid, anche se lui era seduto, mentre lei era in piedi. Khloe aveva i capelli castano chiari, occhi nocciola e un'andatura particolare che a Bristol non era sfuggita, quando l'aveva vista entrare nella stanza. Era una donna allegramente paffuta, riempiva morbidamente i jeans che indossava, che sembravano quasi dipinti addosso a lei.

Raid la fissò senza muovere un dito, così lei disse: "Va bene, lo chiamo *io*!" Poi tirò fuori il telefono dalla tasca posteriore.

Raid allungò una mano e le prese il telefono. "Sarà di ritorno da un momento all'altro, non c'è bisogno di stressarlo telefonandogli."

Khloe si accigliò e fece un passo verso il letto in cui era sdraiata Bristol, dando le spalle all'omone seduto là vicino. "E tu stai bene? Ti fa molto male? Il dottor Snow ti ha fatto prendere degli antidolorifici? Se ti fa male, posso andare a chiedergliene degli altri."

"Sto bene, ma grazie," le rispose Bristol. Stava davvero meglio. La gamba le pulsava dal dolore, anche i palmi delle mani le facevano male, il medico glieli aveva disinfettati di nuovo; però Bristol si sentiva ancora un po' intontita dalle pillole che le aveva dato Rocky.

Le parole di Bristol non ebbero alcun effetto sulle preoccupazioni di Khloe. "So che non puoi mangiare nulla, ma se hai sete posso andare a prenderti dell'altra acqua."

Mossa dal desiderio di tranquillizzare quella donna, chiaramente in pensiero, Bristol allungò una mano e gliela posò sul braccio. "Sto bene, davvero."

"Khloe?" Raiden la chiamò e Bristol lo vide un po' accigliato. "Che succede?"

Bristol la vide prendere fiato profondamente e chiudere gli occhi per un momento, poi Khloe si girò. "No, niente, va tutto bene. È... volevo solo controllare che Bristol stesse bene. Le fratture ossee fanno un male cane, anche se tu e Rocky siete super soldati e probabilmente non sapete cosa sia il dolore, anche con le ossa rotte. Quindi volevo solo sentirla, tutto qua. Adesso che ci ho parlato posso anche andare. Non preoccuparti, ho finito l'inventario prima di andarmene e domani preparerò le etichette per i libri nuovi e li sistemerò sugli scaffali."

Poi Khloe fece un passo verso la porta, ma Raid si alzò e le prese un braccio, tenendola saldamente ma con dolcezza. "Non m'importa nulla dei libri. Al momento, sono più preoccupato per *te*."

"Io sto bene," gli rispose lei rapidamente, forse troppo alla svelta.

"Eppure c'è qualcosa," ribatté Raid sommessamente.

"No, non c'è nulla," insisté lei ostinata. "Io sto bene, Bristol sta bene, Rocky sta tornando per portarla a Roanoke, quindi io posso andare."

"Ti accompagno a casa," le disse Raid con decisione.

L'espressione di panico sul volto di Khloe fu evidente... e strana. "No, non è il caso. Non puoi lasciare qui Bristol da sola. Rocky ti prenderebbe a calci se tornasse e la trovasse qui da sola." Poi si girò verso il letto. "Sono contenta che tu stia bene."

"Grazie per essere venuta a trovarmi," le rispose Bristol, ancora totalmente confusa.

Khloe annuì. "Sono sicura che anche Lilly ed Elsie sarebbero venute, se fossero state in città. Sono tanto carine e gentili." Poi si liberò il braccio dalla presa di Raid strattonandolo; lui rimase impensierito, ma la lasciò andare. Khloe gli sfilò di mano il telefono e si avviò con un'andatura claudicante verso la porta.

Raiden rimase in piedi alla porta a fissare fuori per un lungo momento, anche dopo che Khloe se n'era già andata; Bristol non sapeva bene che dire o che fare, quindi rimase zitta. Era più che ovvio che ci fosse una certa tensione tra Raiden e la sua bella collaboratrice, anche se era difficile interpretarla. Però Bristol pensò che non fossero fatti suoi; in fondo, lei sarebbe presto andata via da Fallport.

Rocky tornò proprio in quel momento. "Va tutto bene? Ho visto Khloe che andava via," disse.

Dato che Raid non rispondeva, dopo un momento Bristol rispose a Rocky: "È passata a vedere se stavo bene."

"È stata gentile."

"Davvero," concordò Bristol.

"Dato che sei tornato, posso andare anch'io. Ho lasciato Duke in biblioteca, devo andare a vedere che non combini guai."

"Sarà sicuramente tutto a posto," rispose Rocky. "L'hai lasciato un sacco di volte con gli altri bibliotecari."

Raid scrollò le spalle. "Spero che a Roanoke vada tutto bene," disse a Bristol, poi fece un cenno col mento verso Rocky e uscì dalla porta.

"Si può sapere cos'è successo?" le chiese Rocky confuso.

Bristol però si era già dimenticata di tutto, fuorché dell'uomo che aveva davanti. Era stata a tu per tu con lui per quasi tutto il giorno, ma vederlo in jeans, con una maglietta nuova, tutto profumato di fresco a un paio di metri di distanza l'aveva fatta rimanere senza parole. Inoltre, in quel momento le sue condizioni le pesarono di più. Avrebbe fatto chissà cosa, per una doccia, ma sapeva che era impossibile. Le dava un immenso fastidio sentirsi tanto lercia vicino a Rocky.

"C'è qualcosa che non va?" le chiese, poi fraintese il suo

silenzio. "Ti fa male? Il medico è qua fuori, vado a chiamarlo. Magari ti può fare una flebo prima che partiamo e..."

"No!" esclamò Bristol interrompendolo. "Non c'è bisogno, sto bene."

"Non stai bene," insisté Rocky. "C'è qualcosa che non va."

Era un osservatore quasi fastidiosamente attento, ma lei non ne fu sorpresa: era stato un SEAL, dopo tutto; da quel poco che lei sapeva sulle unità delle forze speciali, dovevano essere estremamente attenti in ogni momento a tutto ciò che capitava nei dintorni. Lo guardò timidamente. "È solo che... vederti così, bello fresco e ripulito, mi ha fatto capire quanto io *non* sia affatto fresca e ripulita."

Il viso di Rocky si ingentilì; prese la sedia che aveva usato Raid e la avvicinò al letto. Poi allungò una mano e le sfiorò una guancia col palmo. Il contatto di quella mano enorme sulla pelle le piacque molto. "Mi dispiace," le disse Rocky.

"Ti dispiace di che?" Chissà perché, glielo chiese sussurrando.

"Avrei dovuto pensarci, una bella doccia ti avrebbe fatto star meglio. Mi sono trovato molte volte nella tua stessa situazione, non è bello. Quando tornavamo dalle missioni, puzzavamo come dei cinghiali lerci, eppure dovevamo incontrare subito i capoccia, alti ufficiali in uniforme lavata e stirata che non facevano che arricciare il naso per il nostro puzzo che riempiva la stanza." Le sorrise, poi si fece serio. "A me non dà affatto fastidio," le disse.

Bristol alzò gli occhi al cielo. "Ecco, magari è pure piacevole."

"Dai, sei viva, hai l'odore della *vita*," le disse Rocky schiettamente.

Lei non seppe far altro che fissarlo. Aveva ragione. Il sudore secco sulla pelle e la sporcizia attecchita sui vestiti erano il risultato della lotta per la sopravvivenza.

"Voi due dovreste partire," disse una voce profonda dall'uscio.

Bristol sussultò dalla sorpresa, mentre Rocky non fece una piega per l'arrivo del medico. Probabilmente non era stato sorpreso perché l'aveva sentito arrivare: un altro effetto dell'addestramento delle forze speciali.

Senza toglierle la mano dalla guancia, Rocky si voltò per guardare il dottore. "Ci stanno aspettando?"

"Sì. Saranno pronti a esaminarla appena arrivata. Il dottor Madden è uno dei migliori specialisti della regione. La sistemerà immediatamente. Non è una brutta frattura, è una ragazza fortunata: gli ho mandato via email i raggi e lui ha detto che forse basterà un solo perno."

"Grazie," gli rispose Rocky alzandosi in piedi.

Bristol sentì il distacco della mano di Rocky dalla guancia e le venne quasi voglia di piangere. Che stupidaggine.

"Sei pronta a partire?" le chiese, in piedi di fianco al letto.

Bristol annuì.

"Dottore, può aprirci le porte?" gli chiese Rocky.

"Ma certo. Fai attenzione," disse il medico mentre Rocky si chinava su di lei.

L'avevano già fatto molte altre volte, quel giorno: Bristol gli mise una mano intorno al collo e lui la sollevò lentamente dal letto. Per fortuna non le avevano fatto indossare un orribile camice dell'ospedale! Bristol si aggrappò a Rocky, che la portava in braccio fuori dalla clinica, verso la macchina.

In un batter d'occhio, furono in viaggio sulla I-480 verso la superstrada che portava a Roanoke. Era un viaggio di un paio d'ore; in tutta onestà, Bristol era un po' preoccupata per l'intervento alla gamba.

"Mi sono dimenticata di chiedere a Raiden se ha parlato con Sandra," disse Bristol dopo qualche minuto di silenzio.

"Le ha parlato," le disse Rocky. "Ero appena uscito dalla doccia quando Sandra mi ha telefonato per confermare che stavi bene. Poi mi ha persino aggiunto: 'Te l'avevo detto'."

Bristol sorrise. "Beh, per quanto mi riguarda si è meritata una corona per il titolo di 'Miss te l'avevo detto'."

Rocky si mise a ridere. "Ecco, allora appena riesco gliene preparo una."

Bristol sentì come una stretta alla gola, ma fece del suo meglio per mandar giù l'emozione forte. "Grazie."

"Però, se la incoroniamo, poi si monterà la testa. Potrebbe arrivare a tener testa a Silas, Otto e Art per il titolo di 'Re del gossip' di Fallport," aggiunse Rocky.

La guardò di sfuggita appena finito di parlare e rilassò l'espressione del viso. "Bristol," le disse sottovoce, accorgendosi dello sforzo che lei faceva per non perdere il controllo.

Lei si voltò dall'altra parte e nascose il viso in una mano, non riuscendo più ad averla vinta sul proprio sfogo.

"Shhh, va tutto bene," le disse Rocky cercando di tranquillizzarla. Con la mano aperta andò ad accarezzarle la schiena, mentre lei singhiozzava in silenzio.

Mentre piangeva, Bristol perse la cognizione del tempo; quando finalmente deglutì il dolore e si ricompose, si accorse che Rocky non aveva smesso un solo momento di mormorarle frasi rassicuranti. Le diceva che era una donna forte e coraggiosa, che l'operazione sarebbe stata una passeggiata e che lui le sarebbe rimasto al fianco fino alle dimissioni dall'ospedale.

Al che lei si girò per guardarlo. "Cosa?"

Lui sembrò sorpreso di sentirla parlare di nuovo. "Cosa, *cosa*?" le chiese.

"Non puoi rimanere a Roanoke tutto il tempo, mentre sto in ospedale," gli disse.

"Perché no?" le chiese lui inclinando appena la testa. Nel frattempo le aveva appoggiato la mano sul ginocchio senza stringere la presa e senza sfiorarla in punti inappropriati. Quel contatto era solo un modo gentile per farle sentire che non era da sola. Una rassicurazione di cui lei aveva bisogno, dopo tutto quello che aveva passato.

"Perché hai una vita," gli spiegò, "un lavoro, anzi, due lavori; non sappiamo nemmeno per quanto tempo mi ricoverano. Non hai nemmeno un sacco a pelo."

"In verità ce l'ho," le disse con calma. "L'ho messo nel baule mentre ero a casa. Siccome lavoro per me stesso, i miei clienti capiranno se spiegherò loro che devo rimandare. Ethan e gli altri dovrebbero tornare domani dal campeggio e non importa quanto tempo ti tengono in ospedale: io rimango."

"Ehm... grazie. Devo ancora capacitarmi che mi stai accompagnando."

"Non devi ringraziarmi. Ti trovo affascinante, Bristol, mi hai colpito. Come ti dicevo prima, sei rimasta su di morale per tutto il tempo nonostante la situazione, quando avresti potuto benissimo diventare acida, brontolare per il dolore, parlar male degli altri che ti hanno lasciata dov'eri. Invece no, a parte qualche commento per spiegarmi cos'era successo. Hai fatto un'ottima impressione su Sandra, il che non è affatto facile. Però senti... se *non vuoi* che rimanga, se ti metto a disagio, allora non devi fare altro che dirmelo."

"No!" esclamò lei con un po' troppa forza. "Non è così. È solo che... ho paura."

"Di che? Di me?" le chiese Rocky.

"Non potrei mai avere paura di te," gli rispose Bristol apertamente. "Solo che mi trovo in una situazione scomoda. Non mi sono mai fatta operare prima, non sono mai stata a Roanoke, non ci conosco nessuno, non so cosa farò dopo. Immagino che per un po' non potrò camminare, quindi non so proprio come farò a lavorare, dovrò stare a casa a far nulla. Accidenti, non so nemmeno come farò a *tornare* a casa. Sono una persona riservata, non sono piena di amici pronti ad aiutarmi, una volta tornata a Kingsport. Posso telefonare a mia mamma, ma lei vive in California e per quanto le voglia bene, diventerebbe soffocante e nel giro di pochi giorni arriveremmo ai ferri corti. Sono solo... è tanto da affrontare. Tu mi hai già aiutato molto e non so proprio come mai ti dai tanto da fare per un'estranea. Poi... Raid mi ha avvertito di non illuderti."

"Merda, davvero? Dovrò farci un discorsetto," commentò Rocky con tono seccato.

"No, per favore, lascia stare. Penso che sia bellissimo avere degli amici così, che cercando di proteggerti come ha fatto lui."

Rocky sospirò, poi per un attimo strinse le presa sul ginocchio di Bristol, infine parlò: "Che ne dici di affrontare un giorno alla volta? Il dottor Snow ha detto che l'operazione dovrebbe essere una passeggiata, secondo lui dovresti rimanere in ospedale un giorno o due, poi sarai dimessa. Hai ragione a dire che probabilmente non potrai camminare per un po'. Però puoi sempre rimanere qui a Fallport, intanto che ti riprendi."

Bristol sbatté le palpebre e si fece seria. "A Fallport?"

"Sì. Poi, quando starai meglio, posso portarti io a Kingsport, andiamo a prendere ciò che ti serve. Hai detto che sei un'artista, giusto? Possiamo recuperare i tuoi materiali, tanto puoi lavorare in Virginia allo stesso modo in cui lavori in Tennessee."

"Hai detto che a Kingsport non hai molti amici. Beh, a Fallport conosci già un sacco di persone. Sandra sarà un po' invadente, perché è fatta così, adesso conosci anche Khloe, che mi è sembrata particolarmente preoccupata per te. Di sicuro anche Lilly ed Elsie saranno felicissime di conoscerti e andrete altrettanto d'amore e d'accordo. Poi c'è Tony, il figlio di Elsie; penso che anche a lui farebbe piacere conoscerti e passare il tempo in compagnia: cerca sempre qualcuno che gli legga qualcosa."

"Per non parlare degli altri della squadra, anche loro vorranno conoscerti, perché siamo sempre tutti molto contenti di conoscere qualcuno che se la cava nel bosco. E tu, Bristol, tu sei quella che se l'è cavata meglio di tutti. Accipicchia, te la saresti cavata anche da sola, se non fossi arrivato io. Qualunque cosa succeda, dopo l'intervento, ti aiuterò ad affrontarla e vedrai che andrà tutto bene."

A Bristol girava la testa e non solo per via degli antidolorifici. "Dove dormirei?" domandò sommessamente, più a se stessa che a lui.

Rocky le tolse la mano dal ginocchio e la mise di nuovo sul volante. Che follia: già le mancava il contatto confortante con il palmo della sua mano.

Bristol non ne era sicura, ma l'uomo che aveva al fianco le sembrò per la prima volta a disagio.

"Beh, Elsie e Zeke si sono appena trasferiti nella casa nuova, hanno un paio di stanze in più. So che non avrebbero problemi a ospitarti, almeno finché non sei in grado di muoverti. Se no c'è Whitney Crawford che ha un Bed & Breakfast da sballo. Dovremmo chiederle se ha posto o se ha tutto prenotato, ma è una possibilità in più. Al momento, l'appartamento dove abitava Elsie, quello vicino a casa mia, è libero, non è ancora stato affittato, ma non so se sia il caso di andare a stare da sola, così, di botto. Faresti molta fatica a muoverti da sola. Anche Sandra sarebbe felicissima di aiutarti."

Poi la guardò a lungo, prima di tornare a osservare la strada. Infine le disse con estrema naturalezza: "Anch'io ho una camera in più nel mio appartamento. Non è il massimo, ma è pulita e di me puoi fidarti ciecamente. Non sono male in cucina e se succede qualcosa ho anche una certa esperienza di primo soccorso. In teoria sarei un medico, anche se non mi sono mai fatto certificare, quando ho mollato la Marina. Avresti tutto lo spazio che ti serve e quando le tende sono aperte c'è anche un'ottima luce, sai, potresti fare le tue cose artistiche. Io non sarei sempre a casa, perché devo andare a lavorare, ma se ti serve qualcosa, ci sono le altre... anzi, accidenti, chiunque a Fallport sarebbe disposto a venirti a trovare per aiutarti, se ti serve qualcosa quando io non ci sono."

Bristol ebbe l'impressione di avere la bocca spalancata, del resto non sapeva che farci: quell'uomo l'aveva davvero appena invitata a trasferirsi da lui? Chissà, forse le stavano venendo le allucinazioni uditive, ma le sembrava anche che Rocky stesse cercando di dipingere il suo appartamento come la scelta ideale.

Ma la sorpresa più folgorante fu accorgersi che l'idea non le dispiaceva. Più lo sentiva parlare, più le sembrava l'ideale. A parte il fatto che aveva letteralmente appena incontrato quell'uomo. Era una follia totale pensare di trasferirsi con qualcuno che non conosceva. Certo, era ferita e avrebbe avuto bisogno di aiuto, almeno per un po' di tempo, ma insomma...

"Ecco, è troppo presto," le disse, come riuscendo a leggerle nella mente ogni preoccupazione. "Sto solo dicendo che ci sono un sacco di persone disposte ad aiutarti, anche dopo l'operazione. Non dovresti stare da sola, non è sicuro. L'ultima cosa di cui hai bisogno in questo momento è preoccuparti. Andrà tutto bene. L'operazione andrà bene. Non aver paura di nulla, Punky. Una cosa alla volta, va bene?"

Merda: stava per mettersi di nuovo a piangere. Bristol annuì e appoggiò la testa allo schienale della macchina. "Grazie," gli sussurrò di nuovo. "Grazie di tutto; sul serio, non ho idea di cos'avrei fatto, se non mi avessi trovata."

Non fu sorpresa di vederlo scrollare le spalle, a quel ringraziamento. "Ce l'avresti fatta, Punky, non ho dubbi."

Che uomo. Non aveva mai incontrato uno come lui: generoso, altruista, affascinante; Rocky sembrava non avere la più pallida idea di quanto fosse interessante. "Ho dei soldi," gli disse di getto.

Lui si mise a ridere. "Ah sì?"

"Voglio dire, sono assicurata, ma se ci sono dei costi non coperti, posso pagare. Posso anche contribuire per l'affitto, o per fare la spesa, o per tutto ciò che ne consegue."

Lui annuì. "Ho capito."

A lei venne voglia di ridere. In molti le avrebbero fatto altre domande, magari per sapere quanti soldi avesse, o quanto guadagnasse col suo lavoro da artista; chissà, qualcuno avrebbe anche potuto cercare di approfittarsi della situazione. Rocky invece no.

Probabilmente non l'avrebbe nemmeno interessato sapere che in quel preciso istante lei aveva svariati milioni di dollari investiti, con un conto in banca a sei cifre.

"Chiudi gli occhi, Punky," le disse. "Immagino che tu sia esausta. Ci penso io, sei al sicuro. Puoi rilassarti."

Come se il suo corpo non aspettasse altro che quelle precise parole, Bristol all'improvviso sentì le palpebre troppo pesanti per tenere gli occhi aperti.

Senza pensarci, allungò la mano sinistra per raggiungere la mani di Rocky. Nell'attimo stesso in cui gliela sfiorò, lui la girò per intrecciare le dita con lei. Appoggiarono le mani sulla console tra i sedili. Bristol si sentì stringere la mano una volta, poi cadde in un sonno profondo, ormai certa di non essere da sola: Rocky si sarebbe preso cura di lei.

CAPITOLO CINQUE

Rocky camminava avanti e indietro ansiosamente nella sala d'attesa. Bristol era stata portata in sala operatoria già da un'ora e lui aspettava di sentire aggiornamenti su come stesse.

Si sarebbe preso a schiaffi, per tutto ciò che le aveva detto in macchina. Bristol non aveva davvero bisogno di essere messa sotto pressione per trasferirsi a Fallport. Era chiaramente abituata a vivere da sola e prendersi cura di se stessa; però a lui dava troppo fastidio immaginarla tutta sola, dopo l'operazione, a saltellare in casa su una gamba sola per qualunque esigenza. Non solo le avrebbe fatto male, ma sarebbe stato anche pericoloso. Poteva cadere e peggiorare i danni all'osso.

Invece lui aveva continuato a straparlare come un idiota, cercando di convincerla a trasferirsi da lui: una vera follia. Si erano appena incontrati! Eppure, sotto sotto, non gli importava. Bristol l'aveva ammaliato con il coraggio e con la forza: nonostante la caduta nel bosco, non si era arresa e aveva fatto tutto ciò che poteva per salvarsi da sola. Rocky gliel'aveva detto, non solo per farla calmare: era convinto senza ombra di dubbio che, se anche lui non l'avesse trovata, se avesse ignorato l'apprensione di Sandra, Bristol si sarebbe trascinata fino al sentiero, persino fino al parcheggio, se avesse dovuto.

Bristol Wingham era una che lottava, una sopravvissuta. Una forza della natura in un corpicino esile.

E lui la desiderava. Un'altra follia. Si sentiva completamente ridicolo, eppure era vero.

Sentì il telefono squillare mentre camminava, si fermò e lo tirò fuori dalla tasca. Vide che era il fratello a chiamarlo.

"Ciao caro," gli disse rispondendo.

"Che cazzo hai fatto?" ribatté Ethan in tutta risposta.

Rocky non trattenne un sospiro. "Ecco, allora... Sandra era preoccupata per una turista che doveva andare a campeggiare, le aveva promesso che sarebbe tornata a salutarla e invece non c'era più andata. Così mi sono avviato da solo... sì, lo so che è una stupidaggine... però almeno l'ho trovata. È caduta da un declivio e s'è rotta una gamba. L'ho portata alla macchina, poi dal dottor Snow e adesso siamo qui a Roanoke, la stanno operando per metterle un perno nella gamba."

"Dico davvero... ma che *cazzo*?" ripeté Ethan.

"Ti avrei anche chiamato, ma eri irraggiungibile," gli disse Rocky.

"Dobbiamo prendere quei maledetti telefoni satellitari. Non me ne frega se il comune dice di non avere i soldi."

Rocky sospirò; non si era nemmeno reso conto di quanto gli mancasse la voce del fratello, anche se Ethan era chiaramente incazzato per non aver potuto contribuire al recupero di Bristol. Parlando con lui, Rocky si sentì più tranquillo nell'animo.

"Come sta?" gli chiese Ethan.

"È ancora in sala operatoria, sto aspettando aggiornamenti."

"Vuoi che ti raggiungiamo?" gli chiese Ethan.

Rocky apprezzò l'offerta del fratello più di quanto potesse esprimere. "Per il momento, direi di no. Non c'è niente che possiamo fare."

"Ti fermi con lei?"

"Sì."

Ethan non gli chiese nemmeno come mai fosse tanto deciso a rimanere vicino a Bristol. "Cosa possiamo fare io e Lilly?" gli chiese.

Di nuovo, Ethan si dimostrava un fratello prezioso. "Bristol ha con sé solo ciò che aveva nello zaino. Pensi che potreste andare in albergo a recuperare le cose che ci ha lasciato? Immagino che il personale della struttura le abbia messe da parte, quando hanno dovuto liberare la stanza. Se Lilly potesse mettere insieme due cosette per farle dare una rinfrescata, intanto che arriva il momento di andare a Kingsport a recuperare un po' delle sue cose, sarebbe fantastico."

"Ma certo. Sono sicuro che Elsie e Lil saranno entrambe contente di aiutarla."

"Grazie. Taglia piccola. Cioè, è appena un metro e mezzo, snella. Però non so la taglia precisa."

"Ci penserà Lilly."

"Ha i capelli lunghi. Immagino che il mio shampoo non le andrà tanto bene, quindi le serviranno anche prodotti da bagno adatti a una signora."

"Nessun problema. Che programmi ha, per quando la dimettono? Torna a casa?" gli chiese Ethan.

Rocky inspirò profondamente, poi lasciò andare un lungo sospiro. "Non lo so. A Kingsport non ha nessuno e non potrà muoversi bene da sola. Le ho detto che a Fallport sarebbe la benvenuta, che avrebbe a disposizione molte scelte, posti in cui stare, intanto che guarisce."

Ci fu un momento di silenzio, poi Ethan gli chiese: "È la tua Lilly, non è vero?"

"Non lo so. Come hai fatto a capire che Lilly era quella giusta?" gli chiese Rocky.

"L'ho capito e basta," rispose Ethan. "Lo so che non è il massimo come risposta, ma è qualcosa che non riesco a spiegare. Il pensiero che se ne andasse, una volta terminato il lavoro, era orribile. Poi c'è il senso dell'umorismo, la lealtà, ma soprattutto la profonda sensazione interiore che, se l'avessi lasciata andar via, me ne sarei pentito amaramente."

Rocky annuì. Capiva bene ciò che gli stava dicendo il fratello. Il pensiero di dover dire addio a Bristol lo faceva star male fisicamente. "La conosco solo da un giorno," ragionò ad alta voce.

"Non importa. Quando lo capisci, lo capisci. Certo, non significa che andrà tutto come pensi, o che ti innamorerai follemente, oppure che lei ricambi gli stessi sentimenti. A volte la vita fa incazzare; se pensi che lei sia quella giusta, può anche darsi che dovrai lottare dannatamente per far funzionare il rapporto. Lei ha la sua vita e tu la tua."

"Lo so," rispose Rocky. Lo sapeva davvero. Non aveva smesso un momento di pensare ai problemi logistici di un rapporto con Bristol, oppure al fatto che lei, dopo averci pensato un po' di tempo, potesse capire che i sentimenti che provava erano solo rivolti all'uomo che l'aveva salvata e niente più. Se c'era una cosa che Rocky proprio non voleva era che qualcuno stesse con lui solo per gratitudine.

"Chiamami domattina," gli disse Ethan. "Fammi sapere come va, quanto tempo si fermerà e cosa ti serve. Io chiederò a Lilly di andare domattina a prendere alcune cose per Bristol e possiamo portarle là a Roanoke, oppure ci incontriamo qui a Fallport, ovunque tu l'abbia convinta a stare. Per la cronaca, sai che qui è la benvenuta. Abbiamo posto."

"Grazie. Casa tua è già una delle scelte che le avevo elencato."

"Qualunque cosa ti serva, in qualunque momento," confermò Ethan con convinzione.

Oddio, Rocky adorava il fratello. "Com'è andata Elsie sul sentiero? Presumo che ce l'abbia fatta e che le sia piaciuta la sorpresa che le aveva preparato Zeke," disse, mosso dal desiderio di parlare di qualcos'altro e non delle proprie emozioni confuse per una donna che aveva appena incontrato.

"È andata alla grande. Camminare in montagna non sarà mai la sua passione, ma sapere che ci è venuta lo stesso, per il figlio... è davvero fantastico. Sì, Zeke ha fatto un gran bel lavoro nel trasformare la torre dell'osservatorio. Materasso gonfiabile, fiori, baracca e burattini. L'abbiamo aiutato tutti a portare indietro la roba, così non dovrà tornare subito lassù per pulire."

"Forte. E Tony? Gli è piaciuto?"

Ethan si mise a ridere. "Piaciuto è dir poco. Zeke ed Elsie gli hanno mostrato i documenti per il cambio di cognome, Calhoun come loro; penso che l'urlo di gioia che gli è partito si sia sentito in un raggio di chilometri."

Rocky sorrise. "Che brave persone," commentò sottovoce.

"Sì, ah, per la cronaca... dovremo tornare a parlare del fatto che sei andato a fare una ricerca da solo, carino."

Rocky sospirò. Era illusorio pensare che Ethan non gli facesse una lavata di capo per quella cazzata. "Me l'immaginavo. So di aver sbagliato, di sicuro non accadrà più. Però... i telefoni satellitari avrebbero contribuito molto alla sicurezza di tutti. Anche quando siamo fuori insieme a cercare, non possiamo sempre stare uniti. Sarebbe un grande aiuto poter comunicare tra noi, anche se ci dividiamo."

"Sono d'accordo. Ne ho parlato con il sindaco, vedrà di fare più pressioni sulle aziende telefoniche perché mettano un altro ripetitore. Non è una cosa sicura che non ci sia il segnale sulla 480 o nel bosco. Però sembra che ci siano motivi politici... le solite complicazioni. Un inferno irritante."

Rocky non invidiava certo il fratello, anzi, era contento di non essere lui ad avere a che fare col sindaco. Jonathan Coleman era un deficiente, cercare di fargli sborsare qualcosa era quasi impossibile, per qualunque motivo.

"Ora ti saluto, ma voglio che mi telefoni domattina. Intanto io chiamo gli altri per spiegare cos'è successo. Immagino che tu abbia già parlato con Raiden."

"Sì, è stato il primo che ho chiamato, appena ho avuto campo."

"Ottimo. Allora ci sentiamo domani e ci vediamo presto. Ti voglio bene, fratello!"

"Ti voglio bene anch'io, salutami Lilly."

"Ma certo. Ciao ciao."

Rocky chiuse la conversazione e riprese a camminare avanti e indietro. Era contento del supporto ricevuto dal fratello, oltre che dagli altri della squadra, ma in quel momento non poteva pensare ad altro che a Bristol. L'operazione stava procedendo bene? La frattura era davvero semplice come aveva immaginato il dottor Snow?

Proprio quando stava per venirgli un piccolo attacco di panico, per le immagini di ogni tipo che gli passavano per la testa e per la paura che l'intervento andasse male, si aprì la porta della piccola sala d'attesa.

"Signor Watson?"

"Sì, sono io."

"L'intervento della sua fidanzata è andato estremamente bene."

Rocky non era minimamente dispiaciuto per quel piccolo inganno. Sapeva che i medici non gli avrebbero detto nulla, se non avesse dichiarato un qualche grado di parentela o affinità con Bristol. Peraltro, lei non aveva battuto ciglio quando lui l'aveva definita "fidanzata", il che alleggeriva ulteriormente la bugia. Si concentrò sul medico.

"Era una frattura semplice, sono riuscito a mettere un perno solo per ricollegare tra loro le ossa. Adesso è monitorata in terapia intensiva, ma non dovrebbe passarci molto tempo. È in ottima forma, una donna sana. Vuole salutarla, prima di tornare a casa?"

"Non tornerò a casa se non con lei, comunque sì: vorrei vederla il prima possibile, per favore," rispose Rocky.

"Va bene. Appena sarà sistemata in camera manderò qualcuno ad avvertirla. Farò mettere in camera anche una branda per lei."

Rocky annuì verso di lui, poi il medico si girò per andarsene.

"Dottore?"

"Sì?" rispose il medico con una mano appoggiata alla porta.

"Grazie."

Il dottore scrollò le spalle. "Ho fatto solo il mio lavoro." Poi se ne andò.

Rocky fece una mezza risata. Gli venne in mente che probabilmente anche *lui* dava la stessa impressione, quando qualcuno cercava di ringraziarlo per un intervento nel bosco.

Si sentì pervaso dal sollievo. Bristol stava bene. Sarebbe guarita e si sarebbe rimessa in sesto in poco tempo.

Dopo un'ora, un'infermiera fece capolino nella sala d'attesa e gli disse che Bristol era in camera. Lui la seguì con impazienza fino a un altro piano, camminando con lei fino alla stanzetta dell'ospedale in cui era Bristol; entrando, gli occhi di Rocky furono tutti per la donna sdraiata sul letto. Aveva ancora i capelli sporchi, ma sembrava che almeno l'avessero lavata. Aveva una flebo infilata nel braccio, le guance pallide, ma lui non era mai stato tanto contento di vedere qualcuno.

Bristol portava un gesso semirigido alla gamba. L'infermiera gli spiegò che le avevano messo dei punti e che glieli avrebbero tolti nel giro di una settimana o dieci giorni, poi le avrebbero messo un gesso rigido.

Lui ringraziò l'infermiera, che gli disse che sarebbe passata ogni tanto a controllare Bristol durante il turno di notte; poi Rocky avvicinò una sedia al letto, le prese la mano con cautela e gliela accarezzò. "Ciao," le disse tranquillamente.

Con sua grande sorpresa, vide Bristol girarsi verso di lui. "Rocky?"

"Sì, sono io."

"Non me l'hanno tagliata, vero?"

"La gamba? Ma no! Ma cosa ti viene in mente?!"

"Non la sento."

Rocky fece una risatina. "È ancora tutta intera. Il medico ha detto che la frattura era netta, ha messo un perno; tornerai a saltare e ballare in men che non si dica."

"Non so ballare," borbottò lei. "Sono stanca."

"Dormi, Punky."

Lei gli strinse la mano. "Tu rimani qui?"

Rocky sentì un balzo al cuore. "Sì. Rimango qui con te, stanotte."

"Il letto è troppo piccolo per dormire con me."

Rocky rise di nuovo. "Sei esile come un fuscello, ci staremo, ma mi hanno portato una branda."

"Bene. Rocky?"

"Dimmi, piccola," le rispose con un tono affettuoso che gli uscì senza pensarci.

"Se per te va bene, vorrei stare da te. Sai... fintanto che tornerò a camminare."

Rocky chiuse gli occhi. Il sollievo che sentiva era quasi sconvolgente. "Ma certo Punky. Dormi. Domattina parliamo di tutto."

Lei annuì e chiuse gli occhi. Lui le rimase seduto al fianco, tenendole la mano finché non la sentì afflosciarsi nella propria. Non si mosse finché l'infermiera non tornò, dopo un'oretta, per controllare la flebo e la concentrazione degli antidolorifici, oltre che per annotare i dati vitali.

Rocky si portò alla branda e si sdraiò. Nel baule aveva un sacco a pelo, ma non voleva uscire dall'ospedale per andarlo a prendere. Poteva benissimo dormire vestito. Il cielo sapeva bene in quanti posti avesse dormito, ben peggiori di quello. Passò un po' di tempo prima che si addormentasse, ma quando finalmente chiuse gli occhi, l'ultima immagine fu quella del viso di Bristol che dormiva nel letto, vicino a lui.

Quando si svegliò, Bristol si prese un momento per ricordare dove fosse e cosa le fosse successo; quando le tornò tutto in mente, aprì gli occhi... e la prima immagine fu quella di Rocky che dormiva in branda, vicino al letto; i piedi gli uscivano dalla coperta. Le bastò accorgersi che era rimasto con lei per farle venire le farfalle allo stomaco.

Non aveva memoria di quando l'avevano portata fuori dalla sala operatoria, la sera prima. Abbassò lo sguardo e vide sotto al lenzuolo la gamba destra leggermente rialzata. Non provava alcun dolore, immaginò fosse merito dei farmaci che le entravano nel braccio dalla flebo.

Si sentiva sorprendentemente bene, dopo tutto ciò che aveva passato. Gli ospedali non le erano mai piaciuti (a chi piacevano?), ma avere Rocky tanto vicino l'aiutava moltissimo a calmarsi.

Lo osservò dormire per un po' di tempo. La luce entrava dalla finestra, doveva essere già mattina. Rocky aveva la bocca leggermente aperta e teneva un braccio sopra la testa, l'altro appoggiato sulla pancia. Indossava ancora gli stessi vestiti che si era messo prima di accompagnarla in macchina a Roanoke.

Bristol ancora stentava a credere che Rocky l'avesse accompagnata. Aveva superato di gran lunga ciò che in molti avrebbero fatto per un'estranea come lei. Nel bosco era scattato qualcosa. Lei non poteva, né voleva negarlo. Mentre la portava in braccio, nel percorrere i dieci chilometri di sentiero per raggiungere la macchina, tra loro si era come accesa una scintilla. C'era ancora moltissimo che lei non sapeva dell'uomo che le dormiva vicino, ma ciò che *sapeva* le piaceva. Più di quanto probabilmente sarebbe stato conveniente ammettere.

Si sentì un clangore metallico fuori dalla stanza, Bristol sussultò per lo spavento. Sembrava una padella da letto caduta per terra, o qualcosa di simile. Nel muoversi, urtò la gamba e le sfuggì di bocca un gemito. Per sua sorpresa, non le fece davvero molto male; le sovvenne che la sera prima era stata operata.

Quanto Bristol tornò a concentrarsi su Rocky, lo trovò seduto sul lato della branda, sconquassato in modo adorabile. Aveva i capelli scompigliati e Bristol fu sorpresa di notare che anche la barba aveva bisogno di una bella pettinata.

Mentre lei lo guardava, lui si passò una mano in faccia, come impegnandosi per svegliarsi, poi alzò gli occhi marroni e i loro sguardi si incontrarono. "Buondì," le disse goffamente con un tono profondo e roco.

"Ciao," rispose lei, sentendosi chissà perché un po' in soggezione. Forse perché non indossava altro, sotto il camice dell'ospedale. Forse perché era come se avessero dormito insieme, in un certo senso, anche se lei era completamente KO e in un letto diverso. O forse perché più tempo passava vicino a quell'uomo e più si sentiva attratta da lui.

"Come ti senti?" le chiese alzandosi.

Bristol lo seguì con gli occhi e alzò la testa. Era davvero alto, specialmente rispetto a lei. Rocky si girò verso la branda in cui aveva dormito e cominciò a sistemare le lenzuola, mentre lei gli rispondeva: "Mi sento bene."

Rocky fece una risata e tornò a girarsi verso di lei. "A questo punto mi viene da dire che, se anche avessi la gamba appesa per un tendine, diresti lo stesso che stai bene."

Bristol fece spallucce. "Mi sembra sciocco lamentarsi, considerando quale poteva essere l'alternativa."

"Hai ragione, lo capisco, ma allo stesso tempo non c'è bisogno di soffrire di più o di accettare un disagio. Se ti fa male, chiamo l'infermiera per farti dare qualcosa, oppure per aumentare la velocità della flebo."

Rocky era pieno di attenzioni. "Dico davvero, sto bene. Non mi piace molto come mi sento, quando sono imbottita di farmaci. La gamba mi fa un po' male, ma niente che non possa sopportare. Sto bene, giuro."

Rocky annuì. "Ho capito, ma fammi sapere se ci sono sviluppi." Si accostò alla sedia e la avvicinò per accomodarsi. Le prese la mano e quando le sfiorò il dorso col pollice lei si sentì pervasa da un appagamento tale da farle girare la testa... e confonderla.

"Ieri sera ho parlato con l'infermiera, ha detto che il medico pensa di dimetterti domani o dopodomani... a seconda di come ti senti, ovviamente. Sentirà il dottor Snow per farti togliere i punti dopo qualche giorno e per farti un gesso nuovo. Tra poco telefono a Ethan, mio fratello, magari approfitto quando l'infermiera viene a sistemarti per il giorno. Ethan e Lilly verranno qui a portarti dei vestiti puliti e qualche prodotto da bagno. Chiederò a Zeke di andare nel mio appartamento per vedere cosa può fare nella camera degli ospiti, così da fartela trovare pronta per quando potrai andare in giro con le stampelle. C'è qualcosa di particolare che ti piace mangiare? Sono sicuro che Drew sarebbe felice di andare a fare la spesa, se no può mandare uno degli altri."

Bristol lo fissava confusa. "Ehm... la tua camera degli ospiti?" gli chiese tranquillamente.

Rocky si bloccò. Non sapeva proprio come sentirsi: un attimo prima era molto rilassato, per poi sentirsi teso sotto lo sguardo di Bristol. "Cosa ti ricordi di ieri sera?" le chiese.

"Nulla. Cioè, mi ricordo tutto fino all'operazione. Ho visto il medico e mi hanno portata in sala operatoria. Però non ricordo quando ci sono entrata o nulla di ciò che è successo dopo, fino a stamattina."

Rocky sospirò.

"Perché? È successo qualcosa?" gli chiese lei, improvvisamente nervosa.

"No, non è successo nulla," le rispose cercando di calmarla; le strinse la mano, poi si alzò all'improvviso e si diresse verso il bagnetto nell'angolo.

Bristol si morse un labbro. Ripensò a ciò che Rocky aveva detto, di farla dormire da lui, nel suo appartamento, procurandole da mangiare e vestiti nuovi. Cercò di spremersi le meningi per ricordare se avessero già parlato di cosa sarebbe successo, una volta uscita dall'ospedale, ma non le servì a nulla. Era come tabula rasa.

Rocky uscì dal bagno, aveva i capelli bagnati sui lati, mentre qualche goccia d'acqua gli imperlava la barba. Evidentemente si era lavato la faccia. Per svegliarsi? O per prendere tempo, per trovare cosa dirle? Bristol non ne era sicura, però immaginò fosse una combinazione di entrambi i motivi.

Lui tornò ad accomodarsi sulla sedia vicino al letto, ma non le prese la mano. Bristol sentì come una fitta di delusione, ma si riprese mentalmente, si sentiva ridicola. "Immagino che abbiamo parlato di cosa succederà, quando verrò dimessa dall'ospedale?" gli chiese, non volendo girarci troppo attorno.

Rocky annuì. "Sì. Come ti dicevo, hai varie opzioni." Prese fiato, probabilmente pronto a ripeterle tutto l'elenco che le aveva fatto il giorno prima, ma Bristol lo fermò.

"Per caso ti ho detto che sarei stata da te?" gli chiese con estrema schiettezza.

Lui la fissò per un momento, poi annuì. "Però se non te la senti, non è un problema."

"Non ricordo quella conversazione."

Lui fece una risatina che non sembrava molto divertita. "Sì, lo capisco, Punky. Avrei dovuto capire che eri fuori e che non te ne saresti ricordata."

"Se rimango a casa tua, ti sono di peso?"

"No. Come ti dicevo, ho una camera per gli ospiti. Niente di speciale, poi le pareti del palazzo sono molto sottili, però se stai da me almeno avrai una camera tutta per te. Il bagno invece è uno solo, dovremo condividerlo. Il mio appartamento è al secondo piano, quindi per un po' penso che dovrò aiutarti a fare le scale. Appena rientriamo, dovrò tornare al lavoro, quindi ti annoierai, da sola, ma sono sicuro che sia Lilly, sia Elsie verranno a trovarti ogni volta che potranno. Per non parlare di Sandra: appena saprà dove sei, probabilmente diventerà ospite fissa." Rocky fece una risata nasale. "Ma sto scherzando? Quando gli abitanti di Fallport sapranno dove sei e sapranno che sei bloccata perché non puoi camminare, probabilmente ti bombarderanno di visite."

Bristol inclinò la testa e lo scrutò. "Come mai?"

"Come mai cosa?" le chiese lui.

"Come mai dovrebbero interessarsi tanto?"

"Non sai come funzionano i paesini, vero?"

Bristol fece spallucce. "In realtà no. Kingsport non è grande, ma è sempre più grande di Fallport. Ho incontrato i miei vicini di casa un paio di volte, anche se non posso dire di *conoscerli*. Ci sono rimasta, quando Sandra si è ricordata il mio nome dopo un solo pasto alla tavola calda."

"Nelle cittadine rurali ci conosciamo tutti. Può essere un gran vantaggio, ad esempio Sandra si ricordava chi eri già la seconda volta e poi mi ha chiesto di venirti a cercare. A volte può essere un peso, perché si fanno tutti gli affari degli altri. Infatti non so come abbia fatto Zeke a tenere un segreto a Elsie, quando è andato alla torre dell'osservatorio di Eagle Point per trasformarla in un'alcova d'amore per loro due. Accidenti, quando io sono andato all'ufficio postale, il giorno che sono partiti tutti per la montagna, Art e i suoi amichetti mi hanno chiesto tutto, incluso se sapevo come l'avesse presa."

"Art?" gli chiese Bristol.

"È uno dei tre signori che stanno sempre davanti all'ufficio postale, ogni giorno. Amano sparlare e lo fanno anche molto bene. Comunque sia, sto solo dicendo che le cittadine sono dei posti diversi. La gente ci tiene. Sì, a volte si impicciano, chiedono informazioni, ma ti portano comunque una bella teglia calda, intanto che vanno a caccia di notizie segrete." Fece una risata. "Quindi, per rispondere alla tua prima domanda sul perché dovrebbero interessarsi tanto... è solo che gli abitanti di Fallport sono fatti così. Non per vantarmi, ma io e i miei amici siamo molto considerati, anche solo per le persone che abbiamo ritrovato. Se starai con me, vorranno aiutarti in ogni modo."

Bristol annuì. Lo capiva bene: Rocky era un uomo gradevole, senza dubbio. Se gli altri uomini della squadra di ricerca e soccorso avessero avuto anche solo la metà della sua generosità, della sua disponibilità, non c'era da sorprendersi che la brava gente di Fallport si facesse in quattro per aiutare qualcuno a loro vicino.

"Per la cronaca, questo non è normale, per me," le disse facendo un cenno tra loro due. "Il mio compito è solo trovare le persone, non fare da balia finché guariscono, né accompagnarle in macchina fino all'ospedale di Roanoke." Scrollò le spalle un po' imbarazzato. "Se anche la squadra Eagle Point *offrisse* servizi di questo tipo alle persone salvate, probabilmente io sarei l'ultima persona che sceglierebbero come accompagnatore."

Bristol si accigliò, ma prima che potesse commentare, Rocky proseguì.

"Sono troppo... ci vado giù troppo duro e a volte il mio aspetto spaventa le persone. Per non parlare delle battutacce che devo sopportare quando mi danno del montanaro."

Quel punto infastidì Bristol. "Beh, ma quelli sono degli stupidi," gli disse sbuffando.

Rocky sorrise, poi tornò serio. "In ogni caso, le prossime due settimane saranno difficili, per te. Il pensiero che tu parta e provi a fare tutto da sola a Kingsport, col rischio di farti male, non mi piace affatto. Noi due andiamo d'accordo, mi piace parlare con te e posso aiutarti, intanto che guarisci." Scrollò le spalle. "Non sto perorando molto bene la mia causa."

"In realtà sì," gli rispose Bristol. "Non mi dispiace assolutamente, che tu abbia già tutto programmato in testa. A dirti la verità, sono sollevata. Per la cronaca, per me non è normale andare in giro e accettare inviti a casa di uomini che ho appena conosciuto." Gli sorrise con un certo imbarazzo. "Però mi sembra di conoscerti da mesi, non solo da un giorno."

"Vero?" le chiese con una gran sorriso. "È molto strano."

"È *davvero* strano," concordò lei.

Si sorrisero a vicenda, poi Bristol non trattenne il sospiro di sollievo, quando lui le prese di nuovo la mano.

"Allora... tuo fratello viene stamattina con la sua fidanzata?" gli chiese.

"Molto probabilmente. Devo telefonargli ancora, dopo che ti hanno visitata, per aggiornarlo su come stai e su quanto tempo ti terranno in ospedale."

"So che non ti piace sentirtelo dire, ma devo ringraziarti di nuovo," gli disse Bristol. "Sul serio, la tua presenza qui mi aiuta a non andare nel panico. Sapere che ho un posto dove andare... e un modo di arrivarci, dato che non ho nemmeno la macchina... mi fa sentire molto meglio."

"Da me sei la benvenuta, puoi rimanere tutto il tempo che ti serve per guarire, Punky," le disse Rocky. "La mia è un'offerta senza impegno. Se ti trovi a disagio, se preferisci provare a stare da qualche altra parte, va benissimo. Se vuoi un cambiamento, non me la prenderò. Di nuovo, il mio appartamento non è nulla di particolarmente elegante; quando non lavoro, passo gran parte del tempo guardando la TV o uscendo con gli amici."

"Più o meno quello che faccio io," gli disse apertamente, "a parte uscire con gli amici."

Lui le sorrise e le sfiorò di nuovo il dorso della mano col pollice, facendole venire la pelle d'oca. Quando lui aprì la bocca per aggiungere qualcosa, fu interrotto dall'infermiera che aprì la porta ed entrò in camera.

"Buon giorno!" disse l'infermiera allegramente. "Son contenta di trovarla sveglia. Come andiamo?"

Rocky lasciò andare la mano di Bristol e si alzò in piedi, lasciando all'infermiera lo spazio necessario per avvicinarsi al letto. Bristol fu un po' dispiaciuta per quell'interruzione, ma sorrise comunque all'infermiera.

Rocky finì di sistemare la branda su cui aveva dormito, poi uscì dalla camera, lasciando a Bristol la pace necessaria per farsi lavare dall'infermiera con una spugna. Bristol avrebbe tanto voluto lavarsi i capelli e fare una bella doccia, tuttavia, nonostante gli antidolorifici, le vennero i sudori freddi per il dolore, quando l'infermiera le mosse la gamba. Era chiaro che sarebbe passato un po' di tempo, prima di potersi fare la doccia da sola. Quel pensiero avrebbe dovuto deprimerla, ma ormai non doveva più preoccuparsi di essere da sola durante la convalescenza, quindi accettò tutto di buon cuore, con sua sorpresa.

Il medico entrò nella stanza poco dopo il lavaggio, Rocky lo seguì e gli fece mille domande, più che altro dettagli che Bristol avrebbe dimenticato o non avrebbe saputo chiedere, altro motivo per sentirsi sollevata dalla sua presenza. Il medico non fu pronto a impegnarsi su una data di dimissione, ma si orientò su una giornata o due, come aveva previsto l'infermiera... ma solo perché Bristol non sarebbe stata da sola e perché il chirurgo conosceva personalmente il medico di Fallport.

Lei dedusse: se Rocky non le avesse offerto di ospitarla, probabilmente lei avrebbe dovuto rimanere in ospedale più a lungo, dato che era single e viveva da sola.

Quando il medico se ne andò, l'infermiera le ricordò come funzionava la somministrazione di antidolorifici tramite la flebo, dicendole che se il dolore fosse diventato eccessivamente acuto, doveva premere il pulsante per aumentare la dose. Poi se ne andò anche lei, per raggiungere altre pazienti, mentre si era fatta l'ora della colazione.

Bristol si accorse di avere una fame da lupo, ma quando fu appena a metà del pasto che le avevano portato su un vassoio, fu sul punto di non riuscire a tenere gli occhi aperti.

"Adesso vado a telefonare a mio fratello," le disse Rocky.

Bristol annuì, strizzando gli occhi per non addormentarsi.

"Dormi pure, Punky. Non lottare contro la stanchezza."

"Non dovrei essere tanto stanca," si lamentò lei.

Rocky alzò gli occhi al cielo e Bristol non trattenne una risata, alla vista di quell'uomo grande e grosso che si concedeva un'espressione del viso tanto ridicola.

"Non andarci giù dura con te stessa. Hai passato delle giornate difficili," le disse. "C'è qualcosa di particolare che vuoi che i ragazzi vadano a prenderti, da mangiare?" le chiese.

Bristol scosse la testa. "Non sono schizzinosa, mangio tutto quello che mangi tu."

"Va bene. Vuoi che ti metta da parte il resto della colazione, così la puoi mangiare più tardi?"

Lei chiuse gli occhi, poi si sforzò di riaprirli. "No, sono piena."

Al che Rocky spostò il carrello con la colazione allontanandolo dal letto e spinse un pulsante per abbassare la testiera del letto, in modo che Bristol fosse sdraiata e non più seduta. Poi la sorprese: si abbassò e la baciò dolcemente sulla fronte. La barba le solleticò la pelle e Bristol accennò un sorriso, nonostante gli occhi le si stessero chiudendo di nuovo.

"Torno tra un po'," le disse tranquillamente.

Chissà perché, all'improvviso il panico la prese: Bristol aprì gli occhi di scatto e allungò una mano, gli afferrò l'avambraccio e lo tenne stretto, senza riuscire a parlare.

"Bristol?" la chiamò, con una certa preoccupazione.

"Prometti che torni?"

Lui rilassò il viso e le coprì la mano con la propria. "Certo, non vado via."

Bristol fece un respiro profondo. "Bene, allora, scusa... ho solo avuto un mini attacco di panico per un secondo."

Rocky si abbassò e si appoggiò di peso con le mani sul letto, vicino a lei. Bristol non gli lasciò andare il braccio e sentì sotto al palmo i suoi muscoli che si contraevano. "Vado solo a telefonare a Ethan. Devo andare al parcheggio e prendere il mio borsone, così posso cambiarmi. Pensavo anche di fermarmi al bar per fare colazione. Ma stai tranquilla che non ti lascio qui, Punky, cento per cento. Quando ti sveglierai, mi troverai qui seduto al tuo fianco, magari starò esaminando questioni di lavoro, devo vedere quali progetti accettare e quali rimandare per un po'. Va bene?"

"Va bene," ripeté subito lei. "È che... è solo che rimanere nel bosco da sola... non è stato bello. Per un attimo mi è venuta paura di rimanere da sola. Ma lo so che è una stupidaggine, perché *non sono* da sola. Posso premere il pulsante per l'assistenza ogni volta che ne ho bisogno. Scusami tanto. Vai pure. Fai le tue cose. Io rimango qui... a dormire."

"Non minimizzare le tue emozioni: ti sei trovata in una situazione molto difficile. Ti garantisco che non vado da nessuna parte."

"Grazie," gli sussurrò.

Rocky la fissò per un lungo momento, come nel tentativo di leggerle nella mente. Alla fine annuì, le lisciò una ciocca di capelli dietro l'orecchio, si alzò e si girò verso la porta. Quando lui stava per raggiungere l'uscita, gli occhi di Bristol si erano già chiusi un'altra volta.

CAPITOLO SEI

Il medico decise che era più prudente tenere Bristol in ospedale una notte in più, così Rocky dovette aspettare fino a giovedì per vederla dimessa. Furono giornate... rilassanti. Nessun pensiero che squillasse il telefono per una missione di ricerca nel bosco; nessuna preoccupazione di lavoro, niente materiali da ordinare; nient'altro che il tempo passato insieme a Bristol.

A parte il primo giorno, in cui lei aveva dormito quasi sempre, per il resto si era dimostrata molto predisposta al sorriso. Lui aveva temuto che passare il tempo all'ospedale diventasse tedioso, invece conoscere Bristol si era rivelato affascinante e il tempo era volato.

La gamba si stava riprendendo bene e Bristol aveva rinunciato agli antidolorifici pesanti; ormai prendeva solo le pastiglie generiche. Per due settimane, il medico le aveva proibito di appoggiare la gamba a terra; poteva usare le stampelle, oppure un deambulatore speciale con l'appoggio per il ginocchio, strumento che il medico aveva consigliato, in quanto a tanti sembrava più comodo, anche se serviva un po' di tempo per abituarcisi.

Rocky aveva telefonato al dottor Snow, che aveva accettato lietamente di venire a visitare Bristol all'appartamento di Rocky e di toglierle i punti, al momento opportuno. Una volta tolti i punti, le avrebbe anche approntato il gesso rigido, che le serviva affinché l'osso guarisse per bene.

Ethan era venuto a Roanoke il primo giorno dopo l'operazione di Bristol. Lilly invece era stata chiamata all'ultimo a occuparsi di un servizio fotografico per un fidanzamento a sorpresa, quindi non era potuta venire, anche se ci era rimasta male. Ethan aveva portato dei vestiti che Lilly ed Elsie erano andate a comprare la sera prima, Lilly aveva insistito con Ethan perché si scusasse, in quanto i vestiti non erano molto eleganti.

Bristol però era stata raggiante, vedendo la maglietta morbida e i pantaloni larghi di flanella. Rocky l'aveva aiutata a tagliare la gamba destra dei pantaloni, in modo da poterli indossare comodamente anche sul gesso.

I tre si erano fermati a parlare per un po' di tempo, finché un'infermiera non era entrata per lavare Bristol, capelli inclusi. Quando Bristol era tornata a letto dopo il lavaggio, non era più riuscita a tenere gli occhi aperti. Rocky le era rimasto vicino e l'aveva osservata dormire per un tempo molto più lungo di quanto non fosse disposto ad ammettere. Non aveva idea di cosa fosse che lo teneva tanto... ipnotizzato.

Finalmente Bristol era stata dimessa dall'ospedale. Non poteva camminare per conto proprio, quindi qualcuno doveva assisterla e trasportarla in carrozzina fino all'uscita dell'ospedale, dove Rocky nel frattempo aveva già preparato il SUV per farla salire.

Rocky la aiutò con facilità a salire in macchina, poi aiutò l'assistente dell'ospedale a caricare i bagagli di Bristol sui sedili posteriori. Quando finalmente furono in viaggio per Fallport, lui si voltò per guardarla e notò che aveva un sorrisetto sul viso.

"A cosa devo quel sorrisetto?" le chiese.

Bristol si voltò verso di lui e fece spallucce. "A volte la vita sa essere spossante, tanto da lasciarti solo le forze di respirare. Poi però qualcosa cambia e ti accorgi che ciò che ti ha sfiancata, ciò che ti ha depressa, non sembra più tanto brutto. Quando mi stavo trascinando nella foresta, dubitavo di riuscire a farcela ad arrivare al sentiero, temevo che non mi trovasse nessuno. La gamba mi faceva un male cane, più di qualunque altro infortunio mi fosse mai capitato. Facevo sempre più fatica a immaginare di uscire da quel bosco, figuriamoci tornare felice."

Scrollò le spalle e proseguì. "Adesso eccomi qui... la gamba è stata operata e si sistemerà, tu fai di tutto per aiutarmi, poi ci sono Lilly ed Elsie: anche se ci siamo scambiate solo dei messaggi, mi sembra di conoscerle da anni. Per non parlare degli altri abitanti di Fallport che mi hanno mandato gli auguri. Ciliegina sulla torta... oggi c'è un bel sole e la gamba sta troppo bene, tutto sommato. Sono una donna molto fortunata e me ne rendo conto."

"Sei un'ottimista," le disse Rocky dopo un momento.

"Già," rispose Bristol con gioia. "Ci sono anche momenti in cui sono giù di morale, ma in generale cerco di evidenziare gli aspetti positivi delle situazioni. Poi può sempre peggiorare, ma io cerco di concentrarmi sul bene che mi circonda, piuttosto che crogiolarmi nella sofferenza."

Rocky di solito non prendeva bene le persone molto euforiche come Bristol, che però non stava cercando di travolgere gli altri col proprio entusiasmo: emanava semplicemente un ottimismo che la faceva risplendere. "È un bel modo di prendere la vita," le disse dopo un momento.

"Non sono una sciocca, so che nel mondo capitano un sacco di brutte cose," gli disse lei più seriamente, "ma sono convintissima che tenere un approccio positivo anche nelle situazioni difficili ti aiuti a sopportarle meglio. Se poi capitano delle vere disgrazie, come cadere da un dirupo in mezzo al nulla, senza nessuno che sappia dove sei... cercare di rimanere ottimista mi evita di entrare in un turbinio di disperazione che mi risucchierebbe senza lasciarmi più vivere. Se fossi rimasta dov'ero caduta, forse non mi avresti trovata," concluse Bristol. "Credo che nella vita ci sia sempre un motivo per tutto... anche per le disgrazie."

Rocky ci pensò per un lungo momento. Non era sicuro di essere d'accordo: quando era nei SEAL, si era trovato in situazioni che non riusciva a giustificare, situazioni per le quali non sapeva trovare una sola spiegazione. Aveva visto bambini uccisi assolutamente per nulla, aveva sofferto con i colleghi militari che dovevano superare infortuni tremendi, tali da concludere anticipatamente una carriera; non riusciva ancora a trovare un buon motivo per cui suo padre era dovuto morire.

Però... stare vicino a Bristol era innegabilmente una boccata d'aria fresca e se gli piaceva stare vicino a lei in parte era *grazie* a quel suo carattere solare.

"Se non sei d'accordo non è un problema," gli disse lei tranquillamente. "Ne sono convinta abbastanza per tutti e due."

"Va bene," le rispose. Avrebbe potuto dirle molto di più, su quell'argomento, ma non voleva farle passare il buon umore.

"Va bene," ripeté lei con un sorriso.

Chiacchierarono del più e del meno durante il viaggio per Fallport; man mano che i chilometri passavano, Rocky aveva sempre più la sensazione che, prima o poi, doverla vedere andar via sarebbe stata l'impresa più dura di tutta la vita. Se poi *già* si sentiva così, doverle dire addio dopo aver trascorso con lei la convalescenza nello stesso ambiente... l'avrebbe distrutto.

Rocky stava cominciando a pensare che forse ospitarla nel proprio appartamento non era stata una gran bell'idea; però non poteva, né voleva ritirare l'invito. Si sforzò di mettere da parte quella sensazione di disagio.

"Pensavo di fare una fermata al volo, prima di andare a casa mia, se te la senti," le disse.

"Certo," gli rispose Bristol scrollando le spalle.

"Come va la gamba?"

"Direi bene."

"Quando arriviamo la teniamo alta. Le mani ti fanno male?"

"No."

"Ottimo; però se cominci a stancarti dimmelo che ce ne andiamo."

"Adesso mi hai davvero incuriosita," gli rispose Bristol con un tono palesemente entusiasta.

Rocky fece una risata. "Non aspettarti chissà che. In fondo è solo Fallport. Non voglio che tu ci rimanga male, quando vedrai dove andiamo."

Bristol allungò una mano per toccargli il braccio. "Prima di decidere per questo viaggio con Mike, il momento più frizzante della mia vita era uscire per prendere la posta," gli disse con un sorriso enorme.

"Beh, allora spero che questa sorpresa sia comunque meglio," le disse Rocky ridacchiando.

Mentre passavano vicino al Motel Camping Mangree, lui glielo indicò e le raccontò la storia di Elsie e del figlio, che ci avevano abitato. Le parlò di Edna, la signora che gestiva il motel insieme al marito; una donna scontrosa e burbera, ma con un cuore d'oro. Le mostrò l'officina in cui Brock lavorava come meccanico, le chiese se avesse mai visto il parco Caboose, lei rispose di no, così lui le promise che ce l'avrebbe portata, appena la gamba si fosse ripresa un minimo.

Senza mai smettere di guidare, Rocky le indicò tutte le peculiarità di quella cittadina, tutte quelle che si vedevano dalla strada, finché arrivarono alla piazza centrale, in cui lui parcheggiò rapidamente proprio davanti all'Occhio di Bue.

"Oooh, andiamo a salutare Sandra?" chiese Bristol.

Rocky sorrise. "Sì. Mi ha fatto impazzire, a forza di messaggi; vuole sapere come stai; dato che in ospedale non si mangiava un granché bene, immagino che non ti dispiacerebbe un bel pranzetto, così allo stesso tempo ne approfittiamo per tranquillizzarla."

Bristol gli sorrise... ma poi il labbro cominciò a tremarle.

"Che c'è? Che succede?" le chiese Rocky un po' allarmato.

"È solo che... non fosse stato per lei, tu non saresti mai venuto a cercarmi e lo so che non pensavi mi fossi persa veramente, ma sei venuto lo stesso. Sono troppo in debito con lei!"

Nonostante la distanza tra i sedili, Rocky le si avvicinò e le mise una mano dietro la nuca, facendole girare la testa. Poi appoggiò la fronte su quella di Bristol. "Non piangere," le disse, "altrimenti Sandra perde la testa."

Bristol fece una risatina piagnucolante.

"Te l'ho già detto, Sandra non prende nessuno in simpatia tanto facilmente. Si sa che è sempre spigolosa con i turisti. Li prende come un male indispensabile, ma preferisce di gran lunga i concittadini. Se ha mostrato una tale apertura nei tuoi confronti significa che ti ritiene una persona speciale."

"Sono solo me stessa," rispose Bristol sottovoce.

"Allora non devi fare altro che continuare a essere te stessa," le suggerì Rocky, che poi respirò a fondo e si appoggiò allo schienale sempre tenendole la mano. Gli piaceva molto mantenere il contatto fisico con lei. Non voleva lasciarla andare se non quando era assolutamente indispensabile. "Un bel respiro, Punky, e ricordati: quando sei stufa, basta che tu me lo dica; ti porterò a casa... ehm... nel mio appartamento così potrai sistemarti."

Lei gli sorrise con un'espressione difficile da leggere. "So che mi hai già detto di non ringraziarti, ma in momenti come questo è davvero difficile."

"Aspettami," le disse, "faccio il giro e vengo a prenderti." Rocky sapeva di esprimersi in modo un po' goffo, ma era in una situazione nuova. Quella donna minuta e peperina l'aveva totalmente scombussolato. Le accarezzò la nuca col pollice e la sentì tremare, poi si sforzò, la lasciò andare e uscì dalla macchina. In pochi secondi arrivò dall'altro lato. Bristol nel frattempo si era slacciata la cintura di sicurezza e lo stava aspettando pazientemente.

"Guarda che potrei anche abituarmici," gli disse scherzando, mentre lui si abbassava per prenderla in braccio.

Nel raddrizzare la schiena, Rocky fu estremamente attento a non colpire con la gamba di Bristol la carrozzeria. Si girò e chiuse la portiera con un calcio, poi si avviò verso l'ingresso della tavola calda. "Ogni volta che vuoi farti portare in braccio, basta che tu me lo dica," le spiegò con tono serio.

"Come vuoi," mormorò lei. "Solo perché sono bassa non significa che non sappia camminare." Bristol prese fiato per dire qualcos'altro, ma proprio in quel momento la porta del locale si aprì e Rocky andò all'interno.

Come aveva previsto lui, la tavola calda era molto affollata. L'incontro informale tra Bristol e Sandra si era trasformato in una festa a sorpresa di tutto punto per darle il benvenuto.

Rocky vide tutti gli uomini della squadra di ricerca e soccorso, insieme a Lilly, Elsie col figlio Tony, Sandra, Finley Norris (la padrona dello Sweet Tooth, la pasticceria all'angolo della piazza), Nissi O'Neill, l'avvocatessa con lo studio vicino alla tavola calda, Whitney Crawford, la proprietaria del Bed & Breakfast in Chestnut Street, infine Tiana e Reina, le cameriere che lavoravano con Elsie nel locale di Zeke.

Il dottor Snow era seduto a un tavolino con il compagno Craig. C'erano anche Simon Hill, il capo della polizia di Fallport, Davis Woolford, un veterano senzatetto, Dorothea, Cora, Ruth e Clara, quattro care amiche che adoravano essere al centro di qualunque avvenimento di Fallport; per chiudere il comitato di accoglienza, c'erano anche Silas, Otto e Art, che avevano rinunciato alle loro seggiole davanti all'ufficio postale per venire a dare un'occhiata alla donna di cui tutti parlavano in paese.

Il ristorantino era pieno di persone che volevano conoscere Bristol, anche per assistere in diretta al ritrovo con Sandra. La storia di Sandra che metteva in allarme Rocky, dicendogli che forse Bristol si era persa, aveva fatto il giro del paese alla velocità della luce.

"Rocky... penso che qui ci sia una festa, magari non dovremmo interrompere," disse Bristol guardandolo con espressione preoccupata.

Lui non si trattenne e scoppiò a ridere. "Punky, la festa è in tuo onore."

Lei si mostrò ancor più preoccupata. "Cosa?"

"Sono venuti tutti per conoscerti, per farti sapere che sono contenti che stai bene."

Lei allora si guardò intorno e disse: "Ma io non conosco... oh, ma quella non è la donna della pasticceria?"

"Finley, sì."

"Riconosco anche quei signori... mi salutano sempre, stanno davanti all'ufficio postale." Tornò a guadarlo. "Sono davvero tutti qui *per me?*"

"Sì."

"Mannaggia," commentò lei chiudendo gli occhi. "Finirò per piangere ancora!"

"Non piangere, Punky," le disse come per riprenderla. "Ecco che arriva Sandra."

La proprietaria della tavola calda si stava avvicinando a passo deciso. Rocky si era fermato appena dopo la porta d'ingresso, ma Sandra non perdeva tempo. Era una donna sulla quarantina, sull'uno e ottanta, pelle scura impeccabile, treccine afro che rimbalzavano a ogni passo.

Bristol aprì gli occhi, la vide avvicinarsi e lanciò un grido acuto; per fortuna, Rocky la stava tenendo stretta, altrimenti lei si sarebbe lanciata verso Sandra, ormai abbastanza vicina.

Facendo attenzione a non farla sobbalzare più del necessario, Rocky la tenne stretta con cautela, mentre le due donne si abbracciavano.

"Grazie infinite!" esclamò Bristol parlando sulla spalla di Sandra.

"Sono felice che tu stia bene," rispose Sandra.

Le due rimasero abbracciate per un lungo momento, tanto che tutti notarono il loro legame. Infine Sandra si staccò e si asciugò lentamente le lacrime che le avevano bagnato le guance.

"Santo cielo, sono un disastro!" esclamò. Poi cominciò a fare accomodare tutti. "Rocky, Bristol deve sedersi. Vai laggiù, ho messo una sedia vicino al divanetto così può riposare la gamba. Attenta!" urlò a una delle cameriere che per poco non andava a sbattere contro la gamba di Bristol, mentre Rocky si stava abbassando per farla accomodare.

"Hai fame, vero? Ma certo che hai fame. I pasti in ospedale fanno schifo. Ti porto subito qualcosa." Sandra si voltò; stavano guardando tutti in quella direzione, chiaramente ansiosi di conoscere la nuova residente di Fallport, per quanto non in pianta stabile. "Questo non è uno zoo," disse Sandra a tutti. "Basta fissare questa poverina!" Poi si avviò verso la cucina, parlando tra sé mentre camminava.

Bristol fece una risatina e Rocky non poté non ricambiare con un sorriso. Le strinse la spalla, poi andò a sedersi dall'altra parte del divanetto.

Nel quarto d'ora che seguì, Bristol fu al centro di un vero e proprio ricevimento, impossibile da descrivere altrimenti. Si avvicinarono tutti a salutarla, a dirle quanto fossero tutti contenti che stesse bene. Lentamente, la folla nella tavola calda andò assottigliandosi, mentre tornavano tutti al lavoro o alla routine di un giovedì pomeriggio qualunque.

"Son contento che il nostro Rocky ti abbia trovata, signorina," le disse Otto dopo essersi presentato.

"Anch'io son contenta," rispose Bristol, doveva essere la cinquantesima volta che lo ripeteva, da quando era arrivata.

"Da quel che ho sentito, però, te la sei cavata molto bene, là fuori," disse Silas.

"Vorrei tanto pensarlo, ma sono comunque grata di non aver dovuto strisciare fino all'imbocco del sentiero," rispose Bristol.

"Bisognerebbe prendere a sferzate quelli che ti hanno lasciata là," brontolò Art. "Non si sono chiesti cosa ti fosse successo, non glien'è importato nulla. Nessuna persona per bene abbandona così qualcuno nel bosco, come hanno fatto con te."

Rocky era d'accordo; si sistemò sul divanetto, pronto a intervenire nel caso Art dicesse qualcosa fuori luogo. Quei tre signori erano molto simpatici, ma a volte tendevano a essere un po' troppo schietti, al punto da risultare spigolosi.

"Calma, Art," disse Drew, intervenendo prima di Rocky.

"Calma?" ribatté Art schernendosi di lui e rivolgendogli la propria irritazione. "Pensi che sia giusto? Una signorina viene qui per una bella vacanza, invece viene abbandonata in mezzo al nulla, ferita, incapace di tornare al parcheggio, lasciata senza un mezzo di trasporto?"

"Certo che no, ma non conosciamo tutti i dettagli, non dovremmo giudicare," rispose Drew con calma.

"Oh, invece io giudico eccome," mormorò Art.

Rocky si era stufato di quella conversazione e stava per dire ad Art di darci un taglio, quando sentì Bristol ridere dall'altra parte del tavolo. Si voltò subito verso di lei: sembrava divertita da quello scambio di battute.

"Beh, ha proprio ragione. Mike era un cretino! Però penso che una sferzata sul di dietro gli piacerebbe troppo."

Ci fu un attimo di silenzio, poi Art incurvò le labbra in una smorfia sorniona. "È un tipo del genere, eh?" le chiese.

Bristol fece spallucce. "Io non lo so e di sicuro non mi interessa. Eravamo amici, *solo* amici, ma adesso penso proprio che anche l'amicizia sia finita."

"Mi sembra giusto," commentò Otto.

"Meno male che se ne sono già andati. Altrimenti, se fossero ancora qui a Fallport, a quest'ora li prenderemmo tutti a male parole," mormorò Silas.

"Fatevi da parte!" disse Sandra dietro i tre uomini, che si allontanarono dal tavolo per lasciarla passare. "Non è ora di tornare ai vostri soliti posti?" chiese Sandra. "Non vorrete perdervi l'ora di punta del pomeriggio all'ufficio postale, vero?"

I tre brontolarono un poco, ma erano chiaramente pronti a tornare alla loro solita routine. Salutarono e uscirono. Rimasero intorno al tavolo solo gli amici della squadra di Rocky, con Lilly, Elsie e Tony.

Talon avvicinò un paio di altri tavoli e ciascuno si prese una sedia. A Rocky non dispiaceva affatto la compagnia degli altri; era entusiasta di far conoscere Bristol agli amici e viceversa.

Lilly si sedette di fianco a Bristol, poi si sedette Elsie. Raiden si sedette sul divanetto di fianco a Rocky, Duke si sistemò sotto al tavolo, ai piedi del padrone. Gli altri si accomodarono intorno agli altri tavoli.

"Petto di pollo fritto," disse Sandra appoggiando il piatto sul tavolo e spingendolo verso Bristol. "Con contorno di asparagi e purè di patate. Tieniti posto per il dessert, ho preparato la meringata al limone. Karen arriva tra un momento con le altre ordinazioni." Poi Sandra sorrise a Bristol, prima di tornare in cucina.

"Come fa a sapere quello che vogliamo mangiare?" chiese Elsie.

"Non lo sa," rispose Zeke sorridendo alla moglie, "però non importa, tanto qualunque pietanza ci porti sarà sempre deliziosa."

"Vero," confermò Elsie, che poi si rivolse a Bristol. "Ciao, io mi chiamo Elsie e lui è Zeke, mio marito. Mi dispiace tantissimo che ti sia persa mentre eravamo via."

"Non potevate certo saperlo," ribatté Bristol con semplicità. "Comunque piacere di conoscervi. Ho sentito parlare molto di voi, anche di vostro figlio. Ciao," disse facendo un gran sorriso a Tony. "Rocky mi ha detto tutto di te, quanto *sei* fantastico."

"Davvero?" rispose il ragazzino.

"Eh sì."

"Ti ha detto che da grande diventerò pilota di macchine da corsa? E anche pescatore professionista e vigile del fuoco?"

"Wow. No, non mi ha detto tutto questo. Allora penso che dovrei chiederti l'autografo, così quando diventi famoso posso dire di averti conosciuto, quando eri ancora giovane."

Tony si sistemò sulla sedia e fece un sorriso raggiante, poi esclamò: "Che bello!" Bristol gli passò un tovagliolino di carta ed Elsie fece una risatina mentre frugava nella borsetta per prendere una penna. Tony scrisse con perizia il proprio nome sul tovagliolino, era molto concentrato e teneva la lingua fuori. Quando finì, restituì il tovagliolino a Bristol sorridendo. "È un po' storto, ma solo perché la carta continuava a muoversi. Però eccolo qua."

"Grazie mille," gli disse Bristol. "Lo terrò con me per sempre."

Rocky osservò lo scambio di battute, non sorpreso che Bristol avesse già conquistato la simpatia di Tony. Non gli sfuggirono nemmeno gli sguardi di approvazione degli amici. Che se ne fosse accorta o meno, Bristol aveva già guadagnato molti punti.

La vide rivolgersi a Lilly ed Elsie. "Grazie per i vestiti, mi sono tornati utilissimi. I camici dell'ospedale sono tanto scomodi!"

"Non c'è di che," rispose Lilly con un sorriso. "Facci pure

sapere se ti serve altro, saremo felici di andare a fare compere per te."

"Oh, no, non c'è bisogno. Cioè, anche se non ho molto con me, quel che mi ero portata quando sono arrivata a Fallport dovrebbe bastarmi per un bel po', anche grazie alla vostra generosità."

"Sei di Kingsport, vero?" le chiese Drew. "A proposito, io sono Drew."

"Ciao," gli rispose Bristol con un sorriso amichevole. "Sì, di Kingsport."

"Ciao, io sono Talon. Rocky ci ha detto che sei un'artista. Ho visitato il tuo sito, anche il negozio, complimenti, hai molto talento."

"Wow, ehm... grazie. Sì, la mia specialità sono le vetrate istoriate, ma mi cimento anche in piccoli gioielli e sculture. Penso che dovrei andare online per un aggiornamento, per far sapere ai miei clienti più affezionati cos'è successo. Avevo pubblicato un post per una breve vacanza, ma non ho precisato per quanto a lungo," spiegò Bristol.

"Sono sicura che comprenderanno," disse Lilly.

"Se invece si lamentano che non sei sempre online, possono andare al diavolo," commentò Brock. "Se non capiscono che hai rischiato la vita e che sei assente per un intervento chirurgico, sono degli idioti."

"Questo è Brock," disse Zeke con una certa ironia. "Dice sempre quel che pensa," commentò scuotendo la testa verso l'amico. "Però... niente parolacce, va bene?" Indicò Tony, che per fortuna sembrava immerso in un libro che aveva appoggiato sul tavolo. Elsie ne portava sempre uno nella borsa per il figlio, per tenerlo occupato a leggere in situazioni come quella.

"Scusa," disse Brock scrollando le spalle. "Oggi al lavoro ho avuto a che fare con un cliente non proprio gentile e il mio livello di sopportazione è al minimo."

"Non c'è problema," gli rispose Elsie.

"Comunque hai ragione," aggiunse Bristol. "Per fortuna non devo necessariamente dipendere dai clienti online. Lavoro anche con chiese e con clienti che mi commissionano opere più imponenti, sono loro che mi mantengono un tetto sopra la testa e mi danno da mangiare."

"L'industria dei vetri istoriati va tanto bene?" le chiese Raiden.

"Secondo me chiedere a Bristol quanto guadagna non è un bell'argomento di conversazione," commentò Rocky interrompendo.

"Ero solo curioso," ribatté Raid.

"Non c'è problema," disse Bristol, "comunque la risposta è no, l'industria dei vetri istoriati non va tanto bene... ma io me la cavo."

Ci fu un attimo di silenzio, poi risero tutti.

"L'hai pestata bella grossa, Raid," disse Rocky.

"Te le ha cantate."

"Brava ragazza!"

Rocky fece un gran sorriso; gli piaceva molto la sicurezza che Bristol mostrava in ciò che diceva e faceva, ma amava ancor di più il modo in cui la vedeva inserirsi nel gruppo.

Karen arrivò al tavolo con un vassoio enorme appoggiato alla spalla, da cui cominciò a scaricare piatti pieni. Sandra aveva scelto per il gruppo un pasto in stile casalingo, con enormi zuppiere e vassoi da condividere. Rocky notò che non era arrivato altro pollo fritto, Bristol era l'unica a gustarsi quella prelibatezza.

Cominciarono tutti a prendere da mangiare, l'umore era allegro e rilassato. Pasteggiarono tra una battuta e l'altra. Rocky non si irritò nemmeno, quando cominciarono a parlare della sua decisione stupida di andare nel bosco da solo, senza nemmeno avvertire Raid dicendogli cos'era successo.

"Abbiamo davvero bisogno dei telefoni satellitari," mormorò Brock. "Se Rocky ne avesse avuto uno, almeno avrebbe potuto avvertire Raid, o anche uno di noi. Avrebbe potuto rimanere con Bristol e noi li avremmo raggiunti.”

“Ho già in calendario un incontro col sindaco e il consiglio comunale, vediamo se riuscirò a convincerli a stanziare i fondi,” comunicò a tutti Ethan.

“Quanto tempo servirà?” domandò Bristol, unendosi alla conversazione.

“Chi cacchio lo sa?” commentò Ethan con avversione. “Pensavo di essermi lasciato alle spalle la burocrazia quando ho mollato l’ambiente militare, ma anche nei piccoli paesini ci sono ostacoli da superare, per questioni del genere.”

“Sarei felice di procurarveli io,” disse Bristol.

Rimasero tutti in silenzio per qualche secondo, poi parlarono tutti insieme.

“No, non devi.”

“Prima o poi il comune raccoglierà i soldi.”

“Sei troppo generosa, ma non preoccuparti.”

“Fantastico!”

L’ultima esclamazione era quella di Lilly.

Rocky alzò una mano per far tacere tutti, poi guardò Bristol dritto negli occhi. “Apprezziamo l’offerta, ma non è necessario.”

“A me sembra che invece sia *molto* necessario,” ribatté lei, “poi voglio contribuire. *Devo* contribuire: a malapena mi lasci ringraziare. È ovvio che vi serve un modo migliore per comunicare, quando siete in montagna; se serve per aiutare qualcun altro che si è perso, voglio fare io la donazione. Posso permettermelo.”

Rocky non sapeva il perché, ma quell’offerta non gli andava giù. “Non ne stavamo parlando per farti sentire in colpa, o per convincerti a comprare i telefoni,” le disse.

“Lo so che non era questo il motivo, però, per favore, ragazzi, lasciatemi contribuire, lo farei per la città. Non mi sono mai sentita tanto a casa come qui. Nemmeno a Kingsport. Ti prego, Rocky. Voglio solo fare la mia parte per aiutare qualcun altro che potrebbe trovarsi nella mia stessa situazione."

Rocky sospirò. "Possiamo parlarne in un altro momento?" le chiese.

Bristol annuì. "Però guarda che non cambierò idea," lo ammonì.

"Mi piace," commentò Brock dal suo posto, nel tavolo vicino.

Il pasto proseguì e non successe nulla di particolare. Continuarono a parlare cordialmente, tutti ebbero come l'impressione che Bristol facesse parte del gruppo da anni, non da un paio di giorni. Quando ebbero tutti finito di mangiare, ormai la conversazione andava avanti senza argomenti particolari, tanto per passare più tempo in compagnia; al che Rocky notò che Bristol aveva gli occhi pesanti. Guardò l'orologio e fu sorpreso da quanto fosse tardi.

"Dobbiamo andare," annunciò.

Bristol si voltò verso di lui e gli fece un cenno col capo.

Contento che lei non si opponesse, Rocky chiese a Raid di farlo uscire dal divanetto e l'amico si spostò volentieri; ben presto, Rocky ebbe di nuovo in braccio Bristol. Servì più tempo di quanto lui si aspettasse, per salutare tutti gli amici ormai in comune, oltre a Sandra e agli altri clienti della tavola calda.

Lilly promise di andare a trovare Bristol il giorno dopo. Elsie si trattenne a parlare con Bristol per un momento, a proposito dei libri che magari aveva voglia di leggere, e promise di andare a prendere in prestito qualche romanzo dalla biblioteca per portarglieli alla fine del turno al locale, il giorno dopo. Anche gli altri la salutarono e promisero di passare a trovarla, in caso avesse bisogno di qualcosa.

Rocky era grato per tutto quel supporto, ma aveva raggiunto la soglia dell'esasperazione. Non voleva fare altro che passare del tempo da solo con Bristol. Gli era piaciuto stare con lei, mentre la portava fuori dal bosco, pur non essendo le circostanze ideali. Non vedeva l'ora di conoscerla più a fondo, dato che stava meglio.

La portò fuori dalla tavola calda, fino alla macchina; la fece accomodare con cautela, poi fece il giro del veicolo a balzelli per mettersi alla guida. Il viaggio fino all'appartamento non fu lungo. Quando la riprese tra le braccia, Rocky non trattenne un sospiro di appagamento.

La portò su per le scale fino al secondo piano del palazzo. L'appartamento era in fondo al corridoio, tre porte dopo l'ex appartamento di Ethan, che era tornato vuoto, da quando Elsie e Tony si erano trasferiti a casa di Zeke.

C'erano sei appartamenti al piano di sotto e sei al piano di sopra. Una rampa di scale portava al corridoio del piano di sopra. Tutte le porte d'ingresso affacciavano sul parcheggio. Non era un granché, ma a Rocky non aveva mai dato fastidio l'aspetto piuttosto fatiscente. Gli appartamenti erano puliti e i vicini di casa erano tutti piuttosto riservati.

Si abbassò davanti alla porta, in modo che Bristol potesse aprirla, poi entrarono. Rocky le fece fare un giretto veloce degli ambienti, gli bastarono pochi secondi: le indicò la cucina, il salotto, la camera da letto principale, il bagnetto adiacente al corridoio, l'unico dell'appartamento. Poi la portò nella cameretta degli ospiti, lieto di trovarla molto accogliente: Zeke ed Elsie si erano superati nel preparare un ambiente adatto ad accogliere Bristol.

Sul letto c'era una copertina che Rocky non aveva mai visto prima, sul comodino c'era un abat-jour. La camera era stata completamente ripulita, non si vedevano in giro gli scatoloni e gli attrezzi con cui lui ogni tanto faceva allenamento. Rocky immaginò di trovare tutto in camera propria, o negli armadi. Si fece un appunto mentale per ringraziare gli amici.

Abbassò con cautela Bristol sul letto, poi fece un passo indietro; non averla più tra le braccia era una sensazione strana. "Ehm... hai bisogno di una mano, ti serve nulla?"

Lei gli sorrise con dolcezza. "Magari la borsa con le mie cose."

"Giusto. Scusa. Sì, vado subito a prenderla," le rispose scuotendo un po' la testa, per poi tornare all'ingresso.

"Rocky?"

Sentendosi chiamare, si fermò. "Sì?"

"Apprezzo quanto stai facendo per me."

Lui fece un gran sorriso, poi scosse la testa.

"Ehi, non ho detto 'grazie'!" esclamò lei protestando e facendogli l'occhiolino.

"Torno subito, non scappar via," le disse scherzando.

Bristol fece una risata. "Non preoccuparti, quando torni mi trovi esattamente dove sono adesso."

Rocky amava vederla tanto felice; si fermò con una mano appoggiata alla porta della cameretta e si voltò indietro. "Grazie a *te* per esserti fidata di me, Bristol. Ti garantisco che con me puoi stare tranquilla."

"Lo so. Non sarei qui, se non mi fidassi di te."

Rocky era di ottimo umore, la salutò con un cenno del capo, poi andò all'ingresso di casa per scendere al parcheggio e prendere la borsa di Bristol.

Passò un'ora. Bristol l'aveva convinto di non aver bisogno dell'aiuto di Lilly o di Elsie per farsi un pisolino. Quando Rocky fece capolino nella camera degli ospiti, la trovò sdraiata, con la gamba ingessata appoggiata su un cuscino, immersa in un sonno profondo. Probabilmente era stata una giornata fin troppo pesante, ma lui non riusciva a dispiacersene: gli era piaciuto un mondo vederla a suo agio insieme agli amici.

Chiuse la porta quasi completamente, lasciando solo uno spiraglio per poterla sentire, qualora lo chiamasse per chiedergli aiuto; poi tornò in salotto, si mise seduto sul divano e si accorse di essere felice.

Di solito, quando tornava a casa dopo una lunga giornata, era irrequieto. Non passava molto tempo in quell'appartamento, perché non ci si sentiva a casa. Invece, quella sera, sapendo che Bristol era a pochi passi e che avrebbe avuto bisogno di aiuto per qualche giorno, Rocky si sentiva utile.

Il lavoro gli piaceva, ed era entusiasta di far parte della squadra di ricerca e soccorso Eagle Point; però si era sentito sempre più solo. La vicinanza di Bristol era... piacevole.

Scosse la testa e alzò gli occhi al cielo. Si sentiva ridicolo. Aveva visto il fratello e Zeke trovare due donne perfette per loro, così era diventato sdolcinato. Bristol si sarebbe fermata a Fallport solo il tempo necessario per rimettersi in sesto. Poi sarebbe tornata a Kingsport.

Però, sotto sotto, in parte Rocky non era di quell'avviso. Voleva convincerla ad amare Fallport, voleva farla stare talmente bene con lui e con gli amici da farle desiderare di rimanere. Era improbabile, ma non impossibile. In fondo, anche Lilly aveva deciso di rimanere.

Con quel pensiero in mente, Rocky afferrò il telecomando e accese la TV. Tenne il volume basso, per non disturbare l'ospite, e si rilassò appena trovò un incontro di baseball. Solo il tempo gli avrebbe rivelato come sarebbe andata con Bristol. Se tutto si fosse ridotto a trovare una nuova amica, si sarebbe impegnato per accontentarsi.

Però, sotto sotto, non poteva non pensare al legame che si era creato e a ciò che poteva diventare.

———

"Dov'è finita?" mormorò un uomo che stava seduto da solo in macchina, davanti alla casa di Bristol Wingham, a Kingsport, in Tennessee.

Era partita da quasi due settimane; non sapere dove fosse lo tormentava ogni giorno di più. Era partita con appena uno zaino, quindi non doveva essere un'assenza tanto lunga.

Invece erano passate quasi due settimane e non era ancora tornata.

Peggio: l'uomo che era passato a prenderla, Mike Moran, era tornato da quasi una settimana... senza Bristol. Quel Mike viveva poco lontano da lei, e lui aveva atteso con ansia che tornasse. Le aveva fatto del male? Le aveva fatto qualcosa? Non c'era una spiegazione logica: era partita con quello, ma non erano tornati insieme.

Sentì il cuore palpitare più forte. La preoccupazione per Bristol era quasi sconvolgente, ma sotto sotto c'era anche la rabbia. Come *osava* andarsene senza dire ai clienti quando sarebbe tornata? Come osava farlo preoccupare tanto?! Fosse stata la sua donna, lui si sarebbe assicurato che non mettesse piede fuori di casa senza dirgli dove stesse andando. Era una questione di sicurezza.

Non poteva proteggerla, senza sapere dove fosse.

Lui era il suo cliente più affezionato. La prima volta che aveva notato una delle vetrate istoriate di Bristol, aveva capito subito che era destino: doveva farla sua. Era un pensiero che in molti avrebbero ritenuto pazzesco, ma a lui non importava. L'arte di Bristol gli aveva parlato nel profondo dell'anima, era come se l'artista fosse stata ispirata da lui.

L'aveva comprata seduta stante, poi gli era venuta l'ossessione di scoprire tutto il possibile su Bristol. Si era persino trasferito a Kingsport, solo per poterle stare più vicino. Prima o poi, anche lei avrebbe capito che era destino e l'avrebbe desiderato tanto quando lui la desiderava.

Era sicuro di aver comprato più opere da lei prodotte di chiunque altro. Gioielli, sculture... si era persino finto un pastore di una chiesa per commissionarle un'enorme vetrata, che ora esibiva con gioia e orgoglio a casa propria.

Doveva trovarla. Doveva accertarsi che stesse bene, che fosse al sicuro. Una volta tornata, lui le avrebbe fatto capire per bene che non avrebbe *mai più* dovuto spaventarlo in quel modo.

Era giunto il momento.

Il momento di farle capire quanto l'amava.

Farle capire che era disposto a tutto, per tenerla al sicuro dai matti che c'erano al mondo, dai malintenzionati pronti a farle del male.

Prima, però, doveva trovarla.

CAPITOLO SETTE

Bristol sospirò, era frustrata. Erano passati quattro giorni, da quando era uscita dall'ospedale e si era sistemata nella camera degli ospiti dell'appartamento di Rocky. All'inizio era stata molto positiva e ottimista su quanto sarebbe stata in grado di muoversi. Probabilmente perché era ancora sotto l'effetto degli antidolorifici che aveva preso in ospedale.

Invece, svanito l'effetto dei farmaci, si era accorta che muoversi le faceva molto male.

Il mattino dopo l'arrivo, aveva insistito per farsi una doccia. Aveva fatto alla svelta, ma era stata un'esperienza stramba. Rocky le aveva messo uno sgabello di plastica sotto il getto d'acqua e l'aveva aiutata ad appoggiare la gamba ingessata sulla sponda della vasca; poi, sia pur con riluttanza, l'aveva lasciata a lavarsi da sola... fermandosi però appena fuori dalla porta del bagno, pronto a irrompere qualora lei avesse bisogno di qualcosa. Dopo essersi lavata, asciugata e rivestita, Bristol aveva chiamato Rocky: le girava quasi la testa per il dolore pulsante alla gamba e si era pentita di aver cercato di fare tutto da sola.

Nel frattempo, lui si era rivelato un ottimo padrone di casa... e amico. Non era ancora tornato a lavorare; era rimasto a casa per accertarsi che lei stesse bene, e anche per tenerle compagnia. Bristol aveva ricevuto un flusso continuo di visite, per lei era stata una sorpresa che l'aveva fatta stare molto bene.

Quel mattino, però, si sentiva oltremodo scorbutica. Era estremamente frustrata. Avrebbe voluto riuscire ad alzarsi e andare in bagno senza farsi portare. Avrebbe voluto mettersi in piedi davanti al lavandino per lavarsi i denti, invece di farlo seduta sulla tazza. Avrebbe voluto uscire all'aria aperta, indossare pantaloni interi, invece di quelli con una gamba sola.

Così quel mattino, quando Rocky bussò alla sua porta salutandola allegramente con un "buongiorno!", Bristol era sul punto di dirgli di andarsene, per potersi piangere addosso in pace. Però non voleva essere scortese. Lui le stava facendo un favore enorme. Se fosse tornata subito a Kingsport, avrebbe avuto grossi problemi. Non riusciva a spostarsi da sola, prima che la gamba guarisse. Il medico le aveva dato due settimane, prima di potersi alzare e andare in giro con le stampelle o col deambulatore speciale.

Rocky fece capolino nella camera; appena i loro sguardi si incontrarono, Bristol sentì l'impazienza e l'irritazione crescere. Non voleva che quell'uomo diventasse per lei un baby-sitter. Non voleva diventare una paziente per lui. Voleva diventare per lui... *di più*. Anzi, i pensieri che le scorrevano in testa erano stupefacenti... ma anche no: il legame che si era creato tra loro era scoccato fin dal primo momento, fin dal primo incontro nel bosco.

Non era *quello* il modo in cui lei voleva trascorrere il tempo con Rocky.

Si sentiva sudicia, patetica, arrabbiata.

"Cosa c'è che non va?" le chiese Rocky entrando in camera.

Evidentemente era in grado di leggere quel suo cattivo umore. "No, nulla."

Rocky fece una risatina. "Sarò anche single, ma persino io

mi rendo conto che quando una donna dice 'va tutto bene' o 'nulla' in realtà non va tutto bene e c'è di sicuro *qualcosa* che non va. Ti va di parlarne?"

Bristol sospirò e scosse la testa. "Sto bene."

"Non stai bene. Parla con me, Punky. Ho fatto qualcosa? Oppure *non* ho fatto qualcosa? Cosa posso fare per aiutarti?"

"Non hai fatto qualcosa?" ripeté Bristol. "Rocky, sei stato quanto meno fantastico. Mi hai dato da mangiare. Mi hai procurato un posto in cui alloggiare. Praticamente ti sono incollata al fianco da quando mi hai trovata."

"Hai bisogno di spazio?"

Bristol fece un grugnito di gola per la frustrazione, scuotendo di nuovo la testa.

Rocky si avvicinò e si sedette sul bordo del letto. Bristol trovò interessante che non avesse paura di entrare nella tana del leone, per così dire. Lei conosceva tanti uomini che si sarebbero fatti da parte, al primo segnale di malumore da parte della loro donna. Invece Rocky si era fatto avanti, *ovviamente*.

"Fammi indovinare. Ti senti claustrofobica. Odi non poterti alzare e fare da sola. Apprezzi la mia presenza, ma comincia anche a darti fastidio. Ci ho preso?"

Lei lo fissò confusa. "Come fai a saperlo?"

Lui fece una risatina. "Perché ci sono passato quando sono rimasto allettato perché ero ferito. Una volta, in missione, mi sono beccato un proiettile. Mi hanno mandato in Germania mentre gli altri della squadra hanno portato a termine la missione senza di me. Ero rimasto solo, e per quanto il personale sanitario fosse sempre gentile e disponibile, io ero dolorante e di umore molto strano. Non potevo alzarmi, mi sono bastati pochi giorni costretto a letto per andare completamente fuori di melone. Per fortuna la ferita non era tanto grave e mi hanno rispedito in patria dopo meno di una settimana, ma insomma... cosa posso fare per aiutarti?"

Al pensiero di Rocky ferito, Bristol sentì una stretta allo

stomaco. Lo squadrò da capo a piedi, come cercando tracce di un infortunio. Che follia: Rocky l'aveva trasportata per una decina di chilometri nel bosco, con uno zaino pesante in spalla... ovviamente era più che guarito da quella vecchia ferita, eppure...

"Bristol?"

Lei scosse la testa leggermente, accorgendosi che Rocky aspettava una risposta. "Me la caverò. Sì, mi sento proprio come hai descritto, ma so di essere una persona fortunata."

Lui la scrutò per un lungo momento, poi le disse: "Solo perché sai di essere una persona fortunata, non significa che non ti senta in gabbia e frustrata. Se potessi fare qualcosa liberamente, in questo preciso istante, cosa faresti?"

Bristol non ci pensò nemmeno: "Farmi una doccia. Una bella doccia. Cioè, so di averne fatta una qualche giorno fa, ma ho tagliato corto perché la gamba mi faceva troppo male."

"Che altro?"

"Fare qualcosa. Un paio di orecchini, una scultura. No, meglio ancora, lavorare a una composizione in vetro."

"Hmmm, non so quanto posso esserti utile in questo momento, immagino che il centro commerciale fuori città non avrà i materiali che ti servono per creare le tue opere d'arte, vero?"

Bristol sorrise, meravigliandolo. "Non proprio. Anche se è proprio così che ho cominciato. Mia mamma mi ha comprato uno scatolone di perline, quando ero piccola, da allora non ho più smesso."

Rocky le restituì il sorriso e le chiese dolcemente: "Sei pronta ad alzarti? Ti porto in bagno?"

Bristol si sforzò di scrollarsi di dosso il malumore. Rocky non aveva colpa, per quella situazione. Era lei la responsabile. C'erano tantissime scelte che avrebbe potuto fare diversamente, quando Mike le aveva lanciato l'idea dell'orgetta. "Sì, sono pronta," gli rispose, scoprendosi le gambe.

Come aveva già fatto molte volte negli ultimi giorni,

Rocky la prese in braccio con cautela e la portò fuori dalla cameretta degli ospiti, prima in corridoio, poi in bagno, facendola sedere sulla tazza. Le prime volte, Bristol era diventata talmente paonazza che le bruciavano le guance. Lui invece si era sempre comportato in modo naturale, tanto che anche lei si era abituata a quella routine.

Appena lui uscì dal bagno, lei ancheggiò per tirarsi giù pantaloni e mutandine, ignorando le fitte di dolore causate da quell'oscillazione. Fece i suoi bisogni, poi tirò di nuovo su intimo e pantaloni. Allungò un braccio e prese spazzolino e dentifricio che Rocky le aveva lasciato a portata di mano, poi si lavò i denti. Non potendo sputare tutto sul lavandino, usò la tazza che Rocky le aveva portato.

Proprio il giorno prima, il dottor Snow le aveva tolto i punti alla gamba e le aveva messo un gesso rigido. Era il passo successivo sulla via della guarigione, lei lo sapeva, ma quel gesso le dava un fastidio tremendo e il prurito alla gamba era insopportabile. Probabilmente era più un fattore mentale, ma era comunque irritante.

Dopo un lungo e profondo respiro, Bristol si sforzò di concentrarsi per ritrovare il solito ottimismo. L'odore nella stanza le ricordava Rocky; lui di solito si faceva la doccia e si preparava prima di andare da lei per vedere se fosse pronta ad alzarsi, per poi aiutarla a svolgere la routine del mattino. Inalò profondamente, non riuscì a trattenere un senso di gelosia, per il profumo di sapone. Oddio, cosa non avrebbe dato, pur di riuscire ad alzarsi in piedi e oltrepassare il bordo della vasca, per lavarsi da sola. Non le dispiaceva nemmeno usare il gel doccia di Rocky, una fragranza tipicamente maschile, rispetto alle solite saponette agli aromi dolci e floreali che lei usava a casa sua, a Kingsport.

Un colpo leggero all'uscio la distolse da quei pensieri. "Ho finito," gli disse ad alta voce. Rocky entrò come se per lui fosse totalmente normale andare da una donna seduta sulla tazza, dopo che aveva fatto i suoi bisogni; la prese in braccio e uscì dal bagno, facendo attenzione a non farle colpire con la gamba lo stipite della porta.

Invece di riportarla nella cameretta degli ospiti, la portò in salotto e la fece accomodare sulla poltroncina. Poi tirò un'ottomana e gliela sistemò sotto la gamba. Le portò alcuni cuscini e una coperta e quando finì di accomodarla, si abbassò e mise le mani sui braccioli della poltrona.

"Pensavo che un cambiamento ti farebbe bene."

"Gra..." Bristol si interruppe, ricordando all'improvviso l'avversione di Rocky per i ringraziamenti. "Lo apprezzo," gli disse.

Rocky fece un gran sorriso, che le fece venire altre farfalle allo stomaco. Era un uomo già di per sé estremamente affascinante, ma quando sorrideva? Era dieci volte più figo.

"Bene. Vado a prendere il tuo telefono, così puoi controllare i messaggi, fare le tue cose. Intanto questa mattina ti cambio le lenzuola. Puoi aspettare un pochino, per la colazione?"

"Rocky, non c'è bisogno di servirmi e riverirmi," protestò lei, per quanto in realtà il bisogno *ci fosse*. Lei non poteva certo alzarsi e andarsi a cambiare le lenzuola da sola, o prepararsi la colazione. Ecco perché faceva tanta fatica ad accettare quella situazione. Lei era una persona indipendente e si sentiva strana, a disagio perché qualcuno era costretto a fare letteralmente tutto per lei.

"Che tu ci creda o meno, mi fa piacere," le rispose.

Bristol alzò gli occhi al cielo.

"È vero," insisté lui. "È passato tanto tempo dall'ultima volta che qualcuno aveva bisogno di me." Dopo di che, Rocky si abbassò, la baciò sulla testa e le disse: "Rilassati, Punky. Ci penso io."

Lei lo osservò un po' disorientata, mentre lui si avviava per il corridoio, probabilmente per prenderle il telefono, che stava ancora sul comodino vicino al letto.

Infatti lo vide tornare dopo qualche secondo, con il telefonino in mano. Rocky le passò il cellulare, poi andò in cucina e le versò una tazza di caffè che aveva già preparato, mentre lei era in bagno a fare le sue cose. Lei prese la tazza con entrambe le mani; le piaceva sentire il calore sulla pelle. Le mani erano quasi del tutto guarite e il calore sui palmi era una bella sensazione. Inalò l'aroma caldo del caffè e sorrise a Rocky. "Sa di vaniglia?" gli chiese.

Lui annuì. "Esatto. Mi avevi accennato che ti piacciono i caffè aromatizzati, quindi ieri, prima che Lilly venisse a trovarti, le ho chiesto di fermarsi a comprarne un po'."

Rocky cercava continuamente modi per renderle più sopportabile la convalescenza. "Sei stato molto carino," gli disse, per evitare di ringraziarlo.

Lui fece una risata e tornò nel corridoio.

Di nuovo, Bristol lo guardò andar via. Santo cielo, che uomo massiccio. Quel mattino, Rocky indossava un paio di pantaloni comodi neri che gli fasciavano per bene le natiche. Era un uomo muscoloso, ma anche il didietro non era certo da buttare. A quel pensiero, Bristol fece un gran sorriso e bevve un sorso di caffè. Poteva ben dire che, più tempo passava con lui e più si sentiva incuriosita, più lo sentiva vicino e familiare.

Un pensiero sconcertante. Lei viveva a Kingsport, lui a Fallport. Una volta rimessasi in piedi, lei sarebbe tornata in Tennessee... e a quel punto? Se lo chiedeva anche lei, e l'unica risposta che sapeva darsi era che le sarebbe mancata quella bella cittadina, con tutti i suoi abitanti. L'avevano fatta sentire come a casa fin dal primo incontro con Sandra, alla tavola calda, poi tutte le visite all'appartamento di Rocky, chi le portava da mangiare, chi dei dolcetti, chi si fermava a chiacchierare, tanto per farla svagare un po'. Era stata una sorpresa, e la nostalgia la colpì... parecchio.

E se rimanessi?

Sbatté le palpebre a quel pensiero. E se fosse *davvero* rimasta? Lo aveva detto a Raid, lei poteva lavorare letteralmente ovunque. Reperiva gran parte dei materiali online, a Fallport c'era un ufficio postale da cui poter spedire gli ordini raccolti nel negozio online. Aveva risparmi sufficienti per permettersi il trasloco.

La nostalgia era l'aspetto più sorprendente. Il trasloco non aveva a che fare con Rocky... beh, in realtà aveva *tutto* a che fare con Rocky, ma lei non si sarebbe mai trasferita per un uomo che conosceva solo da una settimana. Il fascino di Fallport, invece, era più difficile da ignorare. Non si era mai trovata in una località tanto amichevole come quella. Certo, Bristol sapeva bene che anche in quella zona probabilmente abitavano dei deficienti, solo che non li aveva ancora incontrati. Gli stupidi abbondavano in tutto il mondo. Però ripensò alle persone che aveva incontrato, che si erano sempre mostrate preoccupate per lei, genuinamente interessate a farla star bene; quel pensiero le fece venir voglia di far parte della stessa comunità.

Dove abitava, non conosceva nemmeno tanto bene i vicini di casa. Di sicuro non abbastanza da immaginare che venissero a trovarla e passassero la serata con lei, insegnandole a giocare a *Bang!* La sera prima, si era ritrovata da sola con quattro uomini: Drew, Brock e Talon erano passati a trovarla. All'inizio le era sembrato strano, ma poi avevano giocato a quel gioco di carte e lei aveva riso tanto che la pancia le faceva ancora male.

Le sovvenne l'umore con cui si era svegliata quel mattino e un poco se ne vergognò. Non c'era nulla, assolutamente nulla per cui brontolare.

Per il momento, decise di mettere da parte l'idea di trasferirsi a Fallport; bevve un altro sorso di caffè. Per il momento la situazione andava bene com'era, e lei lo sapeva. Doveva solo avere pazienza. La gamba sarebbe guarita, poi sarebbero arrivate anche le decisioni importanti per la vita.

Però non poteva non chiedersi cosa ne avrebbe pensato Rocky, se lei gli avesse detto che si trasferiva a Fallport. Ne sarebbe stato felice? Oppure avrebbe avuto l'impressione che lei si stesse creando delle aspettative... magari se la sarebbe pure presa con lei?

Non aveva alcun senso continuare a ragionare coi "se" e coi "ma". Almeno non prima di aver preso davvero una decisione.

"Hai una faccia, sembra che ti stia consumando di pensieri," le disse Rocky tornando in salotto con le lenzuola del letto degli ospiti.

Bristol sussultò dalla sorpresa. Si era persa talmente tanto nei propri pensieri che non l'aveva nemmeno sentito arrivare. Del resto, lui sapeva camminare con molta leggerezza, probabilmente era una tecnica che aveva imparato nei SEAL della Marina.

"Ah, sai, cercavo solo di trovare la soluzione per la pace mondiale, cose così," gli rispose con leggerezza.

"Fantastico. Quando la trovi, dimmelo che chiamo il presidente e vi faccio incontrare."

Bristol si mise a ridere, poi inclinò la testa per guardare Rocky che metteva le lenzuola nella lavatrice, incassata in un mobile del salotto. "Un momento, tu conosci il presidente?"

Lui rise, mentre girava la manopola del programma di lavaggio, poi la guardò. "Se ti dicessi che lo conosco, daresti di matto per l'entusiasmo?"

"Ehm... forse sì?"

Rocky andò in cucina. "Allora è meglio così, non hai motivo di sbarellare: non conosco il presidente."

"Meno male," rispose lei, fingendo di asciugarsi il sudore dalla fronte.

Rocky le lanciò un'occhiata e le disse: "*Questo* presidente. Quello prima lo conoscevo."

A Bristol quasi andò di traverso il caffè; lo scrutò, cercando di capire se la stesse o meno prendendo in giro. Quando lo vide fare un sorriso timido e scrollare le spalle, anche lei scosse la testa e decise che probabilmente Rocky conosceva *davvero* l'ex presidente degli Stati Uniti.

"Ti va del porridge per colazione? So che preferisci lo zucchero di canna e pensavo di aggiungere anche dei mirtilli. Il dottor Snow ieri ha portato anche del melone fresco, sai, quando è venuto a visitarti e seguire la tua convalescenza."

"Mi sembra un'idea deliziosa."

Bristol bevve il resto del caffè osservando Rocky che si dava da fare in cucina. Non era un ambiente molto spazioso, e lui era un uomo grande e grosso che faceva sembrare la cucina ancora più piccola; però si muoveva con sicurezza: prima che lei se l'aspettasse, le stava già portando una ciotola; afferrò anche il librone appoggiato sul tavolino basso, era un libro sulla natura in Alaska che lei usava come fosse un vassoio; Rocky glielo appoggiò sulle ginocchia. "A posto?" le chiese.

"Perfetto," gli rispose lei. Era davvero difficile non ringraziarlo ogni mezzo minuto, ma lei si stava abituando a evitare la parola "grazie" e a mostrargli il proprio apprezzamento in altri modi: mangiava tutto ciò che lui le preparava, lo guardava negli occhi quando accettava ciò che lui faceva per lei, nella speranza di essergli grata anche solo col linguaggio del corpo.

"Vado a prendere la frutta," le disse Rocky, che poi tornò in cucina.

Bristol aspettò che anche lui si sedesse sul divano vicino a lei, pronto a fare colazione, poi cominciò a mangiare. Lui le aveva detto di non aspettarlo, ma lei non si sarebbe mai permessa di cominciare a ingozzarsi quando lui doveva ancora accomodarsi.

Fecero colazione in silenzio; quando Bristol finì, gli fece una domanda a cui pensava da un po' di tempo. "Oggi torni a lavorare?"

Lui la guardò e strizzò gli occhi. "Sei già stufa della mia presenza?" le chiese scherzosamente.

Bristol però si accorse che Rocky era davvero preoccupato

per lo stesso motivo e si fece una risata. "Ehm, no. Ci mancherebbe. Però ti stai agitando, me ne accorgo."

"Ah sì?" le chiese lui.

"Eh sì. Immagino non sia normale per te, spazzare e aspirare ogni angolo di casa come hai fatto ieri."

Lui scrollò le spalle. "Mi piace tenermi impegnato."

"Appunto. Allora quando pensi di tornare a lavorare?"

Lui la fissò per un lungo momento. "Se davvero non ti dispiace, domani potrei anche uscire. Non voglio lasciarti da sola tutto il giorno, ma ci sono dei lavori che potrei sbrigare e che non mi terrebbero troppo impegnato."

"Rocky, apprezzo quanto hai fatto per me finora, più di quanto riesca a dirti, ma non devi farmi da badante tutto il giorno. Inoltre, da quando sono qui da te, c'è sempre qualcuno che passa a trovarmi. Immagino che non rimarrei comunque da sola per molto, mentre sei fuori a guadagnarti la pagnotta. Se poi qualcuno si perdesse nel bosco, tu dovresti andare in missione con la squadra di ricerca e io starei qui da sola."

Rocky scosse la testa. "No, non ci andrei. Ho già parlato con gli altri: se ci chiamano, non ci vado. Non si sa mai quanto può durare una ricerca e nessuno se la sente di lasciarti da sola per un periodo di tempo indeterminato."

Bristol lo fissò, era davvero sbalordita. Aveva parlato a lungo con Rocky delle ricerche in cui era stato coinvolto e della soddisfazione che ne traeva; per lui era come sfruttare le abilità dell'addestramento dei SEAL per rendere un servizio alla comunità. Certo, non le stava dicendo che avrebbe abbandonato la squadra perché c'era lei, ma insomma...

"Cosa? Come mai mi guardi in quel modo?" le chiese lui spostandosi sul divano in modo da avvicinarsi a lei.

"Non voglio che tu rinunci a qualcosa che ami perché devi farmi da badante," gli disse dopo un momento.

"Non sto rinunciando," ribatté lui senza esitare. "Se mi perdo una ricerca o due non è un dramma. Anche perché, onestamente, se andassi, probabilmente sarei più preoccupato per te e non farei attenzione a quel che faccio… il che non sarebbe sicuro. Finché non tornerai in piedi e non sarai più indipendente, non sono disposto a lasciarti qui per conto tuo. Anche se chiedessi a Lilly, a Elsie o a qualcun altro di venirti a trovare, tu non riusciresti nemmeno ad arrivare alla porta per vedere chi è. Saresti molto vulnerabile, qualunque malintenzionato potrebbe passare e approfittarsi della mia assenza."

Wow. Bristol non sapeva bene come reagire. Sapeva solo che quelle parole l'avevano fatta stare molto bene.

"Insomma, io non mi sento un badante. A me *piace* la tua presenza. Anche le visite frequenti degli altri mi hanno fatto piacere."

"Voi non vi trovate, normalmente?" gli chiese Bristol.

Rocky scrollò le spalle. "In realtà no. Cioè, ci troviamo all'On the Rocks, oppure per pranzo, ma spesso siamo molto impegnati, tra il lavoro e le altre cose non ci rimane molto tempo per trovarci come in quest'ultima settimana. Tutto *grazie* a te."

Bristol inspirò a fondo. Non sapeva proprio se Rocky le stesse dicendo quelle cose per farla sentire meno un peso, ma senz'altro le faceva piacere quel piccolo ruolo nel rinsaldare l'amicizia meravigliosa che legava gli uomini della squadra Eagle Point. "Sbaglio, o mi hai appena ringraziato?" gli chiese, cercando di alleggerire l'umore.

Funzionò. Rocky fece una risatina. "Ecco, hai ragione, scusami e dimentica tutto." La guardò negli occhi e proseguì: "Non mi ero reso conto di quanto impegno ci stai mettendo, per tenere i ringraziamenti al minimo. Mi fa piacere averti qui da me, Punky. Penso proprio che dovrei essere *io* a ringraziare *te*. Non per esserti fatta del male, ma per esserti fidata di me."

"Mi fido di te," gli disse lei con tono serio. "Guarda che non sono una che si fida facilmente. Cioè, hai visto cos'è successo con Mike," aggiunse mestamente.

"Mike era un deficiente," disse Rocky con una determinazione che fece spalancare gli occhi a Bristol per la sorpresa.

"Sul serio, ma che cavolo aveva in mente? In primo luogo, se una donna dice di voler essere tua amica, un uomo deve accettarlo e andare avanti. *L'ultima* cosa che uno dovrebbe fare è cercare di convincerla a cambiare idea chiedendole di partecipare a un'orgetta schifosa."

Bristol non trattenne una risata. Rocky aveva ragione.

"In secondo luogo, ti ha lasciata in montagna da sola e poi se n'è andato via, ben sapendo che doveva accompagnarti a casa: la mossa più bastarda di tutte. Grazie al cielo avevi detto a Sandra dove andavi e quando dovevi tornare," mormorò Rocky.

Bristol era davvero grata di aver parlato con Sandra. Anche se non era un'appassionata di vita all'aria aperta, le piaceva andare in montagna e sapeva bene che non era il caso di avventurarsi nei boschi senza dire a nessuno dove andava.

Bristol si sporse sul libro che aveva sulle ginocchia come vassoio improvvisato per toccare il braccio di Rocky. Aprì la bocca per ringraziarlo, ma si fermò appena in tempo. Non avrebbe dovuto preoccuparsene: Rocky le coprì subito la mano con la propria per stringergliela. Si fissarono a vicenda, era come se ci fossero scintille tra loro. Bristol si sentiva legata a quell'uomo a un livello che non le era mai capitato di provare con altri. Era quasi sconcertante, considerato le grandi incertezze sul futuro.

Rocky aprì la bocca per dire qualcosa, ma si sentì bussare alla porta.

Sorpresa, Bristol si appoggiò allo schienale.

"Arrivo!" esclamò Rocky, prima di alzarsi in piedi e di prendere il libro dalle ginocchia di Bristol.

Ovviamente sapeva già chi fosse a bussare, perché non sembrò affatto sorpreso da quella visita mattiniera. Prese il libro con sopra la ciotola vuota e lo portò in cucina, poi andò alla porta e la aprì.

Dall'altra parte c'era Elsie, che entrò nell'appartamento

con un sorriso enorme in volto. "Ciao, Bristol! Come stai stamattina?"

Bristol sorrise. "Sto bene. Ogni giorno va un pochino meglio."

"Fantastico! Sei pronta?"

"Eh... pronta per cosa?" le chiese Bristol completamente ignara.

In tutta risposta, Elsie si rivolse a Rocky: "Non le hai detto nulla?"

"Non ne ho avuto occasione. Abbiamo appena finito colazione," rispose Rocky.

Lei alzò gli occhi al cielo. "Pensavo che glielo dicessi subito, dato che mi hai telefonato per chiedermi di arrivare appena potevo," disse Elsie. "Ho messo Tony sullo scuolabus e sono venuta subito da te."

"E io l'apprezzo molto."

"Di sicuro l'apprezzerei anch'io, se qualcuno mi dicesse che cosa dovrei apprezzare esattamente," commentò Bristol con ironia.

Elsie fece una risatina ed entrò in salotto. Si mise seduta sul divano, allo stesso posto in cui era stato seduto Rocky, poi le spiegò: "Rocky mi ha detto che ti serviva aiuto per una bella doccia, che qualche giorno fa hai cercato di arrangiarti, ma che non è andata bene. Ha detto che avrebbe voluto pensare prima a chiamarmi, che gli dispiaceva e che era importante che mi presentassi il prima possibile."

Bristol si accorse di avere la bocca spalancata, del resto era totalmente sbalordita. Guardò dietro le spalle di Elsie, rivolta a Rocky. "Quando le hai telefonato?"

"Quando ero in camera a prendere le lenzuola di ricambio," le rispose scrollando le spalle. "Hai detto che il tuo primo desiderio sarebbe una bella doccia. Recuperare i materiali per fare arte richiederà un po' più di tempo, ma ho pensato che almeno potevamo partire dalla doccia. Avrei dovuto pensarci prima, scusami."

Bristol sentì l'entusiasmo crescerle dentro. Non vedeva l'ora di farsi una bella doccia lunga senza doversi preoccupare come quando ci aveva provato da sola. "Non scusarti, è un'idea meravigliosa!" esclamò con entusiasmo.

"Voi due state pure lì a farvi due chiacchiere, mentre io preparo tutto in bagno," disse Rocky.

"Wow. Non conosco Rocky da molto tempo, ma mi sembra... diverso," disse Elsie appena lui fu fuori portata.

"Diverso in che senso?" le chiese Bristol.

"È solo *diverso*. Cioè, è sempre stato gentile, ma spesso lo trovavo distaccato. Stavo cominciando a pensare che fosse a causa mia, perché magari lo irritavo, specialmente quando si è offerto di restare qui a Fallport con Raiden, mentre noi altri siamo andati tutti all'osservatorio in montagna. Invece, come l'ho visto con te in questi ultimi giorni... è come se lo vedessi sotto una nuova luce."

Bristol era molto interessata a saperne di più. "Ah sì?" le chiese, sperando di incoraggiare Elsie a continuare il discorso.

"Eh sì. È più... morbido, più soft, qualcosa del genere. Il modo in cui ti gira intorno mi ricorda molto il comportamento di Zeke con me."

Bristol scosse la testa. "Siamo solo amici. Cioè, gli sono molto grata per avermi trovata, estremamente grata, anche per tutto l'aiuto, ma non siamo come te e tuo marito."

"Lo credo bene che tu sia grata, e sono sicura che Rocky sia molto contento di averti trovata. Però tra voi due c'è qualcos'altro, che va oltre la gratitudine."

"Non è passata nemmeno una settimana," commentò Bristol sottovoce, tirando fuori ciò che pensava da giorni, ogni volta che cercava di trovare una logica in ciò che provava per Rocky... fallendo.

"Quando lo sai, lo sai," le disse Elsie tranquillamente.

"Da quanto tempo conoscevi Zeke, quando hai capito che volevi sposarlo?" le chiese Bristol.

"Beh, è stato il mio datore di lavoro per molto tempo,

prima che andassimo oltre. Però senti: quando ci siamo accorti dell'intensità, dell'attrazione, il rapporto si è sviluppato molto *alla svelta*. Sto pensando che forse dovresti parlarne con Lilly. In fondo, è la compagna del fratello di Rocky e sono gemelli, quindi è probabile che si somiglino molto."

Bristol scosse di nuovo la testa. La conversazione stava correndo troppo. "Sono felice per te e per Lilly, ma la mia situazione è completamente diversa."

"Perché?" le chiese Elsie.

"Beh, perché dipendo da lui in tutto e per tutto. Non posso nemmeno andare a fare pipì per conto mio. Il fatto che tu sia qui lo dimostra ancor di più. Farmi una doccia senza alcun aiuto è tutt'altro che semplice. Rocky si prende cura di me."

"Certo, capisco che così sia tutto più complicato, ma questa situazione non durerà per sempre. Questa è solo la fase in cui vi conoscete meglio. Quando ti rimetterai in piedi, letteralmente, allora potrai vedere come va."

"Io non vivo qui," aggiunse Bristol con una certa malinconia, ignorando la vocina interiore che le diceva che trasferirsi non sarebbe stato complicato.

"Nemmeno Lilly viveva qui, però adesso ci vive," le disse Elsie semplicemente.

Bristol a quel punto sbuffò. "Sembri avere una risposta pronta per tutto. Non è così semplice."

"Certo che non è semplice," confermò Elsie, "ma le cose importanti non sono mai semplici."

Erano parole sagge... che aumentarono il senso di nostalgia di Bristol, che desiderava sempre più fare di Fallport la propria casa.

"Care signore, siete pronte?" domandò Rocky dall'ingresso del corridoio.

"Pensaci," aggiunse Elsie tranquillamente allungando una mano per dare dei colpetti su quella di Bristol. "Se hai domande, io ci sono sempre. Anche Lilly, senza dubbio." Poi Elsie si voltò verso Rocky. "Siamo pronte."

Lui annuì e si avviò verso la poltrona su cui era seduta Bristol. "Posso?" le chiese.

Bristol si accorse all'improvviso che, ogni volta che la prendeva in braccio o che doveva toccarla, le chiedeva il permesso. Ripensò al *presunto* amico Mike, che si permetteva sempre di toccarla in modo sgradevole: la differenza tra i due era sempre più chiara. "Sì," rispose a Rocky.

I loro sguardi si incontrarono... e all'improvviso si sentirono come da soli sul pianeta.

Bristol non si accorse del tempo che passava, mentre fissava Rocky; poi Elsie fece una risatina e disse: "Ci vediamo in bagno," e si incamminò fuori dal salotto.

"A cosa pensi tanto intensamente?" le chiese Rocky.

"So che non ti fa piacere sentirtelo dire, ma grazie per aver chiamato Elsie ad aiutarmi a fare la doccia."

Rocky scosse la testa. "Avrei dovuto pensarci, senza bisogno che tu me lo chiedessi."

"Mi hai trovata, mi hai accompagnata all'ospedale, sei rimasto con me, mi hai riportata qui, mi hai dato da mangiare, hai passato il tempo con me, in pratica hai fatto tutto il possibile per assicurarti che io stessi bene. Penso di poterti perdonare, se non hai pensato di chiamare qualcuno che mi aiutasse a lavarmi," gli disse con un certo sarcasmo.

Rocky allungò lentamente una mano e le accarezzò una guancia col dorso delle dita. "Cosa mi stai combinando?" le sussurrò.

Sembrava una domanda retorica, ma Bristol gli rispose lo stesso: "Lo stesso che stai combinando tu a me."

L'ondata di desiderio... e di speranza negli occhi di Rocky rispecchiava i pensieri di Bristol.

"Ecco. Doccia," le disse Rocky, come per cercare di tenersi sotto controllo.

Per una frazione di secondo, Bristol si chiese cosa sarebbe

successo, se lui avesse abbandonato quell'autocontrollo ferreo. Poi lui si abbassò e le passò un braccio sotto le ginocchia e l'altro dietro la schiena.

"Lo fai sembrare tanto facile," borbottò Bristol, mossa dal bisogno di uscire dalla bolla d'intimità che si era creata, per tornare a un clima più rilassato.

"Perché è facile. Nel caso non te l'avesse mai detto nessuno, Punky... sei piccolina."

Lei alzò gli occhi al cielo. "Wow, ma davvero? Che rivelazione!"

Lui fece una risata e lei poté sentirne le vibrazioni con la mano che gli aveva appoggiato al petto. L'altro braccio era avvolto intorno al collo di Rocky. Le sarebbe bastato avvicinarsi di pochi millimetri per poter sentire sulla guancia i peli della sua barba.

Proprio mentre stava pensando di avvicinarsi davvero, lui entrò in bagno.

"Eccoci qui. La principessina Bristol è pronta per la sua ancella," le disse Rocky stuzzicandola.

"Fantastico. Andrà a meraviglia," disse Elsie. "Appoggiala sullo sgabello, poi sciò."

Rocky si sporse nella vasca per far accomodare Bristol sullo stesso sgabello di plastica che lei aveva già usato in precedenza. "Signorsì, signora," le rispose con fare deciso.

Bristol ridacchiò, Elsie la seguì a ruota. Giusto per un momento, Bristol sentì la mano di Rocky sulla schiena, la stava accarezzando dolcemente; poi lui si allontanò dalla vasca. Bristol pensò di avere immaginato quella carezza, ma poi alzò lo sguardo e i loro occhi si incontrarono: lui aveva un calore nello sguardo che la fece inspirare bruscamente.

"Goditi la doccia, Punky. Fai con comodo. L'acqua calda è abbondante. Il palazzo sembra un po' fatiscente, ma l'amministratore ha installato delle caldaie eccezionali." Poi Rocky annuì verso Elsie e uscì, chiudendosi la porta alle spalle.

"Ehi, *piccola*," le disse Elsie sottovoce, sventagliandosi con una mano. "Che occhiata!" esclamò.

Bristol non provò nemmeno a negare quanto le aveva detto l'amica. Gli occhi di Rocky erano sembrati anche a lei molto promettenti... anche se lei non sapeva proprio se uno dei due avrebbe mai fatto una mossa, per dar seguito a quelle promesse. Era una situazione stramba. Erano attratti l'uno dall'altra, ma in quel momento non erano affatto alla pari. Lei dipendeva da Rocky e aveva la sensazione che lui non avrebbe mai fatto un passo avanti per dar seguito a quelle emozioni, se non quando l'equilibrio tra loro non si fosse ripristinato.

Una volta rimessasi in piedi, capace di muoversi da sola? Poteva succedere di tutto.

In quel momento, Bristol si sentì presa dalla determinazione. Se davvero voleva considerare l'ipotesi di trasferirsi a Fallport, doveva assicurarsi che qualunque cosa fosse successa con Rocky non rendesse imbarazzante quell'eventuale trasloco.

Voleva vedere dove portasse quell'attrazione? Sì, certo che sì, diamine!

Però non voleva bruciare tutto per la fretta, per poi vedere la passione scemare e dover incontrare un ex ovunque andasse. Preferiva pensare di poter rimanere in amicizia, qualora un rapporto con lui non funzionasse; però non lo conosceva abbastanza da capire se potesse andare in quel modo.

"Ti vedo molto concentrata," commentò Elsie.

Bristol respirò a fondo. Doveva smetterla di perdersi in quei pensieri. Stava correndo troppo alla svelta con la mente. Era impossibile prevedere cosa potesse succedere nel mese o due seguenti. Nemmeno nella settimana seguente. Doveva darsi una calmata, fare del suo meglio per ignorare il desiderio intimo nei confronti di Rocky, prendere tutto con più tranquillità.

Sì, certo. Tranquillità. Aveva la netta sensazione che prendere le cose con calma non fosse possibile, tra lei e Rocky. Erano in rotta di collisione e per la prima volta nella vita Bristol non vedeva l'ora di schiantarsi.

"Pensavo solo a come andrà," rispose Bristol a cuore aperto. Certo, il riferimento era al rapporto con Rocky, non alla doccia imminente, ma non c'era bisogno di chiarirlo a Elsie.

"Hai detto che ti sei fatta la doccia da sola, qualche giorno fa?" le chiese Elsie.

"Sì, è vero, ma è stata una doccia breve e dolorosa, perché ho cercato di fare tutto da sola; averti qui è di grosso aiuto."

"Ecco. Rocky ha lasciato una borsa di plastica per coprirti la gamba ingessata. Puoi appoggiarla sul bordo della vasca, sotto la tendina della doccia. Non è il massimo, ma dovrebbe funzionare. Ti aiuto a svestirti, che immagino sarà la parte più difficile, poi ti lascio fare da sola. Però, se vuoi, posso lavarti i capelli."

"Sì, per favore. L'ultima volta ho fatto un po' fatica e non penso di essere riuscita a sciacquare via tutto lo shampoo."

"Ma certo. Su le braccia."

Bristol non si sentì affatto in imbarazzo, mentre la nuova amica l'aiutava a togliersi i vestiti. Immaginò che avrebbe dovuto sentirsi strana, ma dopo il breve ricovero in ospedale, in cui le sembrava che *tutti* l'avessero vista svestita, quel frangente non era poi tanto male.

Elsie aprì l'acqua e attese che diventasse calda, poi tirò il pomello per deviare l'acqua dal rubinetto al soffione della doccia. Passò a Bristol un asciugamani. "Fammi sapere quando sei pronta per farti lavare i capelli. Intanto io aspetto qui."

"Va bene, grazie." Grata di quel momento di privacy per potersi lavare, appena la tendina della doccia fu tirata, Bristol alzò la testa e lasciò che l'acqua tiepida le scorresse sul viso.

Non avrebbe dato mai più per scontata una doccia. Era una sensazione paradisiaca.

CAPITOLO OTTO

Rocky era di nuovo seduto in salotto, stringeva i denti nel sentire l'acqua della doccia scorrere nell'altra stanza. Era passata poco più di una settimana da quando si era messo seduto nello stesso punto, per lo stesso motivo. In quell'occasione, era stata Elsie ad aiutare Bristol, controllando che non si facesse male cadendo dallo sgabello o in altro modo, mentre si abituava a farsi la doccia con la gamba temporaneamente fuori uso.

La libido gli era andata alle stelle sia allora che in quel momento.

Bristol migliorava ogni giorno di più e non aveva più bisogno di aiuto per svestirsi. Ogni volta che si faceva la doccia, Rocky non poteva pensare ad altro che a lei, nuda, nello stesso ambiente in cui era stato lui un'ora prima. Lui non era il tipo di uomo che avesse bisogno di masturbarsi ogni giorno, ma ultimamente gli sembrava di essere tornato un ragazzino. Non riusciva a smettere di pensare alla donna con cui condivideva l'appartamento.

Bristol se la cavava meglio anche con le stampelle, ma preferiva comunque appoggiarsi a Rocky come stampella umana, quando lui era a casa. Lo preferiva anche lui, a dir la verità. Lei gli metteva un braccio intorno alla vita e lui la teneva stretta mentre Bristol si avviava saltellando verso il bagno, o verso il salotto. Lui aveva ricominciato a lavorare, impegni brevi e nelle vicinanze, ma quando era lontano da lei, la pensava ininterrottamente: cosa stava facendo? Stava bene?

Rocky sapeva che Bristol stava bene; anzi, stava a meraviglia, per una persona con una gamba rotta che viveva in una casa nuova, incapace della normale routine a cui era abituata. Ogni tanto era di cattivo umore, ma quando capitava non durava a lungo. Bristol riusciva sempre a farsi passare ogni malumore. Quando era giù, non era mai acida nei confronti di Rocky o delle persone che andavano a trovarla. Conoscere questo aspetto di lei gliela faceva piacere ancora di più.

Ascoltando l'acqua che scorreva nell'altra stanza, gli tornò in mente il sorriso sul volto di Bristol, quando era uscita dal bagno dopo la prima doccia, quando l'aveva aiutata Elsie. Vedendola, era rimasto senza fiato. Quando poi aveva sentito il profumo del gel doccia che le era rimasto sulla pelle, si era dovuto impegnare per nascondere la propria erezione a entrambe le donne.

Bristol era di nuovo sotto la doccia, l'acqua le pioveva sul corpo e Rocky doveva concentrarsi al massimo per non alzarsi e raggiungerla.

Le emozioni che lo attraversavano, dopo una sola settimana, erano sconvolgenti; quasi al punto da dargli fastidio. Bristol si era affidata a lui, ma non per essere oggetto di continui desideri carnali. Quel pensiero l'avrebbe messa a disagio e lui tutto voleva, tranne che farla sentire a disagio quando le stava vicino.

Tutto di lei lo attirava... e si avvicinava il momento in cui non sarebbe più riuscito a trattenersi dal mostrarle quell'attrazione.

La stessa attrazione che vedeva riflessa negli occhi di Bristol, quando lei lo guardava.

"Sono pronta!" gli gridò dal bagno.

Rocky respirò a fondo, poi si alzò e si avviò per raggiungerla. Bristol era migliorata, riusciva a tenersi in equilibrio sul piede buono appoggiandosi al mobile, mentre faceva le sue cose in bagno. Lui le aveva installato degli appigli resistenti vicino alla doccia, in modo che potesse reggersi in piedi senza paura di cadere; lo sgabello era rimasto al suo posto, per farla riposare quando ne aveva bisogno. Bristol stava diventando molto sicura nei movimenti in generale; era solo questione di tempo, prima che fosse pronta a tornare a Kingsport.

Quel pensiero gli fece venire un malessere di pancia: per il momento, però, le aveva preparato un'altra sorpresa... con cui sperava di guadagnare tempo. Certo, poteva anche sortire l'effetto opposto, farle venire voglia di tornare il prima possibile alla sua vita di sempre.

Arrivò al bagno; il vapore che usciva dalla stanzetta lo fece sorridere. Alla sua Bristol piacevano un mondo le lunghe docce bollenti.

Cacchio.

Bristol non era *sua*.

Rocky doveva darsi una regolata, altrimenti l'avrebbe spaventata di sicuro con quei comportamenti esagerati da maschio alfa. Vivere con Bristol gli aveva tirato fuori un aspetto caratteriale che lui non aveva mai conosciuto di se stesso. Aveva sempre ritenuto il fratello troppo protettivo nei confronti di Lilly... invece ora si accorgeva che non era *nulla*, al confronto di ciò che lui stesso provava per Bristol.

Quando usciva per andare a lavorare, Rocky si accertava sempre che ci fosse qualcuno disponibile a stare in compagnia di Bristol, mentre lui era fuori casa. A Sandra faceva piacere tenerle compagnia e Rocky era rimasto colpito anche da Finley Norris, la proprietaria della pasticceria, anche lei molto disponibile a tenere compagnia a Bristol. Un giorno era venuta persino Khloe. Quando c'era bisogno, Elsie passava da Bristol la mattina, prima che aprisse il locale in cui lavorava; Lilly si fermava spesso.

"Cavolo, quanto mi piace la tua doccia!" esclamò Bristol con un sorriso enorme, mentre Rocky le si avvicinava. "Era proprio vero ciò che mi hai detto, che la caldaia è fantastica."

Lui fece un gran sorriso fermandosi vicino a lei, le mise un braccio intorno alla vita e fece un sospiro di nascosto, per quanto gli piaceva abbracciarla. Lei si aggrappò a lui, che la sostenne, mentre si avviavano verso il salotto.

Rocky le preparò un caffè (quel mattino aveva scelto un aroma alla nocciola e cioccolato) e le versò dei cereali in una ciotola. Nelle ultime due settimane, avevano fatto colazione sempre in modo diverso, ma lei sembrava preferire i cereali. Era facile accontentarla, per cui Rocky era felice, perché gli faceva piacere esaudire i suoi desideri.

"Oggi pensavo di fare qualcosa di diverso," le disse con la massima scioltezza, mentre le portava la ciotola di cereali e la brocca col latte.

"Ah sì?" gli chiese lei con gli occhi accesi dall'interesse.

Bristol non si lamentava mai della noia, per quanto Rocky fosse certo che lei morisse dalla voglia di uscire più spesso all'aria aperta. Qualche volta l'aveva portata fuori casa, sul marciapiedi; erano rimasti seduti su una panchina a guardare la gente che andava e veniva dal palazzo. Avevano guardato la TV, giocato a carte o a qualche gioco da tavolo, avevano letto in silenzio; in generale, avevano convissuto pacificamente per quasi due settimane nell'appartamento di Rocky, mentre lei trascorreva la convalescenza. Però lui se lo sentiva: Bristol quel giorno si sarebbe sentita veramente libera per la prima volta, dall'infortunio.

"Eh sì. Una settimana fa ti ho chiesto cos'avresti voluto fare, se avessi potuto esprimere un desiderio in quel preciso istante."

"Me lo ricordo: ti ho risposto una bella doccia e dopo nemmeno un'ora tu avevi organizzato tutto per farmi fare la doccia," gli rispose Bristol.

"Esatto. Ma, qual era quell'altra cosa che avevi detto di volere?"

Lei aggrottò la fronte cercando di ricordarsi, poi alla fine fece spallucce. "Non me lo ricordo."

"Hai detto che volevi produrre qualcosa."

"Ah sì, è vero! Wow, stavo davvero giù di morale, immagino."

Rocky scrollò le spalle. "Quel giorno non potevamo soddisfare quel desiderio, ma adesso che riesci a muoverti meglio e che la gamba non ti fa più tanto male quando sei in piedi e ti sposti, pensavo di realizzare anche quel tuo secondo desiderio."

Lei lo fissò confusa.

"Voglio portarti a Kingsport, così potrai recuperare un po' dei tuoi materiali. Magari anche dei vestiti. Di sicuro sarai stufa di indossare le mie maglie o quei pochi vestiti che hai. Possiamo prenderti dei pantaloncini, tutto ciò che vuoi, per farti sentire più a tuo agio anche qui."

Bristol lo fissò a lungo, tanto che Rocky cominciò a muoversi nervosamente sul divano. Non aveva la più pallida idea di cosa lei stesse pensando. "Se vuoi che ti porti a casa e che me ne vada, lo capisco," le disse sottovoce, odiando persino il suono di quelle parole, ma sapendo di doverle dire.

"Probabilmente ti manca avere l'appartamento tutto per te, vero?" gli disse lei dopo un momento.

"No!" esclamò lui di getto, poi fece un respiro profondo. "No," le disse con un po' più di calma. "Mi *piace* averti qui. Sono sincero: se mi dici che vuoi tornare a casa e rimanerci, mi preoccuperò a morte. Non sei ancora sempre stabile, quando sei in piedi; ogni tanto la gamba ti dà ancora fastidio. Pensavo solo che, magari, il tempo ti passerebbe meglio, ti sentiresti meglio se avessi un po' delle tue cose, se potessi lavorare ad alcuni progetti. Ammetto anche di essere curioso, vorrei vedere la tua arte e come la crei."

"Davvero non ti dispiacerebbe?" gli chiese lei.

"Portarti a Kingsport? No. Farti creare la tua arte qui da me? Tutt'altro."

"Farmi prendere la mia roba e occuparti la casa?" gli chiese. "I materiali che uso per produrre gioielli tendono a sparpagliarsi un po' ovunque. Perline, supporti di orecchini, cose così. Spesso mi perdo nella mia arte, quando lavoro a un progetto. Potrei persino dimenticarmi che ci sei, se mi immergo in ciò che faccio."

Rocky la studiò, poi le chiese: "Immagino che ti sia successo? Che qualcuno si sia lamentato per quel motivo?"

Lei arricciò il naso. "Sì."

"Punky, io non ho quindici anni. Per me è normale se ti concentri sulle tue cose per il tempo che ti serve a riemergere dall'ispirazione artistica."

Lei sorrise e il viso le si illuminò. Rocky avrebbe vissuto volentieri anche solo per godersi quei bei sorrisi. "Se è così, allora mi farebbe *molto* piacere andare a Kingsport con te! Probabilmente farei meglio a controllare anche che non ci sia della posta inevasa, anche se avevo dato l'indirizzo di qui, temporaneamente. Non ho molte speranze per le due piante che ho a casa, perché tanto non ho il pollice verde, ma chissà, magari hanno resistito e posso annaffiarle per farle tornare di nuovo in forma. Sarebbe bello anche recuperare qualche pantaloncino e altre cose da mettermi. Anche se, adesso te lo dico sinceramente, la maglietta della Marina che mi hai prestato per dormirci? Non te la rendo più," gli disse stuzzicandolo.

"È tua," le rispose Rocky, facendo del suo meglio per contenere il desiderio che gli montava dentro al pensiero di Bristol, che la sera indossava quella maglietta oversize.

"Va bene, penso di essere stata molto brava a non ripetertelo continuamente, ma adesso devo proprio: grazie, Rocky. Sul serio. Per me è importantissimo."

"Non c'è di che," le rispose lui tranquillamente. "Mangia,

così poi ci avviamo. Devo telefonare a Ethan per fargli sapere che partiamo."

"Se la prenderà?"

Rocky si accigliò confuso. "Se la prenderà perché parto da Fallport? No. Gli ho già parlato qualche giorno fa di quest'idea, ma non ero sicuro di come l'avresti presa. Se poi tu avessi deciso di rimanere a casa tua, gli avevo detto che sarei rimasto a Kingsport almeno per una notte, magari più a lungo."

"Perché?" gli chiese lei.

"Perché volevo prendermi una camera in albergo, almeno per essere sicuro che tu te la cavassi anche da sola."

La vide deglutire a fatica. "Sul serio?"

"Sì. Non potrei mai scaricarti sulla porta di casa e andarmene," le spiegò Rocky.

"È quello che farebbero in molti."

"Io non sono come molti," le rispose lui con decisione.

"Sì, me ne sono accorta nelle ultime due settimane," gli disse Bristol.

Il desiderio di baciarla era quasi irresistibile, ma Rocky si contenne. Non era il momento di mostrarle quanto la ammirava, quanto gli piaceva passare il tempo con lei, quanto disperatamente voleva diventare qualcosa di più di un coinquilino, di un soccorritore.

Rocky si schiarì la gola. "Se partiamo appena finisci di mangiare, dovremmo riuscire a tornare non troppo tardi."

"Capito. Ora mangio," gli disse con un sorriso radioso, poi tornò a concentrarsi sulla ciotola che aveva davanti.

———

Bristol non riusciva a distogliere gli occhi dall'uomo che le stava seduto accanto. Erano in macchina, stavano percorrendo verso sud la superstrada 81 verso Kingsport. Da due settimane, lei si aspettava che da un momento all'altro lui le

suggerisse che era ora di tornare a casa, invece non era andata
così. Quel mattino, per un attimo, quando lui aveva cominciato a parlare del viaggio a Kingsport, lei si era aspettata che
quel momento fosse arrivato, che lui si fosse stufato di quella
presenza scomoda nel suo appartamento e che fosse pronto a
tornare alla sua vita normale. Invece lui l'aveva sbalordita,
offrendole quel viaggio solo per andare a prendere dei vestiti
e dei materiali artistici, non per scaricarla per sempre.

Bristol immaginava che, probabilmente, sarebbe stato
meglio prendere il toro per le corna, per così dire. Stare
insieme a Rocky le piaceva un po' troppo. Più tempo passava,
meglio conosceva lui e gli altri e più diventava difficile
andarsene.

Più conosceva Rocky e l'adorabile cittadina di Fallport,
più desiderava rimanerci.

Tuttavia, l'enorme dilemma che si poneva era se quelle
sensazioni fossero semplicemente un sintomo di gratitudine
per essere stata salvata, o se ci fosse qualcosa di più.

Ormai era piuttosto sicura di non aver mai provato per
nessuno l'interesse che provava per Rocky. Inoltre, quasi tutti
gli abitanti di Fallport l'avevano accolta a braccia aperte. Ogni
giorno, quando si svegliava, si chiedeva chi sarebbe passato a
trovarla, quali storielle divertenti le avrebbero raccontato. La
sensazione di comunità in quella ridente cittadina era qualcosa che non si era mai accorta di non avere... qualcosa di cui
voleva far parte.

Bristol non voleva logorare quel clima accogliente. Rocky
le piaceva. Molto. Però lei non voleva proprio innamorarsi
follemente di lui, per poi scoprire che lui era gentile solo
perché si sentiva in obbligo.

Sotto sotto, nel profondo, Bristol sapeva che non era così.
L'aveva beccato più volte a guardarla con un'espressione di
desiderio fiammante negli occhi; se anche lui faceva attenzione a non essere in alcun modo invadente, non le era sfuggito il fatto che, ogni tanto... quando le stava vicino gli veniva

un'erezione.

Certo, poteva sempre essere una reazione naturale del corpo, non necessariamente dovuta a *lei*, ma Bristol la pensava diversamente. L'attrazione che provava per lui era intensa, tanto che le sembrava improbabile non essere ricambiata. Era successo, qualche mattina, che Rocky facesse delle docce estremamente lunghe; lei non aveva potuto evitare di chiedersi cosa ci facesse, chiuso in bagno... del resto *lei* faceva lo stesso, quando era nuda sotto la doccia e pensava a lui.

"Va tutto bene laggiù?" le chiese Rocky, distogliendola da quei pensieri.

Lei annuì con un sorriso. "Va tutto alla grande. Come potrebbe non andare bene?" Lui reagì con un gran sorriso, allora lei gli chiese: "A cosa devo quel sorrisone?"

"Mi piace la tua compagnia, sei sempre tanto allegra... è bello."

"Mi sono accorta che è molto più facile trovare l'aspetto positivo che crogiolarsi nella negatività. La vita è breve e non voglio viverla desiderando ciò che non posso avere, o concentrandomi sulle cose brutte che mi sono capitate."

"Come cadere dal dirupo," le disse lui ironicamente.

"Esatto. Cioè, sì, il mio amico mi ha totalmente deluso, evidentemente non gli importava nulla della mia salute, mi sono ferita; ma poteva andare tutto molto peggio. Potevo battere la testa e lasciarci le penne, invece è solo una gamba rotta. Tu mi hai trovata, sei rimasto con me, mi hai offerto un alloggio in cui riprendermi. Poi Fallport è meravigliosa. Ho incontrato un sacco di bella gente. I tuoi amici sono fantastici e la tua doccia è eccezionale." Gli sorrise di nuovo.

Lui divideva la propria attenzione tra lei e la strada. "Ti sei rotta una gamba, gli amici ti hanno abbandonata, sei rimasta praticamente immobile in un appartamentino con un estraneo, non hai la macchina, non hai le tue cose, sono due settimane che non puoi lavorare e anche se non ne hai fatto alcun accenno, probabilmente i tuoi affari ne stanno risentendo. In generale, la tua vita ha subito un bello sconquasso."

Bristol rise. "Eh sì, però senti: tutte le belle cose che mi sono capitate per via della frattura alla gamba superano di gran lunga quelle brutte. Almeno nella mia mente."

Rocky scosse la testa. "Non ho mai incontrato qualcuno come te."

"È un commento positivo o negativo?" gli chiese Bristol con una certa trepidazione.

"È positivo," le rispose lui immediatamente, contribuendo di gran lunga a farla star meglio. "Ci stiamo avvicinando a Kingsport, vuoi darmi delle indicazioni?"

Bristol si tenne ben stretta nel cuore quella risposta, mentre gli spiegava dove andare, ma più si avvicinava a casa e più si sentiva nervosa. Non si era mai fermata a pensare alla reazione di Rocky, vedendo dove abitava... cominciò a temere che quel viaggio non fosse poi una gran bell'idea.

Svoltarono nella via dove Bristol abitava e lei gli disse: "È la terza casa sulla destra."

Rocky accostò nel vialetto e spense il motore del SUV, mentre lei cercava di interpretarne i pensieri.

Dopo un lungo momento, lui si voltò verso di lei. "Penso che ci siano degli aspetti della tua vita che hai omesso, Punky," le disse con un tono vagamente sarcastico.

Lei si morse un labbro nervosamente e cominciò a esaminare la propria casa, cercando di vederla con gli occhi di Rocky. Quella casa le era piaciuta fin dal primo momento. Era enorme. Probabilmente sui quattrocento metri quadri. Fin troppo, per una persona sola, ma lei aveva deciso di non poterne fare a meno appena aveva visto il panorama che si godeva dalle finestre sul retro. In casa c'erano cinque camere da letto e una cucina enorme; i bagni erano stati ristrutturati prima del trasloco. Il guardaroba annesso alla camera da letto principale era più grande della cameretta degli ospiti nell'appartamento di Rocky.

"Qui... vivi da sola in questa casa?" le chiese.

"Sì sì," rispose lei. "Non è grande come sembra." Era una bugia. Dall'interno, le enormi vetrate a tutta altezza del salotto la facevano sembrare ancora più grande.

Rocky si fece una risata e scosse la testa. "Hai la chiave di casa?"

Bristol si spostò e tirò fuori di tasca il portachiavi. Non aveva con sé una borsetta: chi porta una borsetta per andare in campeggio in montagna? Anche quella era una delle molte cose che si era prefissata di imballare per portarle a Fallport... sempre che Rocky fosse ancora dell'idea di portarla con sé.

"Aspettami," le disse, "faccio il giro."

Bristol lo osservò camminare intorno alla parte anteriore del SUV. Erano falcate lunghe e sicure, come sempre. Quando raggiunse la portiera del passeggero, l'aiutò a uscire, le mise un braccio intorno alla vita per fungere da stampella umana e si avviò con lei verso la porta di casa.

A lei piaceva molto farsi portare in braccio da Rocky: vicino ad altre persone, si era sempre sentita piccolina; invece quando la prendeva in braccio lui, si sentiva... preziosa. Però meritava anche appoggiarsi a lui, fianco a fianco, con il braccio di Rocky intorno alla vita, che le affondava leggermente le dita nel fianco per toglierle leggermente il peso dalla gamba ingessata, mentre lei gli saltellava vicino.

Rocky non aveva un filo di grasso, per quanto potesse accorgersene lei. Le piaceva avere una scusa per cercare il contatto fisico, per mettergli un braccio intorno al corpo. Era caldo e la faceva sentire al sicuro. Bristol non doveva preoccuparsi di inciampare, perché lui era un appoggio forte e saldo.

Quando arrivarono ai quattro gradini che portavano alla loggia della porta anteriore, lui non le chiese il permesso né l'avvertì: strinse semplicemente la presa intorno a lei e la sollevò con facilità da terra, poi si avviò su per le scale.

Bristol fece una risatina.

"Che c'è?" le chiese lui.

"Non ci hai nemmeno dovuto pensare, vero?"

"Pensare a cosa?"

"Pensare a sollevarmi di peso da terra per fare le scale."

Lui sembrò un po' imbarazzato. "Scusa, comunque no, non ci ho pensato. Non volevo che ti facessi male, non sono sicuro che tu sia pronta a fare le scale, così ho agito d'impulso. Ti dà fastidio?"

"No." Tutt'altro. "Anche se, prima o poi, dovrò tentare di fare le scale."

"Lo so, ma non è ancora il momento," le disse mentre la rimetteva coi piedi a terra dolcemente.

"Mi sa tanto che cambierai idea, appena vedrai le scale di casa mia," gli spiegò mentre infilava la chiave nella toppa.

"Mi sa tanto di no, Punky," le rispose Rocky con fermezza.

Bristol non si trattenne e si mise di nuovo a ridere. "Va bene, ma se ti stanchi di trasportarmi a peso morto, dimmelo pure. Benvenuto a casa mia," gli disse aprendo la porta.

Rocky l'aiutò a entrare e si chiuse la porta alle spalle. Si guardò attorno, in quell'attimo senza fine, e fischiò. "Wow, Punky, ma è... è bellissimo."

"Aspetta di vedere il panorama," gli rispose lei, indicando verso destra. "Di là."

Lui la accompagnò verso il salotto e lei lo sentì inspirare bruscamente. "Wow."

"Esattamente la mia reazione, quando l'ho visto la prima volta," gli spiegò. Le case su quel lato della strada si affacciavano su una riserva naturale. Si vedevano i profili delle colline, moltissimi alberi, una pace che l'aiutava a ricaricarsi quando si sentiva giù, o quando un progetto di lavoro diventava frustrante. "Ecco perché ho comprato questa casa. In più, nessuno potrà mai costruire qui sul retro, perché è una riserva protetta."

"È bellissimo," le disse. Poi la guardò. "Di nuovo, penso proprio ci siano dettagli di te che hai omesso."

Bristol fece spallucce. "Te l'ho detto che me la cavo bene con la mia arte e che posso permettermi i telefoni satellitari per la tua squadra."

"È vero, ma questo... accidenti! Non sapevo bene che aspettarmi, ma non credevo certo vivessi in questa reggia. Nel mio appartamentino starai impazzendo."

"Adoro questa casa... ma è *solo* una casa," gli disse sottovoce. "Sapevo che era troppo grande, me l'aspettavo. Mi ci sento un po' sperduta, tutta sola. Invece il tuo appartamento è..." si interruppe, scervellandosi per trovare l'aggettivo più appropriato.

"...piccolo? Claustrofobico? Fatiscente?" le suggerì.

"Accogliente. Comodo. Sicuro," ribatté lei.

Si guardarono per un lungo momento, poi Rocky fece un gran respiro, ma non si staccò da lei.

"Rocky?" lo chiamò sussurrando; non sapeva bene il perché, forse era solo un momento particolare.

"Adesso ti bacio," le disse lui con decisione. "Se tu non vuoi, dimmelo subito."

Bristol trattenne il fiato. Voleva sentire le labbra di Rocky sulle proprie. Lo voleva intensamente, fin quasi dal primo momento in cui l'aveva visto.

"Mi hai sentito?" le chiese.

A Bristol venne voglia di ridere. Come poteva *non* sentirlo? Erano abbracciati stretti, fianco a fianco. "Sì," gli disse, rispondendo a entrambe le domande con una parola sola.

Lui non sorrise, ma Bristol ebbe la netta impressione di vedergli negli occhi una luce di sollievo. Rocky la tirò più vicina e la fece girare, finché i loro corpi non furono tutt'uno, poi con l'altra mano le fece alzare il mento.

"Sei bellissima. Non intendo dire solo fisicamente, per quanto anche in quel senso mi piaci molto. Hai negli occhi una luce brillante che cattura tutte le persone con cui entri in contatto. Io non faccio certo eccezione. Però sappi che se ci baciamo, Punky... poi io non torno indietro," le disse.

Bristol apprezzava lo sforzo di Rocky: stava facendo di tutto per accertarsi che anche lei volesse veramente baciarlo; però lei si stava spazientendo. Aveva bisogno di sentire le labbra di Rocky sulle proprie. *Subito.*

Si mise in punta di piedi, ma con disappunto notò che era ancora troppo in alto e non poteva raggiungerlo. Così, senza pensarci, gli afferrò la barba e lo tirò giù. L'ultima immagine che Bristol vide, prima di chiudere gli occhi, fu la smorfia compiaciuta di Rocky.

Appena le loro labbra si toccarono, lei si sentì persa.

Non aveva mai baciato prima un uomo con la barba; la sentiva pizzicare contro le guance, contro il mento, era una sensazione eccitante quanto la mano di Rocky che le accarezzava la nuca, mentre con l'altro braccio la stringeva intorno alla vita.

In un attimo, si ritrovò coi piedi sollevati da terra: lui la stava alzando per farsi baciare senza che lei dovesse allungare troppo il collo. Rocky la tenne ben salda, tanto che Bristol poteva sentire ogni centimetro del proprio corpo addosso a quello di lui: il petto forte di Rocky, i muscoli delle braccia flesse intorno a lei, l'erezione che si appoggiava all'inguine di lei. Ma furono le labbra a farla gemere di gola.

Quel suono minimo sembrò infiammare entrambi. Non fu un primo contatto timido: Rocky la baciò con la sicurezza di un uomo che sapeva ciò che voleva e non aveva alcun problema a prenderselo.

Inclinò la testa e le spinse la lingua in bocca. Bristol gli andò subito incontro con la propria. Poi gli mise le mani nei capelli tenendogli la testa, mentre si baciavano come se da quel bacio dipendesse l'esistenza stessa di entrambi. Bristol sentì un formicolio eccitante in tutto il corpo, le venne la pelle d'oca sulle braccia e si agitò mentre lui ansimava: lo voleva più vicino.

Rocky la tenne stretta mentre la baciava: le mordicchiò un labbro e Bristol ricambiò allo stesso modo. Poi lei gli mise la lingua in bocca, apprezzando che lui le lasciasse il controllo del bacio. Poi toccò a lui gemere, mentre lei gli mordeva di nuovo il labbro.

In quel bacio, Bristol perse la sensazione del tempo e non si accorse di quanto durò. Quando lui alzò la testa per fissarla, dato che la teneva alzata da terra, si ritrovarono con gli occhi alla stessa altezza. Lui si leccò le labbra e lei non riuscì a non guardarle.

"Accidenti, che donna," le disse con un filo di voce.

Lei non si trattenne e si mise a ridacchiare.

"È stato..." Rocky fece una pausa, prima di chiederle: "Ti va di uscire con me?"

Bristol era confusa. "Come, per un appuntamento?"

"Sì, un appuntamento."

"Ehm, *sì?*"

"So che stiamo andando un po' a ritroso, prima sei venuta a vivere da me e tutto il resto, prima ancora che ti chiedessi di uscire insieme, ma sappi che mi piaci, Bristol. Moltissimo. Voglio continuare a conoscerti meglio."

Non le era mai successo; Bristol sperava solo di non rovinare tutto. "Idem, Rocky."

"Allora... sei la mia ragazza?"

Lei fece un'altra risatina, poi annuì. "Sì."

"Un rapporto esclusivo?"

"Rocky, non è che ci siano uomini in fila all'uscio di casa mia pronti a uscire con me."

"Perché sono degli idioti. Allora *è* un rapporto esclusivo," le disse con decisione.

Non l'aveva ancora rimessa a terra e Bristol si accorse che adorava essere tenuta in quel modo da lui. Rocky le teneva ancora una mano dietro al collo, mentre con l'altra la avvolgeva dietro la schiena, tenendola ben salda a sé.

"Però c'è un problema," le disse con serietà. "È ovvio che io non guadagno quanto guadagni tu. Pensi che sarà un problema?"

Bristol si accigliò. "Se pensi che io sia il tipo di donna che dà importanza a cose del genere, forse dovremmo interrompere subito, qualunque cosa stia succedendo," gli rispose con una durezza che nemmeno lei si aspettava.

"Scusami," le disse subito Rocky, aiutandola molto a calmarsi.

"Possiamo metterci seduti a parlarne?" gli chiese.

Lui non rispose a parole, ma si avviò subito verso il divano in pelle ultra morbido. Era grande abbastanza da far sedere almeno sei persone. Tante notti, le era capitato di addormentarsi su quei cuscini soffici. Rocky si mise seduto, facendola accomodare con cautela sulle proprie ginocchia, un braccio saldamente dietro la sua schiena, l'altro sulle gambe di lei.

Una tale vicinanza era una distrazione forte, ma certamente non sgradita. Eppure... "Ehm, forse dovrei sedermi di fianco a te, non *su* di te, per questa conversazione?" gli suggerì.

"No no. Ti preferisco qui sulle mie ginocchia. Sai quante volte ho pensato di tenerti così, nelle ultime due settimane?" le chiese.

Bristol sbatté le palpebre dalla sorpresa. "Davvero?"

"Sì, davvero. Adesso dimmi tutto."

"Non è una lunga storia," gli disse facendo spallucce. "L'arte mi è sempre piaciuta molto, adoro la creatività. Ho trovato la mia nicchia con le vetrate istoriate. Poi una cosa tira l'altra, magari il talento, insieme a un po' di fortuna, in certi circoli online sono diventata popolare. Chi cerca il meglio sa che deve rivolgersi a me. Vendo le mie opere a prezzi che vanno dai cinquecento dollari, per un pannello dieci per quindici centimetri, alle sei cifre, per le vetrate destinate alle chiese o ad altri edifici."

Rocky sbatté le palpebre dalla sorpresa. "Veramente?"

"Veramente," confermò lei. "Ho investito quasi tutti i miei introiti. A dire la verità, ormai potrei anche smettere di lavorare, se volessi andare in pensione. Però mi piace ciò che faccio. Creare soddisfa un mio bisogno interiore. Quando voglio prendermi una pausa dal vetro, produco gioielli o sculture." Fece spallucce. "Te l'ho detto che ero brava nel mio lavoro," aggiunse un po' più sommessamente... anche sulle difensive.

Rocky si mise a ridere, stupendola. "Me l'avevi detto, Punky." Poi la sorprese prendendole una mano e baciandole le dita. "Se l'avessi saputo, avrei fatto più attenzione al benessere delle tue mani."

Bristol si sentì sciogliere ai piedi di Rocky. Non andava certo in giro a raccontare il proprio successo. Prima di tutto perché gli altri tendevano a credere che stesse vantandosi, il che non era vero. La sua abilità a creare arte bella era un dato di fatto. In secondo luogo, quando gli altri scoprivano che era ricca, la trattavano diversamente.

"Questo cambia qualcosa tra noi?"

Rocky intrecciò le dita con lei e gliele appoggiò su una gamba. "Che cosa, cambia qualcosa tra noi?"

"Il fatto che ho tanti soldi."

Lui la fissò per un lungo momento, poi le chiese: "Tu vuoi che cambi?"

Bristol si accigliò. "No?" Le uscì più come una domanda che come un'affermazione, ma lei non aveva capito bene cosa le stesse chiedendo.

"Allora no, non cambia nulla. Bristol, tu mi piaci per la persona che sei, non per i soldi che hai. Devo ammettere che sono un po' intimidito. Io me la cavo a gestirmi, del resto, è un'esigenza di ogni militare, ma immagino che il mio conto in banca faccia una pessima figura rispetto al tuo. Però posso prometterti questo: finché staremo insieme, ti tratterò sempre come la persona più importante al mondo, non credo che questo si possa comprare coi soldi."

Bristol chiuse gli occhi per un momento, quasi sopraffatta dalle emozioni.

"Bristol?"

Lei riaprì gli occhi; aveva voglia di mettersi a cavalcioni su di lui, di spingersi contro di lui, ma non ce la faceva ancora, per via della gamba ingessata. "È quello che ho sempre voluto: essere importante per qualcuno solo per la persona che sono, non per via di un numero nel mio fondo d'investimento."

"Tu per *me* sei importante," le disse lui senza esitare; poi Rocky le si avvicinò.

La baciò, ma con dolcezza. Non fu un bacio appassionato come il primo, ma le andò lo stesso dritto al cuore.

Bristol gli infilò la testa sotto al mento e gli si appoggiò al petto, semplicemente per godersi il momento. Rocky le accarezzò più volte i capelli, quasi coccolandola come fosse una gattina. Lei avrebbe anche voluto fare le fusa, tanto le piaceva.

Dopo un po' di tempo, quasi come un'autocritica, le disse: "Allora immagino che i tuoi materiali non stiano in pochi scatoloni come avevo pensato, vero?"

Lei sorrise e alzò la testa. "Il mio laboratorio è nel seminterrato, comunque sia no: è impossibile che possa creare pezzi di grandi dimensioni nel tuo appartamento. Però al momento non ho commissioni importanti sottomano, e sto pensando che potrei tranquillamente concentrarmi sui gioielli. È passato un po' di tempo da quando ho creato pendenti e orecchini; il tempo passato nel bosco mi ha ispirata, voglio fare qualcosa legato alla natura."

"Bene. Allora prendiamo tutto quello che possiamo infilare nel mio SUV; se poi dovrò fare un altro viaggio, lo farò. Eventualmente possiamo trovare uno spazio più grande da poter usare come laboratorio."

Bristol lo fissò in silenzio.

"Che c'è?" le chiese lui, notando quello sguardo perplesso.

"È solo che... non sei come ti credevo, Rocky Watson."

"In realtà sono Cohen."

"Cosa intendi?" gli chiese Bristol confusa.

"Il mio nome: Rocky è solo un soprannome. Il mio vero nome è Cohen."

Lei sorrise e si rilassò addosso a lui. "Mi piace."

Rocky scrollò le spalle. "A me no. Non sai quanto mi hanno tormentato da ragazzino: Cohen non è proprio il tipo di nome che ti fa confondere tra la gente."

"Come mai ti hanno soprannominato Rocky?" gli chiese lei.

"Avevo tredici anni e avevo appena visto il film di Rocky, quando ho deciso che volevo diventare come lui, un pugile. Era troppo tosto e non si faceva prendere per i fondelli da nessuno. Quando sono tornato a scuola, per alcuni mesi ho detto a tutti che dovevano chiamarmi Rocky e che avrei preso a pugni chiunque mi avesse chiamato Cohen." Fece spallucce. "Lo so, non sono stato molto educato... però ha funzionato. Hanno cominciato tutti a chiamarmi Rocky ed è finita lì."

"Io invece mi chiamo Bristol," gli disse con un sorriso, cercando di fare la sciocca.

Lui le restituì il sorriso. "Bene."

Poi lei si fece seria. "C'è una parte di me che vorrebbe sapere dove sta il trucco," gli disse a cuore aperto. "Sei un bell'uomo, vai in soccorso di chi si perde in montagna, sei stato un SEAL, sei rimasto con me in ospedale a Roanoke, poi mi hai accolta a casa tua, apparentemente non vuoi nulla in cambio. Adesso, quando hai scoperto che sono ricca, non hai battuto ciglio; mi vieni persino a dire che potresti fare un altro viaggio per prendere la mia roba, che potresti trovarmi un posto a Fallport per lavorare col vetro. Ah, inoltre baci meglio di chiunque mi abbia mai baciata prima. È solo che... sto aspettando di scoprire l'altra faccia della medaglia. Sai, tipo che mi dirai che sei sposato, o che vuoi farmi diventare una delle tante, o che sei il leader di una setta di sadici e mi stai solo preparando per sacrificarmi al diavolo, qualcosa del genere."

Rocky non si lasciò nemmeno andare a un sorriso.

"Potrei dire lo stesso di te," ribatté. "Sei forte come una roccia, hai talento, sei affascinante, non hai bisogno dei miei soldi, né li desideri... il che è un bene, dato che non diventerò mai ricco. Mi sembra che la cittadina in cui vivo ti piaccia, fai amicizia con tutti, ovunque tu vada, mangi ciò che ti preparo senza smorfie. Continuo ad aspettare di scoprire che difetti hai. Tipo se mangi a bocca aperta e fai rumore (ma non è così), oppure se lasci i capelli sparsi per terra in bagno (anche questo non è successo), oppure se ti piace fare la sadica e stai cercando un nuovo masochista da flagellare."

Bristol rise.

"Io sono solo un uomo," le disse Rocky. "Ho i miei difetti, ma trattare male le donne non è tra questi. Non posso prometterti che non ti farò mai incazzare, qualche volta capiterà di sicuro che anche tu mi farai irritare, ma mi piace pensare che siamo in grado di parlare di ciò che ci disturba, far funzionare il rapporto. È evidente che tu hai bisogno di fare arte, sarei uno stupido se non facessi tutto ciò che posso per farti felice, specialmente considerando che spero il nostro rapporto sia a lungo termine."

"Sono aperto alla possibilità di cambiare molto, ma mi *piacerebbe* rimanere a Fallport. Non voglio impuntarmi, posso sempre trasferirmi a Kingsport, perché il mio lavoro si trova ovunque. Però mi piace far parte della squadra di ricerca e soccorso Eagle Point e mi seccherebbe parecchio lasciare i miei amici. Quindi se mi impegno tanto per cercare di farti piacere Fallport è perché spero di convincerti che un giorno potresti anche viverci felice, con me."

"Rocky," sussurrò lei, totalmente sconvolta. Lo trovava diretto e schietto, proprio com'era lei. Non la teneva mai sulle spine, sulle proprie posizioni. Ma soprattutto nessuno si era mai impegnato tanto per andarle incontro quanto Rocky.

"Senza fretta," le disse baciandola sulla fronte. "Chissà cosa ci riserverà il futuro. Questo legame intenso potrebbe anche scemare... ma io spero che, qualunque cosa succeda, potremo sempre essere amici."

Bristol annuì. Non sapeva proprio se sarebbe stato possibile (che la passione focosa tra loro scemasse, *o* che rimanessero solo amici), ma era sollevata da quella ragionevolezza. Anche un po' eccitata. "Anch'io vorrei fare qualcosa per te," gli disse. "Non mi fa piacere essere quella che riceve tutto senza dare nulla in cambio."

Al che Rocky scoppiò a ridere. Per quanto leggermente irritata da quella risata, che sembrava rivolta *a lei*, Bristol non poté ignorare il fremito che quel suono le provocò.

"Scusa, non sto ridendo *di te*," le disse, come leggendole nella mente, "ma all'idea che tu pensi che non mi stai dando nulla."

"Ma è così. Hai fatto tutto tu! Mi hai portato da mangiare, mi hai portata in giro, hai invitato gli altri a farmi visita per tenermi compagnia mentre eri al lavoro. Mi cucini, mi fai il bucato, fai le pulizie. Io non faccio nulla, me ne sto solo seduta a guardare."

"Sbagliato," le disse, ormai senza più traccia di umorismo nella voce. "Mi hai già dato molto più di quanto possa spiegarti. Prima di conoscerti, la mia vita era noiosa, mi sentivo solo. Lavoravo fin troppo, poi tornavo a casa, mangiavo, dormivo. Fine della storia. Di recente ci sono stati momenti di adrenalina con le storie di Lilly e di Elsie, ma in generale, quando mi chiudevo nel mio appartamento, la vita diventava grigia."

"Poi sei arrivata tu... e all'improvviso il colore è tornato nella mia vita. Ho riso di più nelle ultime settimane di quanto non mi ricordi di aver riso negli ultimi anni. Non vedo l'ora di tornare a casa a fine giornata: non mi capitava mai. Lavoravo spesso anche fino a sera, solo perché non volevo tornare in un appartamento vuoto. So di non essere uno chef di qualità, ma mi sono divertito a trovare pietanze diverse da preparare per noi due. Hai portato più *vita* nella mia vita di chiunque altro in passato... non so se mi spiego. Quindi puoi anche smettere di pensare che non stai portando niente nel nostro rapporto."

Quelle parole la fecero star meglio... ma allo stesso tempo la rattristarono. Odiava pensare a Rocky che viveva in quel modo grigio.

"Ecco, allora, mattinata intensa. Ci siamo baciati per la prima volta... un bacio che mi ha stecchito, peraltro... ci siamo messi insieme in un rapporto esclusivo, ho scoperto che la mia ragazza è ricca e abbiamo un sacco di scatoloni da preparare. Sei pronta a darti una mossa? Sarebbe meglio tornare a Fallport prima che sia tardi. O preferisci passare qui la notte? Si può fare. Dato che ci sono cinque camere da letto, potrei sempre occuparne una. So che avevo parlato di andare in albergo, ma dopo aver visto casa tua? Non so se mi va di lasciarti qui da sola."

Bristol alzò gli occhi al cielo. "Guarda che vivevo qui da sola, prima di conoscerti."

"Lo so. Ma adesso mi *hai* conosciuto e preferirei di no."

Bristol si rabbuiò. "Pensi che non sia in grado di fare da sola?"

"So che sei in grado," le rispose subito, "dico solo che qui ci sono un sacco di porte e di finestre; sarebbe facilissimo per chiunque entrare e farti del male. Almeno, nel mio palazzo c'è solo una via di accesso... a meno che non arrivi l'Uomo Ragno a scalare la parete del palazzo fino al secondo piano. Ma anche se fosse, lo sentirei prima che arrivasse alla finestra."

Perfetto: da quel momento Bristol avrebbe immaginato rapinatori a ogni scricchiolio. "Non ci metterò molto a preparare le mie cose. Possiamo avviarci prima che faccia buio," gli disse.

"Senti, non sto cercando di fare lo sbruffone," le disse Rocky mettendole il palmo della mano sulla guancia. "È solo che non voglio perderti, adesso che finalmente ti ho trovata."

"Non mi perderai; però tieni sempre presente che vivo per

conto mio da tanto tempo. Non soffocarmi, Rocky, mi darebbe molto fastidio."

Lui non cercò di sminuire quella preoccupazione, ma annuì. "Farò del mio meglio. Però tu dimmi pure quando divento troppo protettivo."

"Te lo dirò," gli rispose.

"Ottimo. Adesso che ne dici di farmi fare un giro di questa casa meravigliosa, così poi ci mettiamo al lavoro?"

Bristol gli sorrise e gli si avvicinò per un bacio sfuggente sulle labbra, prima di allontanarsi. Gli vide gli occhi pieni di desiderio, ma notò con piacere che era perfettamente in grado di controllarsi. Alcuni uomini, una volta chiarito il desiderio reciproco, avrebbero insistito subito per andare oltre. Rocky no.

Lui si alzò tenendola in braccio come fosse una bambina, e le disse: "Va bene, cara mia, vediamo questa casa!"

———

L'uomo nella macchina in fondo alla strada fissava con cipiglio la casa di Bristol. Si era ritrovato per caso in quel punto, ci si trovava svariate ore al giorno nella speranza di vederla tornare a casa, quando un SUV era entrato nel vialetto.

Lui non conosceva quella macchina, ma vide la targa dello stato della Virginia. Quando vide un uomo enorme e con la barba che aiutava Bristol a entrare in casa, il sangue gli ribollì nelle vene. Erano troppo vicini, continuavano a toccarsi con eccessiva confidenza. L'aveva vista ridere con quell'uomo e gli si era annebbiata la vista per la rabbia.

Bristol apparteneva a *lui*.

Non doveva sorridere in quel modo a un altro uomo.

Non doveva sfiorare nessun altro.

Bristol aveva una gamba ingessata. L'uomo che la accompagnava doveva averle fatto del male, era l'unica spiegazione possibile che l'aveva tenuta lontana da casa per settimane. Si era intrattenuta con un altro... e quello le aveva fatto del male.

Bristol non pubblicava post sui social media da quasi tre settimane. Non aveva aggiunto opere d'arte al negozio online, anzi, aveva pubblicato un appunto per comunicare che si prendeva una vacanza e che interrompeva le vendite per un certo periodo.

Inaccettabile. Quando lui impugnava un oggetto creato da lei... quando teneva in mano qualcosa che lei aveva toccato, su cui aveva respirato... provava una gioia che gli era necessaria quanto il respiro stesso. Una gioia che lei gli aveva negato.

Poi era tornata insieme a un altro.

No. Proprio *no*.

Rimase seduto dov'era tutto il pomeriggio a osservare, livido di rabbia.

Quando l'intruso con la barba cominciò a trasportare scatoloni fuori dalla casa di Bristol per caricarseli sul SUV, lui quasi uscì di senno. Avrebbe voluto saltar fuori dalla macchina e raggiungere di corsa quel vialetto per affrontare quell'uomo. Bristol stava traslocando? Perché? Per andare a vivere con un bastardo manesco?

Inaccettabile!

Bristol apparteneva a *lui*.

Mangiandosi le unghie, continuò a osservare quel SUV riempirsi sempre più. Quando fu quasi pieno di scatoloni, sia nel baule che sui sedili posteriori, finalmente Bristol tornò a farsi vedere... ma fu uno spettacolo raccapricciante: quell'uomo la stava portando *in braccio*. La teneva tra le braccia mentre la faceva accomodare sul sedile del passeggero di quel SUV. Dopo averla fatta sedere con cautela, le porgeva la cintura di sicurezza, poi si abbassava e la baciava.

La baciava.

Proprio là, davanti a tutti, dove chiunque poteva vederli.

No. No, no, no, no, no!

Si sentì preso dalla determinazione. Aveva aspettato fin

troppo a lungo. Avrebbe dovuto muoversi prima, però non aveva dubbi: vedendolo, Bristol si sarebbe innamorata follemente. Tanto quanto lui era innamorato di lei. Avrebbe sentito lo stesso legame spirituale. Era inevitabile.

Lui doveva solo scoprire dove stesse andando e poi preparare un piano.

Bristol Wingham apparteneva *a lui*. Nessun cavolo di montanaro gliel'avrebbe mai portata via. Che andasse all'inferno!

Imparò a memoria il numero di targa di quel SUV, che stava facendo manovra per uscire dal vialetto della casa di Bristol; dopo qualche secondo, seguì l'uomo che si stava portando via Bristol. Una volta scoperto dove la stesse portando, avrebbe pianificato la prossima mossa.

Ormai si era appostato a lungo davanti a quella casa e sapeva come entrare senza che i vicini se ne accorgessero. Tutti i piani che aveva approntato prevedevano che Bristol, una volta messasi insieme a lui, si trovasse a suo agio, con tutte le sue cose intorno. Lui e Bristol erano anime gemelle: niente e nessuno avrebbe potuto separarli.

Tenne sempre qualche veicolo tra il proprio e il SUV che stava seguendo; la sua mente turbinava di pensieri sul da farsi, su come riportare indietro la sua Bristol. Quando il SUV imboccò la superstrada verso nord, lui si sentì ribollire di rabbia: non si aspettava che la portasse fuori città... ma non importava: finalmente l'aveva ritrovata e non aveva intenzione di farsela sfuggire di nuovo.

Rocky aprì la porta di casa e il primo suono che sentì fu quello di una risata. Poi lo colpì il profumino delizioso che proveniva dalla cucina.

Chiuse gli occhi e si lasciò prendere dalle sensazioni del momento. Quando era stata l'ultima volta che era tornato a casa dopo una lunga giornata di duro lavoro, tutto sudato, per accorgersi di essere veramente a *casa*?

Molto probabilmente... mai.

L'appartamento in cui viveva era sempre stato un posto dove appoggiarsi. Anche quando era in Marina, si era sentito allo stesso modo nelle varie basi a cui era stato assegnato. Invece, da quando Bristol viveva con lui, non vedeva l'ora di arrivare a fine giornata; inoltre, non aveva mai lavorato oltre il tramonto, da quando c'era lei. Prima, invece, era tutto al contrario.

"Rocky!" Lilly lo chiamò con entusiasmo appena lo vide sull'uscio. "Vieni a vedere cosa mi ha fatto Bristol!"

Sembrava molto entusiasta; anche se a Rocky non interessavano particolarmente i gioielli, quel che gli *interessava* era che la futura cognata stesse bene e che Bristol sentisse il suo supporto per il lavoro che faceva.

Nel chiudere la porta, Rocky cercò ancora di capacitarsi del fatto che Bristol avesse raggiunto un enorme successo con l'arte. Lui non l'aveva ancora osservata lavorare a dei pannelli di vetro istoriato, ma dopo il viaggio a Kingsport aveva fatto subito una ricerca online e ciò che aveva trovato su di lei l'aveva lasciato senza fiato.

Bristol era un'artista miracolosa. Le vetrate che aveva creato erano meravigliose, mozzafiato. Rocky non era certo un uomo facilmente impressionabile. L'opera che lui preferiva, tra quelle che aveva visto, non era la più grande: era una vetrata larga un metro e mezzo e alta uno e ottanta comprata da un uomo, che l'aveva installata al secondo piano di casa sua, in Indiana. La luce del sole sorgente la riempiva perfettamente e si sposava con la scena sulla spiaggia che Bristol aveva creato col vetro. Quando il sole spuntava all'orizzonte, sembrava che il vetro prendesse vita. Vedendo quell'immagine, Rocky aveva capito meglio il motivo per cui quell'arte costasse tanto.

"Ciao Lilly!" Dopo aver salutato l'amica, andò dritto da Bristol. Erano passati tre giorni, da quando erano tornati da Kingsport; per quanto Bristol non gli fosse mai sembrata un'ospite infelice, era evidente che fare arte la completava. Sembrava più... contenta e appagata rispetto a prima.

Rocky raggiunse il divano su cui Bristol sedeva e si abbassò per baciarla. Gli piaceva sentirsi libero di sfiorarla ogni volta che ne sentiva il bisogno, poterle mostrare fisicamente quanto fosse felice di stare con lei. L'entusiasmo con cui lei ricambiava quei baci era per lui come un balsamo per l'anima.

Rocky rialzò la testa, ma non la schiena: appoggiò un braccio al bracciolo del divano. "Come ti senti?"

Lei gli sorrise. "Bene."

"Oggi hai preso antidolorifici?"

Lei scosse la testa e gli rispose: "No, oggi mi sento meglio."

Lui la esaminò, cercando di capire se gli stesse dicendo o meno la verità. Bristol sopportava bene il dolore; anche se non la conosceva ancora fino in fondo, almeno ne conosceva quell'aspetto. Il fatto che si fosse trascinata nel bosco e che dopo l'intervento chirurgico non si fosse mai lamentata ne erano prova.

"Va bene," le disse dopo un momento, "però non esagerare. Se ti fa male, prendi qualcosa."

"Promesso," gli rispose allungando un braccio e passandogli teneramente il palmo della mano sul bicipite.

Sentirsi addosso le mani di Bristol gliela faceva desiderare talmente tanto che quasi gli faceva male. Tuttavia, per quanto lui desiderasse dimostrarle anche fisicamente quanto gli piaceva e quanto l'ammirava, Bristol non era ancora guarita del tutto. Rocky non avrebbe mai voluto farle del male; se l'avesse fatta spogliare, l'ultima cosa su cui voleva concentrarsi era fare attenzione alla gamba ingessata.

Non solo: Rocky si stava godendo la lentezza con cui scivolavano nell'intimità. Il desiderio era sempre presente, come un sottofondo dolce e incessante, ma anche non sapere come e quando avrebbero portato il rapporto anche sul piano fisico era un'emozione eccitante. Era un'aspettativa che lo spingeva avanti. Il cielo sapeva quanto lui avesse bisogno di quella motivazione, dopo essere passato dalla vita dei SEAL alla vita degli ultimi cinque anni a Fallport, lenti, lentissimi.

"Va bene, adesso basta fare i piccioncini," commentò Lilly ridendo. "Guarda gli orecchini che mi ha preparato Bristol!" Gli mostrò un paio di orecchini con pendenti.

Rocky si sollevò e prese con estrema cautela i gioielli dalle mani di Lilly, poi li esaminò con tutta l'attenzione che dedicava a ogni creazione della donna di cui sentiva ancora il sapore sulle labbra.

Rocky non aveva idea del tipo di fiore che Bristol aveva creato dalle perle che si era portata da casa, ma erano incredibilmente dettagliati. Brillavano persino alla luce soffusa che trapelava nell'appartamento. "Sono bellissimi," commentò restituendoli a Lilly.

Le due amiche risero insieme.

"Detto da un uomo, è un bel complimento!" esclamò Lilly. "Sono dei gigli, sai, per via del mio nome[1]."

"A rischio di sembrare un *tipico* uomo... l'unico fiore che sarei in grado di riconoscere è la rosa. Forse anche il dente di leone," aggiunse Rocky facendo spallucce. "Però quelli sono *davvero* belli. Il colore blu fa risaltare i tuoi occhi."

Lilly lo fissò per un secondo, poi disse: "Wow."

"Vero?" aggiunse Bristol.

Rocky guardò entrambe confuso. "Che succede?"

Loro risero di nuovo, confondendolo del tutto.

A quel punto, Bristol, forse dispiaciuta, una volta ripreso il controllo di sé gli spiegò: "Immagino che non sia tipico per un uomo commentare l'accostamento tra gioielli e occhi di una donna."

"Io amo Ethan alla follia, ma so per certo che non farebbe mai un commento del genere," aggiunse Lilly con un sorriso enorme.

"Aaaaaallora adesso vado a spiaccicarmi una lattina di birra sulla fronte, rutto libero e grattata di pacco per tornare più macho," disse Rocky facendosi una risata.

Al che, anche le due amiche ripresero a ridere e lui le guardò con un sorriso enorme, mentre loro ridevano come delle pazze. *Ecco* cosa gli mancava, prima, nella vita: gioia, allegria.

"Mentre voi due ridete di me, io vado a farmi una doccia," disse loro.

Bristol lo sorprese: si avvicinò e lo prese per mano. "Non stavamo ridendo di te," gli disse con espressione seria. "Sono solo colpita dal tuo commento, perché è esattamente ciò a cui stavo pensando, quando ho scelto i colori da usare."

Lui la fissò negli occhi e si sentirono entrambi come gli unici due esseri umani al mondo. Rocky ebbe la sensazione che Lilly avrebbe continuato più tardi a ridere, quando lui si sarebbe fatto la doccia; ma in quel momento, sentendo la sintonia che lo legava a Bristol, non gli importava di nient'altro.

Alzò l'altra mano e le accarezzò la guancia con il dorso delle dita. "Che buon profumino che c'è qui."

Lei sorrise. "Niente di speciale: maiale arrosto a cottura lenta. Lilly mi ha aiutata, perché faccio ancora fatica a stare tanto tempo su un piede solo."

"Non dovresti ancora stare tanto tempo in piedi," la riprese Rocky.

Bristol alzò gli occhi al cielo. "Sto meglio, conosco i miei limiti e poi te l'ho detto: Lilly mi ha aiutata. Ha fatto lei il lavoro di gambe, letteralmente."

Rocky annuì verso Lilly. "Grazie."

Era seduta dall'altra parte del divano e li guardava attentamente. "Non c'è di che."

"È passato tanto tempo dall'ultima volta che sono rientrato a casa e ho trovato la cena pronta," disse a Bristol.

"Quand'è stata l'ultima volta?" gli chiese lei, che poi arricciò il naso. "Scusa, no, lascia perdere."

Rocky si accorse che gli piaceva quella leggera gelosia, lui la pensava allo stesso modo: era estremamente geloso del tempo che lei passava con qualcun altro, mentre lui lavorava. Era una sensazione irrazionale, ma reale. Stranamente, accorgersi che anche lei provava emozioni simili gliela fece sentire più vicina.

Però non voleva nemmeno che Bristol si preoccupasse, riguardo al loro rapporto. Così le sussurrò: "Mai." Poi si abbassò e la baciò di nuovo. Fu un bacio veloce ma intenso. Poi lui si alzò e si avviò verso il corridoio.

Non era ancora arrivato in camera da letto, quando sentì Lilly dire: "Daaaaai, siete così elettrizzanti insieme che quasi si vedono le scintille."

Rocky si fermò per ascoltare la risposta di Bristol, che lo fece sorridere: "È un uomo meraviglioso."

Stava ancora sorridendo, quando afferrò qualcosa da mettersi e si avviò nel bagno. Quando ebbe finito e rientrò nel salotto, Lilly se n'era già andata via.

"Non volevo farla scappare," disse a Bristol.

"Non l'hai fatta scappare," lo rassicurò lei. "Sembra proprio che chiunque venga a farmi da badante interpreti il ruolo in modo molto professionale: non mi lasciano mai da sola prima che tu torni. Come se mi mettessi a saltare o a ballare la break dance appena rimasta sola, o chissà che altro."

Fece subito una risata nasale, facendo capire a Rocky che non le dispiaceva. Era stato *lui* a chiedere in giro, perché ci fosse sempre qualcuno a tenerle compagnia, mentre lui era fuori casa a lavorare, solo per il timore che lei cadesse o che si facesse del male e che fosse costretta a terra dal dolore fino al suo rientro dal lavoro. Un timore irrazionale, che proveniva dal ricordo di ciò che le era successo nel bosco; ma dato che a Bristol non sembrava dispiacere la compagnia, lui non se ne preoccupò.

"Vedo che ti gestisci molto meglio," le disse.

"Sì. A parte la camminata un po' incerta e l'attenzione estrema a non appoggiare del peso sulla gamba ingessata, per il resto sto benissimo," gli confermò. "Hai fame? L'arrosto di maiale dovrebbe essere pronto."

"Una fame da lupi," le rispose offrendole il braccio. Gli mancava poterla portare in braccio, ma era contento di vederla ogni giorno più sicura negli spostamenti. Quando erano a casa da soli, lei lo usava come stampella umana al posto degli arnesi ingombranti che il dottor Snow le aveva dato. Bristol aveva acquistato online un deambulatore speciale con un appoggio imbottito per il ginocchio della cambia ingessata, per poter camminare senza problemi, ma non era ancora stato consegnato.

Rocky l'aiutò a raggiungere il tavolino della cucina e quando lo vide gli scappò da ridere: tutta la superficie era ricoperta di scatolette di plastica con dentro tutti i materiali artistici di Bristol: perline, brillantini, un paio di pinzette e i quadratini di plastica con il logo che Bristol usava per tenere insieme i due orecchini o altri gioielli in vendita.

"Mannaggia, che disordinata," disse lei con una risatina. "Dammi un secondo che rimetto in ordine."

"Non preoccuparti," le disse Rocky sinceramente: la carriera in Marina l'aveva trasformato in un maniaco dell'ordine, ma quegli oggetti sparsi sul tavolino erano segno che Bristol si sentiva come a casa propria, esattamente ciò che lui voleva.

"Rocky, è un disastro, mi dispiace tanto. A casa mia, nel laboratorio sono abituata a lasciare tutto in giro, non ci ho nemmeno pensato."

Lui l'aiutò a sedersi, poi si accovacciò vicino alla sedia, le mise una mano sulla coscia e l'altra dietro la schiena. "Sai cosa penso, vedendo le tue cose?" le domandò.

"Pensi che non vedi l'ora di rimettere tutto in ordine?" tentò di indovinare con una certa ironia.

"No," proseguì lui scuotendo la testa. "Penso che apprezzo molto la tua presenza. Mi piace vederti star bene, essere felice. Adoro il tuo entusiasmo e il piacere che provi quando crei qualcosa. Queste robe sul mio tavolo? Significano solo che condivido il mio spazio e la mia vita con una donna bella, interessante e di talento."

Bristol si leccò le labbra e lo fissò. "Ah... allora va bene. Wow."

"Non mi interessa se anche trovo perline in ogni angolo di casa per tutti gli anni a venire. Non mi interessa cosa succederà domani, la prossima settimana, tra un anno: sono sempre dei ricordi di te, del tuo sorriso, della sensazione di non essere da solo, almeno per un po'. Ora, cosa vuoi bere per cena?"

Rocky aveva alleggerito la conversazione di proposito, perché si stava avvicinando a un terreno pericoloso. Gli piaceva davvero la presenza di Bristol, ma non voleva farle pressioni, spingerla a fare qualcosa che lei non si sentiva ancora di fare. La vita di Bristol era a Kingsport e lui non voleva certo farle rinunciare a tutto sull'onda dell'entusiasmo.

"Penso di bere un tè, per favore."

"Aggiudicato," rispose lui, abbassandosi per baciarla sulla fronte, prima di rialzarsi e andare in cucina.

———

Bristol osservava l'uomo che era riuscito chissà come a entrarle nel cuore prima ancora che lei se ne accorgesse. Vivere con lui era semplice. Lei non aveva mai condiviso il proprio spazio con un uomo, in passato. Si era fatta dei pregiudizi stereotipati su come potesse essere la convivenza, ma Rocky glieli aveva mandati tutti in frantumi.

Era un uomo pulito, attento, si prendeva cura della lavatrice, delle pulizie di casa, cucinava e la faceva sentire davvero a casa, non la trattava come un'ospite del momento. Più tempo passava con lui, a Fallport, e più le veniva voglia di rimanerci.

Nel fine settimana ci sarebbe stata la festa di Pickleport, un festival che si teneva ogni anno a Fallport; Bristol quasi fremeva per l'entusiasmo. Aveva preparato più gioielli che poteva per venderli alla festa: i proventi sarebbero andati in beneficenza in favore della squadra di ricerca e soccorso. Era ancora intenzionata a comprare i telefoni satellitari che servivano per le ricerche, ma il ricavato della vendita dei gioielli poteva sempre servire per altre attrezzature necessarie.

Finley le aveva offerto un po' di spazio al tavolo che stava preparando per l'occasione; lei avrebbe esposto dolci da forno, ovviamente, con paste speciali che non offriva normalmente nella sua pasticceria. Bristol le aveva voluto bene immediatamente, fin dal primo incontro; Finley era di altezza media, intorno al metro e sessantacinque, e aveva un fascino rotondo al punto giusto. Lei ci scherzava, sostenendo che le curve erano quasi un requisito necessario, perché una pasticcera doveva essere per forza in sovrappeso.

Bristol sospettava che Finley non si ritenesse molto interessante. Però sembrava a suo agio col proprio corpo e indossava abiti che ne mettevano in risalto la forma, più che nasconderla. Bristol aveva sempre desiderato mostrare le curve sensuali di cui Finley poteva vantarsi.

Non le era sfuggito il modo in cui Brock osservava la bella pasticcera, ogni volta che si trovavano nella stessa stanza: anzi, non riusciva a toglierle gli occhi di dosso... tanto che Bristol si chiedeva come mai non l'avesse ancora invitata a uscire con lui, o non le avesse mai dichiarato il proprio interesse. Però Bristol era arrivata da poco a Fallport, era nuova nel gruppo e l'ultima cosa che voleva era fare una gaffe, tirando fuori quell'argomento. Non conosceva la loro storia, sempre che ne avessero avuta una. Magari erano usciti insieme e il rapporto non aveva funzionato. Doveva scoprire di più su Brock e Finley; fino a quel momento, avrebbe tenuto la bocca chiusa.

Tantissime persone erano venute a tenerle compagnia, durante la convalescenza. Aveva conosciuto anche alcuni dei clienti più affezionati dell'Occhio di Bue, tra cui quelli che l'avevano accolta quando Rocky l'aveva portata a casa dall'ospedale. Un giorno della settimana precedente, prima che Rocky uscisse per andare a lavorare, lei aveva ammesso di sentirsi un po' in gabbia; così lui l'aveva portata alla tavola calda e l'aveva fatta accomodare a un tavolino con divanetto; Sandra l'aveva tenuta nel locale molto volentieri finché lui non era tornato dal lavoro, ore dopo.

Innumerevoli persone si erano fermate a salutarla e a fare due chiacchiere. Quando Rocky era arrivato per riportarla a casa, lei si era rattristata di doversene andare.

"Che profumino meraviglioso," disse Rocky portandole un piatto ricolmo di arrosto e verdure.

Bristol scoppiò a ridere e protestò: "Non posso mangiare tutta quella roba!"

Lui scrollò appena le spalle. "Allora mangia quello che vuoi, il resto lo metteremo via." Poi Rocky tornò in cucina a prendere un altro piatto per sé, insieme a una bottiglia di birra. Scostò una scatolina di plastica piena di perline e le sorrise sedendosi. Poi le prese la mano.

Bristol gliela prese istintivamente e lui la strinse dolcemente.

"Non sono un uomo molto religioso, ma ho visto molte cose nella vita e mi sono convinto che esiste un certo potere superiore. Stasera mi sento in dovere di fare un ringraziamento."

Bristol gli sorrise. "Mi fa piacere."

Rocky inspirò profondamente dal naso; non chiuse gli occhi, ma li fissò su di lei con grande intensità mentre parlava. "Grazie per questo cibo e per la compagnia meravigliosa. Tornare a casa e trovare gioia e il profumino delizioso in cucina mi è bastato per farmi venire voglia di fermarmi a rendere grazie per tutto ciò che ho nella vita. Amici, famiglia, un tetto sopra la testa, un piatto pieno in tavola, una donna che nel breve tempo che ha passato qui da me mi ha già mostrato come dovrebbe essere un rapporto. Prometto che non darò mai per scontato nulla, né lei, né tutto ciò che ho."

Rocky avrebbe mai smesso di stupirla? Lei sperava di no.

"Amen," disse Bristol sommessamente.

"Amen," ripeté lui, che alzò le loro mani intrecciate e le baciò le nocche, prima di stringerle di nuovo con dolcezza e lasciarla andare.

Sentire sulla pelle il solletico della sua barba le fece venire i brividi lungo la schiena. Più tempo passava con Rocky e più *voleva* passare il tempo con lui. C'era dentro fino al collo, i sentimenti che provava per lui si approfondivano ogni giorno di più.

Mentre mangiavano, lui le parlò del lavoro che aveva svolto. Stava ricostruendo una pedana esterna in legno con materiali compositi, sostituendo il legno vecchio, ormai usurato. Non era un lavoro difficile, ma stare al sole e al caldo per tutto il giorno lo rendeva un lavoro più faticoso.

Parlarono del Festival imminente e Bristol gli raccontò il proprio entusiasmo.

"Non ricordo l'ultima volta che ho visto una sfilata di carri. Cioè, ogni anno guardo in televisione la sfilata per il Giorno del Ringraziamento a New York, ma immagino che questa sia molto diversa."

Rocky fece una risata. "Come la notte e il giorno," le rispose. "Non ci saranno palloncini colorati che volano via, niente gonfiabili. In gran parte si tratta di persone comuni che sfilano con un pick-up con al traino dei carretti decorati con cartelloni e banderuole."

"Sarà molto bella," commentò Bristol con sincerità. Conoscendo gli abitanti di Fallport, si era immaginata che avrebbero messo il massimo impegno in quella festa locale.

"Quando poi ci si ritrova tutti in piazza diventa pazzesco," proseguì lui. "La gente di Fallport adora le feste, sono occasioni per celebrare. C'è cibo in abbondanza, verranno serviti cetriolini di ogni tipo. Gelato ai cetriolini, cetriolini fritti, pizza coi cetriolini, persino patatine fritte fatte coi cetriolini. Poi ci sono le competizioni tradizionali, per chi fa la torta più buona, le caramelle più buone, pensa che c'è persino una gara a chi sputa più lontano i semi d'anguria. Ho sentito che il vecchio Grogan, sai, è il tipo che ha il negozio in piazza, beh, ha preparato un gonfiabile su Bigfoot e finalmente comincerà a offrire la merce che ha fatto preparare per i cacciatori di Piedone, tutti i turisti che ci aspettiamo di vedere quando verrà trasmesso il programma sul paranormale."

Bristol sussultò. "Un po' il motivo per cui anch'io sono venuta qui," gli disse.

Rocky fece spallucce. "Tu non sei venuta davvero per trovare Bigfoot. Sei venuta per cambiare aria, per passare del tempo nella natura con qualcuno che ritenevi un amico. Non è colpa tua se quello poi si è rivelato un idiota. Comunque, all'inizio io ero contrario a tutta questa notorietà; cioè, non è il mio passatempo preferito, andare in cerca di qualcuno che è andato in montagna senza la preparazione adeguata e si è perso nel bosco alla ricerca di qualcosa che non troverà mai. Però adesso ci ho pensato, credo che i soldi che verranno coi turisti in cerca di Bigfoot saranno di grande aiuto alla città. Come hai potuto vedere, i negozi sono quasi tutti di proprietà degli abitanti, non ci sono grandi catene. Se poi *dovessimo* avere più ricerche, sarà una spinta per il consiglio comunale, per far capire a tutti quanto siamo importanti per la comunità; almeno così spero che in futuro non saranno tanto tirati col budget."

Bristol annuì. "Devo ammettere che sono un po' emozionata, ho voglia di vedere le magliette e le altre cose con sopra Bigfoot. Dovrò prendere qualcosa per me, anche qualcosa per mia mamma. Si divertirà come una pazza."

Rocky sorrise, poi le disse: "Oh, hai sentito di Tony?"

Bristol si fece seria, preoccupata. "Non ho saputo nulla, sta bene?"

"Sì, sta bene, volevo dire che alla sfilata verrà premiato."

"Davvero? Che tipo di premio?"

"Ogni anno, Fallport nomina qualcuno 'Eroe dell'anno'. Dopo quel che è successo con suo padre, per il modo in cui si è comportato, salvandosi dalla situazione in cui si è trovato tornando a Fallport alla guida di un'auto tutto solo, per avvertire la mamma e tutti quanti dei piani del padre, è stato nominato e ha vinto il premio. Anche Zeke è stato premiato, per sua disgrazia."

"Perché 'per sua disgrazia'?" gli chiese Bristol, che aveva

già sentito tutta la storia di quanto era successo a Tony: il padre aveva cercato di ucciderlo per incassare un premio sulla vita. Quando quel piano era fallito, lui aveva preso Elsie, perché aveva acceso un'assicurazione anche su di lei. Elsie era riuscita a scappare dalla superstrada nella foresta, dove Zeke l'aveva ritrovata facilmente. "Cioè, anche lui è un eroe di sicuro, come tutti voi, per quello che fate."

Rocky scrollò le spalle. "Siamo solo un gruppo di amici che fanno ciò che amano. Usiamo le abilità imparate nei nostri lavori precedenti. Non ci piace essere considerati eroi."

"Beh, ma è una scemenza. Voi *siete* degli eroi e sono contenta che almeno la città ve lo riconosca."

"È molto importante," aggiunse Rocky pacatamente. Si guardarono con tenerezza, poi lui proseguì. "Comunque sia, Tony salirà su un carro. Beh, non è un carro vero e proprio, sarà solo il SUV del sindaco, lui spunterà dal tettuccio apribile e saluterà tutti nel passare. È anche super entusiasta per la corona che gli daranno."

Bristol sorrise. "Ci scommetto."

"Zeke andrà con lui, ma è un po' meno entusiasta di ricevere tutte quelle attenzioni. Ho sentito che non accetterà di indossare la fascia e la corona di chi vince il titolo." Rocky fece una smorfia.

Al che Bristol rise di gusto. "Sì, non riesco davvero a immaginarmi uno di voi in quelle sembianze, ma per Tony è fortissimo."

"Sì, poi lui è stato mitico; certo, per un po' è rimasto devastato da quanto è successo, pensava di essere *lui* il responsabile, si sentiva in colpa perché la sua mamma si era messa in pericolo. Però, anche con l'aiuto di Elsie e Zeke, per non parlare di tutti gli altri cittadini di Fallport, penso abbia superato tutto al meglio. Il premio di 'Eroe dell'anno' e la sfilata lo aiuteranno ancor di più."

"Ah sì, lo aiuteranno senz'altro."

"Poi quando gli hai chiesto l'autografo, il primo giorno che sei arrivata, anche quello è stato un bel gesto," le disse Rocky.

Bristol sorrise. "Dicevo sul serio, a proposito di quel tovagliolino. Quando diventerà famoso, chissà cosa combinerà: io almeno potrò dire di averlo conosciuto."

"Stavo pensando che dovremmo tutti tenere il *tuo* autografo," le disse Rocky.

Bristol alzò gli occhi al cielo. "Ma dai."

"Dico sul serio. Ho visto su internet alcune delle tue vetrate istoriate, sai? Sono colpito."

Null'altro avrebbe potuto farle più piacere. "Grazie."

"Hai molto talento, moltissimo. Mi racconti come hai cominciato?"

"Ero negli scout, da ragazzina; un artista del posto è venuto a fare un incontro col gruppo e abbiamo ricevuto tutte in regalo degli accessori in miniatura fatti con vetri colorati. Io sono rimasta affascinata dalla lavorazione e ho tormentato mia madre per averne degli altri. Lei alla fine ha ceduto e mi ha trovato una signora che ha accettato di farmi provare. Probabilmente si aspettavano tutti che mi stancassi... invece non mi sono più fermata."

"Adesso la tua arte si trova in edifici in tutti gli Stati Uniti e persino all'estero."

"Più o meno," confermò Bristol facendo spallucce. "Il fatto è che mi piacerebbe come attività anche se non ci guadagnassi. Per me è una soddisfazione, prendere dei pezzi di vetro e metterli insieme per comporre un'immagine più grande ricca di significato, un'opera di cui tutti possano godere. Riuscire a guadagnarci è solo la ciliegina sulla torta."

"Sono d'accordo. Se solo le camminate nei boschi fruttassero tanto!" Risero entrambi, poi lui fece un cenno col capo verso il piatto di Bristol. "Hai fatto un ottimo lavoro con quello."

Lei abbassò lo sguardo e si sorprese nel vedere quanto cibo

mancasse dal piattone che lui le aveva preparato. "Forse avevo più fame di quanta credessi," gli disse. "Però se divento grossa quanto tutto l'appartamento poi non prendertela con me!"

Rocky la sorprese; si abbassò e le disse con tono serio: "Non me ne frega nulla di *quanto* pesi. Mi piaci per come sei qui dentro." Poi alzò una mano per darle qualche colpetto leggero sulla tempia. "Sei divertente, estroversa, talentosa, cordiale, e pratica con gli altri, forte come una roccia. Niente di tutto ciò può cambiare, anche se prendi venti chili. Io voglio solo che tu stia bene, in salute, per poter stare al mondo il più a lungo possibile; ma la vita è troppo breve per preoccuparsi di altre cavolate. Sii te stessa. Al diavolo le nozioni di corpo ideale che la società moderna cerca di farci mandar giù a forza. Accidenti, Bristol, tu sei una bellezza, in tutto il tuo metro e quarantotto."

Appena lui smise di parlare, Bristol si sentì quasi sopraffatta dalle emozioni, ma riuscì a precisare: "Uno e quarantanove. Il centimetro in più è importante."

Lui fece una risata. "Ah sì, scusa, quarantanove. Adesso, la vuoi una coppetta di gelato, per dessert? Ho comprato il tuo gusto preferito... biscotto con croccante."

Dopo la dichiarazione di Rocky, a cui non importava nulla se lei metteva su qualche chilo, lei non avrebbe certo potuto dirgli di no. Accidenti, ma chi prendeva in giro? Non avrebbe mai potuto dire di no al suo gelato preferito, a prescindere. "Sì," gli rispose semplicemente.

"Fantastico. Dai, andiamo, ti sistemo sul divano, poi ti porto la coppetta."

"Posso aiutarti con i piatti," insisté lei.

"No. Tu hai già preparato la cena, penso io ai piatti."

"Usare la pentola elettrica per cucinare non è una gran fatica," gli disse scherzosamente.

"Va bene, allora penso io ai piatti perché tanto non puoi arrivare ai pensili dove vanno sistemati; altrimenti metteresti tutto in qualche angolino nascosto dove arrivi solo tu e io non troverei più nulla."

Bristol scoppiò a ridere. Rocky aveva ragione. L'ultima volta che lei aveva scaricato la lavastoviglie, aveva messo via i piatti alla bene meglio. "Era la mia unica alternativa, se no dovevo mettermi in piedi su una sedia, ma non credo che ti avrebbe fatto piacere, per via della gamba," gli disse dopo un momento.

Lui ebbe un brivido. A quell'idea, si sentì *veramente* tremare. Il modo in cui Rocky si preoccupava per lei era come una copertina tiepida intorno alle spalle di Bristol dopo una giornata fredda. "Vedrò di sistemarti uno sgabello in cucina, un rialzo, qualcosa a cui attaccarti, così non dovrai arrampicarti sui mobili o sulle sedie per raggiungere i pensili."

"Va bene," gli disse Bristol. "Tanto ci sono abituata."

"Meglio non rischiare," le spiegò spostando indietro la propria sedia. "Ti serve qualcosa dal tavolo, per lavorare ai gioielli?"

"No, per ora penso di fermarmi."

Rocky annuì, poi l'aiutò ad alzarsi dalla sedia e l'avvolse con le braccia. Lei non aveva più un gran bisogno di supporto, grazie alle stampelle che le aveva procurato il dottor Snow, ma non si sarebbe certo lamentata di quel contatto stretto fianco a fianco con lui. Rocky profumava di fresco, dopo la doccia; se lei si fosse voltata, avrebbe sfiorato con la guancia la sua barba. Chissà perché, amava quella sensazione.

La fece accomodare sul divano e tornò in cucina. Lei lo osservò mettere i piatti nel lavello, sciacquarli e metterli in lavastoviglie, poi Rocky prese due ciotoline da un pensile che lei non avrebbe mai potuto raggiungere, scucchiaiò due porzioni enormi di gelato e le andò incontro sorridendo.

"Pensavo che dovessi preparare ancora un centinaio di orecchini," le disse passandole il gelato.

"È così," gli rispose lei facendo spallucce.

"Allora perché non ti dai da fare, invece di guardare *me*?" le chiese.

"Perché il tuo sedere è molto più interessante delle perline," sbottò lei.

Rocky si mise a ridere. "Ah, bene. Per la cronaca, io penso lo stesso del tuo."

Si scambiarono un bel sorriso.

"Mangia il gelato prima che si sciolga," le disse accennando col mento alla ciotolina. "Ti va di guardare qualcosa?"

"A te va?" ribatté lei.

"C'è una partita che guarderei volentieri, ma se preferisci guardare qualcos'altro non è un problema."

"La partita va bene, tanto devo concentrarmi sugli orecchini. Oggi non ne ho fatti quanti speravo, nemmeno lontanamente, perché mi sono messa a chiacchierare con Lilly."

L'espressione con cui Rocky la guardò era piena di... speranze e aspettative, tanto che lei dovette impegnarsi per non mettere da parte il gelato e raggiungerlo saltellando per saltargli in braccio. Bristol mantenne il controllo di sé. Le piaceva il modo in cui procedeva il rapporto: non sentiva alcuna pressione, nemmeno sul piano fisico; più avrebbero aspettato, meglio si sarebbero conosciuti e più avrebbero alimentato le fiamme del desiderio.

Quando poi sarebbero stati insieme anche fisicamente, e lei era piuttosto certa che sarebbe successo a breve, avrebbero scatenato un incendio... in senso buono. Almeno lei ci sperava.

"Mi fai morire, Punky," borbottò Rocky accendendo la TV.

Lei non fu sorpresa di trovarsi sulla stessa lunghezza d'onda, sul piano dell'attrazione; però Rocky non avrebbe fatto una mossa, se non una volta sicuro al cento per cento che anche lei fosse d'accordo. Un altro aspetto di lui che le piaceva.

Bristol accennò un sorriso; quando si voltò verso Rocky,

notò che anche lui la stava guardando... e stava anche sorridendo.

Si mise in bocca una bella cucchiaiata di gelato e si sforzò di pensare a cosa voleva preparare per il Pickleport Festival.

Forse Mike le aveva fatto un favore enorme, pensò. Non che le facesse piacere la frattura alla gamba, ma non poteva negare che essere stata ritrovata da quel suo bel montanaro non era certo l'esperienza peggiore della sua vita.

CAPITOLO DIECI

Bristol non riusciva a smettere di sorridere. Non era tanto felice da chissà quanto tempo. Era seduta allo Sweet Tooth, la pasticceria, guardava la sfilata. Rocky aveva detto bene: i "carri" non erano altro che pick-up con dei carretti al traino, ma tutti i partecipanti erano molto allegri e si divertivano un mondo.

Lei non aveva assistito a tante sfilate allegoriche, ma quelle poche a cui aveva partecipato non erano mai state tanto... vissute. L'impressione era che tutta Fallport si fosse presentata per assistere e partecipare ai festeggiamenti. I negozi in piazza avevano tutti accettato di chiudere fino al termine dei festeggiamenti; a parte qualche banchetto per vendere mercanzie varie, proprietari e commessi si godevano quella giornata di festa. Beh, tutti i negozi tranne il circolo del biliardo.

Rocky si era lamentato del proprietario, un deficiente che odiava Fallport. A Bristol sembrava illogico: se odiava il paese, perché mai ci aveva comprato un'attività?

Tutti gli altri si stavano divertendo un mondo. Lilly andava in giro di corsa scattando milioni di foto, mentre Elsie era seduta alla sinistra di Bristol: aspettava con ansia che passasse il "carro" con Tony e Zeke. A destra di Bristol c'era Finley, che si chiedeva tutta agitata se avesse preparato abbastanza biscotti e dolcetti per il dopo parata. I gioielli che Bristol aveva preparato erano ben distribuiti sul tavolino dietro le loro spalle; lei sperava di guadagnare un bell'importo per la squadra di ricerca e soccorso Eagle Point.

Dall'altra parte della strada, si vedevano Silas, Otto e Art seduti al loro solito posto, fuori dall'ufficio postale. Salutavano tutti e venivano trattati come i principi di Fallport.

I bambini circolavano ovunque, l'atmosfera era rilassata e cordiale.

"Perché stai ridendo?" le chiese Finley.

Bristol si voltò per sorridere all'amica. Finley era stata molto accogliente e Bristol ne aveva vissuto in prima persona la generosità... Finley offriva sempre un dolcetto in più a tutti e aveva preparato alcuni panini per Davis Woolford, l'unico senzatetto che viveva a Fallport.

"È solo che mi piace un sacco tutto questo," le rispose Bristol.

"Eh sì, per me è solo il secondo anno, ma quando si tratta di feste non c'è niente che somigli ai paesini come Fallport."

"Non pensavo fossi qui da tanto tempo," le disse Bristol. "Chissà perché, m'ero messa in testa che fossi relativamente nuova in paese."

Finley fece spallucce. "Cioè, rispetto a quasi tutti gli altri, *sono* nuova."

"Cosa ti ha portata qui a Fallport? Non è esattamente il centro del mondo," aggiunse Bristol.

Finley sospirò... e Bristol si accorse che quella domanda l'aveva messa a disagio. "Avevo bisogno di un cambiamento," le rispose Finley semplicemente.

Bristol preferì non insistere: le strinse il braccio con affetto, poi si appoggiò allo schienale della sedia. "Grazie per avermi ospitata, anche per lo spazio sul tavolino," le disse, cercando di cambiare argomento.

"Ma figurati! Apprezzo la compagnia," le spiegò Finley.

"Ci stiamo divertendo?" disse una voce profonda dietro di loro.

Bristol sussultò sulla sedia, ma si sentì meglio appena si accorse che sia Elsie che Finley avevano reagito allo stesso modo. Elsie si girò per riprendere Brock, che si era avvicinato da dietro senza farsi notare. "Diamine, Brock! Dobbiamo metterti un campanaccio al collo!" gli disse.

Brock fece una risata mentre Bristol si voltava per salutarlo... e per la prima volta lei si accorse di quanto fosse massiccio: indossava una canotta bianca che lasciava in vista le braccia e le spalle, molto più muscolose di quelle di Rocky.

"Scusate," disse Brock, "avete sete? Qui fa caldo, posso portarvi una limonata, o qualcos'altro da bere."

"Io sto a posto," rispose Elsie, "e voi?" chiese, rivolgendosi a Bristol e Finley.

Bristol scosse la testa. "Ho appena bevuto dell'acqua." Poi si voltò verso Finley... e notò che la nuova amica era tutta concentrata sulle proprie mani, che teneva appoggiate sulle ginocchia. "Finley?"

"Eh? Oh, no, niente, grazie," rispose, per poi tornare a concentrarsi sulle proprie mani nervosamente.

"Tony e Zeke dovrebbero passare presto. Prima ho visto Tony con la corona e la fascia, sprizzava gioia da tutti i pori," disse Brock a Elsie.

"Penso che stanotte non abbia affatto dormito," rispose lei con una risatina.

Brock scambiò qualche altra battuta con Bristol e con Elsie. Finley ascoltò in un silenzio quasi innaturale, senza mai partecipare alla conversazione.

"Dov'è Rocky?" chiese Brock a un certo punto.

Bristol indicò verso l'altro lato della piazza, dove c'era il tavolo a cui sedevano Rocky, Raid e Tal. Si erano offerti volontari come giudici nella gara di sputo del seme di anguria, che sarebbe cominciata solo alla fine della parata; erano già impegnati nelle iscrizioni e nel dare indicazioni ai partecipanti sul quando e sul dove presentarsi per il proprio tentativo.

"Ah sì, dimenticavo che si sono fatti fregare... cioè, che si sono *offerti* volontari," commentò Brock con un gran sorriso. "Beh, se vi serve qualcosa, chiamate pure me o uno degli altri. Divertitevi!" Se ne andò... e Bristol notò Finley che lo guardava andare via piena di desiderio negli occhi, un desiderio che Bristol comprendeva appieno.

Il cellulare di Elsie squillò e lei guardò Bristol e Finley come scusandosi. "È Zeke, ha detto che mi avrebbe telefonato, sono quasi arrivati in piazza, non voglio perdermeli."

"Nessun problema. Anche noi non vediamo l'ora di fare il tifo per loro," le rispose Bristol.

Elsie fece una risata e si alzò per rispondere alla chiamata, facendo qualche passo verso il palazzo dietro al tavolo in modo da poter parlare con il marito un po' più in disparte.

Bristol capì di non avere molto tempo a disposizione, prima che Elsie tornasse, e non voleva mettere Finley in imbarazzo, così le disse rapidamente: "Che tipo tosto."

"Chi? Zeke? Sì, Elsie è fortunata."

"No, cioè, sì, anche Zeke è tosto, ma io intendevo Brock."

Finley sembrò sorpresa per un momento, ma nascose subito la propria reazione. "Perché, ti piace?"

Bristol alzò gli occhi al cielo. "Dai, fammi il favore, penso che sia più che ovvio che l'unico uomo che mi piace è quello con cui vivo attualmente."

"E come sta andando?" le chiese Finley. "Vi siete messi insieme?"

Bristol scosse la testa. "Eh no, non ho intenzione di lasciarti cambiare argomento. Che succede tra te e Brock?"

Finley sospirò. "Nulla."

Bristol inarcò un sopracciglio, mostrandosi scettica.

"Sul serio. L'hai visto anche tu, non nota nemmeno la mia

presenza. L'unico motivo per cui si è fermato qui è perché c'eravate tu ed Elsie."

"Però neanche tu gli hai parlato," insisté Bristol, sempre con delicatezza.

"Non so cosa dire," rispose Finley con un sospiro. "Lui è... lui ha una vita meravigliosa, ha fatto un sacco di belle cose. Io no. Poi, non mi ha mai notata. Cioè, guarda me, poi guarda *lui*."

"Non c'è niente che non vada in te," le disse Bristol.

Finley si schermì. "Sì, certo! Dai, sono ciccia," le disse con franchezza, "e ho una pasticceria: il classico stereotipo. Non fraintendermi, non sono una ragazzina e so bene che non diventerò mai una bellezza da copertina. I dolci mi piacciono troppo per preoccuparmi del mio peso. Sono sempre stata così di corporatura, tutto qui. È impossibile che lui provi interesse nei miei confronti. L'hai visto anche tu: è così... massiccio! Potrebbe avere qualunque donna ai suoi piedi. Gli vedo al fianco una più elegante, più esotica, non una come me."

"Penso che ti sbagli," disse Bristol scuotendo la testa. "Anche se non lo conosco molto bene, da quel che ho visto, mi sembra che lui e gli altri non siano tanto superficiali da sentirsi attratti solo dall'apparenza, dall'aspetto esteriore di una donna. E poi... quando siete vicini non ti toglie gli occhi di dosso."

"Cosa? Dai, non è vero!" esclamò Finley.

"Invece sì," ribatté Bristol.

"Ma dai!" Finley sospirò. "Te lo dico io, Brock Mabrey mi vedrà sempre e solo come una donna trasandata e timida che odora di cannella perché lavora in pasticceria."

Bristol si fece seria. "Non puoi saperlo."

Finley la guardò con occhi mesti. "Lo so, ma apprezzo la tua insistenza nel dire che avrei una chance con lui."

Bristol avrebbe voluto proseguire la conversazione, rassicurare Finley che la sua bellezza avrebbe catturato l'attenzione di chiunque e che sarebbe stata una partner eccezionale, ma non era quello il momento, né era il luogo adatto. Le venne voglia anche di prendere in disparte Brock per scoprire che cosa ne pensasse di Finley... con astuzia, ovviamente.

"Sono quasi arrivati!" esclamò Elsie tornando da Bristol e Finley; non si sedette: si agitò sul posto mentre fissava in fondo alla Main Street, la via principale da cui sarebbe spuntato il SUV che trasportava il figlio e il marito.

Dopo tre minuti, li vide arrivare. Tony salutava come un matto con la mano tutte le persone ai bordi della strada, mentre Zeke era seduto con un mezzo sorriso stampato in volto, e con una mano dietro la schiena di Tony per evitare che si sbilanciasse, dato che era mezzo fuori dal tettuccio del SUV. Dal veicolo fuoriuscivano molte banderuole, sul lato c'era un cartellone che proclamava Tony e Zeke 'Eroi dell'anno'. Tony indossava una coroncina che continuava a scivolargli sulla fronte, per i movimenti energici con cui salutava tutti.

Elsie gridò per l'entusiasmo e salutò il figlio con altrettanta energia. Lanciò un bacio ai suoi due uomini e Bristol si accorse di essersi leggermente commossa, quando vide Zeke ricambiare lo sguardo, fare un cenno col mento e mettersi la mano sul cuore.

Sfilarono nel giro di pochi secondi, ma fu ovvio che quel momento sarebbe rimasto a lungo un ricordo di famiglia. Dato che il "carro" degli eroi era uno degli ultimi della sfilata, la gente cominciò a scendere dal marciapiedi per attraversare la strada, in direzione del prato in mezzo alla piazza, per cercare un posto dove sedersi e godersi il resto dei festeggiamenti in programma per il pomeriggio.

"Vai pure," disse Bristol a Elsie. "Sono sicura che Tony vorrà raccontarti tutto per filo e per segno, e Lilly vorrà scattare delle foto con tutta la famiglia."

"Tu te la cavi?" le chiese Elsie.

"Ma certo. Ho la gamba rotta, mica la testa!" le rispose con una risata.

"Lascia pure qui la sedia. La metto dietro al tavolo, così la puoi ritirare quando sei pronta," disse Finley.

"Grazie. Siete eccezionali!" esclamò Elsie, che poi si abbassò per abbracciare al volo Bristol e fare un cenno con la mano a Finley, infine si affrettò ad attraversare la strada per rincorrere il resto della famiglia.

"Ti prego, dimmi che la pasticceria è aperta," disse una donna di gran fretta avvicinandosi a Finley e indicando il tavolo ricolmo di biscotti e di altri dolcetti. "Questo qui," disse indicando il bimbo piccolo che aveva al fianco, "sta facendo i capricci e si calma solo con un biscotto alla granella."

Finley le sorrise. "Ma certo! Ne ho proprio qualcuno con la granella. Bristol? Posso lasciarti un attimo?"

Bristol annuì. "Tutto a posto, vai pure. Intanto faccio un giretto in piazza col mio deambulatore, prima di sedermi per il pomeriggio, se per te va bene."

"Ma certo, vai pure," le rispose Finley, "però non ti stancare troppo." Poi aiutò Bristol ad alzarsi in piedi e a mettersi in equilibrio, prima di tornare al tavolo, prendendo con sé le due sedie.

Bristol inarcò la schiena per stiracchiarsi; nelle ultime settimane, era rimasta parecchio tempo seduta o sdraiata, non vedeva l'ora di ricominciare a muoversi. Creare vetrate istoriate non era certo una professione sedentaria, le serviva un po' di allenamento prima di poter ricominciare.

Si avviò lungo il marciapiede, annuendo ai passanti che conosceva. La caffetteria di Grinders era proprio a fianco della pasticceria, poi c'era il negozio di libri usati che lei non aveva ancora avuto occasione di visitare. Attraversò con cautela Main Street e si avviò verso il negozio di Grogan, lo superò e si diresse verso un gruppetto di signore sedute davanti al salone del parrucchiere.

Rocky gliele aveva presentate in un'occasione precedente, facendole presente che amavano il gossip, ma che non erano assolutamente informate quanto i loro acerrimi rivali: Otto, Silas e Art.

"Salve!" le salutò timidamente passando vicino.

"Bristol, vero?" le chiese una delle signore.

Lei si fermò, anche solo per non essere scortese. "Sì, sono io," rispose con un sorriso.

"Vivi insieme a Rocky," aggiunse un'altra signora.

Bristol non si ricordava bene chi fossero, ne ricordava solo i nomi: Dorothea, Cora, Ruth e Clara. Sembravano tutte sulla sessantina, forse sui settanta. Bristol cominciava a capire che la curiosità accomunava i residenti di Fallport: erano fatti così.

"Sì, Rocky è stato gentilissimo e mi ha offerto un posto dove stare mentre la mia gamba rotta guarisce," rispose.

"Lascia perdere Dorothea," disse la signora che sembrava la più giovane, almeno agli occhi di Bristol. "Io sono Ruth, loro sono Clara e Cora. Siamo felici che Rocky ti abbia ritrovata e che tu stia bene."

"Grazie mille," rispose Bristol, "anch'io ne sono felice."

"È vero che sei un'artista?" le domandò Clara.

Bristol annuì. "Sì, è vero."

"Allora dovrò guardare un po' delle tue opere," aggiunse Clara con un sorriso. "Ho visto che stai vendendo dei gioielli per raccogliere fondi in favore della squadra di ricerca e soccorso."

"È vero, sono molto riconoscente a Fallport per la squadra, altrimenti chissà che fine avrei fatto! Sono sicura che abbiano bisogno di attrezzature che non riescono a comprare per mancanza di fondi. Questo è il mio modo di ringraziarli."

Si accorse che quelle parole ebbero un certo effetto su quelle donne. Sembrarono rilassarsi un pochino tutte e quattro, specialmente Dorothea, che le disse: "Un atto molto generoso da parte tua."

"Scusatemi tanto, devo allenarmi a camminare," disse Bristol cercando di essere educata.

"Ma certo," rispose Ruth. "Immagino tu voglia andare a salutare il tuo bel giovane."

Bristol sorrise appena e riprese la passeggiata.

Ovviamente, quella breve conversazione con le quattro signore non era sfuggita a Silas, Otto e Art, i quali, appena Bristol si avvicinò a loro, non persero l'occasione di fermarla per parlare un po' con lei.

"Mi fa piacere vederti in giro," le disse Otto.

"Dai l'impressione di avere la *nostra* età, andando in giro con quella gamba sbilenca," le disse Art.

Bristol scoppiò a ridere: Art non aveva tutti i torti. "Nelle ultime settimane, ci sono stati momenti in cui mi sentivo il doppio dei miei anni."

"Anche se fosse, non arriveresti comunque alla mia età," commentò Art.

"Perché, *quanti* anni ha?" chiese Bristol, non sapendo frenarsi.

"Novantuno," rispose l'anziano signore con orgoglio.

"Wow. Qual è il suo segreto?"

"È testardo!" esclamò Silas, rispondendo per Art.

"Allora *tu* dovresti vivere almeno centocinquant'anni," ribatté Art.

Bristol adorava quei battibecchi. Era ovvio che quei signori fossero molto affezionati, nonostante le numerose frecciate.

"Mi ricordi vagamente la mia nipotina," le disse Art dopo un momento.

"Ah sì?" gli chiese Bristol, che non voleva perdersi quella storia.

"Eh sì. Anche se, rispetto a lei, sei pur sempre piccolina. Lei è alta quasi uno e ottanta, è forte, invece tu sembri sempre in procinto di volar via alla prima raffica di vento. La mia nipotina è vigile del fuoco a New York City. Pensa che l'altro ieri è dovuta salire a piedi al trentaquattresimo piano di un grattacielo, portando in spalla una ventina di chili di attrezzature."

Bristol non si trattenne e scoppiò di nuovo a ridere. "Mi sa tanto che non mi somiglia *affatto*, allora," commentò, appena poté parlare.

Art le sorrise scrollando le spalle. "È una tosta, come te."

Innegabilmente, quel complimento le fece piacere, anche se Bristol non era sicura di poter reggere il paragone con una donna che lavorava come vigile del fuoco in una metropoli.

"È una brava ragazza," proseguì Art. "La sua mamma, mia figlia, non si è comportata molto bene; i momenti migliori sono stati quando passava l'estate con me; però lei non si è affatto scoraggiata. Appena si è diplomata alle superiori si è trasferita in città e ha dimostrato a tutti, uomini compresi, di che pasta è fatta."

"È sposata?" domandò Bristol, ormai incuriosita.

"È stata sposata, ma non ha funzionato e ormai hanno preso strade diverse."

Bristol annuì, non sapendo bene che altro dire.

"Comunque, magari un giorno potreste incontrarvi, a volte viene a trovarmi."

"È passato del tempo," disse Silas.

"Lo so," confermò Art tristemente, "ma è sempre impegnata."

"Per la famiglia, il tempo bisognerebbe trovarlo," commentò Otto sottovoce.

Chiaramente tutti e tre sentivano la mancanza dei parenti, ma almeno si tenevano compagnia tra di loro, Bristol ne fu felice.

Parlarono un po' del tempo, poi di Tony e del suo riconoscimento, di come se l'era meritato, guidando la Mercedes del padre sulla superstrada I-480 per tornare a Fallport, senza causare incidenti.

Quando Bristol riuscì a tirarsi fuori da quella conversazione, ormai cominciava a sentirsi stanca e non aveva nemmeno completato mezzo giro della piazza. Attraversò Cedar Street e si spinse più che poté per passare oltre La Tana, il circolo del biliardo del paese, dal cui interno si sentiva uscire una musica forte.

Khloe era seduta davanti alla biblioteca da sola. Bristol si accorse con disappunto di aver già bisogno di un'altra pausa, così si fermò per parlarle.

"Quella musica non dà fastidio ai visitatori della biblioteca?" le chiese di getto. Poi scosse subito la testa. "Scusa, lascia perdere. Ciao Khloe, che bella giornata, vero? Come stai?"

Khloe fece una risatina e si alzò in piedi. "Siediti," le disse, indicando la sedia che aveva appena liberato.

"Perché?" le chiese Bristol.

"Dai, siediti. Ti fa male la gamba, si vede. Fai una pausa, per un momento."

"Ma... e tu?" le chiese Bristol.

Khloe alzò una mano in cui impugnava una chiave. "Ci sono un sacco di sedie, dove ho preso quella. Dai che ti aiuto, poi faccio un salto a prenderne un'altra."

Piena di gratitudine, nonostante la rabbia per non essere riuscita a completare nemmeno metà del perimetro della piazza senza stancarsi e aver bisogno di una pausa, Bristol si sedette come le aveva detto Khloe. Si accomodò volentieri su quella sedia e alzò la gamba ingessata, appoggiandola al sostegno del deambulatore.

Khloe si assentò per un minuto o due, poi tornò e aprì un'altra sedia di fianco a Bristol e ci si accomodò.

"Ho sentito che la frattura non è poi tanto male," disse Khloe dopo un minuto, indicando con la testa la gamba di Bristol.

"Infatti," confermò lei, "solo un perno; il medico ha detto che forse non sarebbe servito nemmeno quello, ma siccome era passato tanto tempo dalla frattura a quando sono arrivata in ospedale, ha preferito adottare una precauzione in più."

Fece una pausa, poi domandò: "Posso chiederti cos'è successo alla *tua* gamba?"

Khloe fece spallucce, ma non si voltò verso Bristol. "Una frattura multipla, in quattro punti, scomposta in un punto. La gamba è rimasta in trazione per un po', sono stata in un centro di riabilitazione finché non sono tornata a camminare."

"Mi dispiace molto," disse Bristol, "non immagino neanche il tormento che hai passato."

"Non è stata una passeggiata," confermò Khloe.

Bristol lo prese per l'eufemismo dell'anno; avrebbe voluto chiederle se avesse avuto qualcuno vicino, mentre riabilitava la gamba, ma non la conosceva ancora abbastanza.

"Dovresti andare con calma, per un po' di tempo. Sono sicura che avrai voglia di tornare a muoverti normalmente, ma una frattura anche minima come la tua può farti pagare dazio. In futuro, probabilmente, sentirai quando cambia il tempo."

A quelle parole, Bristol sorrise. "Chissà. Allora tu senti quando cambia il tempo anche quattro giorni prima, eh?"

Al che Khloe si voltò verso Bristol con un sorriso enorme, che le cambiò totalmente l'espressione del viso. "Più o meno," confermò.

Si sentì provenire dalla folla un fischio potente, Khloe alzò subito lo sguardo. Bristol vide il segugio di Raiden che si faceva strada tra i passanti, diretto verso loro due. Raid sollevò il mento verso Bristol e Khloe, la quale gli fece un cenno con la mano.

"Wow," disse Bristol.

"Cosa?" chiese Khloe, mentre Duke la raggiungeva e le appoggiava sul ginocchio il muso bavoso.

"Voi due avete appena aperto e chiuso una conversazione con un cenno del mento e con un cenno della mano."

Khloe fece una smorfia. "Gli dà fastidio perché qui, Duke, ha preso in simpatia *me* quasi quanto il padrone." Si abbassò e coccolò il testone del cane, grattandolo dietro le orecchie.

"Da quel che mi dice Rocky, Duke non lega con nessuno... se non con Raid, ovvio."

"Animali come me," rispose Khloe facendo spallucce.

Bristol ebbe la netta impressione di avvertire un tono malinconico nella voce di Khloe, ma sentendola parlare di nuovo, si accorse di essersi sbagliata.

"Comunque, mi chiedeva di tener d'occhio Duke mentre lui è impegnato laggiù, alla gara. Io gli ho detto che va bene, ovviamente." Il segugio sbuffò e crollò ai piedi di Khloe. "Raid non mi trova molto simpatica, ma quando gli conviene non si fa problemi a usarmi."

Bristol si accigliò sorpresa. "Dai, sono sicura che non è così. Voi due lavorate insieme."

"Beh, almeno si *comporta* come uno che non mi trova simpatica, ma insomma, il cane è carino, quindi con lui vado d'accordo."

Al che Bristol non trattenne una risatina. "Anche Raiden è carino, a modo suo," le disse. "Anche se per me è troppo alto."

Khloe rise. "È troppo alto *per chiunque*."

"Vero," concordò Bristol, contenta di vedere l'altra donna un po' più rilassata. "Che storia c'è dietro la barba della squadra Eagle Point?" le chiese. "A parte Brock, ce l'hanno tutti."

"Chi lo sa?" rispose Khloe facendo spallucce. "Ma ammetterai che lo stile barbone gli dona."

"Sacrosanta verità," aggiunse Bristol.

"Rocky sta guardando da questa parte," disse Khloe annuendo verso la piazza.

Bristol allungò lo sguardo verso il tavolo delle iscrizioni alla gara e vide che lui la stava veramente fissando. Quando i loro sguardi si incrociarono, lui sorrise e alzò una mano col palmo in alto, flettendo più volte il dito.

"Credo che mi stia invitando a raggiungerlo," disse Bristol quasi come scusandosi. "Ah, senti, anche se non sono residente, pensi che potrei prendere in prestito dei libri, qualche volta?"

"Ancora," Khloe commentò con un sorrisetto.

"Come?"

"Non sei *ancora* residente," ripeté Khloe.

"Oh, ma... non è... io non..." Bristol si agitò e non sapeva bene che dire. Non aveva condiviso con nessuno le proprie riflessioni sul trasloco a Fallport.

"Scusa, non volevo essere maleducata. Per una tessera della biblioteca c'è bisogno di un indirizzo di residenza, ma sono sicura che Rocky non avrà nulla in contrario a iscriversi e lasciarti usare la sua tessera. Comunque intendevo solo dire... che tu e Rocky state bene insieme. Sono sicura che potremo aiutarvi a trovare un posto abbastanza grande per contenere un laboratorio, per le tue produzioni coi vetri, nel caso tu voglia trasferirti qui a Fallport. Se compri casa, puoi farti la tua tessera della biblioteca," aggiunse Khloe come provocazione.

"Eh, sì."

"Rocky mi sembra perplesso, sarà meglio che ti avvii, altrimenti verrà qui tutto preoccupato." Khloe la guardò negli occhi. "Non cercare di accelerare troppo, con quella gamba," aggiunse, "sei ancora in un momento in cui la frattura può anche peggiorare."

"Farò attenzione," rispose Bristol. Sentire la sincera preoccupazione dell'altra la rinfrancò: cominciava a pensare che Khloe nascondesse molto più di ciò che mostrava agli altri. Prima, Bristol aveva avuto l'impressione che Khloe fosse una persona timida, una che non diceva molto. L'unica visita in appartamento era stata cordiale, ma breve. Invece aveva dimostrato di avere molto da dire, tutte cose estremamente utili.

"Grazie per la sedia," le disse Bristol alzandosi e tirando a sé il deambulatore per prepararsi.

"Non c'è di che. Vacci piano," le disse Khloe, vedendola avviarsi con calma.

Bristol si guardò alle spalle e vide Khloe che coccolava distrattamente il fianco di Duke con un piede, sul viso le era tornata un'espressione assente. Se prima si era sentita un po' in soggezione con lei, dopo averle parlato e aver intravisto chi era Khloe, al di là dell'aspetto esteriore, a Bristol era venuta voglia di conoscerla meglio.

Per evitare di attraversare la strada in modo imprudente, Bristol continuò sul marciapiede seguendo la fila di negozi, passò la clinica del dottor Snow e attraversò di nuovo Cedar Street. Stava per attraversare anche la Decima strada per raggiungere il prato, quando un bimbo di cinque o sei anni di età sfrecciò davanti a lei.

Bristol tirò gli appigli del deambulatore da una parte per evitare di colpire il bimbo, ma perse l'equilibrio e lanciò un gridolino. Stava per cadere in mezzo alla strada come un sacco di patate, quando qualcuno la prese da sotto un gomito, aiutandola a rimettersi in piedi.

Bristol alzò gli occhi e vide un signore sulla cinquantina che le teneva il braccio. Era vestito casual, un paio di jeans e una polo; capelli brizzolati, una fossetta sulla guancia. Era molto alto, circa quanto Rocky, ma non altrettanto muscoloso. "Attenta," le disse, aiutandola a raggiungere l'altro lato della strada.

"Grazie mille, per un attimo mi sono sentita bella che andata."

Lui fece una risatina. "Meno male che ero vicino e ho potuto aiutarti."

"Meno male."

"Mi chiamo Lance. Lance Zaun."

"Bristol Wingham," gli disse porgendogli la mano.

Si strinsero le mani; quando se le lasciarono, Rocky l'aveva già raggiunta.

"Va tutto bene? Ho visto che stavi cadendo e mi si è gelato

il sangue nelle vene. Ero troppo lontano per raggiungerti in tempo."

"Sto bene. Lance mi ha sostenuta, così non ho fatto una figuraccia. Devo ancora abituarmi a come funziona questo aggeggio."

"Grazie, amico," disse Rocky con un cenno del mento rivolto a Lance. "No ti ho mai visto prima da queste parti."

"Sono appena arrivato. Ho visto i cartelli della parata e ho pensato di fare un giro a vedere, è stata bella. Qui sembrano tutti molto cordiali."

"È vero," confermò Rocky passando un braccio intorno alla vita di Bristol.

"Mi cercavi?" gli chiese lei guardandolo negli occhi.

"Volevo solo sapere come ti andava, sentire come stavi."

Bristol sorrise. "Cos'è passata, un'ora, da quando abbiamo parlato?" gli chiese.

Lui alzò le spalle. "Mi mancavi," le disse senza alcun imbarazzo.

Lance si schiarì la gola. "Beh, piacere di avervi conosciuti. Fai attenzione, non sarò sempre a portata di braccio per sostenerti," le disse con una risatina.

"Infatti," rispose lei ridendo. "Allora ci vediamo."

"Sì, ciao!" Poi Lance si girò e si incamminò in piazza, passando da un tavolo all'altro.

"Sei sicura di star bene?" le chiese Rocky.

"Sì, sono sicura. Però forse andare in giro con questo coso sull'erba non è il massimo."

"Certo. Che ne dici se ti aiuto a tornare al tavolo? Hai fame? Sandra ha preparato dei pranzetti da asporto mica male, credo che andranno esauriti alla svelta."

"Ottima idea."

"Va bene, allora ti riporto da Finley e poi vado a prendertene uno. Tutto bene con Khloe?" le chiese.

"Ma certo, perché non dovrebbe?"

"Raiden dice che è una permalosa."

"Non è vero," disse Bristol, difendendo la nuova amica. "Non so bene cosa ci sia tra quei due, ma lei è molto gentile. Sembra anche triste, in un certo senso."

"Come mai?"

"Non lo so, la mia è solo un'impressione."

"Hmm."

"Sì. Comunque penso sia il caso di tornare a sedermi."

"Vuoi che ti trovi il dottor Snow?"

"No, sono solo stanca. Non sono abituata a stare in piedi e camminare. È chiaro che dovrei uscire e muovermi di più."

"Non avere fretta," le disse Rocky aiutandola a girarsi per camminare lungo lo stretto marciapiede che separava la strada dal prato.

"È proprio quello che mi ha detto Khloe."

"Ha ragione."

Notando la fila che si stava formando al banchetto dell'Occhio di Bue, Bristol gli disse: "Forse dovresti metterti in fila per il pranzo. Non vorrei perdermi il pranzetto che ha preparato Sandra, qualunque sia; ci vediamo davanti alla pasticceria."

"Non te lo perderai," le disse Rocky con sicurezza.

"Come fai a saperlo?" gli chiese Bristol.

"Punky, lo so. Vedrai che non dovrò nemmeno mettermi in fila. Mi basterà dire a Sandra che hai fame e lei ti metterà da parte il cestino."

Bristol accennò un sorriso. Rocky probabilmente aveva ragione. Sandra si stava impegnando a trattarla quasi come una figlia, da quando era stata ritrovata nel bosco, e a Bristol faceva solo piacere. "Capito," rispose dopo un momento.

"Essere il tuo ragazzo comporta dei vantaggi," le disse Rocky, con un tono chiaramente scherzoso.

"Sul serio?" gli chiese lei scuotendo appena la testa.

Lui si fermò vicino alla Main Street e le sorrise. "Eh sì."

"Esci con me solo per mangiare, buono a sapersi," gli disse lei fingendosi irritata.

Lui si mise a ridere e le mise le mani sul viso facendoglielo alzare. "Per non parlare del fatto che ti si guarda volentieri, che mi fai ridere e che hai fatto diventare il mio appartamento una vera casa."

"Meglio," gli disse lei afferrandogli i polsi e cercando di contenere il sorriso che stava per spuntarle sulle labbra.

"Anche i baci sono davvero piacevoli, accidenti."

"Adesso sì che andiamo bene," gli disse lei mettendosi in punta di piedi.

Lui abbassò la testa per incontrarla a mezz'altezza e la baciò là dov'era, davanti a una folla che sembrava tutta Fallport. Se anche qualcuno non fosse stato al corrente del loro rapporto, a quel punto era diventato ufficiale.

Quando lui allontanò la bocca da quella di lei, ansimavano entrambi. "Accidenti, che donna!" esclamò Rocky.

"Si può sapere cos'hai, che mi fai sentire così?"

"Come se ci conoscessimo da una vita?"

"Sì, esatto," gli sussurrò lei.

"Non lo so, ma mi sento così anch'io. Dai che ti sistemiamo, così poi ti porto da mangiare."

Bristol amava sentire la mano di Rocky dietro la schiena, mentre si dirigevano verso il tavolo davanti alla pasticceria. C'erano cinque persone in fila, altre si fermavano per sbirciare cosa ci fosse di tanto interessante.

"Hai fame, Finley?" domandò Rocky alla pasticcera. "Vado a prendere un cestino all'Occhio di Bue per Bristol, ne vuoi uno anche tu?"

"Se non ti pesa," gli rispose.

"Niente affatto."

"Allora sì, se per te non è un problema, per favore."

"Ma certo." Rocky si abbassò e baciò Bristol sulla testa, poi le disse: "Torno subito."

Se ne andò, e Finley si sventagliò il viso con la mano. "Che bacio... wow!"

Bristol poté rispondere solo con un sorriso.

"Ti ho già venduto tre paia di orecchini! Ho la netta sensazione che venderemo tutto tra non molto," le disse Finley.

"Bene, così poi potremo rilassarci e goderci il resto del pomeriggio."

"Eh sì, magari. Ho degli altri biscotti da preparare e altri dolci da cuocere, se vogliamo venderne anche più tardi, quando i negozi riapriranno tutti."

"Lavori troppo," le disse Bristol.

"Senti da che pulpito viene la predica! Prima dell'infortunio, scommetto che lavoravi tutto il giorno anche tu."

"Chissà..." ammise Bristol.

"Ma che belli!" esclamò una signora prendendo in mano un set di orecchini con braccialetto. "Quanto costano?"

Bristol si voltò verso quella signora con grande gioia. Ormai Fallport le piaceva quanto Rocky e gli altri amici. Il pensiero di tornare a Kingsport, alla vita solitaria di prima, non l'attirava affatto. Rocky avrebbe approvato l'idea di trasferirsi a Fallport, se gliene avesse parlato? Oppure l'avrebbe presa come una mossa troppo affrettata?

Si scrollò di dosso quei pensieri, dicendosi che c'era molto tempo, prima di dover decidere del proprio futuro... Quella giornata era dedicata al divertimento, a raccogliere fondi per una buona causa, a ridere e scherzare con le nuove amiche.

———

Lance Zaun osservava Bristol dall'altra parte della piazza. Si era comprato una salsiccia pastellata al mais e fritta, e se la stava mangiando distrattamente, senza nemmeno gustarsela.

Era riuscito a toccare Bristol. Quasi riusciva ancora a sentirne la pelle morbida sulla propria. Non riusciva a pensare ad altro che a toccarla di nuovo.

Gli sembrava giusto averla vicina, era un'unione perfetta. Non solo: anche lei aveva bisogno di lui. Dov'era quello scemo, quando Bristol era quasi caduta faccia a terra in mezzo alla strada? Non c'era.

Stando con Bristol, lui le avrebbe impedito di farsi male. L'avrebbe protetta, l'avrebbe nutrita, si sarebbe accertato di soddisfarne ogni esigenza. Bristol sarebbe dipesa completamente da lui, com'era giusto che fosse. Era lui, l'uomo, a dover provvedere per la propria donna, a doverla proteggere.

Però non a Fallport.

Quel paesino era uno schifo.

Lui l'odiava in tutto e per tutto.

Lui era cresciuto in un paesino del tutto simile, un paesino in cui gli abitanti pensavano di sapere sempre tutto di tutti, in cui appena faceva qualcosa, i genitori lo scoprivano subito, gli stessi genitori che lo picchiavano spesso, anche senza alcun motivo, solo perché qualche vecchia pettegola lo vedeva fare qualcosa che non le garbava.

Doveva fare attenzione, rimanere fuori dal circolo del gossip. Ma quello non era un problema, aveva imparato a evitare le chiacchiere già da ragazzo. Non si faceva notare in alcun modo, riusciva a non attirare su di sé l'attenzione, si confondeva in ogni situazione.

Niente e nessuno l'avrebbero tenuto lontano da Bristol. Quando lei l'aveva guardato con enorme gratitudine, perché le aveva evitato una caduta, gli aveva fatto venir voglia di prenderla e di portarla via seduta stante, di portarla a casa e fare l'amore con lei, proprio come lei meritava di essere amata.

Poi c'era quello scemo... non la meritava. L'aveva lasciata a sgobbare dietro un tavolino, mentre lui si divertiva con gli amici. La gente di quel paesino non meritava quei gioielli, erano opere d'arte troppo raffinate per gente del genere. Bristol avrebbe dovuto vendere solo online, come prima. Invece era passato troppo tempo, da quando aveva inserito nuovi pezzi sul sito. Finalmente lui aveva capito il perché: era stata distratta.

Il mondo aveva bisogno della bellezza che Bristol creava nei vetri istoriati e nei gioielli. Avrebbe pensato lui a porre rimedio a quell'assenza, una volta portatala a casa, nella *propria* casa. Magari anche prima.

Dopo aver lanciato un'occhiata all'uomo che ovviamente pensava di aver conquistato Bristol, Lance sogghignò. Sarebbe bastato un po' di tempo, per fargliela dimenticare. Uomini come quello dimenticavano facilmente. Avrebbe pensato che Bristol se ne fosse andata, che fosse tornata alla sua vita di sempre. Anche lui avrebbe voltato pagina, trovandosi un'altra donna.

Quella era la previsione di Lance. Ormai aveva un piano; era arrivato a Fallport, aveva ritrovato Bristol: era ora di giocare le proprie carte. Era già entrato nella casa di Bristol a Kingsport, le aveva preso alcune delle cose di cui lei avrebbe avuto bisogno, una volta avviato il piano. Lenzuola, sapone, shampoo, intimo...

Al solo pensiero di quelle mutandine, di ciò che ne aveva fatto, gli venne da sorridere.

"A presto, dolcezza," mormorò.

"Scusi, come dice?" gli chiese l'uomo seduto dall'altra parte della panchina. "Ce l'aveva con me?"

Era evidentemente un senzatetto, puzzava in modo disgustoso. Aveva i capelli tutti arruffati e chiaramente non si lavava da chissà quanto tempo.

"Non parlavo con te," gli rispose schermendosi.

"Che palle," brontolò il senzatetto, che poi si alzò e se ne andò.

Lance tornò a guardare la sua amata, dall'altra parte della piazza. Rimpiangeva ogni secondo in cui veniva distratto da lei. Aspettare con pazienza sarebbe stata l'impresa più difficile della sua vita, ma doveva. Per avere Bristol tutta per sé... era disposto a tutto.

Anche a fare del male, non gli importava.

Bristol Wingham gli apparteneva. Punto.

CAPITOLO UNDICI

Ogni giorno che passava, Rocky si innamorava sempre più di Bristol. Non era tanto ciò che faceva, era più il modo in cui lo faceva sentire: felice, appagato, protettivo; fisicamente, lui non aveva mai desiderato tanto una donna quanto desiderava Bristol.

Però non sentiva l'urgenza di portarla a letto; forse perché comunque dormivano già sotto lo stesso tetto, forse perché il desiderio che le vedeva negli occhi lo rassicurava. Il perché non importava più di tanto: lui si stava pregustando gli sviluppi del loro rapporto.

Nel passato, non gli era mai tanto piaciuta la fase del corteggiamento: non gli piaceva girarci attorno, quando c'era attrazione. Invece adorava frequentare Bristol, adorava il modo in cui la sentiva fremere, quando camminavano insieme e lui le metteva un braccio intorno al corpo; adorava la pelle d'oca che le veniva, quando lui la prendeva in braccio; adorava persino il profumo di gel doccia al limone che gli lasciava in bagno. Adorava tutto di lei.

Quel mattino, avevano raggiunto insieme una casa in cui lui stava ristrutturando una pedana in legno. Il lavoro era quasi terminato; quando lui le aveva chiesto se le facesse piacere accompagnarlo, lei aveva accettato senza esitare. Si era messa seduta all'ombra e avevano parlato mentre lui lavorava. Lei gli aveva parlato della mamma, che in quel momento era in California; era una donna sempre in movimento, tanto che ogni due o tre anni traslocava solo per non annoiarsi. Si era dichiarata una hippy e non le importava nulla di ciò che gli altri pensavano di lei. Dopo che il marito era morto, non si era più risposata: preferiva frequentare chi voleva senza legami, senza aspettative.

Rocky aveva raccontato a Bristol della propria madre, che sembrava l'esatto opposto della mamma di Bristol: dopo la morte del marito, non era più uscita con nessuno e probabilmente non avrebbe mai venduto la casa di famiglia, la casa in cui Rocky era cresciuto.

Avevano parlato un poco anche del servizio di Rocky nei SEAL; lui le aveva raccontato qualcosa di alcune missioni, ma senza entrare troppo nel dettaglio. Alla fine, Rocky si era ritrovato ad aprirsi, raccontandole della missione del fratello, la fatidica missione che era andata talmente male da indurlo a uscire dall'ambiente militare.

Poi erano passati ad argomenti più leggeri: i cibi che preferivano, com'era stata Bristol da adolescente, Tony, arte, amici. Tutto sommato, era stata una giornata grandiosa. Tornati all'appartamento, Bristol aveva preparato una cenetta deliziosa, poi lui aveva ripulito in cucina e si erano messi seduti sul divano a guardare un programma di cucina in TV.

Rocky però aveva la netta sensazione che nessuno dei due fosse realmente interessato a quel programma. Almeno *lui* non era interessato: preferiva concentrarsi sulla bella sensazione di avere Bristol tanto vicina, tanto da fargli sentire ogni respiro. Le teneva un braccio sulle spalle, con le dita le accarezzava leggermente la pelle nuda del braccio. Lei gli aveva appoggiato la testa tra il collo e la spalla, mentre gli teneva un braccio appoggiato sulla pancia.

Rocky non riuscì più a trattenersi: si voltò e le baciò la fronte dolcemente.

Lei alzò lo sguardo verso di lui, l'espressione che Rocky le vide negli occhi era irresistibile: abbassò la testa senza pensarci. Si erano già baciati molte volte... ma quel bacio, chissà perché, sembrò a entrambi diverso.

Lei gli sfiorò la barba con la mano, poi cominciò ad accarezzarla. A Rocky scappò una risata durante il bacio.

"Che c'è?" gli chiese lei, con un sorrisetto.

"Mi stai accarezzando come un cucciolo," le rispose lui.

"Non so cosa farci, hai una barba troppo morbida. Mi piace sentirmela sulla faccia, quando mi baci," gli spiegò.

"Ah sì?" le chiese Rocky con un certo piacere.

"Eh sì."

"Mi raderei, se me lo chiedessi," le disse.

Lei spalancò gli occhi allarmata. "Cosa? No! Cioè, prima di tutto è la tua faccia e io non ho il diritto di dirti cosa farci. In secondo luogo, non so se ti riconoscerei, senza la barba."

"Una volta sono uscito con una che odiava la barba, diceva che mi faceva sembrare *ignorante* e che, se me la fossi rasata, gli altri mi avrebbero preso più sul serio."

"Che bastarda!" commentò Bristol con una certa stizza.

Rocky sbatté le palpebre sorpreso: non aveva mai sentito Bristol dire parolacce. Tuttavia, sentirla imprecare per difendere *lui* gli fece piacere.

"Cioè, sul serio, si è mai sentito niente di peggio? O si dice peggiore? Insomma, io penso che tu abbia un fascino incredibile esattamente come sei. Se poi avessi voglia di farti crescere la barba fino alle ginocchia, dovresti farlo."

Lui si fece una risata. "Non credo proprio, Punky."

Lei gli sorrise. "Va beh, insomma, sii te stesso, Rocky. A me piace la tua barba, ti dona."

In tutta risposta, lui andò a sfiorarle col naso il punto sensibile dietro l'orecchio. Bristol inclinò la testa per lasciargli più spazio, lasciandosi sfuggire un gemito adorabile e sensualissimo. Quindi strinse la mano con cui gli aveva accarezzato la barba, aggrappandosi a lui come se fosse stata sul punto di sciogliersi. Il leggero dolore alla barba si trasformò in un desiderio intenso, tanto che lui faticò a non farla sdraiare sul divano per spogliarla completamente e prenderla di slancio seduta stante.

Rocky sentì l'uccello crescere e strinse le labbra intorno al lobo dell'orecchio di Bristol, succhiandolo... forte.

"Rocky!" esclamò lei.

Lui mordicchiò quel piccolo pezzo di carne, facendola agitare in un modo che gli piacque molto. Poi alzò la testa e le chiese: "Sì?"

Lei lo fissò per un attimo, poi gli disse senza mezzi termini: "Ti voglio."

La velocità con cui lui reagì a quelle due parole fu quasi preoccupante: Rocky avrebbe voluto prendersela in spalla e portarla a letto per mostrarle quanto gli fosse entrata nel cuore, ma si sforzò di mantenere la calma. "Ti voglio anch'io, Bristol."

Lei gli sorrise con un leggero imbarazzo e Rocky si sentì sollevato, per non aver compiuto mosse affrettate. Bristol era stata molto coraggiosa nell'ammettere di volerlo, ma gli sembrava pur sempre esitante. Le appoggiò il palmo di una mano sul lato del collo, con il pollice nell'incavo della gola e le dita aperte sui suoi capelli, poi si abbassò ancora su di lei.

La baciò di nuovo, ma con più calma; mordicchiando, sfiorandole le labbra con le proprie, stuzzicandola fino a farle inarcare il corpo contro di lui, finché lei non si aggrappò di nuovo alla barba per farsi baciare con più trasporto.

Lui cedette facilmente a quell'invito, anche perché aveva raggiunto il limite del controllo; si attaccò con la bocca a quella di lei e le espresse tutto il desiderio con le labbra e con la lingua.

Rocky si perse in quel bacio, durato chissà quanto, ma quando finalmente le loro labbra si separarono, Bristol era sdraiata supina sul divano e lui le era sdraiato al fianco, con la schiena contro i cuscini. Per fortuna non si era messo sopra di lei, nella foga del desiderio. Lei gli aveva infilato una mano sotto la maglia e gli stava accarezzando il petto nudo, mentre le dita dell'altra mano si erano infilate sotto la vita dei jeans e gli grattavano la pelle del fondoschiena.

Con una mano dietro la nuca, lui la teneva stretta e vicina, mentre l'altra mano era appoggiata a una delle tette perfette di Bristol: gliela stringeva, gliela accarezzava, sulla maglia di cotone che lei indossava ogni notte per dormire.

La sensazione di Bristol sotto il proprio corpo, contro il proprio corpo, era per Rocky una pura beatitudine. Lei era piccolina, ma in quella statura racchiudeva un fascino sensuale esagerato; lui capì che insieme si sarebbero incendiati facilmente.

"Non fermarti," gli disse lei sottovoce, con un tono profondo che lui riconobbe appena.

Con un sorriso, lui abbassò la testa per continuare da dove si erano interrotti... ma a quel punto gli sovvenne il motivo per cui si erano interrotti: aveva sentito il telefono squillare.

"Merda," mormorò Rocky.

Bristol lo guardò, era confusa, adorabile. "Che c'è?"

"Il telefono. Devo vedere chi era."

Passò un secondo, poi lei annuì. Quando Bristol gli sfilò la mano da sotto i vestiti, lui gemette. "Non ti muovere, Punky."

Lei gli sorrise pigramente e annuì. Rocky si tirò su, staccandosi da lei, poi sospirò per la mancanza del suo calore.

Si avviò verso il tavolo, dove aveva lasciato il cellulare, e lo prese. "Spero proprio che sia importante," commentò rispondendo al telefono con una certa irritazione.

"È importante," gli disse Ethan. "Ha chiamato Simon, dobbiamo fare una ricerca."

Al cervello di Rocky servì un attimo per cambiare modalità, dal desiderio alla professione. Fece un respiro profondo. "Ho capito. Dettagli?"

"Un vicesceriffo ha fermato una macchina per eccesso di velocità, il tipo che la guidava è scappato nel bosco. Erano molto vicino al sentiero di Rock Creek, ma quel tipo non seguirà il sentiero, se è chi pensano che sia."

"Merda, e chi è?"

"Theodore Lorenzo Allen."

"Per caso è un nome che dovrebbe dirmi qualcosa? A parte il fatto che hai usato anche il secondo nome e che quindi dev'essere un tipo terribile, perché nessuno usa il secondo nome se non per i serial killer o per figuri simili," disse Rocky. Si accorse di parlare a vanvera, ma era ancora spiazzato dall'adrenalina e dalla passione che gli scorrevano nelle vene.

Ethan fece una risata nervosa. "È abbastanza terribile. Se era lui a guidare, ed è probabile che fosse lui, sulla sua testa pende un mandato di cattura da Norfolk, si tratta di molestie sessuali nei confronti della figliastra di otto anni. In base alle attrezzature da campeggio e ai viveri che gli ha trovato in macchina, Simon è convinto che volesse andare in montagna per sparire dalla circolazione."

"Quindi ha esperienza in montagna," commentò Rocky passandosi una mano nei capelli. Più ascoltava e più il piacere che aveva provato fino a un attimo prima si dissipava.

"Già."

"Qual è il piano?"

"Ci troviamo nel punto in cui quel tizio è stato fermato. Raiden seguirà la pista con Duke. Il vicesceriffo non l'ha rincorso molto lontano nel bosco; dato che non sapeva come mai stesse scappando e se fosse o meno armato (il che è molto probabile), ha deciso di non rischiare. Vuoi che passi a prenderti?"

"Buona idea."

"Arrivo tra cinque minuti," concluse Ethan.

"Sarò pronto," confermò Rocky.

Chiusero la conversazione senza aggiungere altro. Rocky

sapeva di doversi dare una mossa. Il suo zaino con le attrezzature per le ricerche era nell'armadio vicino alla porta d'ingresso; lo teneva sempre pronto, per poter partire anche senza preavviso. Doveva solo cambiarsi.

Prima però... si girò e vide Bristol seduta che lo guardava dal divano. I capelli, normalmente in ordine, erano scompigliati; le labbra leggermente gonfie per i baci; sul collo c'erano dei segni leggeri, per l'attrito con la barba. Era tremendamente bella... doversene andare in quel momento gli faceva male fisicamente.

"Devi uscire per una ricerca," gli disse.

Rocky annuì e le si avvicinò; si mise seduto sul cuscino di fianco a lei e le mise una mano sulla guancia. "Se potessi, rimarrei," le disse sottovoce.

Lei lo sorprese: si acciglò e scosse la testa. "Lo so, ma questo è più importante. Vai, Rocky! Fai il tuo dovere. Io ti aspetto qui."

"Non so quanto tempo dovrò star via," l'avvertì.

"Lo so."

"Telefona a Lilly, o a Elsie. Insomma, telefona a una qualunque delle altre donne con cui hai fatto amicizia nelle ultime settimane: Finley, Khloe, Sandra... anche Whitney."

"Perché?" gli chiese lei.

"Così possono venire a tenerti compagnia."

"Rocky, non ho bisogno di una badante. Ormai posso muovermi abbastanza bene anche da sola. Me la caverò."

"Sei sicura?" le chiese.

"Sicurissima."

"Mi dispiace un mondo lasciarti qui."

"Se me lo dici perché stai bene in mia compagnia e ti mancherò, è fantastico. Ma se me lo dici perché non pensi che me la possa cavare anche da sola, cerca di convincerti. Sì, quando sono arrivata avevo sempre bisogno di aiuto, ma ormai anche il dottor Snow ha detto che sto guarendo bene. Non preoccuparti, Rocky, vai pure."

Bristol aveva ragione: se la stava cavando benissimo. Ormai si stava avvicinando il momento in cui non avrebbe nemmeno avuto più bisogno del deambulatore, il momento in cui avrebbe potuto appoggiarsi di nuovo sulla gamba ingessata. Però... "Dal giorno in cui ti ho trovata, non abbiamo mai passato più di qualche ora senza vederci."

"Qualche ora, vero?" ripeté lei con un sorrisetto. "Ti prometto che, quando tornerai, mi ritroverai qui. Dai, vai a fare il tuo dovere, ma fai attenzione. Non conosco i dettagli, ma ho avuto l'impressione che dovrai cercare qualcuno che non vuole farsi trovare."

"Non sarà la prima volta," le rispose.

"Lo immagino, però guarda che mi preoccuperò lo stesso per te," gli spiegò Bristol.

Sembrava sempre in grado di sorprenderlo, in positivo. "Una volta sono uscito con una che odiava il mio lavoro. Non le faceva piacere che potessero chiamarmi in qualunque momento."

"Per caso era la stessa a cui non piaceva la tua barba? Perché abbiamo già stabilito che quella era una stupida."

Rocky fece una risata. "Appunto." Poi allungò una mano verso di lei e la tirò a sé, contro il proprio petto.

Lei lo avvolse con le braccia, stringendolo.

"Devo prepararmi," mormorò lui parlandole nei capelli. Doveva tagliare corto: Ethan poteva arrivare da un momento all'altro; però Rocky non riusciva a staccarsi da lei.

Fu Bristol a fare la prima mossa: si tirò indietro e lo spinse leggermente contro il petto. "Vai!" gli ordinò.

"Però quando torno riprendiamo da dove siamo stati interrotti," le disse Rocky.

"Questo è poco, ma sicuro," rispose lei con un sorriso timido.

"Maledizione, non ti merito," le disse Rocky.

"Invece sì, ci meritiamo a vicenda."

Lui la scrutò in volto per un lungo momento, poi si alzò in

piedi, andò dritto in bagno e si cambiò; indossò i pantaloni modello cargo, gli stivaletti da montagna e una maglia traspirante a maniche lunghe. Infilò nella fondina il coltello tattico che l'aveva seguito in ogni missione, quando era un SEAL, e che lo seguiva ogni volta che usciva con la squadra per una ricerca; infine tornò in salotto.

Bristol non si era mossa dal divano, si era solo seduta meglio, con i piedi per terra. Rocky sapeva che, se le si fosse avvicinato, andarsene sarebbe stato ancor più difficile; così si sforzò di andare all'armadietto vicino all'uscita. Prese lo zaino e fece un respiro profondo, poi si girò verso la donna che in pochissimo tempo era diventata tanto importante per lui.

"Mi fai un favore?" le chiese.

"Qualunque cosa," gli rispose lei senza esitare.

Accidenti, lo stupiva sempre. "Stanotte dormi nel mio letto."

Lei si fece seria, era confusa.

"È improbabile che torni per la notte; ormai è tardi e questo tipo non vuole farsi trovare. Quando mi sentirò accalorato, stanco e frustrato, nel bosco, mi sentirò meglio sapendo che tu sei qui, sana e salva, e che dormi nel mio letto."

"Va bene," gli rispose annuendo.

"Grazie." Rocky avrebbe voluto aggiungere altro, ma ormai non c'era più tempo. La guardò un'ultima volta, poi si girò e se ne andò, chiudendosi bene la porta alle spalle, con tanto di serratura di sicurezza.

Ethan era già arrivato nel parcheggio, probabilmente era assai impaziente, perché erano passati più di cinque minuti da quando avevano parlato al telefono.

A ogni passo che lo allontanava dall'appartamento, Rocky si sentiva sempre più determinato a trovare quel Theodore. Se un attimo prima era riluttante ad andarsene, a quel punto era orgoglioso di essere stato chiamato. Il tipo a cui davano la caccia non era certo una brava persona. Andava tolto dalla circolazione, tolto dal bosco, messo al fresco perché non facesse più male a nessuno. Cosa sarebbe successo, se si fosse imbattuto in Bristol, in Lilly, in Elsie, o in una qualunque altra persona che Rocky conosceva?

Rocky sentì un'ondata di energia e si mise a correre lungo il corridoio, passò i tre appartamenti vicini al suo e scese le scale, saltando giù dai gradini a due alla volta, poi gettò lo zaino sul sedile posteriore dell'auto di Ethan; infine saltò sul sedile del passeggero.

"Che altro sappiamo?" chiese subito al fratello, che stava già facendo manovra per uscire dal parcheggio e dirigersi al punto di ritrovo.

———

Bristol era sdraiata nel letto di Rocky, ma non dormiva. Non ci riusciva. Era troppo preoccupata per lui e per gli altri della squadra di ricerca e soccorso. Era fiera di loro: non avevano esitato ad aiutare la polizia nella ricerca di quel tipo scappato nel bosco. Però temeva anche ciò che poteva capitare. Il fuggitivo poteva essere armato, poteva arrivare a sparare a qualcuno che gli si fosse avvicinato troppo.

Il pensiero di perdere Rocky, proprio quando le sembrava che finalmente stessero passando dalla semplice convivenza a qualcosa di più, la spaventava. Le tornò in mente il modo in cui Rocky l'aveva sollevata con facilità, per metterla sdraiata sul divano; le venne un brivido. Si chiese se, in quel momento, lui si fosse reso conto che la stava spostando. Avevano cambiato posizione senza nemmeno smettere di baciarsi. Eppure era stato molto attento a non colpirle la gamba.

L'attenzione con cui la trattava, il modo in cui sembrava circondarla, quando la teneva tra le braccia, erano come il sogno di una vita che si realizzava. Nonostante la morte del padre, nonostante la madre non avesse più cercato un rapporto stabile con un altro uomo, Bristol ricordava di aver sempre desiderato un compagno da amare, un compagno con cui creare una famiglia.

Nel passato, aveva sempre avuto il problema di non sapere dove fare gli incontri giusti. Rimaneva quasi sempre in casa a creare arte; usare delle applicazioni per fare degli incontri non le sembrava giusto. Aveva incontrato Mike al supermercato, guardando: un incontro un po' prevedibile, però le aveva fatto piacere la sua compagnia. Si era accorta abbastanza presto di non essere attratta da lui, e l'amicizia si era quasi logorata perché lui continuava a chiederle di andare oltre. Quando lui le aveva proposto di andare in montagna, lei avrebbe dovuto capirlo. Ovviamente, a ulteriore riprova, quella gita era andata completamente a scatafascio.

Eppure Bristol non riusciva a pentirsene, perché così aveva incontrato Rocky e aveva trovato Fallport, un luogo in cui si sentiva più a casa di qualunque altro luogo in cui avesse vissuto.

Aveva anche scoperto per la prima volta la passione profonda. Se prima credeva di sapere tutto sul sesso e sul piacere, si era sbagliata di grosso.

Le emozioni che le erano scorse nelle vene quella sera, sul divano con Rocky, erano state travolgenti. L'avevano quasi spaventata. Però erano *belle*. Sentiva ancora sulle dita la sua pelle liscia. Da quel che aveva sentito, Rocky aveva sul petto la quantità perfetta di pelo. Non troppo folto, non troppo glabro. Il modo in cui gli aveva infilato una mano sotto la cinta dei pantaloni avrebbe dovuto imbarazzarla, ma l'erezione che le spingeva contro la gamba l'aveva rassicurata: non stava facendo una mossa azzardata.

Bristol non era mai stata troppo entusiasta del proprio corpo, anche per via dell'altezza, ma la sensazione della mano di Rocky che le copriva un seno e il modo in cui lui l'aveva avvolta con fare possessivo avevano contribuito molto a farla sentire sexy da morire.

E la barba? Buon Dio! Bristol non si era mai resa conto di

quanto potesse essere eccitante la sensazione del pelo sul collo e sul viso: tanto da chiedersi come sarebbe stato quel contatto tra le cosce, mentre lui banchettava nel suo intimo. Era un pensiero molto carnale, che la fece eccitare ancor di più, anche perché sembrava proprio quello il prossimo passo.

Poi gli era squillato il telefono e lui era dovuto andare. Bristol era fiera di lui, anche se era una seccatura che l'avessero chiamato proprio sul più bello.

Bristol non ci aveva mai riflettuto: Rocky doveva andare a cercare anche persone che *non* volevano farsi trovare. Nella sua mente, una squadra di ricerca e soccorso doveva occuparsi principalmente di casi come il suo: trovare chi si era perso.

All'improvviso si sentì agitata non poco, ripensando ai rischi potenziali di quella ricerca. Si girò nel letto e prese il cellulare dal comodino vicino. Era quasi mezzanotte, ma cliccò il nome di Lilly senza nemmeno pensarci.

Ci furono due squilli, poi Lilly rispose.

"Pronto?"

"Ciao, sono Bristol. Stavi dormendo?" Che domanda stupida, era notte fonda, ovviamente stava dormendo.

Invece Lilly la rassicurò subito rispondendo: "No, sono a letto ma non riesco a dormire."

"Nemmeno io. Sono in pensiero per loro."

Non dovette nemmeno spiegare chi fossero 'loro', Lilly lo sapeva già. "Anch'io."

"Non ho capito molto su questa ricerca, ma Rocky mi ha accennato a un serial killer," spiegò Bristol preoccupata.

"Non ne sono sicura, so che il ricercato ha molestato la figliastra di otto anni e che c'è un mandato di cattura," spiegò Lilly. "Immagino si sia preparato a vivere da latitante, almeno a giudicare da quel che Simon gli ha trovato in macchina. Però ci vanno anche Duke e Raiden, e Duke sentirà l'odore di quell'uomo, speriamo che li porti dritti da lui. Comunque non ha portato con sé le attrezzature, quindi le sue possibilità di sussistenza nel bosco sono ridotte."

A Bristol non piacque ciò che le aveva detto l'amica. "Merda," commentò, "ma davvero Duke riuscirà a trovarlo?"

"Speriamo di sì," rispose Lilly.

"Diventa più facile col tempo?" chiese Bristol sottovoce.

"Non preoccuparsi tanto di loro?" chiese Lilly sospirando. "No."

Anche Bristol sospirò; si aspettava esattamente quella risposta da Lilly, ma aveva dovuto chiederglielo comunque.

"Però guarda che loro sono molto bravi in ciò che fanno. Rispetto alle altre squadre di ricerca e soccorso hanno un grosso vantaggio, per via dell'esperienza nell'ambiente militare. È impossibile che quel tipo li colga di sorpresa o che mantenga un vantaggio su di loro."

Quelle parole fecero sentire Bristol molto meglio. "Rocky mi ha raccontato di alcune delle missioni di quando era un SEAL."

"Davvero?"

"Sì, perché, non doveva?"

"Ma no, ci mancherebbe. Sono solo sorpresa. Ormai è un po' che sto con Ethan e lui non parla molto del suo servizio nei SEAL. So della missione che l'ha convinto ad andarsene, ma a lui non piace molto parlare del periodo in cui era in servizio."

Il pensiero che Rocky si fosse aperto con lei fu come un abbraccio al cuore.

"Lo fai star bene," proseguì Lilly. "L'ho notato appena sei andata a vivere nel suo appartamento, Rocky è molto più socievole. Cioè, forse 'socievole' non è la parola giusta, ma in un certo senso sì. Di solito non stava fuori tanto come gli altri, non penso che sia perché non gli piacciono i posti affollati, piuttosto credo che non gli piaccia tanto la gente in generale. Da quando ti ha conosciuta, è cambiato."

Bristol non trattenne una risatina. "Non sono sicura di avere qualcosa a che fare con questo cambiamento.

Nemmeno io sono molto estroversa. Sai, la tipica artista matta solitaria, più o meno."

Lilly sbuffò divertita. "Io non ti vedo affatto in quel modo. Bristol, tu leghi con la gente in modo naturale. Dico davvero. Guarda Sandra. Era preoccupatissima per te e ti conosceva solo da una settimana, ha fatto di tutto, ha quasi implorato Rocky per convincerlo a venire a cercarti. Guarda Khloe, anche Finley."

"Che c'entrano loro?" chiese Bristol.

"Di sicuro non hanno mai parlato con *me* nel modo in cui hanno parlato con te. Sabato scorso, alla festa, ho persino visto Khloe che rideva con te."

"Perché, è strano?"

"Ehm, *sì*. Lei sta sempre sulle sue. Non parla molto e di sicuro non si dà da fare per socializzare. Finley poi... è timidissima, di solito rimane nella cucina della pasticceria e non si immischia. Vedervi chiacchierare alla festa è stato eccezionale. Tu puoi anche ritenerti un'introversa, ma in realtà non è così."

Bristol pensò per un momento a ciò che le aveva detto Lilly, poi ammise: "Penso che dipenda da Fallport. In questo paese c'è qualcosa che mi rilassa. A Kingsport non conosco nemmeno i miei vicini di casa."

"O magari è perché un estraneo... un uomo buono e affascinante ti ha invitata a passare la convalescenza in casa sua," disse Lilly ridendo.

"Va bene, magari," confermò Bristol. Ripensando a Rocky, si morse un labbro e tornò a preoccuparsi. "Pensi che torneranno entro stanotte?"

"Non lo so. A volte stanno via solo per qualche ora, altre volte le ricerche durano più giorni."

Bristol inspirò bruscamente. Giorni? Chissà per quale motivo, lei non aveva pensato che potessero stare lontani più di una notte.

"Devono stare via tutto il tempo che serve. Se la ricerca si trascina troppo a lungo, si danno i turni per tornare a casa a dormire, per staccare. Quando stavano cercando il mio collega scomparso… sai, quello del programma TV? Beh, la ricerca è durata alcune settimane. Non erano sempre tutti via, ma non hanno smesso finché non l'hanno trovato."

"Mi dispiace per il tuo amico," disse Bristol. Aveva sentito la storia della scomparsa del tipo della TV: uno degli altri colleghi l'aveva ucciso e ne aveva scaricato il corpo nel bosco, poi aveva cercato di incastrare Lilly per l'omicidio, infine aveva preparato il necessario per uccidere Lilly facendolo sembrare un suicidio.

"Grazie. Comunque, è impossibile prevedere quanto durerà la ricerca. Da quando sto con Ethan, però, non hanno mai dovuto fare una ricerca come questa, non hanno mai dovuto ritrovare qualcuno che *non* vuole farsi trovare."

Bristol rabbrividì.

"Però sono sicura che andrà tutto bene," aggiunse Lilly con tono sicuro.

"Sì."

"Che programmi hai per domani?"

Bristol non ne aveva idea. Aveva sempre gestito i propri programmi in base a quelli di Rocky. "Non lo so."

"Vuoi che ci troviamo per colazione? Passo io a prenderti."

"Sarebbe bellissimo."

"Occhio di Bue?"

"Ci sono altri posti dove fare colazione, qui a Fallport?" chiese Bristol.

Lilly si mise a ridere. "Beh, sì, ma non sono altrettanto buoni. Dopo, se vuoi, possiamo fermarci allo Sweet Tooth, così andiamo a trovare Finley."

"Ottima idea."

"Ah, Bristol?"

"Sì?"

"Son contenta che hai telefonato. Ero qua che mi preoccupavo, ma parlando con te mi sono *convinta* che andrà davvero tutto bene. Simon non li metterà in pericolo, comunque sanno benissimo ciò che stanno facendo. Quando erano militari, erano il meglio del meglio. Quindi un vigliacco pedofilo non sarà certo meglio di *loro*."

Quella rassicurazione fece stare Bristol molto meglio. "Hai ragione."

"Lo so."

Si misero entrambe a ridere.

"Ci vediamo domattina, alle nove ti va bene o è troppo presto?"

"No no, è perfetto."

"Bene, allora a domani.

"Ciao."

"Ciao."

Bristol cliccò sul telefono per chiudere la conversazione e lo appoggiò di nuovo sul comodino. Tornò a sdraiarsi e si girò sul fianco, affondando il naso nel cuscino. Il profumo di Rocky la inondò: le piaceva moltissimo stare in quel lettone; appallottolata al centro di quelle due piazze si sentiva piccolina, ma sapeva che Rocky era molto alto e aveva bisogno di un letto grande.

Se lo immaginò nel letto con lei, rannicchiato dietro di lei, con un braccio a peso morto intorno alla sua vita per tirarla più vicino. L'avrebbe avvolta completamente, come al solito; le bastò quel pensiero per sospirare. La sua statura ridotta le era sempre dispiaciuta, ma immaginare l'abbraccio di Rocky la faceva star bene esattamente com'era. I loro corpi combaciavano perfettamente.

Inalò di nuovo, poi chiuse gli occhi. Anche senza Rocky nel letto, si sentiva comunque avvolta da lui. Era una sensazione confortante. L'eco del desiderio la faceva ancora vibrare, ma ormai in modo lontano, pronto a essere rinvigorito dalle mani e dalle labbra di Rocky, appena fossero stati di nuovo insieme.

La vita era piena di sorprese, di sicuro. Quelle brutte erano una rottura. Tornò a pensare a quando era da sola nel bosco, spaventata a morte al pensiero di non uscirne viva, al pensiero che nessuno ritrovasse il suo corpo per mesi, per anni: rabbrividì. Però poi, all'improvviso, uno dei momenti più brutti della sua vita s'era ribaltato e l'aveva portata dov'era: felice ed entusiasta di ciò che le riservava il futuro.

Più a lungo rimaneva a Fallport e più *voleva* rimanerci. Le erano serviti trentasette anni per trovare quel paesino, per trovare Rocky; ora non avrebbe mai voluto andarsene.

La vita le aveva dimostrato che erano proprio i momenti peggiori, quelli in cui bisognava resistere di più. La fortuna gira, prima o poi il male passa, lasciando il posto al bene. Lei ne era la prova vivente.

Si addormentò con il sorriso, il profumo di Rocky nel naso e sulla pelle, appagata come non si sentiva da troppo tempo. Persino perdersi nella creazione, nell'arte, non l'aveva mai soddisfatta tanto.

CAPITOLO DODICI

Il mattino dopo, Bristol si svegliò delusa, perché Rocky non era tornato; anche se, dopo la chiacchierata con Lilly, non si aspettava davvero che tornasse. Però aveva una gran voglia di andare a colazione con la nuova amica.

Essere in quell'appartamento senza di lui era strano. Ormai non aveva più bisogno dell'aiuto di Rocky per muoversi, ma le mancava vederselo venire incontro, ogni volta che lei si faceva la doccia e poi lo raggiungeva in salotto. Rocky le metteva sempre una mano sul braccio, oppure intorno alla vita, per assicurarsi che lei stesse in equilibrio; poi l'accompagnava al tavolo, o al divano, per passarle un caffè e cominciare insieme la giornata.

Senza di lui, l'appartamento era troppo tranquillo, troppo vuoto. Era pazzesco, quanto alla svelta si era abituata alla presenza di un'altra persona, al punto che ormai le mancava. Specialmente considerando che a casa sua, a Kingsport, viveva da sola e ci stava benissimo.

Aveva appena finito di sorseggiare un secondo caffè, quando sentì il telefono vibrare, era un messaggio. Bristol abbassò lo sguardo e vide che gliel'aveva inviato Lilly, per dire che era da basso. Le chiedeva anche se avesse bisogno di aiuto per scendere le scale, ma Bristol le rispose rassicurandola che ce l'avrebbe fatta da sola. Quel giorno, avrebbe usato le stampelle, invece del deambulatore; le sarebbe servito più tempo per fare le scale, le stampelle erano un po' bizzarre da usare, ma lei era determinata a rimettersi in piedi il prima possibile.

Si avviò verso l'uscita dell'appartamento, la borsetta a tracolla ballonzolava contro di lei a ogni passo. Aveva quasi raggiunto le scale, quando la porta dell'appartamento subito a sinistra rispetto alle scale si aprì. Era lo stesso appartamento in cui aveva vissuto Ethan, che poi, dopo aver traslocato, l'aveva generosamente concesso a Elsie e a suo figlio Tony. Anche loro non c'erano rimasti tanto a lungo, ovviamente, dato che Elsie aveva sposato Zeke e i tre erano andati a vivere insieme.

Evidentemente, quell'appartamento era stato affittato di nuovo; era la prima volta che Bristol incontrava l'inquilino. Con sua grande sorpresa, scoprì che era Lance, il signore gentile che le aveva evitato una caduta in mezzo alla strada durante la festa della settimana precedente.

"Buongiorno," le disse lui con tono cordiale.

"Buondì," rispose lei, mentre cercava di aggrapparsi al corrimano delle scale e alle stampelle allo stesso tempo.

"Lascia che ti aiuti," le disse subito lui, raggiungendola.

Lance le rimase al fianco per un momento, insicuro su come aiutarla esattamente e non volendo toccarla senza chiederle prima il permesso. Un gesto che Bristol apprezzò. "Se puoi tenermi le stampelle, così uso l'altra mano per aggrapparmi al corrimano mentre scendo."

"Ma certo," le rispose Lance.

Bristol gli passò volentieri una stampella e riuscì a saltellare giù per le scale con molta più facilità di quanto si aspettasse.

"Mi fa piacere vedere un viso familiare," le disse Lance per chiacchierare un po', mentre scendevano le scale lentamente.

"Non sapevo ti fossi trasferito," gli rispose Bristol. "Io e il mio ragazzo ti avremmo aiutato come potevamo, con la roba e gli scatoloni, se l'avessimo saputo."

Lance alzò le spalle. "Nessun problema. L'appartamento era parzialmente arredato, non avevo molte cose da traslocare."

Bristol annuì, immaginando che l'amministratore del palazzo avesse lasciato i mobili e il resto delle cose che la cittadinanza aveva regalato a Elsie, quando ci si era trasferita. "Cosa combini a Fallport?" gli chiese.

"Sono qui solo per un breve periodo, per questo mi ha fatto comodo l'appartamento già ammobiliato. Sono uno scrittore e ho una scadenza da rispettare. Potevo andare in albergo o in qualche altro posto, ma non mi interessava. Ho letto di Fallport in una rivista, c'era un articolo sulle belle cittadine americane; dato che non ero molto lontano, ho deciso di provare a cambiare ambiente, per cercare di alimentare la mia musa."

"Da dove vieni?" gli chiese Bristol, mentre scendeva l'ultimo gradino per il parcheggio.

"Non so se ne hai mai sentito parlare, è un paesino in Tennessee, appena oltre il confine, si chiama Bluff City."

"So esattamente dov'è," gli rispose Bristol con un gran sorriso. "Io vengo da Kingsport. A Bluff City non c'è un parco giochi ispirato ai dinosauri?"

Lance si illuminò. "Sì, si chiama Backyard Terrors & Dinosaur Park. Vagamente posticcio, ma divertente."

"Forte. Beh, grazie per l'aiuto, la mia amica è parcheggiata qui. Buona fortuna col libro da scrivere."

"Grazie. Allora ci vediamo."

"Volentieri."

Bristol si mise le stampelle sotto le ascelle e si avviò verso l'Outback di Lilly, che intanto era uscita dalla macchina e le aveva aperto lo sportello sul lato passeggero.

"Un nuovo amico?" le chiese mentre sistemava le stampelle sul sedile posteriore.

Bristol fece spallucce. "Si chiama Lance. Ha detto di essere uno scrittore, ha preso in affitto il vecchio appartamento di Ethan, intanto che finisce il libro."

Lilly si rattristò.

"Che c'è?" le chiese Bristol, dopo che Lilly aveva fatto il giro della macchina per mettersi alla guida.

"Speravo solo che rimanesse vuoto, magari potevi prenderlo tu. Ha portato fortuna alle donne della squadra di ricerca e soccorso Eagle Point."

Bristol si mise a ridere.

"Dico sul serio!" insisté Lilly. "Cioè, io non ci ho vissuto, ma Ethan sì. Poi ovviamente c'è andata Elsie e *boom*, il rapporto con Zeke si è fatto più che serio. M'ero solo immaginata che anche tu, una volta liberata delle stampelle, avresti potuto trasferirti lì... sai... tanto per rimanere solo a tre porte di distanza da Rocky, così avreste potuto portare avanti benissimo il rapporto."

"Sto pensando... forse non dovrò traslocare per portare avanti il rapporto," disse Bristol con un certo imbarazzo.

Lilly girò la testa di scatto verso di lei. "Cosa? Oh, dai, dai, *dai*, ti prego, dimmi che tu e Rocky fate le porcherie insieme!"

Bristol scoppiò a ridere. "Beh, no... però *quasi*, se Ethan non avesse telefonato interrompendoci."

Lilly gemette. "Mannaggia!"

A Bristol piaceva molto quella conversazione; non aveva mai avuto un'amica vera, a cui raccontare tutto. "E poi..." aggiunse, lasciando il discorso in sospeso. "...non credo che un appartamento farebbe al caso mio. Credo che sarebbe meglio una casa con un piccolo capanno, tipo un fienile o una dependance da trasformare in laboratorio."

Lilly strabuzzò gli occhi. "Sul serio?" le chiese.

Bristol annuì. "Eh sì. Mi piace molto, da queste parti; ma

l'ultima cosa che voglio è far venire un colpo a Rocky dicendogli che voglio già traslocare a Fallport. Cioè, il nostro rapporto è tanto fresco che non voglio fare pressioni né a lui, né a me."

"Lo sai che Ethan e Rocky sono gemelli, vero?" le chiese Lilly mentre accostava nel parcheggio dietro gli edifici della piazza.

"Sì, sono gemelli, ma non identici."

"Esatto. Però sono anche più simili di quanto pensino in tanti. A giudicare da come si è mosso rapidamente il rapporto tra me e Ethan, immagino che anche Rocky non avrà *alcun* problema, se gli dici che vuoi trasferirti a Fallport. Anzi, ne sarà entusiasta, anche un po' sollevato."

"Sarebbe troppo strano, se gli chiedessi di trasferirsi *da me?*" le chiese Bristol.

Lilly spense il motore e si girò sul sedile, poi scosse la testa. "No."

"Mi sembri tanto sicura," commentò Bristol arricciando un poco il naso.

"Senti, i fratelli Watson sanno quello che vogliono e non si fanno problemi per ottenerlo. Rocky odia quell'appartamento, anche se è comodo. Se gli offri l'opportunità di uscire, la coglierà al volo. Non perché sia il tipo che si approfitta, a mo' di sanguisuga, ma perché sarà contento di non farti più vivere in una topaia."

"Il suo appartamento non è una topaia," ribatté Bristol, difendendo l'abitazione di Rocky.

Lilly si limitò a inarcare un sopracciglio.

"Va beh, non è una reggia, ma non è una topaia. Il boiler dell'acqua calda è fantastico."

Lilly si mise a ridere.

"È solo che non voglio fargli pesare i miei soldi, non voglio che ci stia male."

"Allora trova una casa che abbia bisogno di essere sistemata," le disse Lilly facendo spallucce. "Così lui potrà contribuire. Sistemando casa, sentirà di aver fatto qualcosa che tanti altri non avrebbero potuto fare, peraltro è molto bravo nel suo lavoro. Ma senti, la vita non è fatta per i soldi."

Era davvero una bella idea: Bristol aveva sempre trovato nelle case più vecchie un fascino più intrigante, rispetto alle case più recenti e all'avanguardia. Sorrise ampiamente all'amica.

"Ecco. Allora, prima colazione, poi un saluto a Finley... dopo ti va di fare un giro per scoprire cosa offre Fallport in termini di case e di potenziali laboratori per le vetrate istoriate originali di Bristol Wingham?" le chiese Lilly.

Bristol non poteva non sorridere. "Sì!"

"Forte."

Era *davvero* forte.

———

Più tardi, quella sera, il buon umore del mattino se n'era andato. Bristol si era entusiasmata parecchio alla prospettiva di trasferirsi a Fallport, e il supporto di Lilly era stato elettrizzante. Infatti Lilly aveva insistito perché telefonassero a Elsie e le aveva detto tutto sull'intenzione di Bristol di trasferire la propria residenza nella stessa cittadina. Bristol aveva sentito dal telefono le grida di gioia di Elsie.

Insieme a Lilly, si era divertita un mondo andando in giro per guardare delle case e prendendo appunti su cosa fosse più importante per la casa ideale, quella che lei avrebbe voluto comprare. Si erano fermate all'On the Rocks per un pranzo nel primo pomeriggio, Elsie si era seduta con loro, aggiungendo il proprio incoraggiamento per il futuro trasloco di Bristol.

La sera, però, Bristol era rientrata nell'appartamento di Rocky, che non era ancora tornato e non le aveva nemmeno fatto sapere nulla. La preoccupazione che Bristol era riuscita a mettere in secondo piano per quasi tutto il giorno le era tornata più forte di prima. Ormai Rocky era fuori da quasi ventiquattr'ore e lei temeva che non fosse nemmeno riuscito a mangiare in modo decente, o a dormire. Oltre all'ovvia preoccupazione a causa di quel losco figuro che Rocky e gli altri dovevano rintracciare.

L'istinto sarebbe stato quello di mettersi a camminare avanti e indietro, ma con le stampelle le riusciva impossibile. Eliminata quell'opzione, l'alternativa sarebbe stata perdersi nella creazione di vetri istoriati, ma nemmeno quello era fattibile. Cercare di lavorare con le perline per gioielli non le era servito per abbattere l'ansia, quindi non le era rimasto che sedersi sul divano e rimanere agitata.

Proprio quando stava per perdere la pazienza, sentì il telefono vibrare. Lo prese e rimase senza fiato, vedendo sullo schermo che le era arrivato un messaggio da Rocky.

Rocky: Il segnale qui fa schifo, spero che ti arrivi questo messaggio. La ricerca si è conclusa. Dovrei tornare tra un'oretta. Tutto bene?

Bristol sapeva di avere in viso un sorriso da ebete stralunata, ma non le importava. Era tanto sollevata di aver ricevuto notizie da Rocky che le tremavano le mani. Fece un respiro profondo per cercare di calmarsi, poi gli rispose.

Bristol: Tutto perfetto, ora che so che stai bene. Stai bene, vero? Hai fame? Posso preparare qualcosa per cena.
Rocky: Sto bene, mangio volentieri, ma non strafare. A questo punto mi va bene tutto.

Quel messaggio le fece venire ancor più voglia di preparargli qualcosa di sano e nutriente.

Bristol: Ho voglia di vederti. Guida piano. Ci vediamo a casa.

Rocky: Casa. Pensa, prima che arrivassi tu non ho mai chiamato casa quell'appartamento. A presto.

Bristol fissò quelle parole per un lungo momento e si sentì sempre più felice. Poi si sforzò di rimettersi in piedi: se voleva fargli trovare la cena pronta, doveva darsi una mossa.

———

Rocky accostò la sua Tahoe nel parcheggio del palazzo e si passò una mano sulla faccia. Era sfinito, più del solito, dopo una ricerca. Lui e gli altri erano stati all'erta per tutto il tempo. Non avevano idea di dove potesse essere il ricercato, o di cosa fosse disposto a fare per non farsi catturare. La tensione era salita alle stelle, avevano dovuto costantemente guardarsi alle spalle mentre camminavano nel fitto sottobosco della montagna.

Era ancora estate, di giorno c'era caldo e umido. La vegetazione era fitta, in quel periodo dell'anno, tanto che in alcuni punti era quasi impossibile vedere a oltre un metro davanti a sé. Il tipo che cercavano avrebbe potuto nascondersi nella vegetazione bassa, oppure in alto, su un albero. Ad aggiungere altra ansia, nessuno sapeva se fosse o meno armato.

Quindi erano state ventiquattr'ore interminabili.

Alla fine, avevano avuto un colpo di fortuna. Il ricercato era andato nel panico quando gli si erano avvicinati troppo, e aveva cercato di scappare. Un'impresa tutt'altro che semplice, in mezzo al bosco. Se fosse rimasto immobile, avrebbe avuto una chance (per quanto esile, dato che c'era anche Duke), una speranza di non essere trovato.

Mentre lo immobilizzavano, quel tipo era uscito completamente fuori di testa. S'era messo a urlare volgarità e minacce. Aveva affermato di avere amici altolocati molto potenti e temibili, dicendo che li avrebbe spediti "in questo paesino disperso per eliminare ognuno di voi e tutti quelli che conoscete.”

Rocky non si era preoccupato più di tanto per quelle minacce: ne aveva sentite di peggiori dai terroristi che aveva catturato. Le parole disperate di un pedofilo non erano nulla al confronto.

Era stato troppo impegnato per pensare sempre a Bristol, o per mangiare più delle barrette proteiche che aveva trangugiato durante la ricerca. Appena la squadra era tornata all’imbocco del sentiero, però, lui, Ethan e Zeke si erano attaccati al telefono per mandare un messaggio alle relative compagne.

Rocky si era chiesto come se la fosse cavata Bristol senza di lui, se le facesse male la gamba, cos’avesse fatto per passare il tempo, se le fosse mancato.

Quell’ultimo pensiero gli fece venire una risata un po’ imbarazzata. La verità era che, appena finalmente aveva avuto un secondo per pensare a qualcos’altro, invece che a preoccuparsi di non subire un’imboscata in montagna, era ansioso di vedere Bristol, di sentirsi raccontare tutto ciò che aveva fatto nell’ultima giornata.

A lui, lei era mancata di certo. Se non gli fosse bastato quello, per dimostrare quanto era diversa da qualunque altra donna lui avesse frequentato, si chiese che altro gli sarebbe servito.

Dopo un respiro profondo, Rocky uscì dalla macchina. Afferrò lo zaino dal sedile posteriore e chiuse la portiera, poi percorse le scale due gradini alla volta fino al secondo piano. Un attimo prima, si sentiva esausto, ma il pensiero di rivedere Bristol l’aveva di nuovo entusiasmato.

L’attimo stesso in cui aprì la porta, il profumo dell’aglio lo accolse e il suo stomaco brontolò impaziente. Rocky sorrise, chiuse la porta a chiave, posò lo zaino per terra (pensò che l’avrebbe sistemato il mattino dopo) e si diresse verso il salotto, verso la cucina.

Bristol non l’aveva sentito arrivare, il che era un po’ preoccupante, dato che l'appartamento non era affatto grande, ma lui non poteva certo prendersela, soprattutto quando la vide in cucina che ancheggiava e si scuoteva: stava ascoltando della musica dal telefonino; il volume non era eccessivo, ma abbastanza da non farle sentire il suo arrivo.

Bristol era in piedi davanti al piano di lavoro, stava tagliando delle verdure, probabilmente da aggiungere all'insalatona nella zuppiera che aveva vicino. Ballava senza muovere i piedi, scuoteva la testa, ondeggiava coi fianchi invitanti, era chiaramente persa nella musica.

Non volendo spaventarla, col rischio che si tagliasse un dito invece del peperone che aveva sottomano, Rocky si schiarì la gola.

Lei alzò subito lo sguardo. Nell'attimo stesso in cui lo vide, un enorme sorriso le si aprì in viso e posò il coltello. "Rocky! Sei tornato!"

"Sono tornato," confermò lui, ricambiando d'istinto lo stesso sorriso. Le andò incontro, mentre lei si appoggiava al mobile per saltellare verso di lui. Lui pensò di doverla portare per una visita dal dottor Snow: gli sembrava che Bristol stesse guarendo molto rapidamente e che fosse pronta per una nuova fase della convalescenza; la prese tra le braccia appena lei fu vicina.

Bristol non disse nulla della sporcizia e del cattivo odore di Rocky: si aggrappò a lui come se non lo vedesse da settimane, non da un giorno solo.

Rimasero in piedi per vari momenti senza dirsi nulla, solo per godersi la gioia di essere tornati insieme. Alla fine, Rocky si staccò da lei un minimo per poterla squadrare da capo a piedi. Voleva assicurarsi che stesse davvero bene.

Lei ricambiò lo stesso sguardo attento, mentre gli passava le mani sui bicipiti muovendole su e giù. Alla fine, i loro sguardi si incontrarono e il sorriso raggiante di Bristol si incupì appena. "Sembri sfinito," gli disse di getto.

Rocky non trattenne una risata. "Perché sono sfinito."

"Sei riuscito almeno a dormire un poco?" gli chiese.

Lui continuò a sorriderle. "Non potevo certo chiedere un time-out per un sonnellino, Punky," le disse con una certa ironia.

Lei arricciò il naso. "È vero. Va bene, fatti una doccia. Quando avrai finito, la cena sarà pronta, così puoi mangiare e poi andare a letto."

Rocky non era certo il tipo di uomo che avesse bisogno di coccole: quando era nei SEAL, era stato in missioni molto spesso peggiori di quella; però non poteva certo negare che i pensieri e le attenzioni di Bristol gli facessero piacere... molto piacere.

"Com'è stata la tua giornata?" le chiese.

"No," gli rispose lei scuotendo la testa con tono secco.

"No?" le chiese lui confuso.

"Non parliamo di me se prima non ti fai la doccia e non metti qualcosa nello stomaco."

Rocky fece una risata. "Non sapevo che fossi così autoritaria."

"Di solito non sono così, ma ero preoccupata per te. Sono ancora preoccupata, veramente. Farti una doccia, darti da mangiare e farti dormire è più importante di qualunque altra cosa, al momento."

Rocky si prese un attimo prima di risponderle, perché sentì un groppo improvviso alla gola per l'emozione.

Bristol sembrò accorgersi di quell'emozione, perché abbassò la testa e gli appoggiò la guancia sul petto, lasciandogli un momento di pace perché riprendesse il controllo delle proprie emozioni.

"Grazie, tesoro, per tutte queste attenzioni."

Lei rialzò la testa e annuì. "Ci tengo," gli rispose in tono serio, "moltissimo. Adesso... baciami, poi vai a darti una bella rinfrescata così potrai baciarmi *per davvero*. Poi mangi, infine dormi."

Al che, lui fece un gran sorriso, mentre lei alzò una mano per accarezzargli la barba. "Puzzo un *pochino*."

Lei sorrise. "Sì, ma per una buona causa. L'avete preso?"

"L'abbiamo preso," confermò lui.

"Bene."

Rocky decise che si era trattenuto fin troppo dal baciarla, come se la sua vita dipendesse da quel bacio, anche in base a ciò che lei gli aveva chiesto di fare un attimo prima; così abbassò la testa. L'ultima cosa che vide, prima di chiudere gli occhi, fu lo sguardo soddisfatto e sollevato di Bristol.

La baciò dolcemente; il desiderio di approfondire il bacio era più forte di qualunque brama avesse mai provato in vita sua. Però lei aveva ragione: doveva darsi una sistemata. Sentiva persino lui il proprio cattivo odore. Non voleva certo disgustare la donna che teneva tra le braccia; anche se, dal modo in cui Bristol si stringeva a lui, gli sembrava che a lei non importasse *affatto* dell'aspetto esteriore o dell'odore, al rientro da una ricerca. Bristol l'avrebbe sempre accolto a braccia aperte.

Quando lui si staccò da lei, sentì un gridolino di protesta che lo fece sorridere. "Mi hai detto di farmi la doccia," le ricordò.

"Lo so," gli rispose lei fingendosi imbronciata, "ma mi sei mancato."

"Anche tu mi sei mancata," le disse lui con tono serio. "Più di quanto immagini."

Si fissarono negli occhi per un lungo momento, tra loro c'era un'intesa frizzante; poi lei lo spinse via intimandogli: "Vai!"

Rocky annuì, controllò che lei fosse in equilibrio e avesse una mano appoggiata sul mobile, poi si allontanò di un passo.

"Le linguine con asparagi, pollo, aglio e basilico saranno pronte per quando avrai finito," gli disse.

Rocky scosse la testa sorpreso: "Sul serio?"

"Sì. A meno che tu non ti faccia la doccia e non ti vesta in meno di tre minuti, nel qual caso mi servirà ancora un pochino di tempo per il tocco finale."

Rocky non voleva certo ribattere che il suo stupore era rivolto alla cenetta deliziosa che gli aveva preparato: annuì e si allontanò. Non le tolse gli occhi di dosso se non dopo aver imboccato il corridoio. Poi si girò e si avviò a grandi falcate verso la camera da letto per prendere i vestiti di ricambio.

Dopo circa un quarto d'ora (la doccia era stata particolarmente lunga perché si sentiva molto lercio, e anche per lasciarle il tempo di terminare la preparazione della cena), Rocky rientrò nel salotto dell'appartamento. Il profumo, se possibile, era ancor più delizioso di quando era arrivato a casa. Si chiese come avesse fatto Bristol a portare due piatti pieni di cibo fumante sul tavolo, con una bottiglia di birra pronta dove si sedeva sempre lui; Bristol stava attendendo pazientemente che anche lui si accomodasse.

Prima di andare alla propria sedia, Rocky si abbassò su di lei per baciarla di nuovo. Approfondì il bacio per assaporarla: voleva assorbirne l'essenza dalle labbra, dalla pelle.

Quando finalmente Rocky si sforzò di staccarsi da lei, Bristol aveva il viso paonazzo.

"A cosa devo questo bacio?" gli chiese ansimando, mentre lui si sedeva.

"Al fatto che sei fantastica, e meravigliosa, e che profumi, e che ho una fame che sbranerei la mia stessa mano e tu mi hai preparato questa cenetta deliziosa; perché la tua presenza qui mi rende felice."

"Oh," commentò lei arrossendo in modo adorabile.

Rocky le sorrise, poi prese la forchetta. "Adesso posso chiederti com'è andata la tua giornata?" le domandò arrotolando alcune linguine intorno alla forchetta.

Bristol annuì. "Basta che mangi mentre ti parlo," gli rispose quasi rimproverandolo.

Rocky obbedì: si mise in bocca un bel boccone di pasta e gemette, sentendo esplodere sulla lingua l'aroma delle spezie. Masticò, inghiottì, poi le disse: "Santo cielo, amica mia, ma cosa sei, uno chef in incognito?"

Bristol alzò gli occhi al cielo, poi si mise in bocca una forchettata di pollo. "Nemmeno lontanamente, però ho immaginato che ti avrebbe fatto piacere un pasto succulento che ti scaldasse dentro, e una bel sugo caldo fa sempre quell'effetto. Con l'aglio, poi, tutti i sapori si arricchiscono. Son contenta di vedere che la pensi allo stesso modo."

"Assolutamente," ribatté lui, tagliandosi con entusiasmo un pezzo di pollo tenero. "Le barrette proteiche non sono nulla, rispetto a questo. Adesso... la tua giornata?" le chiese.

Gli piacque molto ascoltare con estrema naturalezza Bristol che gli parlava dell'uscita con Lilly e di tutto ciò che aveva fatto mentre lui era via. Rocky fu contento di scoprire che Bristol se l'era cavata a uscire da sola e pensò di ringraziare Lilly, che ne aveva intuito il nervosismo, dato che era la prima volta che la squadra usciva per una ricerca, da quando Bristol viveva con lui.

"Ah... immagino che dovrei dirtelo, dato che a Fallport probabilmente i segreti non durano a lungo: oggi Lilly mi ha portata in giro per farmi vedere meglio com'è da queste parti... anche per scoprire se ci sono case in vendita."

Rocky si fermò con la forchetta a mezza altezza, fissando Bristol. "Cosa? Perché?"

Bristol fece spallucce e arrossì. "Mi piace Fallport, moltissimo, sono tutti molto gentili e accoglienti. Lo so che non sarà sempre così, che prima o poi le persone si rivelano per come sono veramente, ma il tempo passato alla festa, insieme a Lilly e a Elsie, aver conosciuto Finley, Khloe, Sandra... insomma, tutti... mi piace qui. Anche se non ci sono arrivata da molto tempo, mi sento già più a casa di quanto non mi sentissi a Kingsport."

Rocky sentì il cuore battergli a mille nel petto. "Vuoi trasferirti qui?" le chiese, per verificare di aver sentito bene.

"Beh... sì, se non ti dispiace?" gli rispose, un po' titubante.

Per fortuna Rocky aveva quasi finito di mangiare, prima che Bristol gli rivelasse quell'informazione succulenta: spinse indietro la sedia, si alzò e fece un passo per porsi al suo fianco.

"Rocky?" lo chiamò Bristol... poi lui si abbassò e la prese in braccio.

A lei scappò un gridolino, ma gli gettò un braccio sulla spalla e si lasciò portare sul divano senza protestare. Rocky si mise seduto tenendola sulle ginocchia, mentre le appoggiava il naso nell'incavo tra il collo e la spalla.

Gli servì un momento, prima di ricomporsi: inalò il profumo di Bristol, voleva imprimerselo nella mente, poi rialzò la testa per guardarla negli occhi.

"Se non mi dispiace?" le chiese. "Bristol, non c'è *nulla* che mi farebbe più piacere di un tuo trasferimento a Fallport. Non ne avevo ancora parlato perché non volevo crearti inquietudine. Volevo lasciarti del tempo, aspettare che cominciassi a parlare del rientro a Kingsport, pensavo di farti notare che potresti creare la tua arte anche qui, allo stesso modo che in Tennessee. Se poi non fossi riuscito a convincerti, pensavo di coinvolgere Lilly e gli altri per aiutarmi."

Lei gli sorrise timidamente. "E io non creo inquietudine *a te?*" gli chiese.

"Nemmeno lontanamente, Punky," le rispose con decisione. "Tra noi è sorto qualcosa di speciale; non riesco a capacitarmi di come sia successo, tanto alla svelta, ma non mi dispiace affatto."

"Nemmeno a me," gli rispose lei.

"Hai trovato qualcosa?" le chiese Rocky.

"Non ancora, ma immagino che dovrei rivolgermi a un'agenzia immobiliare, ci saranno altre case che noi non abbiamo scoperto, andando in giro in macchina."

"Infatti. Poi ti servirà un bel laboratorio spazioso, tipo un granaio o qualcosa del genere. Troppo terreno non andrebbe bene, perché poi dovresti occuparti della manutenzione, ma un po' di giardino sarebbe bello. Poi ti serve un garage annesso, sarebbe più sicuro, specialmente se hai del terreno," aggiunse Rocky, la cui mente turbinava di idee.

Bristol posò una mano su quella che lui le teneva sulla coscia. "Respira, Rocky! Non devo comprare immediatamente... a meno che tu non abbia fretta di farmi andar via."

"Ma no!" sbottò lui. "Ci mancherebbe!"

"Cioè, potrei anche capirti, so di averti occupato casa più di quanto ti aspettassi, quando ti sei offerto di ospitarmi."

"Adoro averti qui con me, è bellissimo tornare a casa da te, invece che trovare un appartamento vuoto."

Si sorrisero a vicenda per un attimo.

"Davvero ti trasferisci a Fallport?" le chiese sottovoce.

Bristol annuì. "Non so ancora quando, perché non voglio mettermi fretta, voglio trovare il posto perfetto. Però sì... penso proprio di sì."

"Il miglior rientro a casa *di sempre*," sospirò Rocky, "ti dirò la verità: ieri sera, stanotte, la giornata, è stato tutto uno *schifo*. Era passato del tempo, dall'ultima ricerca simile a questa. Il tipo che stavamo cercando era un pezzo di merda, ma non era certo un pivellino, sapeva come nascondersi e cavarsela nel bosco."

"Però l'avete beccato."

"È vero, il che non gli ha fatto certo piacere," proseguì Rocky. "Ha persino cercato di spaventarci con minacce di ogni tipo."

Bristol si accigliò. "Minacce?"

Lui annuì. "Però le stava solo sparando grosse, era chiaro; adesso lo stanno portando a Roanoke, là c'è una cella più sicura di quella di Fallport. Dopo quel che ha fatto alla figliastra, gli contesteranno una sfilza di reati, senza considerare che ha cercato di sfuggire all'arresto."

"Bene."

"Sì, infatti." Rocky fu sorpreso da uno sbadiglio prima che potesse bloccarlo.

Bristol gli mise una mano sulla guancia. "Dovresti andare a dormire," gli disse.

"Hai dormito nel mio letto, stanotte?" le chiese, incapace di contenere la curiosità.

Le guance di Bristol tornarono paonazze. "Sì."

"Non vedo l'ora di sentire il tuo profumo al limone sulle mie lenzuola," le disse.

Lei sorrise e si leccò le labbra. "Devo ammettere che, ieri sera, sentirmi circondata dal *tuo* profumo è stato rilassante, ma anche *no*, allo stesso tempo."

Lui fece una risata. "Ah già. Stanotte non è il caso... ma voglio finire ciò che avevamo cominciato ieri sera, prima che venissimo interrotti."

"Anch'io," concordò lei senza esitare.

Rocky desiderava disperatamente fare l'amore con Bristol, ma era contento anche di aspettare. "Probabilmente sarà un po' una pretesa, la mia, ma... c'è modo di convincerti di dormire con me, stanotte?" le chiese. "Solo dormire," aggiunse subito.

Bristol lo fissò a lungo, quasi facendogli mancare il fiato, poi annuì.

"Io crollerò subito, ma per te probabilmente è troppo presto. Arriva quando sei pronta," le disse.

"Va bene."

"In questo momento non sto nella pelle, Punky. Abbiamo preso quel mascalzone, sono tornato a casa e ho trovato una cenetta deliziosa, ho scoperto che vuoi trasferirti qui a Fallport e potrò abbracciarti tutta la notte. Questa giornata è terminata molto meglio di com'era cominciata, poco ma sicuro."

Lei gli sorrise.

Rocky abbassò la testa e la baciò con grande trasporto.

Voleva essere un bacio breve, un modo per condividere le proprie emozioni con tutto il cuore, ma diventò subito ben altro. Lei gli passò la mano sotto la maglia, mentre lui non riuscì a trattenersi e le scoprì un seno; poi le mise una mano sul sedere, mentre lei gli rimaneva seduta sulle ginocchia. A Rocky era venuto già duro, anche se lui sperava che non le desse fastidio. L'impressione non era quella, a giudicare dal modo in cui Bristol si agitava su di lui.

Per quanto a Rocky piacesse ciò che stavano facendo, si sentiva ormai spossato, tanto che nemmeno il desiderio che lo attirava a Bristol poteva ormai tenerlo sveglio a lungo. Il calo di adrenalina, la doccia bollente, la pancia piena, l'animo appagato... una ricetta per crollare, anche alla svelta.

Fu Bristol a staccarsi per prima. "Devi andare a dormire."

Lui annuì d'accordo. Le tolse le mani dal territorio più pericoloso, proprio mentre lei faceva lo stesso, poi le baciò la fronte dolcemente.

"Prima di andare a dormire, risciacquo i piatti," le disse.

Bristol scosse la testa. "No, lascia stare, ci penso io."

"Ma, la tua gamba..." cominciò a dire Rocky, ma lei lo interruppe.

"La mia gamba sta bene. Anzi, sta molto bene. Ci ho anche appoggiato un po' di peso... non molto, quindi non preoccuparti... e non mi fa male. È fantastico riuscire a muoversi e dare una mano in casa."

"Va bene, però non esagerare."

"Promesso. Rocky?"

"Sì?"

"Sei sicuro che non ti dispiaccia, se mi trasferisco qui a Fallport? Cioè, il nostro rapporto potrebbe anche non funzionare e non voglio che si creino imbarazzi, se non va."

"Vorrei tanto poter dire per certo che il nostro rapporto durerà assolutamente, che staremo sempre insieme anche a ottant'anni, quando prenderemo il posto di Silas, Otto e Art, davanti all'ufficio postale. Però non posso. Quel che *posso* prometterti, però, è che, a prescindere da come andrà il nostro rapporto, non ti pianterò mai il muso per esserti trasferita a Fallport. Non ti ci vedo, a trasformarti in una stronza rabbiosa che mi faccia odiare la sua presenza. Proprio come io non mi trasformerò all'improvviso in uno stronzo manesco, facendoti pentire di aver sradicato la tua intera esistenza per trasferirti a Fallport."

"Da come mi sento adesso, non riesco nemmeno a immaginare di *non* averti nella mia vita, però prendiamo un giorno alla volta. Ti giuro che, qualunque sorpresa ci riservi il futuro, rispetterò sempre il tuo diritto di abitare qui come chiunque altro."

Bristol sospirò e annuì. "Grazie. Comunque non mi trasformerò in una stronza rabbiosa, te lo prometto."

Rocky non ce la fece a non baciarla ancora, ma si sforzò di tenere il bacio leggero, semplice. Poi si alzò tenendola in braccio, ignorando le proteste di Bristol, che voleva camminare, per portarla in cucina. Fu più difficile del previsto, lasciarla là da sola, vicino al mobile, con le stampelle. Però Rocky sapeva che lei l'avrebbe raggiunto presto per dormire insieme.

Quattro ore dopo, la sentì entrare in camera da letto. Per quanto fosse stata silenziosa, lui era stato addestrato nei SEAL e riusciva a dormire non troppo profondamente, quindi sentiva sempre se qualcuno si avvicinava.

Lei scostò con cautela il lenzuolo e la coperta, per scivolarci sotto. Rocky se la tirò subito tra le braccia. Lei sospirò e gli si accoccolò contro. Lui aveva tenuto addosso la maglia e un paio di boxer, lei indossava la maglia che lui le aveva regalato, quella che le piaceva tanto.

Bristol gli appoggiò una mano sul petto, la testa sulla spalla. Di nuovo, Rocky si meravigliò per il modo in cui i loro corpi combaciavano comodamente.

"Tutto bene?" le chiese sottovoce.

"Tutto perfetto," gli rispose sussurrando. "Non volevo svegliarti."

Rocky non le rispose a parole, ma la baciò sulla testa.

Lei sospirò di nuovo e lui ne sentì il fiato caldo attraverso la maglia. Avrebbe preferito un contatto di pelle, ma sarebbe arrivato anche quello. Per il momento, si sarebbe crogiolato nella sensazione di sentirla tra le braccia.

Rocky chiuse gli occhi e si lasciò andare di nuovo.

CAPITOLO TREDICI

Dopo una settimana, Bristol ormai ci rideva sopra: ogni singola persona che incontrava, mentre si aggirava per Fallport, le dava consigli sulla casa da comprare. La voce del suo trasferimento si era sparsa rapidamente, ormai sembravano tutti diventati esperti immobiliari.

Era difficile prendersela con qualcuno, quando lei si sentiva tanto felice. Non aveva ancora fatto l'amore con Rocky, ma aveva dormito tra le sue braccia ogni notte, da quando lui era tornato da quell'ultima ricerca. Ogni notte, si erano spinti sempre un po' oltre, esplorandosi l'un l'altra fisicamente.

La notte prima, Bristol aveva dormito indossando solo le mutandine, dopo che Rocky le aveva tolto la maglia e l'aveva fatta venire con le dita e con la bocca. Il sesso non le era mai piaciuto tanto, ormai era più che pronta per andare fino in fondo.

Tutto sarebbe avvenuto quella sera, a prescindere dai freni che Rocky avrebbe cercato di anteporre. Bristol sapeva che lui rallentava perché voleva che lei fosse sicura del rapporto, di lui. Lei era sicura; accidenti, aveva deciso di trasferirsi a Fallport, più sicura di così...

Era giunto il momento. Era giunto *da un pezzo* e Bristol non vedeva l'ora.

Quel giorno, Rocky stava lavorando col fratello in una casa in cui c'era una perdita; la muffa aveva riempito completamente una parete. Per eliminare la muffa, bisognava rimuovere completamente la parete lasciando solo la struttura portante, per poi ricostruire. Quando Rocky aveva abbattuto quella parete, aveva scoperto che il costruttore, anni prima, aveva ignorato moltissimi accorgimenti di sicurezza nel completare gli impianti elettrici, tanto che l'edificio doveva aver superato i controlli per miracolo. Quindi Ethan l'aveva raggiunto per ristrutturare anche l'impianto elettrico, mentre Rocky ricostruiva la parete e intonacava.

Qualche giorno prima, il dottor Snow aveva visitato Bristol; i raggi alla gamba avevano mostrato che la frattura non era ancora completamente saldata, le servivano altre settimane col gesso; almeno il medico era stato così gentile da toglierle il gesso vecchio per metterne uno nuovissimo, di un bel rosa vivace, da indossare per il resto della convalescenza. Non solo: il dottore le aveva comunicato che non c'era più bisogno del deambulatore e delle stampelle a ogni spostamento, perché poteva appoggiare un certo peso sul piede, sempre che Bristol non esagerasse.

Così, nonostante il dispiacere di dover indossare ancora il gesso (che creava qualche impaccio, a letto con Rocky), Bristol era contenta dei progressi fatti e di non dover più saltellare con le stampelle.

Quel giorno, doveva andare in giro per faccende varie; doveva ritirare un pacco all'ufficio postale, erano altri materiali per creare gioielli, oltre ad alcuni vetri colorati che aveva trovato online, a cui non aveva saputo resistere. Lo stimolo a creare arte con vetri istoriati si stava facendo più forte e Bristol non vedeva l'ora di poter tornare in un laboratorio.

Rocky aveva chiesto a Drew di andarla a prendere e di accompagnarla dove aveva bisogno di andare. Lei era contenta del passaggio, ma presto avrebbe organizzato il trasporto del proprio veicolo a Fallport: al momento era nel garage, a Kingsport. Finalmente lei poteva camminare e non voleva essere di peso a nessuno, per farsi scarrozzare a destra e a manca.

Sentì bussare alla porta, era arrivato Drew. Camminò cautamente fino alla porta e l'aprì. "Ciao! Sono quasi pronta," disse all'amico di Rocky. Non aveva frequentato molto l'ex poliziotto e le faceva piacere conoscerlo meglio.

Tornò dentro per prendere la borsetta e per controllare di aver spento tutte le luci nell'appartamento; quando si girò verso la porta, notò che Drew era ancora in piedi sull'uscio.

"Come mai non sei entrato?" gli chiese uscendo, mentre lui si spostava per lasciarle lo spazio di chiudere la porta.

"Non mi hai invitato a entrare," le disse semplicemente.

Bristol lo guardò seria e gli rispose confusa: "Sì che ti ho invitato."

"Aprire la porta e dire 'ciao' non significa invitare in casa," le spiegò con calma, senza alcuna traccia di irritazione nel tono.

"Beh, era scontato," insisté lei.

Drew alzò le spalle. "Io non do mai nulla per scontato."

Al che, a Bristol vennero in mente un milione di domande: non che non apprezzasse quella forma di rispetto, solo si chiedeva cosa l'avesse reso tanto... circospetto.

Drew le aprì la portiera sul lato passeggero della sua Jeep Wrangler nera e l'aiutò a sistemarsi, poi fece il giro verso il lato di guida.

Dopo essersi seduto, si voltò verso di lei e accennò un sorriso. "Pensi di scoppiare, o di chiedermi le mille cose che ti passano per la testa?" le domandò.

"Chissà," ammise Bristol con un sorriso, "ma voglio farti una buona impressione, non voglio fare l'impicciona ficcanaso."

Drew fece una risata. "Penso proprio che Art e i suoi

compari abbiano il monopolio in materia. Altrimenti, direi che al secondo posto ci sono Dorothea e le sue comari. Quindi dai, chiedi pure."

"Sei diverso dai tuoi amici."

Lui inclinò la testa. "In che senso?"

Prima di proseguire, Bristol pensò per un momento a cosa voleva dirgli. "Sei più guardingo, più attento a ciò che dici agli altri, più attento ai giudizi... ma la mia non intende essere una critica."

"So cosa intendi e hai ragione. Ho lavorato in polizia e ho capito che in tanti sono disposti a manipolare qualunque cosa, cogliendo l'opportunità di rinfacciartelo, se gli fa comodo."

"Dev'essere spossante," gli disse Bristol.

"È così."

"Per quel che vale... grazie per il tuo servizio."

Drew annuì.

"Inoltre, sempre per la cronaca, sei sempre il benvenuto e puoi entrare nell'appartamento, quando arrivi. Anche se non è casa mia, penso di poterti concedere libero accesso lo stesso. Se poi, quando sarà, troverò una casa che mi piace, sarai sempre il benvenuto anche là. Con te mi sento al sicuro e ormai mi piacerebbe poterti considerare un amico, quasi quanto sei amico di Rocky."

"Grazie," le rispose Drew sottovoce. "Il fatto è che... ci sono in giro anche dei poliziotti messi male, dei bigotti esauriti, assetati di potere, che rendono il doppio più difficile il lavoro di chi cerca di fare del bene."

"È per questo che hai smesso?" gli chiese Bristol superando il nervosismo.

"In parte sì. Però mi sento molto in colpa. La polizia ha bisogno di tutte le risorse possibili; ma ci sono degli stronzi che ti vogliono mandar via, poi c'è la stizza della gente, siamo sempre sotto esame... io penso che il monitoraggio sia utile, ma ci sono livelli esagerati."

Bristol allungò un braccio e posò la mano sul braccio di Drew, stringendolo per un attimo.

"Avevi ragione, sono un tipo guardingo. Anche Rocky e gli altri sono sempre sul chi va là, ma in modo diverso. Io non mi aspetto delle bombe sul ciglio della strada, o qualcuno che sbuca da una finestra con un AK-47."

Drew non proseguì, ma Bristol era troppo curiosa e gli chiese: "Allora *che cosa* ti aspetti?"

"Non lo so."

Lei si fece confusa.

"Sono solo guardingo. Una macchina che vedo oggi potrebbe diventare l'indizio mancante per risolvere un caso, magari domani c'è una rapina e Simon mi chiama. Quel che sento dire, magari, potrebbe non essere interessante oggi, ma un domani potrebbe avere una certa utilità."

"Anche *questo* mi sembra spossante," sbottò Bristol.

Drew fece una smorfia: "Sono fatto così."

"Beh, spero che non ti metta in imbarazzo se te lo dico... ma Rocky e gli altri sono davvero fortunati ad averti come amico," gli disse Bristol.

Lui la guardò perplesso.

"Tu vedi il mondo in modo diverso, il che è un bene. Tu pensi a cosa *significa* ciò che ti dice la gente, piuttosto che limitarti ad ascoltare le parole che usano. Pensi al bene degli amici in un modo che a molti sfugge. Penso che sia fantastico."

Drew non disse nulla per un lungo momento; poi, quando parlò, fu solo per dire: "Grazie."

Bristol capì che quella conversazione non lo metteva esattamente a suo agio, così cambiò argomento. "Allora... adesso fai il commercialista."

Lui accennò un sorriso. "Sì. Noioso, vero?"

"Non se ti piacciono i numeri, come immagino ti piacciano, dato che ti occupi delle dichiarazioni dei redditi e cose del genere."

"Infatti."

"Hai spazio per nuovi clienti?"

Lui la squadrò e lei gli spiegò subito: "Se mi trasferisco a Fallport, avrò bisogno di un esperto del fisco della Virginia. In Tennessee non ci sono addizionali e non voglio certo commettere leggerezze che mi facciano arrivare a casa delle cartelle esattoriali."

"Tu non sai se sono un esperto," le disse.

Bristol scoppiò a ridere. Quando finalmente riprese il controllo, gli disse semplicemente: "Tu sei un esperto."

Drew scosse la testa esasperato.

"Drew, tu prepari le dichiarazioni per *tutti*. Sandra, Whitney, Elsie (e guarda che lo so che a Elsie fai pagare la metà degli altri, davvero molto sensibile). Poi so che prepari le dichiarazioni di Rocky e degli altri della squadra gratis."

"Ti sei informata su di me," affermò lui.

Bristol non sentì alcuna irritazione in quel commento, ma non le sarebbe importato comunque. "Certo che mi sono informata. Senti, io guadagno molto con la mia arte. *Molto*," ripeté con enfasi. "Sarei una stupida a non chiedere delle referenze, prima di assumere un nuovo commercialista. Se Rocky si fida di te, come so che si fida, se Rocky è disposto a mettere nelle tue mani la sua *vita*, allora perché non dovrei affidarti anch'io i miei soldi?"

Drew non disse nulla finché non accostò in un parcheggio dietro la piazza, in modo che Bristol potesse fare un salto all'ufficio postale per ritirare il pacco. Appena spento il motore, si girò verso di lei e le chiese: "Hai intenzione di rimanere a Fallport?"

"Questo è il piano."

"Ami Rocky?"

Bristol non era sicura di come prendere *quella* domanda, anche se aveva la netta sensazione che Drew conoscesse già la risposta; lo guardò negli occhi e gli rispose comunque: "Non sono disposta a dirti ciò che provo per Rocky prima ancora di averlo detto *a lui*, ma posso rispondere alla tua domanda in un modo diverso: pensi davvero che sarei disposta a sradicare la mia esistenza, comprare casa, traslocare a Fallport, se non fossi convinta di volerci vivere? Se non volessi far crescere qui i miei figli? Ti chiederei di condividere con te i dettagli più riservati della mia situazione finanziaria, se non provassi qualcosa di forte per Rocky?"

"Chiedevo solo," commentò Drew con un sorrisetto.

Bristol alzò gli occhi al cielo, poi aspettò.

"Che c'è?" le chiese lui.

"Non mi hai ancora risposto."

"Se voglio farti da commercialista?" le chiese.

Lei annuì.

"Quanto hai guadagnato l'anno scorso?"

"Un milione e duecentomila," rispose Bristol senza fare una piega.

Lui fischiò. "Quanto hai pagato di tasse?"

Lei gli rispose... e lui si fece serio. "Hai pagato troppo. Hai un fondo pensionistico?"

"Un fondo pensionistico?" gli chiese.

Lui sospirò. "Cacchio. Sì, va bene, sarò il tuo commercialista. Voglio rivedere le tasse che hai pagato negli ultimi tre anni e tutti i documenti dei tuoi investimenti."

Bristol sorrise raggiante. "Benissimo."

Drew accennò di nuovo a un sorriso. "Perché mi sembra di essere la mosca che s'è appena impigliata nella ragnatela?" le chiese.

Lei fece una risatina. "Non lo so proprio, ma io sono innocua."

"Lo dicono tutte le donne. Aspettami, faccio il giro."

"Posso uscire anche da sola," protestò lei.

"Se ti fai male alla gamba mentre sei in mia compagnia, Rocky mi rigira come un calzino, amico o non amico. Poi, a quanto pare, mi sono appena assicurato un fior fiore di cliente... sarei uno scemo a lasciare che succeda qualcosa alla mia fonte di reddito." Le fece l'occhiolino, poi si girò e saltò giù dalla Jeep.

Bristol non trattenne una risata, poi sbuffò. Aveva la sensazione che quell'uomo nascondesse qualcosa di profondo che non voleva mostrare agli altri. Un giorno, una donna avrebbe dovuto lavorare a fondo per superare quegli scudi, ma dopo averlo fatto... si sarebbe conquistata un paladino per la vita.

Drew le aprì lo sportello e la sostenne da sotto al gomito per aiutarla a scendere. Continuò a sostenerla, mentre lei camminava a fatica intorno al palazzo per arrivare all'ingresso dell'ufficio postale.

Come al solito, trovò Art, Otto e Silas che giocavano a scacchi.

Vedendoli avvicinare, Otto inarcò un sopracciglio. "Rocky lo sa che esci anche senza di lui?"

Bristol scosse la testa, esasperata con quel signore. "Lo sanno Silas e Art che la domenica mattina vai alla casa di risposo dopo la messa per giocare a scacchi con alcuni degli ospiti?" ribatté.

Sulle guance di Otto spuntò un vago colorito roseo, mentre sia Art che Silas si voltavano verso di lui.

"Cosa?"

"Davvero?"

"Solo perché Drew oggi mi sta aiutando non significa che stia tradendo Rocky," spiegò Bristol. Non si era preoccupata di ferire i sentimenti di Otto: era un vecchiotto con la scorza dura e magari farlo tornare coi piedi per terra gli avrebbe fatto bene.

"*Touché*," disse Otto dopo un momento.

"Come mai non ci hai mai detto che ci andavi?" gli chiese Silas.

"Forse sta cercando di imparare qualche trucchetto per batterci," commentò Art.

"Impossibile," rispose Silas con decisione.

"Penso che, forse, domenica questa dovremmo andarci con lui a vedere cosa c'è sotto," aggiunse Art. "Non ho intenzione di andarci a vivere, perché rimarrò a casa mia fino all'ultimo giorno; non ho intenzione di imbucarmi in un posto come quello."

"Sono colpito," le disse Drew aiutandola a entrare nell'ufficio postale. "Te la sei giocata molto bene."

"Se non gliel'avessi rigirata, si sarebbero messi a sparlare di noi due per chissà quanto tempo. Chissà poi chi poteva sentirli, le idee strane che si potevano creare."

"Quindi volevi proteggere Rocky e *anche* me," aggiunse Drew.

"Ma va là?" gli rispose Bristol.

Nell'ufficio postale c'erano già altre due persone in fila; Bristol attese il proprio turno senza conversare. Guy, il dipendente delle poste, trovò il pacco in poco tempo. Drew prese lo scatolone pesante e lo trasportò con facilità, come se fosse stato pieno di piume, invece che di pesanti pezzi di vetro. Nell'uscire, annuirono ai tre signori, che discutevano ancora di Otto che, per così dire, li tradiva andando a giocare a scacchi con gli utenti della casa di riposo.

Drew fece una risatina, e appena furono fuori portata le disse: "Ricordami di non farti mai arrabbiare: andranno avanti per settimane a discutere."

"Sono un angioletto," ribatté Bristol.

"Sì sì, ne sono certo."

Lei gli fece un gran sorriso.

"Piccolina, ma peperina," mormorò Drew aprendole lo sportello della Jeep appena la raggiunsero. Dopo aver aiutato Bristol a sistemarsi, Drew posò lo scatolone sul sedile posteriore e raggiunse il sedile di guida. "Ora dove andiamo?" le chiese.

"Sei sicuro che non ti pesa portarmi in giro?" gli chiese lei.

"Sicuro. Ricorda... nuova cliente ricca... perché mai dovrebbe pesarmi?"

Lei non se la prese, anzi, si mise a ridere. "Vorrei andare al negozio di alimentari per comprare qualcosa, ma prima c'è una casa che è appena stata messa in vendita. L'ho vista online ieri sera e volevo andarci, sai, per dare un'occhiata."

"Allora vuoi sul serio traslocare, vero?" le chiese Drew.

"Eh sì."

Lui la scrutò per un momento, poi annuì. "Va bene, andiamo a vedere questa casa."

———

Quello stesso pomeriggio, sul tardi, quando Rocky aprì la porta dell'appartamento, si sentì di nuovo circondato da un profumino delizioso. Era rimasto in contatto tutto il giorno con Bristol, per sentire cosa stesse facendo. Lei gli aveva detto che le piaceva molto Drew e lo aveva ringraziato per avergli chiesto di aiutarla.

Quel che lei *non* sapeva era che Drew aveva fatto un commento, un paio di giorni prima, chiedendo a Rocky se non si stesse esponendo troppo rapidamente, approfondendo il rapporto con Bristol senza nemmeno conoscerla veramente. Dato che Rocky aveva espresso piena fiducia in lei, Drew si era fatto convincere a portarla in giro.

Evidentemente, il piano aveva funzionato. Non solo Bristol sembrava aver fatto breccia con l'amico, ma Drew aveva mandato un messaggio a Rocky, a fine giornata: *È perfetta per te.*

L'unico fastidio, per Rocky, era la strana sensazione che fosse tutto... *troppo* bello. Forse in tanti l'avrebbero giudicata una sensazione stupida, ma a lui l'esperienza diceva che, quando qualcosa sembrava troppo bello per essere vero, c'era qualche casino pronto a scoppiare.

Certo, non gli era mai capitato nell'ambito di un rapporto di coppia, ma gli era successo più volte, quando era ancora un SEAL. Un certo terrorista o un certo paese sembrava molto tranquillo, e poi... *bum!* Un'esplosione incasinava tutto. Una missione filava liscia come l'olio? *Sbam!* Il pilota dell'elicottero si perdeva e non riusciva a tirarli fuori da una zona calda.

Gli esempi di quel tipo erano innumerevoli, e l'ultima cosa che voleva era che gli succedesse con Bristol.

Fece del suo meglio per togliersi dalla testa quei pensieri paranoici e inspirò profondamente. Nell'appartamento c'era profumo di spezie. Rocky non vedeva l'ora di assaggiare ciò che gli aveva preparato Bristol quella sera.

Entrò in cucina e nel vederla non poté che sorridere. Il desiderio lo assalì con vigore, gli venne l'istinto di andarle subito incontro, prenderla e portarla a letto.

"Ciao!" gli disse Bristol, vedendolo là in piedi. "Com'è andato il lavoro? Sei riuscito a togliere tutta la muffa? Ah, sarà meglio che ti faccia una doccia, nel caso quella robaccia ti sia rimasta appiccicata addosso."

"Pensi che ti porterei a casa quello schifo?" le chiese Rocky.

Lei sbatté le palpebre. "Beh, no, però non puoi nemmeno menare un dito davanti alle spore della muffa per intimare che vadano ad attaccarsi a qualcun altro."

Rocky scoppiò a ridere. Appena riuscì a parlare, le rispose: "Hai ragione, ma posso indossare una tuta protettiva, per poi togliermela ed eliminarla appena finisco."

"Vero. Però sono sicura che una doccia ti farebbe star meglio, in ogni caso. Quelle spore sono delle bricconcelle, potrebbero anche essersi infilate sotto le maniche o nelle scarpe."

Bristol non aveva tutti i torti. Inoltre, la doccia gli dava un po' di tempo per tenere sotto controllo il desiderio di spogliarla seduta stante, in mezzo alla cucina, così Rocky annuì. "Giusto, allora vado a farmi una doccia."

"Non mi dai neanche un bacio?" gli chiese imbronciandosi.

"Le spore sono delle bricconcelle, ricordi?" le rispose con un gran sorriso. "Non vorrei mai attaccartene una, Punky."

"Va bene."

"Mi sembra che la giornata ti sia andata bene," le disse, faticando ad allontanarsi da lei, per quanto volesse farsi una doccia, prima di avvicinarsi troppo.

"È andata bene," confermò lei. "Mi piace Drew."

"Bene."

"Ha accettato di farmi da commercialista," gli disse.

Quelle parole gli fecero l'effetto di una bomba.

"Cazzo!" esclamò Rocky imprecando. Stava dando fondo a tutta la forza di volontà per rimanere dov'era, invece di raggiungerla di corsa e dimostrarle quanto gli piacesse l'idea che si trasferisse a Fallport.

Lei sorrise, come se conoscesse esattamente l'effetto di quelle parole su di lui.

Contento di non averla offesa con la parolaccia, felice di notare che lei fosse in grado di capirlo leggendogli nella mente, Rocky si girò e andò in bagno senza dire altro. Doveva darsi una ripulita per poterle dimostrare da vicino quanto lo rendesse felice la decisione di Bristol di rimanere.

CAPITOLO QUATTORDICI

Sei minuti e mezzo dopo, finita la doccia e vestitosi, Rocky entrò in salotto. Aveva i capelli ancora bagnati, s'era preso appena il tempo di asciugare la barba. Indossava un paio di pantaloni comodi grigi e una maglia. Bristol gli dava le spalle, era ancora in piedi ai fornelli, mescolava il contenuto di un pentolone.

Rocky non esitò ad avvolgerla con le braccia; le tolse di mano il mestolo, spense la fiamma, la prese in braccio e la fece sedere su uno spazio libero del mobile. Avevano gli occhi alla stessa altezza. Rocky le mise le mani ai lati del collo, appoggiando i pollici davanti alla gola, poi avanzò con la testa senza dire una parola.

Lei gli andò incontro volentieri, aggrappandosi con le mani alla sua maglia.

Intrecciarono le lingue, inclinando d'istinto le teste mentre si divoravano. Quando lui non fu più in grado di resistere, le lasciò andare la testa per abbracciarla. Senza mai staccare le labbra da quelle di lei, la prese in braccio. Lei gli strinse le cosce intorno al corpo, mentre lui usciva dalla cucina per andare in camera da letto.

Non riusciva a fermarsi: era ipnotizzato dal profumo di Bristol e la voleva tutta. Ne aveva bisogno, subito.

Appoggiò un ginocchio sul letto, poi la fece sdraiare sul piumino, sempre senza staccare le labbra da lei. Sentì che Bristol gli tirava su la maglia, così alzò la testa per sfilarsela, poi cadde di nuovo su di lei. Lei fu abile e approfittò di quel momento per togliersi la propria maglia; così, quando i loro corpi si unirono di nuovo, furono a contatto di pelle.

Rocky sentì contro il petto i capezzoli turgidi di Bristol e gli venne un brivido. Si stava muovendo troppo alla svelta, ma non riusciva a fermarsi. Gli sembrava di essere prossimo a uno schianto frontale, senza che nessuno dei due potesse, né volesse fermarsi.

Rocky si appoggiò su un fianco per non pesarle, poi le mise una mano sul seno. Le pizzicò leggermente il capezzolo, mentre le mordicchiava il labbro inferiore.

Bristol ansimò e inarcò la schiena, spingendosi meglio contro di lui.

"Ti piace." Non era una domanda.

Lei gli rispose lo stesso. "Siiiii. Di più, Rocky, voglio di più."

"Ti darò tutto ciò che vuoi, tutto ciò di cui hai bisogno, Punky."

Poi la baciò ancora, con slancio. Lei si concesse in tutto e per tutto. Si agitò sotto di lui, le mani impegnate ad accarezzargli ogni punto del petto nudo. Gli accarezzò anche la barba, mentre lui la baciava. Quando gli portò le mani alla vita dei pantaloni, lui alzò la testa. Doveva frenarsi, ma non era sicuro di poterlo fare. Voleva che Bristol provasse altrettanto piacere, ma a quella velocità non era sicuro che le sarebbe piaciuto.

"Per quanto mi piacciano questi pantaloni... devi toglierli," gli mormorò.

Rocky fece un gran sorriso. "Allora è vero quel che si dice

sulle donne a cui piacciono gli uomini coi pantaloni della tuta?"

"Non lo so, so solo che a me piaci *tu*."

"Come mai?"

Lei sbatté le palpebre e lo guardò sorpresa. "Come mai?" gli fece eco.

"Sì, non capisco. Sono solo pantaloni."

"Sono pantaloni che mettono in risalto le dimensioni del tuo pene. Ti coprono, ma sono anche provocanti. Mi fanno venire voglia di strappparteli di dosso per vedere se il pacco è all'altezza delle aspettative."

A quelle parole, Rocky quasi si strozzò. "Sul serio?"

"Eh sì."

"Non li indosserò mai più fuori di casa," le promise.

"Sarà meglio, perché se una ti guarda con quei pantaloni addosso me la mangio," gli disse, con tono assolutamente serio.

Rocky fece un gran sorriso. "Allora adesso so cosa indossare, se voglio farti eccitare."

"Sì. Adesso più fatti, meno parole," gli intimò.

"Per la cronaca... a me non importa cosa indossi... sono sempre eccitato, quando ti vedo," le disse.

La guardò riflettere su quel complimento, poi un sorriso prese forma sul volto di Bristol.

"Che ne dici se... tu ti togli i pantaloni e io mi tolgo i leggings allo stesso tempo?"

"Affare fatto," rispose Rocky, che si girò sulla schiena e tirò giù la banda elastica dei pantaloni, sfilandoseli. Quando tornò sul fianco, girandosi verso di lei, la trovò altrettanto svestita.

Rocky prese fiato e si prese il tempo di osservarla da capo a piedi. Era piccolina, lui lo sapeva già, ma vederla svestita era... tutto. Aveva seni minuti con grandi capezzoli, che sembravano implorare di essere succhiati. Le si vedevano le anche, ma la pancia era appena arrotondata. Le cosce erano piene, i peli all'inguine erano rasi.

All'improvviso, Rocky non seppe bene che fare, da dove cominciare.

Bristol, però, non esitò: gli prese una mano e se la portò di nuovo al petto. Lui le pizzicò il capezzolo senza pensarci.

Lei sospirò, poi allungò le braccia verso di lui. Gli strinse la barba e tirò... forte.

Rocky non trattenne un sorriso; accidenti, quanto gli piaceva farsi tirare da lei in quel modo. Se possibile, lo eccitava ancor di più.

Seguì l'invito di Bristol e si abbassò su di lei, ma invece di baciarla di nuovo sulla bocca, puntò al capezzolo. Lei gli lasciò andare la barba e gli affondò le unghie nella carne della spalla, gemendo.

Rocky si gustò i capezzoli di Bristol per un momento; sembravano molto sensibili, il che gli piacque parecchio. Però era troppo eccitato per tirarla per le lunghe. Le portò la mano sinistra sulla pancia, mentre lei si agitava per il solletico dovuto alla barba sulla pelle. Quando le coprì con la mano tutta la passera... per un momento, l'eccitazione svanì: era piccolina, mentre lui no. Si chiese se avesse potuto penetrarla senza farle male. L'ultima cosa che voleva era darle anche il minimo disagio.

Come leggendogli nella mente, lei gli disse: "Andrà bene."

Lui quasi rise. Di solito era lui a rassicurare la compagna, invece la sua Bristol lo rassicurava.

"Puoi giurarci che andrà bene," mormorò. "Ti sentirai bella piena."

"Oddio mio, sì... ti prego, Rocky, riempimi."

"Non sei ancora pronta," le disse, per quanto la sentisse bagnata sulle dita.

Lei gemette e aprì le gambe, lasciandogli più spazio. Lui avrebbe voluto separarle di più, scenderle tra le cosce e succhiarla fino a farle raggiungere un orgasmo mostruoso.

Però era al limite. Ce l'aveva durissimo e sapeva che gli sarebbe bastato sfiorare il letto per scoppiare.

Avrebbe dovuto prepararla con la mano. Poi, più tardi, l'avrebbe leccata, per darle ulteriore prova di quanto fosse meravigliosa la barba tra le gambe; ma per il momento...

Rocky piegò il dito medio e glielo infilò dentro lentamente. Era umida, ma doveva lubrificarsi di più per poterlo accogliere.

Bristol gemette e alzò i fianchi. Rocky si mosse rapidamente: afferrò un cuscino e glielo infilò sotto il sedere.

"Di più, Rocky, ti prego," lo implorò Bristol afferrandogli un polso. Non stava cercando di scostarlo: si aggrappava a lui.

Rocky cominciò a pompare col dito dentro e fuori di lei, godendosi quanto era stretta e piccola. Strinse i denti e si costrinse ad andarci piano.

Le appoggiò il palmo della mano al clitoride, mentre la scopava col dito. Gli riusciva difficile togliere gli occhi da quella passera, ma quando la guardò in faccia, fu colto alla sprovvista: invece di tenere gli occhi chiusi, lei lo stava fissando.

Bristol si leccò le labbra e sorrise appena lui la guardò negli occhi. Gli spinse i fianchi contro il dito, fu il momento più erotico che Rocky avesse mai vissuto. Bristol era chiaramente una donna che viveva la propria sessualità con naturalezza, era troppo eccitante. Non aveva paura di fargli vedere che il suo tocco la faceva godere.

Bristol aveva i capezzoli turgidi e respirava con affanno.

"Devo farti venire, prima di andare oltre," le disse.

Bristol annuì. "Va bene."

"Merda, dovevamo parlarne prima." Rocky fermò la mano, tenendole il dito dentro. "Sono sano, ho fatto i controlli quando sono uscito dalla Marina, da allora sono stato solo con due donne e ho sempre usato il preservativo."

Bristol arrossì, ma non si fece intimorire dalla conversazione. "Io non sto con un uomo da quattro anni e mezzo."

"Cacchio, davvero?"

Lei fece spallucce. "Sì. Non mi serve un uomo per avere un orgasmo, ho un vibratore."

Immaginarsela che si scopava da sola con un vibratore gli fece spruzzar fuori qualche goccia di liquido. "Maledizione, accidenti."

Lei sorrise, era sexy da morire. "Inoltre prendo la pillola. Quando avevo vent'anni, mi hanno trovato una ciste ovarica, così il ginecologo mi ha prescritto la pillola per evitare che si riformasse."

Gli stava dicendo ciò che gli sembrava gli stesse dicendo?

"Mi fido di te, Rocky. So che qualcuno mi riterrebbe una stupida, ma so che non mi faresti mai del male. Io sono protetta e siamo entrambi sani."

Lui inspirò bruscamente, tenendo sempre meno a freno la propria libido, perché sentiva il profumo dell'eccitazione di Bristol. Dovette sforzarsi di non saltarle addosso per scoparla immediatamente.

"Fai l'amore con me, Rocky, ho bisogno di te."

Fai l'amore.

Bristol aveva ragione, ecco cos'era: non stavano scopando. Altrimenti non avrebbe mai accettato di prenderla senza protezione. Rocky si fidava di lei tanto quanto lei affermava di fidarsi di lui. Sapeva che alcune donne si portavano a letto dei SEAL promettendo una sveltina sicura, salvo poi rimanere incinte e incastrare il militare per il mantenimento proprio e del figlio per diciotto anni a venire. Rocky non provava alcuna simpatia per quei SEAL, biasimevoli tanto quanto quelle donne, dato che nessuno li aveva costretti a *non* usare un profilattico.

Lui, invece, era sempre stato attento; ma Bristol gli ispirava una fiducia enorme, fin nel profondo dell'animo. Se gli diceva che prendeva la pillola, era vero.

Rocky orientò la mano diversamente, per manipolarle il clitoride col pollice mentre affondava in lei anulare e mignolo.

"Rocky!" esclamò lei.

"Adesso ti faccio venire, poi entro dentro di te. Ti riempirò con il mio sperma, Punky. Non l'ho mai fatto prima. Mai. Non vedo l'ora di condividere con te questa prima volta."

Capì che quelle parole erano importanti anche per lei.

"Non ho mai permesso a un uomo di venirmi dentro," gli rivelò Bristol.

Ecco fatto. Rocky fu perso. Aveva bisogno di quella donna più che dell'aria stessa.

Spinse con più forza contro il clitoride, mentre con le dita le stimolava la passera.

Servì qualche momento, ma ben presto lei cominciò a rispondere alle spinte, muovendo involontariamente i fianchi nello sforzo di raggiungere l'apice del piacere. Rocky si abbassò e prese in bocca un capezzolo, succhiandolo con forza. Più forza di quanta ne avesse usata prima con una donna. La sua Bristol poteva sopportarla. Ne aveva bisogno.

Lei gli appoggiò una mano dietro la testa, intrecciando le dita ai capelli, mentre ansimava a fatica. Lui sentiva le dita che le teneva tra le gambe bagnarsi sempre più, non vedeva l'ora di leccare quei succhi e spalmarseli sulla barba, per poterne sentire l'odore tutta la notte.

Ad alcuni poteva dare fastidio; prima di Bristol, anche *a lui* avrebbe dato fastidio; ma il pensiero di quell'aroma muschiato al limone su di sé, come un marchio indelebile, diventò come un bisogno primordiale.

Proprio quando gli sembrava di non poter resistere un secondo di più, sentì le cosce di Bristol che cominciavano a tremare, la pancia a stringersi. Le sfuggì un gridolino dolcissimo, mentre andava oltre la soglia del piacere.

Ancora prima che lei finisse, Rocky fece la sua mossa. Si mise tra le gambe di Bristol, si afferrò l'uccello e glielo preparò davanti alla passera.

Lo spinse dentro lentamente, ma con decisione. Era strettissima, forse non sarebbe riuscito a infilarlo tutto. Quando i peli pubici di entrambi si incontrarono, Rocky fece un respiro profondo. Era a due secondi dall'orgasmo, mentre sentiva i muscoli interni di Bristol che palpitavano intorno all'uccello scoperto, come cercando di spremergli il seme dai testicoli.

Rocky prese fiato di nuovo profondamente, guardando la donna che gli stava sotto. Bristol aveva le guance paonazze, come anche il petto. Guardava in basso, dove i loro corpi si congiungevano; aveva la bocca aperta, ansimava.

————

Bristol non riusciva a respirare.

Non riusciva a pensare.

Riusciva solo a sentire.

Aveva appena vissuto un orgasmo estremamente intenso e poi era stata riempita dall'uccello di Rocky. Non le faceva male... non proprio, ma era passato un po' di tempo da quando si era concessa a un uomo, e Rocky era molto dotato.

Fissò il punto in cui i loro corpi si congiungevano, il punto in cui lui era immerso in lei; cercò di incamerare ossigeno.

"Bristol?" la chiamò con un filo di voce. "Tutto bene?"

Lei annuì subito. "Sì, è solo che... è stato intenso."

"Vuoi un attimo di respiro?"

Ne aveva bisogno? Bristol non ne era convinta. Quei pochi secondi di conversazione le erano bastati per farle rimontare il desiderio. Era appena venuta, ma si sentiva sul punto di un altro orgasmo. "No," gli rispose, guardandolo negli occhi.

"Meno male, cazzo," commentò lui, che cominciò a muoversi.

Bristol non si era mai sentita in quel modo. Di solito, non le piaceva nemmeno stare sotto, durante il sesso. Già era piccolina... quella posizione la faceva sentire sovrastata e non era una bella sensazione. Con Rocky sopra di lei, invece, non aveva sentito nemmeno un briciolo di disagio. Lui non le avrebbe mai fatto del male, lei ne era certa nel profondo.

Sollevò le gambe e cercò di avvolgerle intorno a lui, ma il gesso glielo impedì, così lei fece un leggero verso di irritazione.

Rocky si sistemò subito, mettendole le braccia sotto alle ginocchia e afferrandola ai fianchi, mentre continuava a scoparla. Non andava a ritmo lento, ma non martellava nemmeno. Aveva il controllo totale, le faceva scivolare l'uccello in punti mai stimolati prima, provocandole un piacere immenso.

"Tutto bene?" le chiese.

Poteva risultare quasi irritante, continuava a chiederle conferme, quando lei era praticamente piegata a metà, con le gambe sostenute dai gomiti di Rocky.

"Bene," gli rispose con un filo di voce. Poi lo fissò, mentre lui faceva l'amore con lei. Era molto concentrato, glielo si leggeva in volto; la barba ondeggiava a ogni spinta. Bristol sentiva pizzicare le gambe e cominciò ad avvertire un'altra ondata in arrivo.

"Toccati," le disse, "io non ci riesco, mentre ti sostengo."

Bristol non esitò un istante. Con Rocky, nulla le sembrava strano, imbarazzante. Infilò la mano destra tra i loro corpi; appena si sfiorò il clitoride, scattò. Era ancora molto sensibile da prima.

"Merda, l'ho sentito anch'io," gemette Rocky. "Mi hai appena dato una bella strizzata all'uccello."

"Così?" gli chiese lei, stringendo di nuovo i muscoli interni.

Lui grugnì, spingendo con un pochino più di forza. Le piaceva molto sapere di fargli quell'effetto.

"Non durerò a lungo, Punky. Voglio sentirti esplodere intanto che sono dentro. Mi stringerai talmente tanto che non riuscirò più a contenermi. Lo sai che vuoi il mio sperma, allora dai, fatti venire, Bristol. Adesso!"

Quelle parole crude non erano affatto sbagliate. Lei *voleva* il suo sperma, voleva tutto di quell'uomo. Invece di spaventarla, quella consapevolezza le diede forza. Si stimolò il clitoride con più forza, sempre tenendogli gli occhi puntati addosso. Era una situazione nuova per lei, ma le sembrava nuova anche per lui. Voleva vederlo, guardarlo, imprimersi nella memoria quel volto, mentre veniva.

Non servì molto tempo. Sentirlo tutto dentro, sentirsi riempita da lui, era incredibilmente sexy. Una sensazione diversa, mentre si avvicinava all'orgasmo. Il vibratore non l'aveva mai eccitata in quel modo. Mai.

"Ecco. Cazzo, sei bellissima! Sei fatta per me! Siamo perfetti, insieme!"

Quelle parole le entrarono nella mente, e Bristol si *sentì* bella. Del resto, era vero: i loro corpi sembravano fatti l'uno per l'altra. A prima vista, non si sarebbe detto, ma sentirselo dentro la faceva star bene quanto mai si era sentita prima.

"Ti prego, Bristol, non riesco a trattenermi ancora, sei bella bagnata! Bella stretta! Sento i tuoi succhi sulle palle... *Merda!*"

Rocky non ce la fece più. Bristol si stimolò il clitoride con più forza, cercando di inclinare i fianchi, ma lui la tenne ferma, facendola esplodere e arrivare a un piacere incredibile, con lui dentro.

Anche lui ovviamente esplose; dalla bocca e dalla gola gli partì un suono che lei non aveva mai sentito prima. Mezzo grugnito, mezzo gemito, mezza imprecazione.

Rocky si spinse dentro più che poteva, tenendola ferma mentre veniva.

Ansimavano entrambi a fatica, mentre le ondate degli orgasmi scemavano, ma Rocky non perse mai la cognizione di dove fosse: non si lasciò cadere su di lei, ma le lasciò andare le gambe con cautela, per poi rotolarsi di schiena sul letto portandola con sé; tenne il sedere di Bristol più vicino che poteva per non scivolare fuori da lei.

Quando lui fu sdraiato supino, lei d'istinto gli si mise seduta sopra.

Quel movimento lo fece gemere.

"Scusa," gli disse.

"No, non scusarti," rispose lui, "è solo che starti dentro mi piace troppo, non so spiegarti."

Lei si agitò un poco, per mettersi in una posizione più comoda, poi non fece altro che sorridergli.

"Mi piace," mormorò lui.

"Che cosa?"

"Non dover uscire subito per togliermi il preservativo. Posso stare dove sono, proprio dove il mio uccello vuole rimanere, al caldo, al sicuro dentro di te."

Bristol alzò gli occhi al cielo. "Che cavolata."

"Non m'interessa."

Bristol gli lesse negli occhi che non gli interessava davvero.

Rocky le portò le mani sulle cosce. "Ti fa male la gamba?" le chiese.

"Quale gamba?" domandò lei di rimando.

Rocky fece un gran sorriso. "È stato..." si fermò, e Bristol trattenne il fiato in attesa di sentire la conclusione della frase.

"...bellissimo," concluse Rocky dopo un momento.

Era stato bellissimo. Davvero bellissimo.

Bristol si mosse con attenzione, per non far uscire l'uccello ormai semirigido; si abbassò fino a sdraiarsi sul petto di Rocky; gli carezzò col naso la pelle del collo e gli accarezzò la barba. Lo sentì ridacchiare, ma non le importava: amava accarezzargli la barba. Amava *lui*.

Quel pensiero non la sorprese nemmeno. Minimamente. Sapeva già bene, almeno nell'inconscio, di amare quell'uomo, prima ancora di andarci a letto. Altrimenti non l'avrebbe mai desiderato tanto, senza protezione. Non avrebbe mai pensato di trasferirsi a Fallport, se non l'avesse amato. Forse era troppo presto per dirlo a voce alta, ma accidenti se lo pensava già!

"Quando sono tornato a casa, ho sentito un profumino,"

le disse Rocky passandole le dita pigramente su e giù per la schiena.

Lei gli sorrise contro. "Patate al forno, anche se ormai la salsa che stavo facendo si sarà rovinata. Almeno hai spento il fuoco, prima di saltarmi addosso."

Lui fece una risata. "Ehi! Non voglio certo bruciare il palazzo. Che altro?"

"Salsiccia e gamberetti, con peperoni e broccoli."

Lo stomaco di Rocky brontolò, e Bristol si mise a ridere; un movimento che glielo fece scivolare fuori, tra le gambe, facendo gemere entrambi.

Rocky rotolò subito sul letto, portando Bristol sotto di sé; le prese la faccia tra le mani come aveva fatto appena era tornato a casa. Quando la prendeva in quel modo, guardandola dritto negli occhi, lei sentiva un brivido di eccitazione.

"La migliore esperienza di sempre," le disse con convinzione. "Se non avessi saltato il pranzo, sarei pronto per un secondo round."

Per un attimo, a Bristol dispiacque che lui non avesse fatto una pausa per mangiare; del resto, se avesse interrotto il lavoro, sarebbe tornato a casa più tardi. A lui piaceva portare a buon punto i lavori, anche se ciò comportava dover tornare a casa non prima delle sette o delle otto di sera. Un ritardo che, sinceramente, capitava di rado ultimamente.

"Allora, senti cosa facciamo. Usciamo dal letto, ci diamo una rinfrescata, mangiamo, poi ti riporto qui e assaggio *te*. Mi prenderei a schiaffi da solo, per non averti già assaggiata la prima volta, ma davvero: non riuscivo a non entrarti dentro. Poi ti farò salire sopra e mi prenderai come vuoi, perché il pensiero di guardarti mentre mi cavalchi, Punky, è sexy da morire. Poi dormiamo, e domattina altro sesso, prima di andare a finire il lavoro che ho cominciato oggi."

"Hai già programmato tutto, vero?" gli chiese Bristol, che comunque non aveva nulla in contrario a quel piano. Niente affatto.

"Non ho programmato nulla," ribatté lui, "ma adesso che sono stato dentro di te senza barriere, non faccio altro che pensare a come tornarci. Cercherò di non esagerare, altrimenti tu dimmelo che mi do una calmata. Tenerti abbracciata sarà altrettanto soddisfacente che starti dentro."

Una frase dolce, a suo modo. "Ho la sensazione che, per un po' di tempo, faremo entrambi fatica a tenere le mani a posto," ammise lei a cuore aperto.

"Son d'accordo, ma... io non sono proprio piccolino e l'ultima cosa che voglio è farti del male. Quindi cambio di programma: dopo mangiato, puoi farti un bel bagno caldo, poi ti assaggio e infine mi puoi scopare."

Bristol fece una risatina. "Affare fatto."

Rocky la fissò per un lungo momento.

"Che c'è?" gli chiese, non riuscendo più a sopportare quello sguardo intenso.

"Mi stavo solo chiedendo come diavolo ho fatto ad arrivare qui, o come sei arrivata tu da me."

"Immagino sia solo fortunata."

"Eh no, sono io quello fortunato." Rocky si abbassò e la baciò a lungo, con profonda passione, poi rotolò di lato. Scese dal letto e andò all'armadio senza un briciolo di vergogna. Perché mai avrebbe dovuto vergognarsi? Era ben messo.

Bristol si convinse a mostrare la stessa sicurezza: raggiunse carponi il bordo del letto e scese. Appena fu in piedi, sentì lo sperma che cominciò a scenderle sull'interno coscia.

Ne fu sorpresa... perché gli aveva detto la verità: era la prima volta che qualcuno veniva dentro di lei... rimase ferma a guardarsi tra le gambe.

"Scusa, ma *accidenti*, quanto è sexy!" esclamò Rocky, che si mise in ginocchio davanti a lei per guardare lo sperma che continuava a uscire.

"Dai, che schifo, Rocky, prendimi una salviettina per pulirmi."

"Uscirà per un po', vero?" le chiese, invece di fare ciò che gli aveva chiesto.

"Che ne so? Probabilmente."

Lui allargò il sorriso. "Cazzo, che cavernicolo che sono! Sapere che sono il primo a vederlo, che è la prima volta che ti succede, mi eccita un sacco."

"Lo vedo!" ribatté Bristol, scorgendo tra le gambe di Rocky l'uccello che cominciava a indurirsi.

Lui allungò una mano e le passò il pollice tra le labbra intime, sospirando di appagamento per la facilità con cui il dito le scivolò tra le pieghe, grazie ai loro succhi mescolati. Poi si allungò per prendere la maglia che aveva gettato sul pavimento, e la usò per asciugarle le cosce e tra le gambe. Infine si alzò e la baciò di nuovo, con trasporto.

"Ti dico la verità: se ci ripenso mentre ceniamo, sarà difficile non trascinarti di nuovo su questo letto."

"Provaci," gli rispose con una certa ironia. "Io ho fame e so che anche tu hai fame."

Lui sorrise, poi tornò serio. "Farò tutto ciò che posso per non mandare all'aria il nostro rapporto."

"Anch'io," gli rispose Bristol.

"Dico sul serio. Davvero, stare con te è la cosa migliore che mi sia mai successa, e proteggerò il nostro rapporto con la vita."

"Non voglio che tu rischi la vita," gli disse lei.

"Peccato." Poi si spostò, gettò la maglia sporca nella cesta e andò alla cassettiera per prendere un paio di boxer e due maglie. Afferrò i pantaloni della tuta dal bordo del letto, dove li aveva gettati prima, e la prese per mano. La trascinò in bagno, dove prese un asciugamani, lo bagnò con acqua tiepida e glielo passò.

Bristol avrebbe dovuto sentirsi in imbarazzo, ma con Rocky, chissà come, non le riusciva. Si pulì e indossò la maglia che lui le aveva preso. Rocky si lavò e si vestì, poi lei si avviò verso la camera per andare a prendere delle mutandine, ma Rocky la prese di nuovo per mano.

"Dai, devo mettermi l'intimo."

"No no, sei perfetta così come sei."

"Rocky, sul serio!"

"Ma io *sono* serio. Non ne hai bisogno. Tanto poi te le tolgo."

"Però tu ti sei messo i boxer... e anche quei pantaloni sexy, direi, e anch'io te li tolgo, dopo."

Lui la tirò a sé e si abbassò, sussurrandole nell'orecchio: "Ma io voglio farti sedere sulle mie ginocchia, mentre mangiamo, così se ti esce ancora qualcosa posso sentirlo."

Bristol alzò gli occhi al cielo. "Sei davvero strano."

"Lo so. Mi dispiace... però stai senza lo stesso, vero?"

"Per stavolta, sì, dato che è la prima volta."

"Ottimo."

La cena li aspettava nel forno, dove lei l'aveva messa prima che lui tornasse, perché rimanesse calda. La salsa, ormai, era rovinata, ma il resto del pasto fu delizioso. Bristol si sedette sulle ginocchia di Rocky, come le aveva chiesto, senza sentirsi nemmeno troppo a disagio. La maglia che le aveva dato era abbastanza larga e la copriva completamente, quindi non si sentiva esposta.

"Mi dispiace di aver saltato il pranzo," le disse mentre mangiava. "Solo che ero impegnato e volevo finire l'intonaco, così per domani si asciuga."

"Non preoccuparti. Devi vedermi, quando sono totalmente immersa nei miei vetri, mi dimentico sempre di mangiare."

"Siamo molto simili," le disse Rocky.

Bristol annuì. "Eh sì."

"Sono molto curioso di vederti persa in un momento creativo," le disse, prendendosi il tempo di baciarla sulla tempia. "Scommetto che sei sexy."

Lei alzò gli occhi al cielo. "Non sono sexy: sudo, mi sporco, probabilmente puzzo un pochino."

"Appunto... sei sexy."

Lei scoppiò a ridere. Terminarono la cena, poi lui la aiutò ad alzarsi e lei si accorse della piccola macchia di bagnato che gli era rimasta sui pantaloni. La notò anche lui e le fece un gran sorriso, senza commentare. "Lascia stare i piatti, adesso ti preparo il bagno," le disse.

Bristol aspettò in salotto; si sentiva leggermente frastornata. Amava il passo avanti nel loro rapporto, ma inevitabilmente si preoccupava, chiedendosi se sarebbe stato sempre così bello.

Poi arrivò Rocky, che la prese per mano e l'accompagnò in bagno, la baciò sulla fronte e le disse con convinzione: "Andrà tutto bene."

Lei mise da parte ogni pensiero. "Sì, tutto bene."

"Rilassati, fai con comodo, Punky. Mi troverai a letto, quando hai finito, nell'attesa del mio dessert."

"Santo cielo, Rocky; se vuoi che faccia con calma, non è questo il modo..." si lamentò.

Lui fece una smorfia sorniona, chiaramente non pentito. "Non vedo l'ora di assaggiarti, tesoro. Non bagnare il gesso." Poi la baciò di nuovo sulle labbra e uscì dal bagno, chiudendosi dietro la porta.

Bristol sospirò e scosse la testa, poi si girò e si vide riflessa allo specchio. Aveva un sorriso raggiante, le guance paonazze. Si vide felice.

Rocky la faceva star bene e lei si augurava di fargli lo stesso effetto.

Per la prima volta, dopo tanto tempo, guardava trepidante al futuro. Non che fosse infelice, prima di arrivare a Fallport: la sua arte l'appagava. Però non aveva nessuno al fianco, ed era come... tirare avanti.

La sua vita era cambiata di sicuro: le sembrava di essere rinata.

Si tolse la maglia con un gesto rapido e si mise seduta sul bordo della vasca. Scese lentamente nell'acqua, tenendo alzata la gamba ingessata. Sospirò. Si sentiva in paradiso; Rocky aveva persino messo nell'acqua un bagno schiuma floreale, un profumo meraviglioso.

Eh sì: Bristol aveva trovato un uomo fantastico, ed era decisa a riservagli un trattamento altrettanto meraviglioso.

CAPITOLO QUINDICI

Bristol non smetteva mai di sorridere. Quando viveva a Kingsport, alcuni giorni le era capitato di rimanere a letto tutta la mattina, chiedendosi che direzione stesse prendendo la sua vita. Ormai si era abituata a fare sempre le stesse cose. Molto spesso, passava giornate intere senza parlare con nessuno; si svegliava, faceva colazione, poi iniziava subito a lavorare. Amava l'arte e le piaceva stare a casa, non aveva problemi economici... ma viveva un'esistenza alquanto solitaria.

Ultimamente, aveva le giornate piene di messaggi, telefonate e visite delle amiche. Era andata varie volte a casa di Ethan e Lilly, era andata a trovare Zeke ed Elsie, anche alla partita di calcio di Tony; aveva persino tenuto compagnia a Rocky, mentre lui lavorava.

Ogni tanto preparava dei nuovi gioielli, ma si era accorta che frequentare gli altri le piaceva di più che rimanersene a casa da sola a creare arte. Il bisogno interiore di dedicarsi all'arte non l'abbandonava mai, ma si era costruita una serie di rapporti tale da non doversi più sforzare quanto in passato, per avere una vita sociale. Grazie a Rocky e alle nuove amiche, Bristol voleva vivere, non rimanere attaccata a un sito, o a un tavolo di lavoro.

Però non vedeva l'ora di riprendere a lavorare i vetri istoriati. Da quando abitava a Fallport, le erano venute moltissime idee per nuovi progetti che voleva creare, era ansiosa di trovare un posto adatto e di comprarlo, per cominciare.

Sorrise, mentre in mente le scorrevano le immagini di un'enorme vetrata istoriata, con il bosco come tema e con Bigfoot che faceva capolino da dietro un albero, quando Rocky le toccò la mano, facendola sussultare.

"Scusa, come dici?" gli chiese.

"Ti ho solo chiesto a cosa stavi pensando," le disse sottovoce. Erano seduti a tavola, stavano finendo la colazione. Stranamente, Bristol non aveva tutta la giornata programmata. Aveva contattato un'agente immobiliare e l'avrebbe incontrata proprio quel giorno, per spiegarle ciò che voleva, le sue preferenze, in modo che lei potesse cominciare la ricerca di un immobile adatto, con terreno. Dopo l'appuntamento in agenzia, Bristol sarebbe tornata all'appartamento per rilassarsi. Avrebbe preparato anche una bella torta per Rocky. Senza alcun motivo particolare, solo perché le faceva piacere sorprenderlo.

Quel giorno, lui doveva cominciare a lavorare in una nuova casa, il progetto riguardava le fondamenta; Bristol non ne conosceva i dettagli, ma dato che Rocky le sembrava felice di quell'incarico, e del relativo compenso, anche lei ne era contenta.

"Stavo solo pensando di tornare in laboratorio per lavorare ai miei vetri," gli spiegò.

"Ti manca?" le chiese lui, corrugando la fronte. "Sono sicuro che troveremo un posto da adibire a laboratorio anche prima di comprare casa nuova."

"Non è un problema," gli rispose. "Cioè, sì, mi manca, ma anche se non faccio subito qualcosa penso che resisterò."

"Sei sicura?"

"Sono sicura. E poi questa pausa è un'occasione per programmare ciò che voglio fare."

"Ah sì?" le domandò Rocky inarcando un sopracciglio.

"Eh sì. Secondo te, cosa ne penserebbe Sandra se le proponessi di sostituire una delle vetrine principali della tavola calda con una vetrata istoriata... ovviamente con Bigfoot?"

Rocky scoppiò a ridere. Quando riuscì a tornare serio, le rispose: "Penso che prenderebbe al volo l'occasione di inserire una delle tue opere d'arte nel suo locale. Ma... sul serio Bigfoot?"

"Beh, o Bigfoot, oppure un uomo fico della squadra di ricerca e soccorso, con tanto di barba, in mezzo agli alberi," gli spiegò con una smorfia sorniona.

"Allora vada per Bigfoot," concluse Rocky con determinazione.

Bristol se l'aspettava. Rocky (come tutti gli altri della squadra, a dire il vero) non amava essere al centro dell'attenzione. Gli piaceva il suo lavoro e non lo faceva per ottenere riconoscimento pubblico o pacche sulle spalle.

"Hai altri programmi per oggi, ti sono venute altre idee, mentre ero in doccia?" le chiese.

Bristol gli chiese perplessa: "Idee del tipo?"

"Non lo so. Fare bungee jumping con Finley, rivoluzionare gli scaffali nel negozio di libri usati in centro, oppure proporre a Sandra un assaggio per un nuovo menù?"

Bristol fece una risatina. "Ma no! Ho appuntamento in agenzia immobiliare, poi torno qui per rilassarmi."

Rocky le sorrise con affetto. "Chiedevo solo. Per la cronaca... penso che sia adorabile che tutte le persone con cui entri in contatto diventino subito tue amiche."

"Non è sempre così," ribatté lei.

"Invece sì. Ti sei inserita a Fallport senza alcun problema. A me è servito un anno, da quando mi sono trasferito, per fare sì che la gente si ricordasse anche solo il mio nome."

"Va beh," commentò Bristol alzando gli occhi al cielo. Sotto sotto, però, le faceva piacere.

Terminarono di fare colazione, poi giunse l'ora che Rocky andasse a lavorare. La prese tra le braccia, vicino alla porta, poi la baciò profondamente. Quando le loro bocche si staccarono, ansimavano entrambi. "A che ora pensi di finire, in agenzia?"

"Non lo so," gli rispose, "però penso prima di pranzo. Lei passa a prendermi verso le nove, non credo che parleremo per più di un paio d'ore."

Lui fece una risata dolce. "Non ci scommetterei. Credo proprio che nell'arco del vostro incontro ti farai un'altra amica."

Bristol scosse la testa.

"Per quanto io sia felice che vuoi trasferirti qui a Fallport, devo ammettere che mi mancherai," le disse Rocky sottovoce.

"Ti mancherò?" ripeté lei confusa.

"Sì. Mi piace averti qui, nel mio appartamento. Anche se non ci sei arrivata per un motivo lieto, hai riempito il mio ambiente di energia vitale positiva."

"Oh, ehm..." Bristol non sapeva bene come rispondergli.

"Che c'è? Ho detto qualcosa di male?" le chiese Rocky.

"No, nulla. Cioè... è vero, anche a me piace tanto stare qui con te."

Lui le mise una mano intorno al collo. "Guardami, Punky." Quando lei lo guardò, lui le chiese: "Cosa c'è che non va?"

Dopo aver preso fiato, lei gli spiegò: "È solo che pensavo... quando trovo una casa che mi piace... magari potresti venire a viverci con me."

Rocky la fissò tanto a lungo, che lei quasi fece un passo indietro. Doveva allontanarsi, altrimenti le sarebbe venuta la nausea.

"Ma lo so che è pazzesco. Cioè, sì, ci frequentiamo. Sono venuta a stare da te solo per la convalescenza, e adesso la gamba è quasi guarita. Ovviamente non vuoi lasciare il tuo appartamento."

Lui le sfiorò le labbra con il pollice, per interrompere quelle parole nervose.

"Vuoi che venga a vivere con te?" le chiese tranquillamente, ignorando quello sproloquio.

Lei fece spallucce con titubanza, poi annuì. "Beh... sì. Almeno ci speravo. Però se non vuoi, non è un problema."

"Certo che voglio," le disse con entusiasmo. "Aspettavo con apprensione il giorno in cui tu ti fossi rimessa in sesto... e lo so che è un pensiero da idiota. È la verità, Bristol, trovo adorabile la nostra convivenza; adesso che dormi con me tutte le notti, l'idea che tu vada via è ancor più ripugnante."

"È lo stesso anche per me," gli disse sottovoce.

"Accidenti... peccato, devo andar via proprio adesso," commentò Rocky.

Bristol gli lesse negli occhi il desiderio. "Prima vai, prima torni a casa," gli disse ammiccando.

Lui fece un bel sorriso. "Vero." Poi le fece alzare la testa e si abbassò su di lei per baciarla di nuovo, dolcemente; fu un incontro intimo tra bocche. Poi lui si staccò. "Non vedo l'ora di sentire cosa dice l'agenzia."

"Anch'io."

"Cazzo, se sono felice!" esclamò Rocky, guardandola in viso.

"Anch'io," gli disse Bristol.

Dopo un respiro profondo, lui le tolse la mano dal collo. "Va bene, se voglio andare, sarà meglio che vada. Ti auguro una buona giornata."

"Grazie. Ti mando un messaggio dopo l'appuntamento, così ti aggiorno su cosa mi dice."

"Se ti propone qualche casa interessante, fammi una mail con i link... cioè, sempre che tu voglia la mia opinione."

"Ma certo che voglio la tua opinione!" esclamò Bristol. "Ti mando tutto."

Lui annuì e si girò verso la porta, le sorrise di nuovo, poi se ne andò. Bristol rimase in piedi sull'uscio a guardarlo camminare nel corridoio esterno del palazzo, verso le scale. Raggiunse la sua Tahoe e le fece un cenno con la mano appena fu seduto al volante; poi fece retromarcia e si diresse verso l'uscita del parcheggio.

Bristol chiuse a chiave e si appoggiò alla porta. Sorrise nel vuoto per un minuto intero, prima di costringersi ad affrontare la giornata.

———

Andò a finire che Bristol tornò all'appartamento di Rocky solo nel primo pomeriggio. Era andata subito d'accordo con l'agente immobiliare, che l'aveva portata a vedere due case, pensando che le sarebbero piaciuti, anche se non avevano previsto di fare visite per quel giorno.

Quei due immobili non l'avevano convinta, ma l'entusiasmo di Bristol era rimasto alto. Non aveva dubbi, avrebbe trovato il terreno e la casa perfetti.

Inviò un messaggio a Rocky per chiedergli come stesse andando la sua giornata.

Bristol: Ciao! Sono tornata. In agenzia è andato tutto alla grande! Siamo andate a vedere due case, ma non erano esattamente come le voglio; però penso che adesso si sia fatta un'idea e di sicuro troverò presto qualcosa. A te come butta?

Rocky le rispose inviandole una foto di un buco enorme nel terreno, pieno di liquame melmoso e salmastro. Lei non aveva idea del problema, ma era ovvio che non fosse un buon punto di partenza, per un primo giorno di lavoro.

Bristol: Accipicchia! Non è un bello spettacolo.
Rocky: Affatto. Può darsi che stasera faccia più tardi del previsto.

Bristol: Non preoccuparti. Così avrò più tempo per prepararti una sorpresa.

Rocky: Una sorpresa?

Bristol: Una sorpresa dolce.

Rocky: Tu, nuda nel letto, pronta per quando torno?

Bristol: LOL. No, ma anche quello si può fare.

Rocky: Per la cronaca, non mi servono altre sorprese, solo te.

Bristol chiuse gli occhi per un momento, assorbendo la bella sensazione che lui le trasmetteva sempre.

Bristol: Allora potrei sfoggiare le mutandine nuove che ho comprato per un'occasione speciale.

Rocky: È impossibile lavorare con l'erezione, Punky.

Bristol: Mi dispiace. Anzi, no. Fai il bravo oggi, e fammi sapere quando torni a casa.

Rocky: Va bene. Son contento che in agenzia sia andata bene.

Bristol: Anch'io.

Rocky: Io comunque non avevo dubbi. Sei nel tuo ambiente, Bristol. Ci vediamo tra qualche ora.

Bristol: A dopo.

Le fu difficile non scrivere "Ti amo". Ce l'aveva sulla punta della lingua e non sapeva bene il perché si trattenesse. Accidenti, si stavano organizzando per andare a vivere insieme, dirsi "ti amo" non era certo più affrettato di una convivenza. Però, dato che lui non gliel'aveva ancora detto, non voleva dirglielo nemmeno lei. Un'altra stupidaggine. Lei era una donna adulta.

Scosse la testa, contrariata con se stessa. Gettò il telefono sul mobile e aprì la dispensa. Aveva tempo in abbondanza per preparare la torta, ma voleva anche farla raffreddare del tutto, prima di aggiungere la glassa, per far sì che non si sciogliesse, rovinando la presentazione. Lei non era certo una pasticcera provetta come Finley, ma era decisa a preparare qualcosa di meraviglioso per il rientro di Rocky a casa, dato che per lui sarebbe stato un giorno di lavoro pesante.

Dopo un'ora e mezza, quando Bristol aveva appena tolto la torta dal forno, sentì bussare alla porta. Nell'appartamento c'era un profumino delizioso; l'impareggiabile aroma di una torta appena sfornata... forse solo il pane fresco emanava un profumino migliore.

Bristol si pulì le mani su un canovaccio, poi andò alla porta. Non aveva idea di chi potesse essere, ma non si sarebbe sorpresa nel trovare Lilly, o magari anche Sandra: la proprietaria della tavola calda era passata qualche volta per farle assaggiare delle nuove ricette che pensava di introdurre nel menù. Un espediente bello e buono, che però a Bristol non dispiaceva. Se Sandra aveva piacere ad andarla a trovare, Bristol era felicissima di vederla.

Aprì la porta, ma fu sorpresa e corrugò la fronte. Luke...? No, Lance. Si chiamava Lance.

"Ciao! Scusa il disturbo," le disse allegramente, "so che è la tipica situazione da scusa banale, ma... mi stavo preparando un arrosto per cena e mi sono accorto di non avere carote per il soffritto. Potrei andare al negozio qui vicino, ma prima ho pensato di chiederti se ne avessi qualcuna da prestarmi. Ultimamente mi sono perso a scrivere e mi sono dimenticato di fare la spesa. Posso pagarti, se mai, per le carote."

"Ma no, non è necessario, certo che posso darti qualche carota, siamo andati proprio ieri a fare la spesa." Bristol sorrise al vicino di casa. Non gli parlava da un paio di settimane, ma l'aveva visto in giro. In fondo, viveva a tre porte di distanza e Fallport non era una metropoli, l'aveva visto anche in centro.

"Grazie mille," le disse con un sorriso enorme. "Ecco, prendi un po' di soldi per il disturbo."

"No, davvero, non è il caso," insisté Bristol mentre lui si frugava nella tasca posteriore.

Quel che tirò fuori di tasca non fu il portafogli: aveva in mano un panno.

Prima che lei potesse anche solo immaginare cosa fosse, Lance fece un passo avanti e le mise un braccio intorno alla vita, poi le coprì naso e bocca con il panno, spingendo forte.

Lei cominciò subito ad agitarsi, ma inutilmente. Lui era troppo grosso. Cercò di dargli un calcio con la gamba ingessata, ma lui si allontanò appena, poi la spinse contro il muro appena dentro l'appartamento, la guardò e sorrise.

Era un sorriso inquietante, da far rabbrividire. Non sembrava stressato o ansioso, pareva quasi sereno.

"Non resistere," le disse con voce profonda, "respira, tesoruccio. Ecco, ti tengo io."

Bristol si accorse di ciò che stava accadendo, ma era troppo tardi. Il tessuto che le copriva la faccia era bagnato. Il classico cliché: messa fuori gioco dal cloroformio, o chissà di che altra sostanza il vicino di casa aveva imbibito quel panno. Però stava succedendo a lei, proprio in quel momento. Si sentì cadere in un sonno profondo, le braccia e le gambe diventarono troppo pesanti. Quando sbatté le palpebre, per riaprire gli occhi dovette sforzarsi al massimo.

"Davvero, non dovresti aprire la porta agli sconosciuti, tesoro mio. Non è affatto sicuro."

Lei avrebbe voluto ridere per l'ironia, urlargli contro, chiedergli che diavolo stesse facendo... ma non riusciva a parlare, con la bocca coperta dalla sua mano... e stava perdendo i sensi.

Lance la sollevò da terra, sempre coprendole naso e bocca col panno. Uscì dall'appartamento e si avviò per il corridoio.

Appena raggiunse il proprio appartamento, aprì la porta e la portò dentro. L'ultima cosa di cui Bristol si accorse fu Lance che le mormorava qualcosa, mentre entrava in una stanza in cui era buio pesto. La mise sdraiata su un letto e si abbassò per baciarle la fronte.

"Dormi, tesoruccio. Ci sono io. La tua nuova vita è appena cominciata."

———

Rocky era stanco, accalorato e irritato. Le fondamenta a cui aveva lavorato erano in condizioni peggiori di quanto si aspettasse. Sarebbe servito molto lavoro per riparare i danni che il tempo e la natura avevano causato a quella vecchia casa. Tuttavia, il lavoro che era riuscito a portare avanti quel giorno lo inorgogliva. Ben presto, avrebbe dovuto chiedere aiuto a Ethan, perché non poteva fare tutto da solo; ma sapeva che il fratello non avrebbe avuto alcun problema a dargli una mano.

Dopo aver avviato il motore della sua Tahoe e aver messo l'aria condizionata al massimo, Rocky prese il cellulare e inviò un messaggio veloce a Bristol, chiedendole come fosse andato il resto della giornata e dicendole che stava per tornare all'appartamento.

Fu sorpreso di non ricevere risposta. Non solo: non gli arrivò nemmeno la notifica di lettura.

Aspettò un minuto d'orologio, poi le inviò un altro messaggio.

Rocky: Ehi, Punky, ci sei?

Passò un altro minuto intero senza alcuna risposta, nessun segno che il messaggio fosse stato letto.

Rocky sentì uno strano presentimento e ingranò la marcia. Forse era stupido pensare che fosse successo qualcosa: Bristol doveva essere a casa, nell'appartamento, non era andata da nessuna parte. L'ultima volta che si erano sentiti, era appena tornata a casa, dopo l'incontro all'agenzia immobiliare. Non aveva programmi per il resto del pomeriggio; se avesse cambiato idea e fosse uscita, gliel'avrebbe comunicato.

Di solito, Rocky non saltava a conclusioni affrettate... su

nulla. Però non riusciva a ignorare la strana sensazione di angoscia che gli si stava formando nello stomaco. Probabilmente gli sarebbe bastato tornare a casa per trovare Bristol immersa in un processo creativo, oppure intenta ad ascoltare musica a volume alto, tanto da non sentire i messaggi sul cellulare.

Nel profondo, Rocky non credeva ad alcuno di quegli scenari: Bristol aveva sempre risposto a tutti i messaggi. Non che lui si aspettasse una risposta immediata, non voleva certo farle interrompere ciò che stava facendo per dedicargli tutte le attenzioni ogni volta che le telefonava o che le inviava un messaggio; però Rocky se lo sentiva dentro: c'era qualcosa di strano.

Pregò di sbagliarsi, pregò di trovare Bristol nell'appartamento, che gli desse del ridicolo iperprotettivo. Magari avrebbero litigato per la prima volta e lei gli avrebbe detto di darsi una calmata, o qualcosa del genere. Quasi quasi, Rocky *voleva* che andasse in quel modo.

Sì, perché le alternative che gli venivano in mente erano inaccettabili.

Gli sembrò di impiegare molto più del solito ad attraversare Fallport per tornare a casa. Esaminò il palazzo, non trovò nulla fuori posto. Nessun veicolo sospetto nel parcheggio, nessuno che si aggirasse nei paraggi. Parcheggiò e saltò giù dall'auto, andando di corsa verso le scale. Salì due gradini alla volta e corse nel corridoio verso la porta di casa. Provò ad aprire, ma era chiusa a chiave.

Era un buon segno, si disse; gli servirono secondi preziosi per trovare la chiave giusta e per infilarla nella toppa. Poi aprì e fu colpito dal profumino di una torta appena sfornata.

Una sorpresa dolce, gli aveva detto Bristol. Sentì un senso di sollievo in tutto il corpo; entrò e chiuse la porta. Poi la chiamò: "Bristol?"

Non ricevette alcuna risposta.

Si addentrò nell'appartamento e guardò in cucina, dove a

volte la trovava, quando tornava dal lavoro. Lei non c'era. Vide la torta che Bristol aveva preparato, era sopra i fornelli, in una teglia, a raffreddarsi. Non c'era alcuna glassa... un dettaglio che lo insospettì.

"Bristol?" la chiamò di nuovo. Come prima... nessuna risposta.

Si girò e rabbrividì, vedendo sul mobile il telefonino di Bristol.

Lo prese e ne attivò lo schermo. Gli apparvero subito sullo schermo le notifiche dei messaggi che le aveva mandato. C'erano anche messaggi di Lilly, Elsie, Sandra, persino di Khloe.

Appoggiò di nuovo il telefono sul mobile e andò in corridoio. La porta del bagno era aperta, Bristol non c'era. Mentre apriva la porta della camera da letto, gli tremava la mano. Era una sensazione stranissima, da un lato *temeva* di trovarla in camera, magari ferita, incapace di muoversi; dall'altro, *sperava* di trovarla in quel modo. Almeno, se si fosse trattato di un dolore fisico, lui avrebbe potuto aiutarla. Se invece non l'avesse trovata...

Le sue paure peggiori si avverarono quando trovò la camera esattamente come l'aveva lasciata quel mattino, quando, incapace di tenere le mani a posto, l'aveva piegata sul letto e l'aveva presa da dietro. In tanta esuberanza, il lenzuolo era finito per terra e Bristol aveva finto di brontolare, perché il letto era da rifare. Lui l'aveva baciata e le aveva promesso di rimettere tutto in ordine una volta rientrato.

Invece, appena vide il lenzuolo ancora per terra e la coperta in disordine, capì. Anche senza controllare nella camera degli ospiti, dove lei aveva dormito appena arrivata, capì che Bristol non era a casa; avrebbe cambiato il letto lei stessa, senza aspettare veramente che lui tornasse.

Rocky girò i tacchi e tornò in salotto, aprì la porta dell'appartamento e corse fuori, sporgendosi dalla ringhiera. Non aveva idea di cosa cercare con lo sguardo.

No, in realtà lo sapeva: cercava un segno, una qualunque traccia che gli indicasse dove potesse essere Bristol. Un indizio di qualunque tipo. Invece, tutto ciò che vide fu lo stesso identico scenario di quando usciva di casa. Si girò per esaminare la propria porta di casa. Nel rientrare, l'aveva trovata chiusa a chiave, però in casa c'erano il telefono, la borsetta e le chiavi di casa di Bristol.

Merda. Rocky sapeva orientarsi benissimo nel bosco; sapeva seguire delle piste, riconoscere un pericolo a più di cento metri; sapeva persino individuare un tiratore scelto, arroccato su un palazzo di un villaggio ostile. Però non era un investigatore, non aveva esperienza in campo criminale e non sapeva da dove cominciare, per trovare in casa degli indizi che lo aiutassero a capire dove fosse la donna che amava.

Strinse forte i denti e tirò fuori di nuovo il telefono. *Amava* Bristol... e non gliel'aveva detto! Se le fosse successo qualcosa, senza che lui avesse trovato l'opportunità di dirle quanto l'amasse profondamente, non se lo sarebbe mai perdonato.

Forse era una reazione eccessiva, ma il suo istinto gli diceva altrimenti.

Cliccò su un contatto e attese pazientemente la risposta dell'amico.

"Ciao Rocky, che c'è?" fu la risposta di Drew.

"Ho bisogno di te."

"Come mai? Che succede?"

"Bristol è sparita, mi serve il tuo aiuto, Ho bisogno dell'aiuto di tutti."

"Arrivo subito," gli disse Drew.

Rocky sentì dall'altra parte del telefono l'amico che si stava già muovendo. Chiuse gli occhi e si sforzò di non lasciarsi prendere dal panico. Drew non gli aveva nemmeno chiesto se fosse sicuro; fu un sollievo. Rocky sapeva che era successo qualcosa a Bristol, ne era sicuro quanto era sicuro di essere al mondo. Era una sensazione di pancia. La stessa sensazione che aveva provato quando aveva sette anni e Ethan aveva avuto un incidente in moto. Rocky non era presente, ma aveva provato lo stesso dolore del gemello. La stessa sensazione di quando Ethan era quasi saltato in aria, dilaniato in mille pezzi da una bomba, quando erano ancora nei SEAL.

"Dove sei, al tuo appartamento?" gli chiese Drew.

"Sì." La conferma gli uscì come un sussurro, più che come una parola vera e propria.

"Non toccare nulla. Hai capito? Potrebbero esserci tracce di DNA o altre prove."

"Sono in piedi, di fuori," gli rispose Rocky.

"Bene. Arrivo tra pochi minuti. Riattacco e telefono agli altri. Te la cavi, intanto che arriviamo?"

Se la sarebbe cavata? No, se Bristol era chissà dove, probabilmente spaventata, forse ferita. Rocky conosceva bene le statistiche: la prima ora dopo la scomparsa di una persona era il momento più importante. Se poi la persona scomparsa non veniva ritrovata nei primi due giorni critici, diventava molto improbabile ritrovarla in seguito.

Rocky non riusciva a pensare a un mondo senza la sua Bristol. Lei era come una stella lucente, come un faro che lo faceva diventare un uomo migliore.

Si mise una mano sul cuore e inspirò profondamente. Bristol non era morta, non ancora. Lui lo *sapeva*. Se lo sentiva dentro. Aveva ancora una chance per trovarla, per portarla a casa. Chi aveva osato anche solo sfiorarla, chiunque fosse, se ne sarebbe pentito.

"Rocky? Rimani con me, non perderti!" gli sbraitò Drew.

"Ci sono," rispose all'amico.

"Bene. Adesso chiudo, così posso chiamare gli altri. Rimani dove sei."

Rocky annuì e sentì la telefonata chiudersi. Si girò e fissò all'interno dell'appartamento. C'era sempre la possibilità che Bristol si fosse semplicemente dimenticata telefono, borsetta e chiavi, e che fosse andata a passare un po' di tempo con una delle sue nuove amiche, ma Rocky scartò immediatamente quel pensiero: Bristol non usciva mai, senza il cellulare. Dopo la brutta esperienza nel bosco, aveva capito una volta per tutte l'importanza di avere sempre un modo di comunicare con gli altri.

No, era davvero una brutta situazione.

Anzi, pessima, e Rocky non poteva fare altro che starsene là in piedi a pregare, sperando che Bristol fosse abbastanza forte per superare l'ulteriore sfida che la vita le aveva lanciato.

CAPITOLO SEDICI

Quando Bristol riprese i sensi, era estremamente confusa. La stanza in cui si trovava era in penombra. L'unica fonte luminosa era una lampadina molto flebile, appoggiata al comodino vicino al letto su cui lei era sdraiata, un letto che non aveva un odore familiare, né tale le sembrava.

Man mano che riprendeva conoscenza, si accorse di avere un'emicrania terribile... inoltre, la ferita alla gamba le faceva un male cane. Gli occhi le si riempirono subito di lacrime: era impossibile! La gamba era quasi guarita, il dottor Snow gliel'aveva confermato due giorni prima.

"Ciao, Bristol," disse una voce profonda sulla destra, vicino a lei.

Lei si girò, sbatté le palpebre per liberare le lacrime e riconobbe il vicino di casa... Lance.

Le bastò quello, per farle tornare tutti i ricordi. D'istinto, cercò di allontanarsi da lui con uno scatto, ma il dolore alla gamba decuplicò, tanto da farla urlare.

"Calma," le disse Lance, che allungò una mano per afferrarle il braccio. "Devi stare ferma, altrimenti ti fai male."

Bristol abbassò lo sguardo e vide intorno alla caviglia destra una catena, che poi spariva ai piedi del letto. Ma non era tutto: il gesso rosa era sparito. La gamba era bianchissima, la pelle malconcia aveva bisogno di pulizia. Il suo sguardo stupito si fissò su qualcos'altro.

Stava sanguinando copiosamente. e a giudicare dal dolore che provava, la gamba era nuovamente fratturata.

"Mi dispiace," le disse Lance, che però non sembrava affatto dispiaciuto. "Ho dovuto toglierti il gesso per legarti bene, volevo assicurarmi che non potessi lasciarmi. Purtroppo la gamba si è ferita di nuovo."

A Bristol tornarono in mente immagini terribili del film *Misery non deve morire*. Lance le aveva fratturato di proposito la gamba, per non farla camminare?

"Vedrai che guarirà, ci penserò io. Ti porterò tutto il necessario... da mangiare, da bere, anche la roba che ti serve per creare gioielli. Sono passato a casa tua, sai?" Il suo tono di voce era piatto, apatico, sembrava che stesse parlando del tempo, non del modo in cui l'aveva incatenata per imprigionarla.

"A casa mia?" gli chiese Bristol, facendo del suo meglio per non uscire di senno: doveva rimanere calma, scoprire cosa diavolo stesse succedendo, come svignarsela.

"Sì. Sei sparita per un sacco di tempo, mi sono preoccupato. Non eri online, non accettavi ordini dal sito. Ho immaginato che ti fosse successo qualcosa, infatti avevo ragione. Quando finalmente sei tornata a casa, sai che sollievo? ...però eri con *quello*. Lui non va bene per te, Bristol. Non hai più seguito i messaggi dei follower, nessuna attenzione per i clienti, niente sul sito. Non hai caricato nuove opere d'arte. Non va bene!"

"Quando siete andati via, vi ho seguiti fino a qui, fino a questo schifo di paesino, dove tutti ficcano il naso negli affari degli altri. Disgustoso!" esclamò con una certa rabbia, per la prima volta, prima di calmarsi di nuovo. "Quando sono tornato a casa, ho cominciato a programmare tutto. Sono andato di nuovo a casa tua, per prenderti le tue cose. La roba che ti serve, fintanto che ti porterò a casa *mia*, dove saremo felici insieme. Ho il tuo sapone, i tuoi libri... e guarda: persino la foto di tua mamma."

Lance fece un cenno a indicarle la stanza, e Bristol gli obbedì, guardandosi attorno inorridita. Le aveva detto il vero. Vide il cuscino che aveva lasciato sul divano, nella casa di Kingsport. C'era la foto che la ritraeva con la madre, l'avevano scattata qualche anno prima, sotto Natale. C'era la tazza che teneva sempre nel pensile della cucina, quella con l'immagine di un fiore di campo.

Nell'angolo della stanza c'era un tavolino, su cui erano posati dei contenitori di plastica; dentro c'erano perline e altri materiali che lei usava per creare gioielli. Anche quelli venivano da casa sua, ce li aveva visti l'ultima volta con Rocky. Aveva deciso di non portarseli dietro perché aveva già borsoni pieni di materiali e per un po' non le sarebbe servito altro.

Le lacrime le uscivano dagli occhi senza sosta. Già era brutto essere stata rapita dall'appartamento di Rocky, da qualcuno che non era del tutto sconosciuto, con la gamba incatenata, incapace di camminare. Ma sapere che Lance aveva violato anche il suo spazio privato a Kingsport era troppo.

"Non piangere," le disse Lace, che sembrava vagamente agitato.

Bristol si voltò per guardarlo; lo vide con la faccia rossa, accigliato.

"Non piangere!" le ripete, ma con più forza. "Dovresti essere *felice*! Tu mi ami! Siamo fatti l'uno per l'altra. A casa mia ci sono un sacco di cose fatte da te. Le hai fatte *per me*!"

Bristol trattenne il fiato. Aveva paura... accidenti, se aveva paura! Lance era totalmente fuori. Poteva aver ordinato opere d'arte online, lei di sicuro non lo ricordava.

Aveva il respiro troppo affannato, ma per sopravvivere doveva convincere Lance che era contenta di essere con lui. Non poteva lottare con lui: era più grande, più forte; con quel dolore lancinante alla gamba, non poteva nemmeno andarsene camminando.

Bristol ripensò a un programma poliziesco che aveva visto in TV. C'erano cinque o sei giovani donne, rapite e tenute prigioniere per lungo tempo. Alcune di loro, persino per anni. Il pensiero di essere costretta a stare con quell'uomo anche solo per un giorno, figuriamoci per sempre, le fece venir voglia di piangere ancora; ma lei si sforzò di non dar segno dei propri pensieri più reconditi.

Nel programma, le donne parlavano del modo in cui avevano fatto amicizia coi rapitori, di come avevano obbedito, facendo tutto ciò che veniva loro chiesto. Nell'intervista, alla domanda se avessero mai pensato di ribellarsi, la risposta di ciascuna di loro era che *ovviamente* ci avevano pensato, ma che l'istinto aveva detto loro che, se ci avessero provato, sarebbero state uccise.

Bristol, a quel tempo, non aveva capito fino in fondo; si era immaginata che, se fosse capitato a lei, avrebbe lottato come una leonessa, senza arrendersi *mai*. Men che meno avrebbe fatto credere al rapitore che era contenta di quanto le stava facendo, nemmeno per un secondo.

Tuttavia, sdraiata su quel letto, vulnerabile, incatenata, con la gamba dolorante e il mal di testa, dovuto alla sostanza che le aveva fatto perdere i sensi, Bristol aveva compreso.

L'unico obiettivo era sopravvivere; se ciò significava fingersi docile e non far capire a quell'uomo quanto lo odiasse e con quanta intensità volesse fuggire, allora così sarebbe andata.

Rocky l'avrebbe trovata. Doveva ritrovarla. Lei nel frattempo doveva usare l'astuzia, rimanere in vita, proprio come nel bosco. Quando era scivolata nel declivio, non sapeva che Rocky la stesse cercando; adesso invece lo sapeva senza ombra di dubbio: Rocky, gli amici... maledizione, l'intera cittadinanza di Fallport avrebbe smosso mari e monti, andandola a cercare dietro ogni cespuglio, sotto ogni roccia.

Una vocina, sotto sotto, le disse che cercare dietro i cespugli e sotto le rocce non sarebbe servito, ma lei scacciò quei dubbi: doveva rimanere ottimista.

"Son contenta che ti siano piaciute le opere che ho creato per te," gli disse, con circospezione.

Erano le parole giuste da dirgli: Lance fece un sorriso raggiante. "Le adoro. L'ho capito fin dal momento in cui ho visto una delle tue creazioni: eri fatta per me. Mi sono trasferito a Kingsport per starti vicino, lo sapevo che era solo una questione di tempo, prima che anche tu sentissi lo stesso legame. Siamo fatti l'uno per l'altra. Ti amo, tesoruccio."

Bristol sorrise. Era un sorriso un po' tirato, ma lei si impegnò e si asciugò le lacrime dalle guance. Si era trasferito a Kingsport per lei? Da quanto tempo la osservava? Non voleva nemmeno pensarci. Fece un respiro profondo. "Dove siamo?"

"Nel mio appartamento."

Lei sbatté le palpebre sorpresa. "Ah sì?"

"Eh sì, ma non preoccuparti, non ti troveranno. È impossibile. Ho insonorizzato la stanza, altrimenti ti avrebbero sentita di sicuro, le pareti erano troppo sottili."

Bristol si guardò attorno e capì come mai ci fosse tanto buio: c'erano coperte appese ai muri per coprire le finestre. Non capì bene quante fossero, ma sembravano abbastanza per attutire qualunque rumore proveniente da quella camera.

Dovette farsi forza per sorridere a Lance. "Sei furbo," gli disse sottovoce.

"Lo so. Siamo proprio sotto al suo naso e lui non se ne accorgerà nemmeno," le spiegò come per vantarsi. "Rimarremo qui per un po', finché smetteranno di cercarti. Poi ti porterò a casa, a casa *mia*, è il posto giusto per te, perché vivremo felici e contenti. Tu creerai le tue vetrate per me e io ti amerò, non avremo mai bisogno di altre persone, se non l'uno dell'altra."

Bristol sentì un brivido gelido nelle vene. Se Lance l'avesse portata via da Fallport, le probabilità che qualcuno la trovasse sarebbero scese drasticamente vicino allo zero.

"Mi dispiace per la gamba," le disse di nuovo Lance, facendosi serio. "Non volevo farti male, ma mentre ti toglievo il gesso ho pensato che avresti potuto cercare di scappare. Non potevo rischiare. Prima ancora di rendermene conto, ti ho colpita con un martello. Ho pensato che sarebbe stato meglio mentre dormivi, così non hai provato dolore."

Bristol avrebbe voluto vomitare. Per forza la gamba le faceva tanto male: l'aveva colpita con un *martello*? Lo guardò con un'espressione che sperava inducesse pietà. "Fa tanto male."

Invece di mostrarsi preoccupato, o di fare qualcosa per fermare l'emorragia, Lance fece spallucce. "Lo so, ma almeno adesso non puoi scappare," le disse con naturalezza, come se stesse parlando di cosa preparare per cena.

Nell'osservare l'uomo seduto là vicino, Bristol capì che non era solo un maniaco. Doveva avere dei problemi seri... e andava trattato con cautela.

Lance non poteva rimanere con lei ogni minuto, tutto il giorno. Lei avrebbe trovato il modo di uscire da quella stanza. Bastava raggiungere la porta dell'appartamento e uscire, per essere libera.

Sapere di essere vicinissima a Rocky, ma lontanissima allo stesso tempo, era sia rassicurante che deprimente.

Lance le si avvicinò e le mise una mano sulla pelle lacera dello stinco... stringendo. Bristol non trattenne il grido di dolore.

"Non pensare nemmeno a lasciarmi, Bristol," le disse, come fosse stato in grado di leggerle nella mente. "Ho fatto tanto per averti, non ti lascerò andare. Piuttosto ucciderò *entrambi*. Lui non può averti. Sei mia. Hai capito?"

Bristol annuì freneticamente.

Lance tornò a sedersi con un sorriso enorme, come se, un secondo prima, non le avesse fatto deliberatamente del male.

Appoggiò un gomito sul letto e posò il mento sulla mano. Sulla mano *insanguinata*, quella con cui le aveva appena stretto la ferita alla gamba. "Bene. Adesso, hai fame? Preferisci lavorare a qualche gioiello? So che ti rilassa. Sei mancata ai tuoi fan, è ora di riaprire il negozio online."

Bristol mandò giù la rabbia e l'acido che le era salito in gola. Avrebbe voluto urlare, inveire contro ciò che le stava succedendo. Invece, semplicemente annuì.

———

Rocky cercò di stare calmo, mentre Raiden e Duke lavoravano. Era in piedi nel parcheggio, guardava il segugio andare avanti e indietro nel corridoio davanti all'appartamento del secondo piano. Era chiaro che aveva fiutato una pista, l'odore di Bristol, ma sembrava anche confuso, non in grado di capire dove portasse. Andava dall'appartamento di Rocky fino alle scale, scendeva, poi risaliva. Annusava tutte le porte del secondo piano, lungo quel corridoio, poi tornava giù e annusava in giro nel parcheggio.

Alla fine Raiden si avvicinò a Rocky e agli altri; c'erano anche Simon e altri due poliziotti. "Mi dispiace, ma Bristol è passata tante volte su quelle scale, avanti e indietro dal tuo appartamento; Duke non riesce a capire quali siano le tracce più recenti. Lo scenario più probabile è che sia andata giù e sia entrata in una macchina."

"Cazzo!" mormorò Rocky.

"Ho mandato altri due dei miei uomini a formare un posto di blocco sulla 480," disse Simon. "Fermeranno chiunque esca da Fallport, per cercare Bristol."

Rocky apprezzò l'impegno del capo della polizia, ma se qualcuno aveva rapito Bristol per portarla via, probabilmente era ormai già lontano. Erano passate cinque ore dall'ultima volta che l'aveva sentita. Cinque ore in cui poteva essere successo di tutto.

Gli venne il voltastomaco.

"Ho telefonato a Sandra, le ho chiesto di spargere voce che Bristol è scomparsa," disse Ethan. "Ormai a Fallport la cercheranno tutti."

Rocky lo apprezzò, ma fu pervaso comunque dal terrore in tutto il corpo.

"Dividiamoci, setacciamo la zona intorno al palazzo," suggerì Talon.

Rocky annuì.

"La troveremo," gli disse Brock.

"Non ci daremo pace finché non sarà tornata a casa," aggiunse Zeke.

"Forza, cominciate! Io vi raggiungo tra un secondo," disse Ethan agli altri uomini della squadra di ricerca e soccorso Eagle Point.

I due agenti di polizia risalirono le scale per tornare all'appartamento di Rocky; dovevano esaminarlo meglio, in cerca di indizi che fossero sfuggiti all'ispezione iniziale.

"Parla con me," disse Ethan al fratello.

Rocky alzò lo sguardo verso il gemello. "Di cosa?" gli disse con voce rotta. "È sparita."

"Avete litigato?" gli chiese Simon.

Rocky gli rispose quasi ringhiando. "No!" esclamò, scuotendo la testa con decisione. "Nessun litigio, stiamo bene, siamo uniti. Io non c'entro niente, Simon. Cazzo, mi conosci Lo *sai* che non c'entro."

"Dovevo chiedertelo," gli rispose Simon alzando le spalle con i palmi verso l'alto, arrendevole.

Rocky lo sapeva, ma non gli piaceva. "Sta comprando casa a Fallport, proprio stamattina è andata in agenzia. Mi ha chiesto di andare *a vivere* con lei. Non le torcerei un capello, Simon. Lo giuro. Le ho mandato un messaggio a ora di pranzo, lei mi ha detto che mi stava preparando una sorpresa. Quello è stato l'ultimo scambio di messaggi. Non c'era nulla di strano. Non è successo nulla. Sono tornato a casa e lei... lei era sparita."

Lo sguardo compassionevole sul viso di Simon era quasi insopportabile.

Rocky si era trovato nei panni di Simon innumerevoli volte. Aveva interrogato i parenti di una persona scomparsa, aveva chiesto loro l'ultimo avvistamento del parente, le ultime parole... cercando un indizio qualunque da cui cominciare le ricerche. Invece toccava a lui stare dall'altra parte: era una pena più straziante di quanto avesse mai immaginato.

"È possibile che qualcuno a Fallport abbia scoperto la sua situazione finanziaria e magari l'abbia rapita per avere i soldi?" chiese Simon.

Rocky sospirò frustrato. "Non lo so, ma dai, accidenti, Simon, conosci Bristol. Le vogliono tutti bene. L'ultima cosa che farebbe sarebbe vantarsi del fatto che è ricca. Non lo sapevi nemmeno *tu*, finché non te l'ho detto, poco fa."

Simon alzò le spalle. "Lo so. Sto solo cercando di trovare un movente."

"Che mi dite di Theodore Lorenzo Allen?" chiese Rocky. "Potrebbe essere stato lui? Può aver assunto uno di quelli che diceva di conoscere, per rapirla?"

Simon strinse i denti. "Farò delle ricerche."

"Magari è stato quel Mike. Sapete, quel bastardo che l'ha lasciata nel bosco. Magari non si è fatto una ragione della risposta negativa di Bristol, che non ha voluto stare con lui." Rocky stava facendo ipotesi tirate e lo sapeva, ma non riusciva a credere a ciò che stava succedendo.

"Anche lui è nel mio elenco di sospetti da controllare," lo rassicurò Simon.

Rocky faticava a trovare le forze per pensare. "Tutta la roba di Bristol è nell'appartamento. Telefono, borsetta... persino le scarpe sono vicino alla porta. Penso che abbia dovuto aprire la porta. Magari conosceva chi è arrivato."

"Non lo so," aggiunse Ethan. "Siamo a Fallport. Anche se

non avesse conosciuto la persona alla porta, avrebbe aperto lo stesso."

Rocky sapeva che il fratello aveva ragione.

"Appena i miei uomini finiscono nel tuo appartamento, setacciamo il quartiere. Scopriremo se qualcuno nel palazzo ha visto o sentito nulla. Poi passiamo ai negozi e alle case vicine," aggiunse Simon.

Rocky annuì, ma dentro, nel profondo, la paura e lo spavento si stavano tramutando in una rabbia intensa. Qualcuno gli aveva portato via la donna, lui non aveva dubbi, non se n'era andata via di sua spontanea volontà. Non se ne sarebbe mai andata, senza dir nulla.

Lui e Bristol erano in procinto di cominciare una nuova vita insieme, una vita meravigliosa che lui non aveva mai immaginato di poter avere. L'avrebbe cercata senza sosta, senza arrendersi mai.

"Poi telefono alla polizia di Kingsport per sentire se sanno qualcosa di quel Mike, chiederò anche di fare un controllo ordinario a casa di Bristol. Chissà, magari le è venuta nostalgia e ci è tornata," disse Simon.

Rocky non ci credeva nemmeno per sogno. Bristol ormai si sentiva già a casa anche a Fallport. Non sarebbe mai tornata a Kingsport senza dirglielo, di sicuro non ci sarebbe tornata senza il telefono, senza la borsetta, maledizione, senza le scarpe!

No... qualcuno l'aveva portata via, Rocky ne era certo.

Lui preferiva non pensare a cosa le stessero facendo in quel momento; avrebbe affrontato la situazione in seguito, dopo averla trovata; l'avrebbe aiutata a superare quel trauma. Le sarebbe stato vicino a prescindere.

Prima, però, doveva *fare* qualcosa, qualunque cosa.

Si voltò verso Ethan. "Dovrai pensare tu a coordinare la ricerca."

Il fratello annuì. "Ci ho già pensato."

"Devo essere coinvolto anch'io. Non posso starmene seduto a casa ad aspettare."

"Ti capisco."

"Non sono sicuro sia una buona idea," intervenne Simon, ma Rocky si voltò verso di lui.

"Parteciperò," gli disse a denti stretti. "Non puoi impedirmelo."

"Non è il caso. La tua presenza potrebbe interferire con un'indagine penale, in fase processuale."

"Qualcuno gli starà al fianco in qualunque momento," garantì Ethan. "Se troviamo qualcosa, Rocky non toccherà nulla."

Simon sospirò. "Va bene. Il pensiero dell'indagine penale... insomma, è più che altro un espediente. Sto solo cercando di proteggerti, Rocky. Se la trovate... se non è viva... non voglio che tu la trovi in quel modo."

Le parole del capo della polizia fecero gelare il sangue di Rocky nelle vene, una sensazione che lui non lasciò trapelare. "Non sono un pivello," gli disse, "lo so bene che c'è il rischio che stiamo solo cercando un corpo morto, ma devo partecipare comunque."

Non disse a Simon che pensava che Bristol non fosse morta, che altrimenti se lo sarebbe sentito dentro, nel profondo. Simon non gli avrebbe creduto, ma a Rocky non interessava: ci credeva abbastanza per sé e per Bristol.

"D'accordo. Però non devi toccare niente di ciò che trovate. Dico sul serio!" esclamò Simon.

"Non è la nostra prima ricerca," commentò Ethan con un tono chiaramente irritato. "Sappiamo come funziona il DNA."

"Va bene. Tenetevi in contatto. Se trovate qualcosa, fatemelo sapere."

"Ti avvertiremo," gli disse Ethan, prendendo Rocky per un braccio. "Grazie." Fece alcuni passi verso destra, allontanandosi da Simon, poi avvolse un braccio intorno al collo di Rocky e lo tirò più vicino. Rocky appoggiò la fronte su quella del fratello. Rimasero in quella posizione a lungo. Rocky assorbiva l'amore e il supporto del gemello; ne aveva bisogno più del solito, da molto tempo non aveva un bisogno tanto forte.

"La troveremo, fratello," gli disse Ethan sottovoce, dopo un minuto.

"Ho paura," sussurrò Rocky.

"Anch'io."

"Qualcuno l'ha presa, non è andata via," disse Rocky.

"Hai ragione. Non molleremo finché non l'avremo ritrovata."

Rocky chiuse gli occhi. Sentiva il cuore palpitare a mille, l'adrenalina gli scorreva a fiumi nelle vene, tanto da farlo tremare. "L'amo," ammise a voce alta per la prima volta.

"Non mi dici niente che non sappia già," gli rispose Ethan. "Anche lei ti ama. Non importa dov'è o cosa stia succedendo, lei resisterà... per te. È un osso duro. Sarà anche piccolina, ma c'è più determinazione nel suo dito mignolo di quanta ne abbiano persone grosse anche il doppio di lei."

Rocky annuì e respirò a fondo, poi drizzò la schiena. Ethan gli portò le mani sulle spalle, si fissarono a vicenda. Ethan aveva ragione. Bristol era *davvero* un osso duro. Non solo, era anche intelligente. Lui non sapeva proprio cosa le fosse successo, ma sapeva che lei non si sarebbe arresa. Mai.

"Sei pronto a cominciare?" gli chiese Ethan.

Rocky era più che pronto. "Sì."

"Dai, andiamo a trovare la tua donna," concluse Ethan.

CAPITOLO DICIASSETTE

Bristol non aveva idea di quanto tempo fosse passato, da quando era stata rapita. Nella stanza c'era sempre buio, non si capiva se fosse giorno o notte. Le sembrava di aver dormito molto, nei primi giorni, anche per sfuggire mentalmente alla situazione e per trovare sollievo dal dolore alla gamba.

Quando doveva sbrigare dei bisogni, Lance le portava un secchio e glielo metteva vicino al letto. Era umiliante, disgustoso, ma lei non aveva alcuna alternativa: doveva usarlo. Altrimenti avrebbe insozzato se stessa e il letto. Lance doveva aiutarla a uscire dal letto, dato che ogni movimento le provocava dolore alla gamba. La prima volta, Bristol fu sorpresa che lui la lasciasse da sola ad andare di corpo; però rientrava subito, appena lei finiva, per portar via il secchio. Probabilmente la osservava, il che la disgustava ancor di più.

Le portava regolarmente da mangiare e da bere. Non dei gran manicaretti, ma lei mangiava tutto lo stesso. Aveva bisogno di tenersi in forza e l'unico modo per non perdere energie era mangiare.

Lance era ossessionato dai gioielli e dalle opere d'arte che lei produceva. Si lamentava del fatto che lei non potesse creare vetrate istoriate stando a letto, ma la riempiva di promesse: tornati a casa sua, lei avrebbe potuto riprendere la sua attività.

Andarsene da Fallport era letteralmente l'incubo peggiore di Bristol. L'ultima cosa che voleva era tornare in Tennessee.

Tutta la cittadinanza di Fallport sembrava impegnata a cercarla. Ogni volta che Lance le dava notizie delle ricerche, le si spezzava il cuore dalla frustrazione. C'erano cartelloni con la sua foto, per denunciarne la scomparsa; venivano organizzate ricerche in ogni angolo della città e nei boschi circostanti.

L'interesse di tutti le faceva piacere, ma la rattristava anche enormemente. Lei era *là*. Nello stesso palazzo! A tre porte di distanza dall'appartamento di Rocky. Eppure, quelle ricerche rappresentavano il suo unico briciolo di speranza.

Lance, ovviamente, era di parere contrario. Tutta quella preoccupazione per Bristol lo infastidiva. Continuava a farneticare e inveire, dicendo che lei era arrivata da poco a Fallport, che a nessuno avrebbe dovuto importare tanto. Lei gli apparteneva... nessun altro aveva il diritto di amarla come l'amava lui.

Aveva spesso sbalzi d'umore, prima era dolce e tenero, poi si incazzava e la spaventava, affermando che era stata *lei* a metterlo in quella situazione.

Nonostante la rabbia di Lance per le ricerche, Bristol lo vedeva comunque compiaciuto di essere riuscito a tenerla nascosta sotto al naso di tutti. Le aveva detto più volte che la polizia era passata e gli aveva bussato alla porta, facendogli domande sul rapimento e interrogandolo su ciò che potesse aver sentito o visto. Lance si era vantato di aver tenuto la porta completamente spalancata, godendo, perché i poliziotti non avevano idea che la donna che stavano cercando fosse letteralmente nell'altra stanza, qualche metro più in là.

Continuava a ripeterle che lei apparteneva *a lui* e che nessuno gliel'avrebbe portata via. Mai.

Stava diventando sempre più difficile mantenere l'ottimismo, stare al gioco. Ogni giorno, Bristol doveva costringersi a sorridere, invece che urlare. Doveva evitare di dirgli quanto fosse sadico e orribile, o che non l'avrebbe mai amato, *mai*.

Se gli avesse rivelato ciò che provava veramente, lui l'avrebbe ferita, forse persino uccisa. Ancora non riusciva a muovere la gamba più di tanto. Si chiedeva se il perno che il chirurgo le aveva inserito nell'osso un paio di mesi prima si fosse staccato o che altro; sapeva solo che, pur senza una catena alla caviglia, non poteva uscire da quell'appartamento camminando.

Però poteva sempre trascinarsi. Era strisciata per terra nel bosco, poteva ripetersi. Volentieri.

L'aspetto peggiore della prigionia non era l'imbarazzo di doversi scaricare in un secchio, o fingere di apprezzare la compagnia di Lance: era quando lui usciva. Per quanto lei lo implorasse e gli promettesse di rimanere tranquilla, lui non si fidava: le metteva le manette, collegate alla catena attaccata alla gamba, poi le infilava in testa una fascia elastica, con una palla di gomma da infilare in bocca; infine le diceva di stare buona.

Con quella palla in bocca, le riusciva difficile persino respirare; ogni volta che lui usciva, lei temeva di soffocare in qualunque momento per la propria saliva, che le usciva di bocca per scendere sulla faccia, dato che non riusciva a deglutire. Per quanto tentasse, non riusciva a raggiungere la fibbia dietro la testa perché aveva le mani legate alla catena. Per non parlare del dolore infernale alla gamba, ogni volta che si muoveva.

Una volta, Lance era tornato a casa dopo un periodo insolitamente lungo e le aveva comunicato con grande gioia di essersi unito a una delle squadre che la stavano cercando. Le aveva confidato di aver riso sotto i baffi per gli sforzi inutili di tutti.

Si era dimostrato un mostro malefico, e le briciole di pietà che le era capitato di provare per quell'uomo, chiaramente solo e malato, erano ormai sparite.

Le giornate erano interminabili e noiose, dato che l'unica attività che Lance le concedeva era creare orecchini, braccialetti e collanine. Non le lasciava guardare la TV, leggere libri, non poteva fare altro, se non mangiare, dormire o creare gioielli. Una volta, si era presentato con un computer portatile e Bristol si era illusa di poter inviare chissà come un messaggio a Rocky, o a chiunque altro; ma Lance aveva spento subito ogni barlume di speranza, non lasciandola minimamente avvicinare alla tastiera.

Le aveva chiesto la password per gestire il suo sito; voleva farsi insegnare da lei come caricare immagini e aggiornare le descrizioni degli articoli. Quando lei aveva cercato di dissuaderlo, affermando di non ricordare con sicurezza la password, lui aveva afferrato il martello dal tavolo e l'aveva sbattuto contro il letto... poco vicino alla gamba.

Al che, lei gli aveva confidato subito le informazioni che le aveva chiesto.

Da allora, Bristol faceva gioielli ogni giorno e Lance caricava le inserzioni sul sito, costringendola ad ascoltarlo mentre lui le diceva quanto sarebbe stato meraviglioso vivere insieme, quanto le sarebbe piaciuta la camera che le aveva preparato, a Kingsport.

La prima volta che un nuovo articolo era stato venduto, Lance era andato in visibilio. Era andato avanti per un'ora a vantarsi, dicendo quanto sarebbe stata felice la cliente; poi le aveva descritto nel dettaglio ogni singolo articolo che lui aveva comprato da lei. Bristol non ricordava quei pezzi... ma era *sicura* di non aver allegato "biglietti d'amore" alle ricevute, come invece sosteneva Lance.

Sapere che Lance l'aveva seguita, osservata, idealizzata per tanto tempo le faceva venire il voltastomaco. Se solo Bristol avesse dedicato più attenzione ai clienti... e agli indirizzi!

Invece no... erano semplicemente troppi. Lei preparava solo i pacchetti e li spediva senza badarci più di tanto.

Mentre le lunghe ore di interminabili giorni passavano, lei cominciò a sentire i primi segnali di depressione, di disperazione. Non aveva modo di sapere quanto tempo fosse trascorso, ma con ogni giorno che passava, le ricerche si sarebbero diradate. Prima o poi, si sarebbero convinti tutti che fosse morta e avrebbero smesso di cercarla. I poster sarebbero spariti e la vita sarebbe tornata alla normalità.

Il pensiero che anche Rocky tornasse alla sua solita vita faceva tremare il muro mentale che si era costretta a erigere per non impazzire. Lo amava troppo; il pensiero che soffrisse, ignaro di ciò che le stava succedendo, quasi la straziava.

Ma era il pensiero che lui voltasse pagina, ad avere la forza di distruggerla.

Avrebbe voluto urlare più volte: "Sono qui! Sono qui!" Prima o poi, qualcuno l'avrebbe sentita. Le coperte attaccate alle finestre non potevano essere *tanto* efficaci nell'insonorizzare acusticamente la camera. Certo, ecco perché Lance la imbavagliava sempre, prima di uscire dall'appartamento. Bristol poteva tentare di urlare quando lui era in casa, ma il martello appoggiato sul tavolo alla parete opposta la convinceva a desistere.

Dopo un respiro profondo, Bristol si sforzò di non pensare più a nulla. Doveva solo resistere. Solo un pochino. Prima o poi, Lance avrebbe commesso un errore. Per forza. Era troppo squilibrato, tanto che era impossibile riderci sopra. Qualcuno se ne sarebbe accorto e avrebbe cominciato a fare domande. Lance passava quasi tutto il tempo nell'appartamento, insieme a lei; però doveva uscire per fare la spesa, per spedire i gioielli venduti.

I cittadini di Fallport erano curiosi, si sarebbero accorti che tra loro si era infiltrato un lupo travestito da pecora. Lei ci contava.

Due settimane. Rocky non riusciva a credere che fosse passato tanto tempo.

Ormai non mangiava più. Non dormiva più. Non riusciva a fare più nulla, se non pensare a Bristol.

Stava bene?

Soffriva?

Credeva che lui non la cercasse più?

Perché lui invece non aveva smesso di cercarla. Nemmeno se gli fossero serviti anni per trovarla, non avrebbe mai smesso.

Bristol era viva, lui lo sapeva.

Si accorgeva di come lo guardavano gli altri, con compassione; sapeva bene che in tanti si erano arresi, pensando che Bristol fosse morta e sepolta, da qualche parte, nel bosco. Lui invece sapeva che lei era viva, allo stesso modo in cui sentiva fisicamente ogni volta che il fratello si faceva male.

Eppure, giorno dopo giorno, la sentiva *anche* sempre meno determinata. L'energia che tra loro era sempre stata a mille cominciava ad annebbiarsi. La finestra temporale per ritrovare Bristol si stava assottigliando, Rocky lo sapeva.

C'era qualcosa che gli sfuggiva, ma lui non riusciva a capire cosa.

Non era servito a nulla ricevere, una settimana dopo la scomparsa, la consegna all'appartamento di uno scatolone: sette telefoni satellitari nuovi di zecca, top di gamma. Bristol doveva averli ordinati, probabilmente per fare alla squadra una sorpresa. Riceverli l'avrebbe entusiasmata parecchio. Per quanto lui avesse apprezzato il regalo, aprire lo scatolone l'aveva rattristato maledettamente, quasi distrutto.

Pensare a lei era una frustrazione dolceamara. Non c'erano piste che indicassero dove potesse essere, o chi l'avesse rapita. Mike, l'idiota che aveva cercato di convincerla a partecipare a un'orgetta nel bosco, aveva un alibi di ferro. Il bastardo pedofilo che era stato catturato dalla squadra era al fresco. Quando l'avevano interrogato, dopo aver sentito che Bristol era scomparsa, s'era messo a ridere; non esisteva alcuna prova che avesse contattato qualcuno per organizzare un rapimento.

Rocky e gli altri della squadra avevano cercato in ogni angolo del quartiere vicino al palazzo, senza trovare nulla. I concittadini avevano percorso a turno i sentieri che partivano da Fallport, non avevano né visto né udito nulla di anomalo. Ogni giorno, qualcuno si trovava in piazza per ricevere l'incarico di andare a cercare in un posto nuovo.

Ethan s'era dato da fare senza sosta, aveva organizzato e coordinato le ricerche. Rocky non avrebbe mai saputo ringraziarlo per quel supporto incondizionato... ma la verità era semplice: Bristol non sarebbe stata ritrovata in mezzo al bosco, seduta ad aspettare. Già ce l'aveva trovata una volta... qualcuno la teneva nascosta, Rocky ne era convinto fino al midollo. La questione era... dove? Sempre a Fallport? Oppure in una baita nel bosco? L'avevano portata fuori città? In un altro stato? Era impossibile stabilirlo.

Era ora di stravolgere tutto. Ormai non era più una ricerca fisica, lui se lo sentiva nel cuore. Ormai bisognava cercare informazioni. Qualcuno sapeva *qualcosa*. Qualcuno aveva visto o sentito qualcosa.

Rocky non riusciva a convincersi di dormire nel suo letto, non senza poterlo condividere con Bristol, così passava le notti sul divano. Dormicchiava a tratti. Ogni minimo rumore lo svegliava di soprassalto, quasi si aspettasse il rientro di Bristol a casa. Ogni volta rimaneva deluso.

Aveva un aspetto infernale, ma non gli importava nemmeno. Non si pettinava i capelli o la barba da giorni. Non ricordava nemmeno l'ultima volta che aveva mangiato, o l'ultima volta che si era cambiato i vestiti. Come poteva preoccuparsi di cavolate del genere, quando la sua donna forse soffriva la fame, o indossava gli stessi vestiti di quando era stata rapita, o magari non poteva nemmeno lavarsi?

Quando era quasi giunta l'ora in cui Ethan incontrava gli altri in piazza, Rocky uscì dall'appartamento per partecipare all'incontro. Voleva dire qualcosa ai concittadini, sperava di allertarli in modo diverso da prima.

Quando era a metà delle scale, intento a raggiungere la macchina, dietro di lui si aprì la porta di uno degli appartamenti.

Rocky alzò lo sguardo e vide Lance che chiudeva la porta.

"Buondì," gli disse Lance guardando in basso. "Sei riuscito a trovare la tua donna?"

"Non ancora," gli rispose Rocky, mentre raggiungevano insieme il parcheggio.

"Mi dispiace, chissà che dolore."

Dolore era l'eufemismo del secolo. "Sì," rispose distrattamente.

"Beh, spero che la troviate. Io devo andare a fare la spesa e all'ufficio postale." Indicò un pacchetto che teneva sottobraccio e fece un sorrisetto.

"Grazie, buona giornata," gli rispose senza pensarci. Non riusciva a ricordare l'ultima volta che si era occupato di faccende tanto banali come fare la spesa. La torta che Bristol aveva preparato per lui il giorno in cui era scomparsa era rimasta per una settimana sul mobile della cucina, poi Ethan l'aveva avvolta con la stagnola e l'aveva portata via senza chiedergli nulla, aveva intuito che Rocky non sarebbe mai riuscito a gettarla via. Sicuramente Ethan l'aveva buttata appena tornato a casa, ma non avrebbe mai compiuto un gesto tanto inumano davanti al gemello.

Rocky non si concentrò nemmeno sulla strada per raggiungere la piazza: sapeva che era estremamente pericoloso, ma ultimamente non riusciva a trovare nemmeno le energie per preoccuparsi della propria sicurezza.

Varie decine di persone erano raggruppate intorno al

Cerchio, il padiglione in mezzo alla piazza; Rocky si sentì rincuorato dallo sforzo dei tanti che cercavano ancora di trovare Bristol.

Si incamminò verso Ethan, che era in piedi nel Cerchio; tutti gli altri intorno lo videro e smisero di parlare. Rocky non si presentava sempre agli incontri in cui Ethan organizzava le ricerche, ma quando ci andava riceveva sempre la solidarietà e l'ottimismo di tutti, che apprezzava.

Parlò subito agli altri. "Grazie per essere venuti qui oggi. So che Bristol ne sarebbe felice, so che sarebbe sorpresa del supporto che mostrate per lei. Però... sentite... penso che dobbiamo cambiare l'approccio alle ricerche," disse.

Rocky si accorse che il fratello lo stava osservando, ma tenne gli occhi sugli altri volontari. "Se si fosse fatta male nel bosco, o in qualunque angolo della città, ormai l'avremmo già ritrovata. Non penso che possiamo più nasconderci il fatto che qualcuno la stia tenendo in ostaggio. Penso che dobbiamo cominciare a parlare non tanto di ciò che abbiamo visto durante le ricerche, quanto di ciò che abbiamo visto qui fuori. Io non ho mai amato tanto il gossip... ma è proprio ciò di cui abbiamo bisogno adesso. Avete visto o sentito qualcosa che vi sembra insolito, fuori posto? Avete un vicino di casa che si comporta in modo strano? Qualche losco figuro? Qualcuno è andato via da Fallport all'improvviso e senza apparente motivo? Qualcuno ha fatto scorta di prodotti per la casa, ultimamente?"

"Chiunque abbia rapito Bristol, non può tenerla nascosta per sempre. Prima che succedano casini, non sto dicendo che bisogna cominciare ad accusare gli amici o i vicini, voglio solo che cambiamo mentalità... non stiamo più cercando Bristol, stiamo cercando informazioni, qualcosa che abbiamo visto o sentito, per mettere insieme i pezzi di questo puzzle."

"Bristol mi manca moltissimo. Ha bisogno di noi, dobbiamo unire le forze e *parlare* tra di noi. Lei è là, da qualche parte, aspetta di essere ritrovata. Vi prego... pensateci bene, qualunque stranezza abbiate visto, avvertite la polizia. Anche se si tratta di una piccolezza, potrebbe essere l'indizio mancante per ritrovare Bristol. Grazie."

Rocky passò lo sguardo sulle persone presenti. Vide Silas, Otto e Art. Avevano abbandonato tutte le mattine il solito posto, davanti all'ufficio postale, per unirsi alle ricerche, o almeno per ascoltare cos'avesse da dire Ethan. C'era anche Sandra, insieme a quasi tutti i negozianti della piazza. Accidenti, c'era persino il proprietario del circolo del biliardo, Whip: era dietro agli altri, poco più in là, quel figlio di buona donna altezzoso. Rocky non avrebbe allontanato nessuna delle persone disposte a cercare Bristol.

C'era anche Davis, arruffato come sempre, poi c'erano le cameriere dell'On the Rocks. Il locale dell'amico Zeke non apriva se non dopo qualche ora, i dipendenti erano ancora liberi e volevano dare una mano. Nissi O'Neill, l'avvocato con lo studio in città, Finley, Khloe... persino Edna Brown, la proprietaria del motel in cui Elsie e Tony avevano vissuto tanto a lungo. C'erano i docenti della scuola di Tony, persino gente che Rocky non conosceva.

Fallport era una piccola comunità; quando succedeva qualcosa a uno di loro, era una questione personale per tutti.

Ethan concluse l'incontro annunciando che quel giorno non si sarebbero svolte ricerche ufficiali e invitando tutti a fare esattamente ciò che aveva suggerito il fratello: parlarsi, ripensare a ciò che era stato visto o sentito di recente, telefonando a Simon o alla centrale di polizia se qualcosa fosse risultato in qualche modo sospetto.

Quando se ne furono andati tutti gli altri, e nel Cerchio rimasero solo i due fratelli, Rocky si rivolse a Ethan, dicendogli a bassa voce: "Stiamo perdendo tempo."

"Non ci siamo arresi," affermò Ethan con determinazione.

"Lo so, ma... sono passate due settimane."

"Sai bene come me che a volte le ricerche durano anche di più," gli rispose Ethan.

"Sì, lo so, ma quando passa così tanto tempo, nella quasi totalità dei casi viene ritrovato un corpo morto, non una persona viva," disse Rocky, ammettendo per la prima volta ciò che stava cominciando a temere, nel profondo del cuore. Non che volesse pensare alla morte della sua Bristol, né tantomeno *credeva* che fosse morta, ma doveva considerare anche quell'ovvia possibilità.

"No," disse Ethan in faccia al fratello. "Bristol *non* è morta. Lo sapresti."

"Lo saprei?" ripeté Rocky.

"Sì! Lo sai bene quanto me."

Rocky chiuse gli occhi e disse con voce bassa e tormentata: "Il mio lavoro è trovare le persone. A cosa servono le mie capacità, se non posso trovare proprio la persona per me più importante al mondo?"

"Per la cronaca, penso che ciò che hai detto oggi ci riporti sulla pista giusta. Ci siamo concentrati troppo sulla ricerca fisica. Questo caso non è come quando cerchiamo delle persone scomparse nel bosco. Bristol non è uscita di casa spontaneamente. Chiedere alla gente di chiacchierare è esattamente ciò di cui abbiamo bisogno adesso."

"Simon non ne sarà contento," affermò Rocky, riaprendo gli occhi.

"E allora?" ribatté Ethan facendo spallucce. "Se ne farà una ragione. Io invece sono ottimista. Se c'è una cosa in cui i paesi riescono bene, in cui Fallport riesce bene, è proprio chiacchierare. Qualcuno deve aver visto qualcosa. Ne sono certo. Tieni duro, fratello mio, manca davvero poco."

"Dovresti dirlo a Bristol, non a me," gli rispose Rocky.

Ethan gli diede una pacca sulla spalla. Rimasero così per un momento, infondendosi a vicenda amore e supporto, poi Rocky aggiunse: "Devo vedermi con l'agente immobiliare che è uscita con Bristol, prima del rapimento."

"Ah sì?" gli chiese Ethan sorpreso.

"Sì, mi ha telefonato... ha detto che ha trovato la casa perfetta per Bristol."

"Oh, mi sembra un tantino insensibile," commentò Ethan corrugando la fronte.

Rocky scosse la testa. "In realtà, io non la vedo affatto così. Si è scusata, mi ha detto quanto è preoccupata. L'ho anche vista partecipare a qualche ricerca. Mi ha detto che, appena ha visto questa casa, ha capito subito che a Bristol sarebbe piaciuta moltissimo, anche se l'ha conosciuta da pochissimo. A me non interessava tanto vedere quella casa, soprattutto perché sono consumato dalla preoccupazione, ma anche perché credo che sia un immobile che richiede parecchi lavori. L'agente mi ha detto che, quando troveremo Bristol, forse questa casa le darà qualcosa su cui concentrarsi, sai, per mettersi alle spalle ciò che le è successo."

"Ha detto proprio così?" gli chiese Ethan. "Sul serio? Mi sembra un po' fuori luogo."

Rocky scosse la testa. "Sì, anch'io non l'ho presa benissimo... ma poi ci ho pensato su, in un certo senso ha ragione... così le ho detto di incontrarci per andare a vedere l'immobile."

"Vuoi compagnia?" gli chiese Ethan.

Rocky scosse la testa. "No, ma grazie."

"Devi mangiare qualcosa," gli disse Ethan dopo un momento. "Non ti stai prendendo cura di te stesso. Bristol si incazzerebbe con te, probabilmente anche *con me*, perché non ti sto facendo mangiare... o dormire."

Rocky accennò un sorriso. Ethan aveva ragione, ma il pensiero di mangiare gli faceva venire la nausea. "Prendo qualcosa al volo prima di vedermi con l'agente immobiliare."

"Va bene," rispose Ethan, che ovviamente aveva inteso la bugia. "Mi chiami, dopo la visita alla casa?"

"Ti chiamo. Vuoi avvertire Simon di quel che lo aspetta?"

Ethan sospirò. "Sì, ci vado subito."

"Grazie. Un abbraccio a Lilly da parte mia."

"Sarà fatto."

I due fratelli si abbracciarono, per nulla imbarazzati da quella dimostrazione d'affetto. Ethan diede una pacca sulla spalla di Rocky, poi si girò e si avviò verso la stazione di polizia.

Per un momento, Rocky si sentì in colpa, sapendo che il fratello... accidenti, tutti gli uomini della squadra avevano dedicato ogni minuto libero delle ultime due settimane a fare il possibile per trovare Bristol.

Raid aveva fatto uscire Duke ogni giorno, nella speranza che trovasse tracce di Bristol, ma invano. Zeke aveva affidato la gestione dell'On the Rocks ai baristi e a Elsie, tutti i dipendenti facevano gli straordinari per permettergli di stare fuori. Drew, Brock e Talon avevano fatto tutto ciò che potevano, sfruttando le loro capacità per individuare il minimo indizio della presenza di Bristol.

La sua scomparsa aveva avvicinato ancor di più gli amici, ma era una considerazione amara... dato che non l'avevano ancora ritrovata.

Rocky poteva sentire la gente che chiacchierava, passeggiando lungo i marciapiedi circostanti la piazza; le macchine passavano lentamente; si sentiva il profumo del pane fresco provenire dallo Sweet Tooth... la vita di tutti era tornata alla normalità, mentre quella di Rocky si era completamente fermata.

Sospirò. Pregò che quello fosse il giorno in cui si fosse trovato un segno, un indizio di qualunque tipo su dove si trovasse Bristol. Poi attraversò il prato per raggiungere la macchina. Aveva sensazioni altalenanti sull'andare a vedere la casa, anche se l'agente immobiliare pensava che a Bristol sarebbe piaciuta moltissimo; però l'ultima cosa che voleva era tornare in un appartamento vuoto.

———

Simon si passò una mano nei capelli per la frustrazione. Non che non fosse d'accordo con quanto Rocky aveva detto ai volontari che si erano presentati quel mattino per collaborare alle ricerche, ma quel cambiamento gli avrebbe reso la vita più difficile. Il telefono aveva squillato tutta la mattina, la gente che chiamava riferiva un sacco di stranezze: amici, vicini di casa, persino estranei che facevano la spesa. Lui era tenuto a verificare tutto. In quel momento, era da solo in centrale, perché tutti e quattro gli agenti seguivano delle piste indicate da chi aveva telefonato.

Finalmente aveva trovato un minuto per sedersi e pranzare... anche se ormai erano le due del pomeriggio... quando sentì tintinnare la campanella della porta d'ingresso.

Sospirò e posò sul tavolo il panino, prima ancora di averlo addentato. La polizia di Fallport era una stazione secondaria, non c'era nemmeno un dipendente all'accettazione. Così, Simon andò all'ingresso, dove ad aspettarlo trovò Davis Woolford.

"Davis, piacere di vederti, va tutto bene?" gli chiese Simon.

Davis era agitato, sembrava a disagio in quell'ambiente. "Ci hanno detto di riferire ogni cosa strana," gli rispose Davis.

"Sì, è così. Hai fame? Stavo proprio per mangiare qualcosa."

Davis scosse la testa. "Sandra mi ha dato qualcosa da mangiare poco fa."

Simon annuì; non era sorpreso. I negozianti di Fallport si prendevano cura di quell'uomo. "Ti dispiace venire dentro a sederti mentre mangio? Muoio di fame."

Davis annuì, così Simon gli aprì la porta che dava accesso agli uffici sul retro. Il puzzo del senzatetto gli invase le narici e Simon si pentì immediatamente di avergli chiesto di entrare, proprio mentre lui doveva mangiare. Si fece forza, cercando di respirare dalla bocca e non dal naso, e fece strada a Davis verso la saletta interna dove aveva lasciato il panino.

Davis si sedette sul bordo estremo della sedia, dall'altra parte del tavolo rispetto a Simon, guardando dappertutto, tranne che verso di lui.

"Perché non mi spieghi il motivo per cui sei qui, cosa devi dirmi?" gli chiese con fretta, ma gentilmente.

Il senzatetto annuì, ma passò un altro minuto prima che cominciasse a parlare.

Prima ancora che spiacciasse una frase intera, qualunque appetito era ormai sparito dalla mente di Simon.

"Sai che mi piace guardare nei cassonetti, cercare roba. Beh, ero al palazzo di Rocky, sul retro, controllavo la spazzatura, un uomo è uscito di fretta da dietro l'angolo urlandomi qualcosa. Mi ha spaventato, sono andato via subito. Mi ha detto che non ero autorizzato, che non avevo il diritto di essere là. Mi conoscono tutti, lo sanno tutti quello che faccio... cerco solo roba da usare o da vendere. Non faccio male a nessuno. Comunque, quello aveva la faccia rossa, era davvero furioso. È arrivato al cassonetto e ha tirato fuori una borsa piena di spazzatura. Mi ha urlato qualcos'altro e poi ha portato via la borsa, è tornato nel suo appartamento."

"Sai chi era?"

"Non lo conosco per nome, so che è nuovo in città. Ha fatto lo stronzo con me anche alla festa, non lo vedo tanto in giro."

"Si è riportato nell'appartamento la spazzatura?"

"Sì sì. Non sono riuscito a guardare dentro, perché se l'è ripresa. Rocky ha detto di riferire qualunque cosa strana, penso che questo sia insolito."

"Direi proprio di sì, quando è successo?"

"Qualche giorno fa. In quel momento non ci ho fatto caso, ho solo pensato che quel tipo era uno stronzo, ma adesso, dopo quello che ha detto Rocky, ci ho ripensato. Specialmente perché quel tipo vive nello stesso palazzo di Rocky e della sua donna."

"A me non piace sparlare, non è proprio nella mia natura;

so che gli altri parlano di me, ma va bene così, non mi interessa. Però io non parlo degli altri, anche se vedo succedere tante cose, ma ho sempre tenuto la bocca chiusa. Però Bristol è simpatica, mi guarda sempre negli occhi e mi sorride. In tanti mi evitano, pensano sia meglio non vedermi, far finta di niente, non doversi preoccupare; lei invece mi considera sempre; se posso, voglio aiutarla."

"Grazie per esserti presentato, Davis, lo apprezzo. Capisco quello che pensi degli altri, che facciano finta di non vederti, ma non è così. In tanti ti considerano e si preoccupano per te. Se vuoi smetterla di vivere per la strada, in qualunque momento, ci sono tante persone pronte ad aiutarti."

Davis annuì. "Abbiamo finito?"

"Abbiamo finito," confermò Simon. "Ti accompagno all'uscita."

I due uomini tornarono all'ingresso della stazione di polizia, dove Simon strinse la mano di Davis. "Grazie per essere passato a parlare con me."

"Spero la troviate presto."

"Anch'io," gli rispose Simon.

Non aspettò che Davis se ne andasse: tornò subito in ufficio per fare delle ricerche; tanto, ormai, l'appetito gli era passato.

———

Rocky era seduto in macchina, nel parcheggio del suo palazzo, con lo sguardo fisso nel vuoto. Non voleva tornare di sopra, in un appartamento vuoto, ma non sapeva dove altro andare. Si era incontrato con l'agente immobiliare, che l'aveva accompagnato a vedere la casa che lei pensava fosse perfetta per Bristol.

Non si era sbagliata.

Rocky aveva capito subito, d'istinto, che Bristol se ne

sarebbe innamorata. Aveva capito subito anche il motivo per cui quell'immobile non aveva destato molto interesse: aveva bisogno di molti lavori. Però la struttura era ottima e la casa, costruita cent'anni prima, aveva un fascino innegabile. Vicino alla casa, c'era un grande fienile rosso che si poteva trasformare benissimo nel laboratorio artistico di Bristol. Il garage attiguo, invece, andava distrutto e completamente ricostruito, ma non sarebbe stato difficile. Rocky preferiva comunque costruire un garage attaccato alla casa: era più sicuro.

Già si vedeva, con Bristol, seduti insieme sotto al portico che circondava tutta la casa, a parlare delle rispettive giornate, dopo il lavoro. Stava già pensando a quali pareti abbattere, per aprire meglio gli spazi; la cucina era ampia, specialmente considerando il periodo in cui la casa era stata costruita. Lui avrebbe procurato tutti gli elettrodomestici di prima scelta, mentre avrebbero provveduto insieme a riempire le dispense. C'erano molte camere da letto, il bosco che circondava il giardino sul retro sarebbe stato un ottimo spazio in cui far giocare i bambini.

Tutto sommato, era un immobile quasi perfetto.

Se solo Bristol fosse stata presente per vederlo!

Lo squillo del cellulare spaventò Rocky, che sussultò dalla sorpresa prima di prenderlo. Pregò che fosse uno dei compagni che lo chiamava per dirgli che Bristol era stata ritrovata, oppure Simon con una pista nuova; fu deluso, quando vide sullo schermo il nome di Finley.

Lei e Bristol erano diventate amiche, sia pur conoscendosi da pochissimo tempo; anche a lui piaceva la proprietaria della pasticceria, ma in quel momento non si sentiva molto dell'umore giusto per chiacchierare, o per ascoltare ancora qualcuno che si diceva molto dispiaciuto.

Alla fine, Rocky cliccò sul pulsante verde per rispondere al telefono. Sempre meglio che andare di sopra, nell'appartamento.

"Pronto?"

"Ciao, sono Finley Norris. Parlo con Rocky?"

"Sì, sono io," le disse.

"Bene, ehm... ho sentito quel che hai detto stamattina, penso sia una bella idea."

"Grazie," rispose Rocky distrattamente, chiedendosi se gli avesse telefonato solo per fargli un complimento.

"Stavo pensando a Bristol, sono preoccupata per lei. Dopo le corse del mattino, non ero dell'umore adatto a mettermi al forno e allora ho navigato un po' su internet, sai, per far passare il tempo... poi mi è venuto in mente il festival di Pickleport, i gioielli che aveva preparato Bristol erano fantastici. Siccome mi era dispiaciuto non aver comprato nulla, prima che andasse tutto esaurito, sono andata sul suo sito, pensando che magari potevo comprare qualcosa per..." si fermò bruscamente. Poi sospirò e terminò la frase tutta d'un fiato. "Beh... per ricordarla. Sai, un braccialetto che mi facesse sempre pensare a lei, ogni volta che lo vedevo."

Rocky chiuse gli occhi. Non gli piaceva la piega che la conversazione stava prendendo, per nulla. Se Finley gli avesse suggerito di far creare un braccialetto commemorativo da distribuire in paese, lui avrebbe perso le staffe.

"Sono andata di nuovo sul sito, solo per curiosità, ma a quel punto mi sono sorpresa... perché ci sono diversi articoli nuovi in vendita, dall'ultima volta che avevo guardato."

Rocky si sistemò subito meglio sul sedile. "*Cosa?*"

"Sì! Ci sono dei nuovi orecchini, braccialetti, anche collane. Ho guardato in fondo alla pagina e l'ultimo aggiornamento è di *stamattina*. Ho pensato che fosse strano. Cioè... vero che è strano?"

L'adrenalina che il cuore gli pompava nelle vene gli impediva di parlare.

Finley andò avanti. "Perché mai dovrebbero esserci nuovi articoli sul sito, se lei è scomparsa da due settimane? Sono sicurissima che non aveva caricato nulla di nuovo, da quando è arrivata a Fallport. Mi ha detto che si stava godendo un po' di riposo. Allora ci ho pensato e sono andata a leggere la pagina delle recensioni sul sito."

"Rocky... ci sono tre recensioni nuove, scritte *questa* settimana! I clienti hanno scritto che i gioielli sono bellissimi (cioè, ovvio che sono bellissimi), ma hanno scritto anche che erano entusiasti che fosse tornata a caricare articoli nuovi. Una delle signore che ha scritto ha aggiunto di aver ricevuto gli orecchini proprio ieri e che non poteva essere più felice di poter inserire nella sua collezione un'opera originale di Bristol Wingham."

"Porca vacca!" sussurrò Rocky, tutt'altro che abbattuto.

Lo sapeva! Bristol era viva!

Sì, c'era sempre la possibilità remota che qualcuno stesse pubblicando sul suo sito, usandolo per guadagnare qualcosa... ma lui se lo sentiva nel midollo: era stata Bristol. *Nessuno* poteva creare gioielli belli come i suoi.

Era da qualche parte... e lui l'avrebbe trovata, fosse stata l'ultima cosa che faceva.

"Grazie mille per avermi telefonato, Finley," disse finalmente, la voce rotta dall'emozione.

"Figurati, è solo che l'ho trovato strano. Ogni sera, prego che venga ritrovata."

"Posso chiedere a Simon di venire a parlare con te, se ne ha bisogno?" le chiese Rocky.

"Assolutamente. Farò tutto ciò che posso per aiutare. Può visitare lui stesso il sito, vedrà ciò che ho visto anch'io."

"Certo, è chiaro. Ottima osservazione, Finley. Grazie, mi terrò in contatto." Riattaccò senza aspettare che lei rispondesse. Forse era stato un po' scortese, ma in quel momento era troppo entusiasta per preoccuparsene. Era il primo indizio concreto che Bristol fosse ancora viva. Era là fuori, nascosta da qualche parte a fare gioielli.

Gli passò per la mente un pensiero fulmineo che se ne fosse andata *spontaneamente*. Forse si era stufata di Fallport, di lui, e aveva ripreso a vivere da qualche altra parte.

Allontanò subito quel pensiero. No, Bristol non si sarebbe mai comportata in quel modo. Non sarebbe mai sparita senza lasciare traccia, senza dire a qualcuno dove era diretta. Di sicuro non se ne sarebbe andata senza le sue cose, senza il telefono e la borsetta.

Non era tornata a Kingsport. La polizia era andata a casa sua e non ci aveva trovato nessuno; si erano persino appostati in incognito. Nessuno era entrato o uscito da quella casa nelle ultime due settimane.

Rocky non sapeva dove fosse, però… per qualche strano motivo, qualcuno la stava costringendo a creare gioielli e a venderli online.

Se li stava vendendo, li stava anche spedendo per posta.

A quel pensiero, Rocky girò la chiave nel blocco di accensione e fece retromarcia per uscire dal parcheggio. Doveva andare all'ufficio postale, chiedere aiuto a Guy, o al capufficio.

Si stava avvicinando sempre più il momento in cui l'avrebbe ritrovata, Rocky se lo sentiva nelle ossa. Eccola, la svolta di cui avevano bisogno.

"Tieni duro, Punky," disse ad alta voce mentre guidava un po' troppo veloce verso la piazza. "Ancora un pochino."

CAPITOLO DICIOTTO

Rocky non si era accorto di quanto fosse tardi, quando Finley gli aveva telefonato; quando arrivò all'ufficio postale, ormai era chiuso. Proprio non avrebbe voluto tornare a casa, ma non aveva scelta. Dover aspettare che le poste riaprissero, il mattino successivo, era oltremodo frustrante. Non c'era alcuna garanzia che il rapitore di Bristol avesse spedito pacchetti da quell'ufficio postale; eppure, chissà perché, Rocky aveva la netta sensazione di essere sulla pista giusta.

Dopo un'altra notte insonne, Rocky telefonò a Simon per chiedergli di trovarsi all'ufficio postale all'orario di apertura. Non gli spiegò il perché, non voleva fare nulla che potesse contaminare l'indagine. Non voleva nemmeno che Simon cercasse di dissuaderlo dal parlare con i dipendenti delle poste, cercando di convincerlo con insistenza che fosse solo disperato di trovare un indizio qualunque; oppure che gli chiedesse di farsi da parte, lasciando che fosse la polizia a indagare.

Accostò in un punto molto vicino all'ufficio postale, sulla dodicesima strada. Appena uscito dalla sua Tahoe, incamminatosi verso l'ingresso delle poste, Rocky si accorse che solo

Silas e Otto erano seduti al solito posto, al tavolino rotondo dove si appostavano sempre.

"Dov'è Art?" chiese avvicinandosi ai due signori.

Silas aggrottò la fronte. "Non lo sappiamo, di solito è già qui, a quest'ora."

Maledizione, ci mancava solo un'altra persona scomparsa, a Fallport.

"Cosa ci fa qui Simon?" chiese Otto.

Rocky si girò e vide il capo della polizia dall'altra parte della piazza, stava camminando verso di loro. "Gli ho chiesto io di raggiungermi qui. Ieri Finley mi ha telefonato con un indizio, stiamo seguendo una pista." Rocky strinse la mano di Simon appena gli fu vicino.

"Dov'è Art?" chiese Simon.

"Me lo chiedevo anch'io," gli disse Rocky.

"Non è ancora arrivato," aggiunse Otto.

"Che strano. Magari è il caso che vada a casa sua, quando avremo finito qui," disse Simon, che poi si rivolse a Rocky. "Allora, come mai mi hai chiesto di trovarci qui stamattina?" gli chiese.

Rocky raccontò in breve al capo della polizia e agli altri due ciò che Finley aveva scoperto. Accidenti, probabilmente avrebbe dovuto pensare prima a Silas e Otto, avrebbe dovuto raggiungerli, potevano aver visto chi avesse portato i pacchetti alla posta, dato che erano là davanti tutto il giorno, letteralmente ogni giorno... sempre che i pacchetti fossero stati spediti da Fallport, naturalmente.

Si rivolse ai due anziani. "Avete visto qualcuno venire spesso a spedire dei pacchetti? Immagino fossero pacchettini, perché gli oggetti che hanno ricevuto recensioni online erano piccoli gioielli."

Il volto di Silas sbiancò... poi guardò a lungo Otto.

"Che c'è? Che succede?" gli chiese Rocky.

"Forse non è nulla... ma ieri eravamo qui seduti a farci gli affari nostri, come al solito..."

Rocky soppresse l'istinto di sbottare: quei tre non si facevano mai gli affari loro, mai.

"...quando Art all'improvviso ha detto che aveva da fare."

"Cosa doveva fare?" chiese Simon.

"Non lo so, non ce l'ha detto. Aveva solo un'espressione strana, determinata; si è alzato e se n'è andato. Era strano, molto strano..." spiegò Silas.

"Poco prima che se ne andasse, è successo qualcosa?" gli chiese Simon.

"Non ne sono sicuro. Cioè, era un giorno come un altro. Lo stavo distruggendo a scacchi, poi abbiamo fatto una pausa. Sono passate un po' di persone, le solite chiacchiere, poi lui si è alzato e ha deciso di andarsene."

"Chi è passato?" gli chiese Simon con tono seccato, ma poi prese fiato. "Scusa, ma è importante."

"Beh... è passato il sindaco," disse Silas.

"Quel tronfio," mormorò Otto.

"Il preside delle superiori. Poi Hank Blackburn. Grogan è venuto a ritirare alcuni pacchi per il negozio, ha detto che erano campioni di merce, la roba che ha ordinato con sopra Bigfoot; era impaziente, aspettava con ansia quella consegna. Poi, vediamo... Agatha, Clara, Thomas. Anche Lance, o come si chiama... sapete, il tipo che somiglia a quell'attore famoso... tu hai capito di chi parlo, Otto, vero?"

"Il tipo del film *Jurassic Park*? Chris come si chiama?"

"Sì! Proprio quello!" esclamò Silas sorridendo.

Rocky fu sbalordito. Quei due erano meglio di un impianto di sorveglianza, di sicuro. Avevano una certa età, ma le menti erano sveglie e attente.

Simon annuì. "Le persone che avete visto... cosa ci facevano alla posta?"

"Quello che fanno tutti. Spedivano qualcosa," ribatté Silas.

"Avete visto i pacchetti per stavano portando? Avete notato a chi erano indirizzati?"

"Io no, mi dispiace; e tu, Otto?"

L'altro scosse la testa. "No, ma penso che Art abbia visto alcuni dei pacchetti, ha detto qualcosa a qualcuno, ma io e Silas stavamo discutendo della mossa che avevo appena fatto con gli scacchi e ci siamo persi la conversazione."

"Però pensaci: Art è andato via poco dopo quell'incontro," disse Silas.

"Andiamo," disse Simon a Rocky all'improvviso.

"Ma dobbiamo ancora parlare con Guy, o col direttore."

"No, non c'è bisogno. Fidati di me," ribatté Simon.

Senza aggiungere altro o protestare, Rocky annuì.

"State qui," disse Simon a Silas e Otto. "Non muovetevi da qui, mi avete capito?"

I due amici sembravano confusi, ma annuirono.

"Andremo a vedere a casa di Art, sono sicuro che stia bene... probabilmente avrà dormito più del solito," aggiunse Simon.

Rocky sentì la pelle d'oca sulle braccia; non era ben certo di cosa fosse, ma il capo della polizia sapeva qualcosa e pensava che fosse più importante parlare con Art che con il personale delle poste: era il caso di seguirlo.

"Guida tu," disse Simon a Rocky, mentre raggiungevano la Tahoe.

Rocky girò attorno alla macchina a grandi balzi, poi saltò su. "Vuoi dirmi che succede?" gli chiese.

"No. Devi stare calmo e non perdere le staffe."

Al che, Rocky ebbe l'impressione che Simon sapesse chi aveva rapito Bristol. "Chi è stato?" gli chiese di getto.

"Non ne sono ancora del tutto sicuro."

"Cazzate! Lo sai. Non ci credo, cazzo, non mi hai detto niente."

"Perché non sapevo niente. Però penso che, dopo aver parlato con Art, ne avrò la certezza. Stamattina i miei uomini sono impegnati. Bo ha ricevuto una chiamata ieri sera, c'era una macchina con un finestrino rotto. Robert sta controllando alcune piste di gente che ha telefonato, Chad è in campeggio con la famiglia, Miguel è appena smontato dal turno. Telefonerò a tutti e quattro, ma non so quanto tempo impiegheranno ad arrivare. Ho bisogno di qualcuno che mi copra le spalle. So che sei tutto concentrato a ritrovare Bristol, ci metteremo alla ricerca appena avremo più informazioni, ma nel frattempo ho bisogno del tuo aiuto, puoi coprirmi le spalle?”

Rocky guardò di sfuggita il capo della polizia mentre guidava verso casa di Art, che abitava in un piccolo trilocale vicino alla piazza. Rocky ormai era più che certo che Simon sapesse chi aveva rapito Bristol, ma non voleva certo sottrarsi e negargli il proprio aiuto, lasciandolo scoperto. “Sì,” gli rispose semplicemente.

“Grazie. Giuro su questo distintivo che ti dirò tutto quello che so, appena parleremo con Art.”

Rocky annuì. “Ho tempo di telefonare a Drew o a uno degli altri?” gli chiese.

“Dopo che avremo parlato con Art,” gli ripeté Simon. “*Se* lui mi conferma ciò che mi aspetto, avremo bisogno di tutti. Ogni uomo con esperienza in ambito militare sarà molto utile.”

Rocky sentì una stretta allo stomaco, mentre accostava davanti alla casa di Art. Erano passati solo due minuti. Non c’era nulla fuori posto. La porta era chiusa, le luci spente. Aveva l’aspetto di sempre.

Simon e Rocky percorsero il marciapiedi verso la porta d’ingresso. Simon bussò. Non ci fu risposta, così lui bussò ancora, ma più forte.

Non sentendo alcun rumore provenire dall’interno della casa, Simon estrasse l’arma dalla fondina al fianco e disse a Rocky: “Mettiti dietro di me.”

Poi fece mezzo passo indietro, alzò la gamba e sfondò la porta con un calcio.

Rocky fu colpito: Simon era sui cinquantacinque, una

figura leggermente arrotondata, ma con un colpo solo era riuscito ad aprire la porta, tanta forza aveva. Simon non si era preso il tempo di fare un giro intorno alla casa per cercare un ingresso secondario, era chiaro che i sospetti del capo della polizia sulla scomparsa di Art, quel mattino, erano... molto seri.

I due entrarono con cautela nella casa, Simon tenne la pistola alzata, Rocky gli rimase alle spalle. Si sentiva nudo, senza un'arma, ma non c'era stato il tempo di passare dal suo appartamento. Non trovarono nulla nel salotto e nel cucinotto annesso. Passarono al corridoio che portava alle camere da letto... e un odore familiare riempì le narici di Rocky.

Non avrebbe mai dimenticato quell'odore vagamente metallico, gli era rimasto impresso nella memoria, dalle tante missioni.

Sangue.

"Art?" chiamò Simon ad alta voce. "Sono Simon. Stai bene?"

Non ci fu risposta.

Simon si indicò gli occhi, poi indicò lo spazio davanti a sé, e Rocky annuì. Avanzarono con cautela, poi Simon aprì lentamente la porta della camera da letto.

Ciò che Rocky vide gli fece tornare in mente tante immagini di ricordi pessimi.

C'era una traccia di sangue che portava dall'uscio al punto in cui Art giaceva immobile, in mezzo alla camera. Rocky immaginò che Art avesse cercato di trascinarsi verso il telefono che teneva sul comodino. Non ce l'aveva fatta.

"Cazzo!" imprecò Simon. "Stai con lui, io controllo l'altra stanza."

Rocky annuì e si mise in ginocchio vicino all'anziano ferito. Fece rotolare lentamente Art sulla schiena... e si spaventò a morte quando lui aprì gli occhi di colpo e alzò un braccio, nel chiaro intento di proteggersi il volto.

"Calma, Art! Sono io, Rocky Watson. Andrà tutto bene."

La bocca di Art si aprì e si chiuse, come se stesse cercando di parlare.

"Shhh, non parlare, risparmia le forze," gli disse Rocky, che poi gli alzò la maglia per vedere da dove provenisse il sangue. C'era un'ampia ferita da arma da taglio nella parte superiore destra del torace. Rocky appoggiò subito le mani sul taglio, anche se ormai quasi non sanguinava più; ovviamente, era passato già del tempo da quando era stato ferito.

La rabbia minacciò di sopraffare Rocky. Chi diavolo poteva accoltellare un anziano di novantuno anni? E perché? Non c'era spiegazione logica. Art poteva essere un rompiscatole, ma era totalmente innocuo.

Simon tornò nella stanza e Rocky lo sentì parlare al telefono. Molto probabilmente stava chiamando l'ambulanza. Poi si inginocchiò vicino a Rocky. "Come sta?"

Rocky scosse la testa. "Non bene. Ho trovato solo una coltellata, ma potrebbe essere stato colpito più volte. Mi stupisce sia ancora cosciente."

Ovviamente, Simon non s'era accorto che Art aveva aperto gli occhi. Gli rivolse la propria attenzione e gli si avvicinò abbassandosi. "Chi è stato, Art?"

L'anziano aprì di nuovo la bocca come aveva fatto prima. Bocca aperta, chiusa, aperta, chiusa.

"Lo sapevi, vero?" gli chiese Simon. "Tu l'hai capito e l'hai affrontato, invece di venire da me, o da Rocky, maledizione... potevi andare da uno qualunque degli amici di Rocky."

Art scosse la testa. "Visto... pacchetto. Era di Bristol. Sono tornato... a telefonare. Mi ha seguito."

"Merda!" imprecò Simon. "Ti ha aggredito per farti tacere. Immagino che abbia pensato di averti eliminato, ma si sbaglia. Non sa che uomo forte sei. Penso di sapere chi è stato, Art, ma bisogna che tu me lo dica, la tua testimonianza è fondamentale per poter andare a prendere quel figlio di puttana," spiegò Simon con decisione.

Rocky trattenne il fiato. Niente e nessuno gli avrebbero

impedito di dare la caccia al manigoldo che aveva aggredito in quel modo Art... probabilmente lo stesso che aveva rapito Bristol. Non gliene fregava nulla della procedura.

Art mosse appena le labbra, da cui uscì, più che un suono, un sussurro. In lontananza, Rocky sentiva la sirena dell'ambulanza che si avvicinava e capì che presto quella casetta si sarebbe riempita di gente. Si abbassò per essere sicuro di sentire il nome che Art cercava di pronunciare a fatica.

"Lance."

Quel farabutto bastardo!

Rocky fece per alzarsi, doveva partire, andare a beccare l'animale responsabile di quel crimine.

Però Simon lo prese per un braccio, tenendolo con una forza sorprendente. "Tieni le mani sulla ferita," sbottò. "Se non fai pressione, potrebbe morire."

Rocky non ne era sicuro. La ferita di Art già non sanguinava più di tanto; però fece un respiro profondo dal naso: voleva andare a prendere quel Lance Zaun con tutto se stesso, prenderlo a botte fino a ridurlo a poltiglia, costringerlo a confessare dove fosse Bristol... però, se l'avesse visto in quel momento, l'avrebbe ucciso. Andare in carcere non sarebbe servito a Bristol.

"Lo prenderò," disse Rocky ad Art, che lo guardava fisso negli occhi. "La pagherà per quel che ti ha fatto... e per ciò che ha fatto a Bristol."

"Pacchetti," accennò di nuovo Art con un filo di voce.

Rocky annuì. "Ieri sera mi ha telefonato Finley, mi ha detto di aver visto delle nuove recensioni sul sito di Bristol. Stamattina volevo andare all'ufficio postale per controllare. È chiaro che hai trovato la stessa pista e ci hai battuti tutti sul tempo. Non mi sorprende: sembra che tu e i tuoi amichetti sappiate sempre tutto ciò che succede in paese."

Art chiuse gli occhi.

"*Non* morirai," disse Rocky con determinazione, pur non sapendo se fosse vero o meno. "Sei troppo tosto per lasciarti fregare da un deficiente come Lance Zaun. Poi, mi diceva Otto che ti sta battendo e ha vinto molte più partite di scacchi."

Al che, Art riaprì gli occhi e disse: "Bugia..."

"Telefono a tua nipote. C'è qualcun altro che vuoi contattare?" gli chiese Simon, sentendo che qualcuno stava entrando in casa.

Art scosse leggermente la testa e chiuse di nuovo gli occhi.

Rocky fu oltremodo felice di veder entrare i soccorritori che irruppero in camera in quel momento. Ascoltò distrattamente Simon che spiegava loro ciò che sapeva, poi si alzò e li lasciò intervenire e medicare Art. Sentì uno di loro che richiedeva alla radio l'intervento di un elicottero e capì che l'anziano ferito era in buone mani. Uscì da quella stanza camminando all'indietro, poi si girò e raggiunse la porta.

Simon lo prese per un braccio prima che potesse allontanarsi.

"Stai con me, ragazzo."

"Quel bastardo ha preso Bristol!" esclamò Rocky quasi ruggendo.

"Sì, è vero, ma se adesso vai là così su di giri, chi lo sa cosa potrebbe farle? È rimasta in vita finora, non commettere un'imprudenza, potrebbe impazzire e ucciderla."

Le parole di Simon fecero fermare Rocky sui suoi passi: il capo della polizia aveva ragione: Lance non aveva esitato a tentare di uccidere un anziano innocuo; se Rocky avesse esacerbato la situazione, nel tentativo disperato di trovare Bristol, Lance avrebbe potuto ucciderla. Per quanto odioso fosse il pensiero che quel bastardo la tenesse in pugno anche un solo secondo in più, il rischio che l'accoltellasse, come aveva fatto con Art...

"Qual è il piano?" chiese a Simon.

"Prima dobbiamo trovare Lance, osservarlo. Quando

siamo sicuri che sia da solo, lo fermiamo e gli facciamo confessare dove si trova Bristol."

Rocky annuì e tirò fuori il telefono: alcuni degli uomini più letali che conosceva si trovavano proprio a Fallport. Se c'era un'occasione per sfruttare le abilità che avevano appreso nelle forze armate, era proprio *quella*.

____

CAPITOLO DICIANNOVE

____

Un'ora dopo, gli uomini della squadra di ricerca e soccorso Eagle Point si erano sparpagliati per Fallport in cerca di Lance Zaun, e non erano gli unici. Tutti i concittadini erano all'erta, specialmente dopo aver sentito cos'era capitato ad Art. Quando un compaesano veniva attaccato, gli altri non la prendevano certo bene. Trattandosi di Art, la rabbia era persino doppia.

Cinque minuti prima, Davis era entrato da Grinders chiedendo di usare il telefono. Aveva chiamato la polizia, chiedendo espressamente di parlare con Simon. Gli avevano passato al telefono il capo della polizia, a cui Davis aveva detto di aver visto Lance vicino al suo appartamento, pochi minuti prima. L'aveva visto trasportare uno scatolone enorme verso la macchina... sembrava in procinto di andarsene.

Rocky era rimasto alle calcagna di Simon, sapendo che il capo della polizia sarebbe stato sempre in prima linea nell'operazione. Come aveva fatto quel Lance a uscire dall'appartamento e ad arrivare alla macchina, senza essere intravisto dal poliziotto che Simon aveva incaricato di seguirlo? Rocky se lo chiedeva, ma in fin dei conti non gli importava: era sollevato, finalmente l'avevano avvistato.

Simon aveva ringraziato Davis e aveva contattato subito gli agenti, dando ordine di arrivare al palazzo di Rocky senza attivare le sirene e di parcheggiare lontano, per evitare di avvertire Lance della loro presenza.

Rocky aveva telefonato agli altri della squadra, dando le stesse indicazioni. Nel frattempo, sentiva lo stomaco rivoltarsi per la nausea.

Era giunto il momento: avrebbero beccato Lance e l'avrebbero costretto a confessare dove fosse Bristol.

Appena dopo aver scoperto che era stato Lance Zaun ad accoltellare Art, a Rocky era venuto il pensiero vomitevole e incredibile che, chissà, forse Lance gli avesse tenuto Bristol proprio sotto al naso per tutto il tempo. Cercò di allontanare quel pensiero. Era impossibile che Bristol fosse stata nascosta a tre porte di distanza, nelle ultime due settimane. Fosse stata tanto vicina, lui se lo sarebbe sentito.

Però quel dubbio lo attanagliava. E se *non* se lo fosse sentito? E se fosse stata *davvero* tanto vicina?

Si sentì preso dall'ansia e fece appello a tutto l'addestramento dei SEAL per non scattare di corsa su quelle scale, abbattere la porta dell'appartamento di Lance e andare subito a vedere coi propri occhi.

"Come facevi a sapere di Lance?" chiese Rocky, accovacciato insieme a Simon dietro l'angolo del palazzo, entrambi con gli occhi incollati alle scale in attesa che Lance tornasse a mostrarsi.

"Davis è venuto nei miei uffici, ieri pomeriggio, ha detto che Lance s'era comportato in modo strano con la spazzatura, sai che Davis passa la roba nei cassonetti... beh, Lance l'ha trovato, gli ha urlato dietro e si è riportato l'immondizia *in casa*. Non ero sicuro al cento per cento, ma ho fatto delle ricerche."

"Cos'hai trovato?" gli chiese Rocky con impazienza.

"Lance Zaun entra ed esce da istituti psichiatrici da una vita, persino i suoi genitori avevano paura di lui; peccato che, quando ha compiuto diciott'anni, loro se ne sono lavati le mani. L'hanno cacciato di casa, si sono trasferiti e hanno persino cambiato *cognome*."

"Non sono riuscito ad avere accesso ai certificati medici su di lui, ma ci sono vari rapporti di polizia, Lance è stato arrestato per disturbo alla quiete pubblica, minacce e atti osceni in luogo pubblico, ha una personalità ossessiva. Prima sembra tutto tranquillo, poi perde il controllo in un attimo. Ho trovato gli appunti di un ispettore esperto di Memphis, dice letteralmente 'uno degli uomini più pericolosi che abbia mai conosciuto'; a quel punto ero piuttosto sicuro che fosse il nostro uomo, ma non avevo prove che avesse rapito Bristol," concluse Simon, con un tono chiaramente dispiaciuto. "Altrimenti non avrei aspettato."

Rocky annuì: lo capiva. Non gli faceva certo piacere, ma lo capiva.

"Qual è il piano?" gli chiese.

"Quando esce dall'appartamento, lo fermiamo. Per nessuna ragione al mondo deve risalire per quelle scale."

Rocky chiuse gli occhi per un momento. "Pensi che Bristol sia là dentro." Non era una domanda.

"È l'unica spiegazione logica," rispose Simon. "Abbiamo cercato letteralmente dappertutto."

Rocky cercò di mantenere il controllo, ma non ci riuscì; si girò e vomitò nelle erbacce che crescevano vicino al palazzo di mattoni.

Il pensiero di ciò che aveva passato Bristol, di ciò che stava ancora passando, gli aveva fatto tornare il voltastomaco.

"Calma, ragazzo," gli disse Simon senza alzare la voce, mettendogli per un attimo una mano sulla schiena.

Rocky si asciugò la bocca col dorso della mano, poi respirò a fondo; aveva gli occhi lucidi.

A quel punto, fu sorpreso dalla mano di Simon... che gli porgeva un pacchetto di Fisherman's Friend!

"Ma davvero?" gli chiese Rocky, mentre prendeva le caramelle dal capo della polizia. "Te le porti sempre dietro?" gli chiese.

Simon alzò le spalle. "Sì. Ormai sono in servizio da un bel po' di tempo, so che può succedere di tutto in qualunque momento, cose che danno fastidio a me, o agli altri, quindi mi porto sempre delle caramelle forti al mentolo, non si sa mai."

Rocky annuì. Il pensiero di aver avuto Bristol nascosta sotto al naso lo uccideva. L'aveva delusa, alla grande. Se fosse stata bene... *Oddio, fa' che stia bene!* Se ancora l'avesse voluto, nonostante non l'avesse protetta, non l'avesse ritrovata in breve tempo... allora non l'avrebbe delusa *mai più*.

"C'è movimento, attenzione," si sentì la voce di Ethan alla radio. Avevano sintonizzato tutte le radio sullo stesso canale: sette uomini della squadra Eagle Point e tre poliziotti, più Simon, tutti incazzati e pronti a scattare.

Tutti gli occhi erano puntati sulle scale, quando Lance Zaun uscì dall'appartamento guardando in giro nervosamente. Appoggiò per terra lo scatolone che stava trasportando e si girò per chiudere a chiave la porta di casa.

Quel gesto fu per Rocky il segnale lampante che Bristol si trovava dietro quella porta: chi chiude a chiave, solo per scendere a portare uno scatolone in macchina? Nessuno, a meno che non voglia nascondere ciò che (o chi) nasconde in casa.

Lance raccolse di nuovo lo scatolone e si avviò verso le scale. Rocky cominciò un conto alla rovescia mentale, mentre aspettava che arrivasse al pian terreno.

Dieci, nove, otto...

Il cuore cominciò a battergli rapidamente.

...sette, sei, cinque...

Maledizione, voleva far soffrire a morte quel Lance, ma soprattutto doveva raggiungere Bristol.

...quattro, tre, due...

Simon e i poliziotti avrebbero raggiunto Lance direttamente, mentre Rocky e gli altri della squadra sarebbero andati subito al secondo piano.

...uno...

"Via! Via! Via!" disse una voce alla radio.

Rocky si stava già muovendo di corsa più veloce che poteva verso le scale da cui quel bastardo era appena sceso.

Sorpreso dalle tante persone apparse dal nulla che gli correvano incontro, Lance si bloccò per un momento... poi si girò come per tornare su per le scale.

Miguel, uno dei poliziotti più in gamba, lo raggiunse per primo. Poi arrivarono ancora Bo e Robert. Bo rimase a un paio di metri con l'arma puntata verso Lance, che era già faccia a terra sull'asfalto, mentre in tre lo tenevano fermo con le mani dietro la schiena.

"Lance Zaun, sei in arresto per il tentato omicidio di Arthur Lever, a cui presto si aggiungeranno altre accuse, appena entreremo nel tuo appartamento," gli disse Simon.

"*No!* No, no, no, no, no! È mia! È sempre stata mia!" gridò Lance agitandosi sotto la presa degli agenti.

Rocky non rallentò nemmeno: non aveva bisogno di stare a guardare Lance per terra: doveva raggiungere Bristol.

Arrivò alla porta insieme a Ethan, notando appena le porte dei vicini che si aprivano e le teste che uscivano per curiosare, con espressioni sorprese e impaurite da quello spettacolo insolito. Rocky spinse la porta con la spalla, ma non riuscì a scardinarla.

"Cazzo," mormorò, poi prese fiato e tentò di nuovo, sempre invano.

"Insieme," disse Ethan.

"No, state indietro," intimò loro Drew.

Rocky si girò e vide Drew e Brock che impugnavano un ariete da sfondamento in metallo.

"Ho pensato potesse esserci utile," spiegò Drew, "diciamo che è un regalino d'addio preso dal mio precedente impiego," concluse con uno sguardo determinato.

Chiaramente, anche Brock sapeva come usare quell'arnese, perché rimase fermo in posizione, pronto a partire all'ordine di Drew.

Ethan prese Rocky per il braccio e lo tirò indietro, lasciando ai compagni lo spazio necessario per sfondare la porta. Dopo un rapido conto fino a tre, i due uomini fecero schiantare l'ariete contro la porta. Il suono del legno che si rompeva fu la musica più dolce che Rocky avesse mai sentito in tutta la vita.

Spinse da parte gli amici e corse verso la porta, notando appena che la serratura era stata rinforzata e non era come quella che aveva lui in appartamento.

"Calma," gli mormorò Zeke, che impugnava una pistola e la puntava all'interno dell'appartamento, apparentemente vuoto. Per un attimo, Rocky sentì una stretta allo stomaco.

Bristol non c'era. Il salotto era rimasto lo stesso, dall'ultima volta che l'aveva visto, quando aveva aiutato a portarci i mobili per Elsie e Tony.

Poi, però, scosse la testa. No. Bristol c'era. *Doveva* esserci.

Zeke e Drew controllarono salotto e cucina. Tutto sembrava normale, quasi inquietante. I due camminarono spalla a spalla nel corridoio, verso le camere da letto. La prima era vuota. Si prepararono a entrare in quella più grande.

La porta era chiusa a chiave.

A quel punto, fu Talon ad avvicinarsi con l'ariete. Non esitò: sfondò la porta al primo colpo, mandandola in mille pezzi.

Rocky sentì Talon sbalordire, poi lo spinse da parte.

Ciò che vide all'interno gli fece sciogliere il cuore... e glielo spezzò nel contempo.

Bristol. Era viva.

Aveva gli occhi strabuzzati, fissi sulla porta. Aveva in bocca una palla di gomma fermata con un bavaglio, la saliva le colava sul mento. Le mani erano ammanettate e attaccate a una catena, la gamba destra appoggiata su alcuni cuscini. La catena era legata anche alla caviglia e scendeva fino alle gambe del letto.

L'atmosfera era stantia, con un puzzo che Rocky non riusciva a identificare. Inoltre, era buio pesto. L'unica luce nella stanza proveniva dal corridoio. Appese ai muri c'erano delle coperte, coprivano tutte le pareti, finestre incluse.

Rocky esaminò tutt'intorno in una frazione di secondo, poi si mosse per raggiungere il fianco di Bristol.

La sentì emettere dei gridolini acuti di gola, fu il rumore più straziante che Rocky avesse mai sentito in vita sua. Sentì, come in secondo piano, il rumore di un clic. Elaborò quel rumore distrattamente come il suono della fotocamera di un cellulare. Sapeva che bisognava documentare la scena, per agire penalmente.

Gli dava molto fastidio, ma lo capiva ed era molto grato a chi aveva la presenza mentale per fare ciò che lui non era in grado di fare.

Si mise in ginocchio vicino al letto e afferrò con frenesia il bavaglio che Bristol indossava. Quando la donna che lui amava più della propria vita si allontanò di scatto, Rocky si bloccò.

"Calma, Rocky," gli disse Ethan sottovoce. "Vacci piano."

Dopo un respiro profondo, Rocky disse: "Va tutto bene, Punky, siamo arrivati, sei salva. Adesso ti tolgo questo coso, va bene? Aspetta un attimo che ti tiriamo fuori di qui."

Più le parlava e più Bristol sembrava calmarsi.

Vedendola incatenata, Rocky avrebbe voluto *ammazzare* quel maledetto Lance, ma Bristol aveva bisogno di lui. Lei era più importante. Sempre. Però gli rimaneva sempre la voglia di trovare l'occasione giusta per togliere di mezzo quel tipo una volta per tutte.

Rocky aveva dei contatti. Conosceva gente che conosceva altra gente, quel tipo di gente che poteva arrivare facilmente al bastardo che aveva rapito Bristol, anche dietro le sbarre.

Gli servì un momento per capire come fosse legato il bavaglio; appena le tolse dalla bocca quella palla di gomma, lei cacciò l'urlo più angosciante, straziante e incazzato che poté. Lui non aveva mai sentito un suono del genere; sembrava interminabile, come se Bristol stesse esorcizzando tutta la paura che si era tenuta dentro, da quando era stata rapita.

Alla fine, il grido si tramutò in singhiozzi. Drew e Talon stavano armeggiando alla catena per liberarle le mani, mentre Ethan e Raiden le stavano liberando i piedi, probabilmente ammanettati allo stesso modo. Rocky la prese tra le braccia; quando lei gli affondò la testa contro il collo piangendo, lui ne sentì il fiato caldo sulla pelle e chiuse gli occhi, ringraziando il cielo.

Non aveva idea di cosa avesse passato Bristol, ma almeno era viva. Per superare il trauma, l'avrebbe portata dal miglior psicologo della regione. Avrebbero dovuto farsi forza, ma Rocky era incredibilmente grato di riaverla tra le braccia.

La luce penetrò nella stanza all'improvviso, quando Zeke strappò dal muro le coperte appese davanti alla finestra. Nuvole di polvere si liberarono nell'aria, evidenziate dai raggi del sole che finalmente entravano dalla finestra.

Rocky sentiva Bristol che cercava di riprendere il controllo; lei si tirò indietro e lo guardò negli occhi. Qualcuno gli passò un asciugamani e Rocky le asciugò con dolcezza e rispetto il mento e il viso dalla saliva e dalle lacrime che ancora scendevano copiose.

"Acqua," disse Brock passando un bicchiere a Rocky.

"Grazie," sussurrò Bristol notando il liquido. Rocky l'aiutò a mettersi seduta e le tenne il bicchiere appoggiato alle labbra. Lei tracannò l'acqua senza nemmeno fare una pausa per prendere fiato. Quando lei finì di bere, Rocky passò indietro il bicchiere senza curarsi di chi fosse a prenderlo. Non riusciva a togliere gli occhi di dosso a Bristol. Riusciva a stento a credere che fosse là.

"La gamba è messa male," disse Talon con un sussurro rabbioso.

Rocky si voltò per la prima volta da un'altra parte.

Finalmente, Bristol parlò. Aveva la voce roca, come se non avesse parlato per molto tempo. "Me l'ha colpita con un martello dopo aver tolto il gesso," disse, "non voleva che riuscissi ad alzarmi, così si è ispirato a *Misery non deve morire.*"

Rocky fu quasi sopraffatto dall'orrore. Quel film non gli era mai piaciuto, non aveva mai avuto il fegato di guardarlo per intero. Pensare che un orrore simile fosse capitato alla sua Bristol... gli fece venire di nuovo voglia di scagliarsi su quel maledetto. Riuscì a controllarsi, a malapena.

"Ha messo le coperte per insonorizzare, mi ha messo il bavaglio con la palla ogni volta che usciva, così non riuscivo a gridare. Mi ha incatenato le mani, così non potevo togliermi il bavaglio. Ero letteralmente bloccata. Non riuscivo nemmeno a distinguere il giorno dalla notte." Ormai parlava quasi freneticamente, come volendo chiarire ogni dettaglio, nel caso succedesse qualcosa. "Dato che non mi ha ucciso il primo giorno e non sembrava interessato a me sessualmente, ho pensato che la strategia migliore fosse fare tutto ciò che mi chiedeva. Essere gentile con lui. Non volevo che mi considerasse una minaccia, o che usasse il martello su di me un'altra volta." Fece un cenno col mento per portare l'attenzione di tutti sul martello, ancora appoggiato sul tavolino dall'altra parte della camera.

Rocky era orgoglioso della sua donna, ma l'odio gli bruciava nel petto.

"Ecco fatto, è libera," disse Drew.

"Nessuno tocchi nulla," ordinò Simon. Rocky non aveva nemmeno notato l'arrivo del capo della polizia, era troppo concentrato su Bristol. "Dobbiamo raccogliere le prove per incastrare quel bastardo."

"Oh, è già incastrato alla grande," commentò Talon, con la voce tremante per la rabbia.

Rocky cominciò a reagire in ritardo; la stanza oscurata, il martello, le catene... cominciò a tremare, incapace di smettere.

"Va tutto bene," gli disse Bristol, mettendogli le braccia intorno al corpo meglio che poteva, dato che stava ancora sdraiata sul letto. "Sto bene, mi hai trovata." La calma con cui gli parlava era meravigliosa. Dopo il pianto iniziale, Bristol era riuscita a tornare in sé.

"Scusami. Scusami," le disse Rocky, affondandole la testa nei capelli.

"Scusa di che?" gli chiese lei.

"Di averci messo troppo tempo!"

Lei fece una risata... il cui suono fece alzare la testa di scatto a Rocky. Come cazzo faceva a *ridere* in quel frangente?

Lei alzò una mano e gliela mise sulla guancia. "Sapevo che non avresti mai smesso di cercarmi, che mi avresti trovata, non importa quanto tempo è passato."

Bristol si sbagliava: a lui *importava* quanto tempo era passato, ma riuscì a rispondere balbettando: "Puoi giurarci."

"Avrei lottato come un'indemoniata, piuttosto che farmi mettere in quella, gamba rotta o non rotta," gli disse, accennando a qualcosa che stava dietro le spalle di Rocky.

Lui sbatté le palpebre sorpreso e si guardò attorno, vedendo ciò che prima gli era sfuggito.

Un valigione enorme, aperto.

"Ieri è tornato fuori di senno, non so il perché. Ha cominciato a preparare tutto per andarsene, con me. Voleva drogarmi, ficcarmi in quel coso e portarmi via."

Rocky sentì tutti i muscoli del corpo irrigidirsi.

"Porca vacca!" esclamò Drew a bassa voce.

"Non l'avrei mai permesso. Avrei lottato, nonostante il dolore alla gamba. Mentre lui non guardava, sono riuscita a nascondere un ago, sai, uno di quelli che uso per creare i gioielli che mi costringeva a creare. Gliel'avrei infilzato in un occhio, o qualcosa del genere."

"Bravissima!" esclamò Zeke.

Rocky avrebbe voluto dirle quanto era fiero di lei, ma non riusciva a parlare, tanto stretto era il groppo che gli si era formato alla gola.

"Tutto a posto, lo stanno portando alla stazione di polizia," disse Simon a bassa voce. "Dobbiamo portarla fuori di qui. Ho informato l'ambulanza, la porteranno dritta a Roanoke. L'elicottero è impegnato..." si interruppe, e gli altri capirono perché l'elicottero non era disponibile: stava ancora trasportando Art al centro traumatologico.

"Sì, dai," disse Bristol con un sospiro, non sapendo ciò che era capitato all'anziano. "Potrei farmi una bella doccia calda, un paninazzo enorme e magari una bella pedicure, intanto che ci siamo."

Al che, si misero tutti a ridere tranne Rocky, che non riusciva a ridere della situazione. Non ancora, probabilmente non mai.

"Posso portarti? La gamba ti farà troppo male?" le chiese Rocky.

"Se mi porti tu, non può farmi troppo male," gli rispose Bristol.

Rocky non ne era sicurissimo, ma voleva portarla fuori da quella stanza, da quell'appartamento, quindi doveva tentare di prenderla in braccio.

"Adesso ti prendo, ma dimmi se ti fa troppo male, caso mai troveremo un altro sistema."

Lei fece una smorfia, facendogli capire che, probabilmente, il dolore era già molto, più di quanto non lasciasse trasparire. Però gli annuì. "Dai che andiamo."

"Le tengo ferma la gamba," disse Talon. "Vacci piano."

Maledizione, come se Rocky non avesse già intenzione di andarci piano; ma non sbottò, al commento dell'amico. Erano tutti coi nervi a fior di pelle: vedere Bristol in quelle condizioni era uno strazio.

"Sei pronta, Punky? Eccoci qua." Rocky le passò con

cautela le braccia sotto al corpo e la sollevò dal letto. La sentì inspirare, ma Bristol non si lasciò sfuggire alcun gemito di dolore. Aveva perso peso, Rocky se ne accorse, e gli venne ancor più voglia di uccidere quel Lance; quel bastardo infame l'avrebbe pagata.

Talon le lasciò andare con cautela la gamba e annuì verso Rocky, che si incamminò lentamente verso la porta. Lasciò andare un piccolo sospiro di sollievo appena fuori dalla prigione in cui Bristol era stata tenuta nelle ultime due settimane. Appena fuori dalla porta, sentì il suono dell'ambulanza che si avvicinava e affrettò il passo. Chiaramente, li aspettava un altro viaggio all'ospedale di Roanoke; lui le sarebbe rimasto al fianco, proprio come la prima volta.

Si chiese se anche Art fosse stato portato allo stesso ospedale, ma decise di preoccuparsene solo una volta accomodata Bristol.

Lance Zaun aveva causato molto dolore a Fallport, ma Rocky era fiero del modo in cui la cittadina aveva serrato i ranghi, in cerca di Bristol. L'alleanza si sarebbe consolidata di nuovo, per aiutare sia Art che Bristol a riprendersi, una volta tornati a casa.

Rocky la portò giù per le scale, verso l'ambulanza che era appena entrata nel parcheggio. Mentre i soccorritori estraevano la barella per Bristol, Rocky la guardò in faccia. Era pallida, i capelli unti, puzzava come se non si fosse mai lavata... ma lui non aveva mai avuto visione tanto bella in vita sua.

"Ti amo," sbottò di getto: non voleva aspettare un secondo di più per dirglielo.

Lei chiuse gli occhi per un momento, poi li riaprì e lo guardò, senza paura, senza dubbi. "Ti amo anch'io. Sapevo che mi avresti trovata. Lo *sapevo*, Rocky. Proprio come mi hai trovata nel bosco, mesi fa. Dovevo solo resistere, fargli credere si essere sua amica, fino al tuo arrivo."

Quella fiducia enorme fu un gran colpo, per lui.

"Ce la fa a metterla qui sulla barella?" gli chiese uno dei soccorritori, interrompendo il momento che si era creato tra loro.

Rocky si mosse con cautela, cercando meglio che poteva di non far sobbalzare Bristol più dello stretto necessario. L'appoggiò lentamente sulla lettiga, ma si accorse che faceva troppa fatica per allontanarsi da lei.

"Scusi, può allontanarsi un attimo? Dobbiamo fare una valutazione."

Rocky annuì... ma non si mosse.

Solo quando lei gli strinse la mano dicendogli "sto bene", lui riuscì a costringere i propri piedi a farsi da parte.

"Immagino lei venga con noi?"

"Sì," rispose Rocky con fermezza, pronto ad affrontare chiunque avesse anche solo tentato di farlo uscire fuori dall'ambulanza: impossibile.

"Io vado a prendere Lilly, ci troviamo a Roanoke," gli disse Ethan da fuori l'ambulanza.

"Idem. Elsie mi fa passare l'inferno, se non la porto," aggiunse Zeke.

"Allora ci vediamo là," concluse Drew.

Rocky guardò in faccia i compagni della squadra e ringraziò di nuovo la sua buona sorte per la loro presenza. "Grazie, amici... solo... grazie!"

Annuirono tutti, mentre i soccorritori chiudevano le porte dell'ambulanza.

"Abbiamo già ricevuto il via libera dal pronto soccorso," disse uno dei soccorritori a Rocky.

Lui annuì, senza mai togliere gli occhi di dosso a Bristol. Lei aveva gli occhi chiusi e fece una smorfia appena l'altro soccorritore cominciò a visitarla. Rocky avrebbe voluto urlargli di stare attento, ma tenne la bocca chiusa. Meno interferiva, prima Bristol poteva essere curata nel modo migliore.

Rocky non si trattenne: si abbassò e le mise una mano sulla testa. La vide accennare un sorriso, ma Bristol non aprì gli occhi. Farle sapere che le stava al fianco gli bastava... almeno per il momento.

CAPITOLO VENTI

Bristol era prontissima a tornare a casa. Era rimasta in ospedale a Roanoke per una settimana. Era stata operata per sostituire il perno che Lance aveva dislocato, quando le aveva fratturato di nuovo la gamba. La ferita si era infettata in modo grave; era arrivata in ospedale disidratata, con la pressione indebolita. Però era viva e contentissima di esserlo.

Quando le avevano detto che Lance aveva accoltellato Art, la notizia l'aveva devastata; era saltato fuori che Lance aveva notato lo stupore sul volto di Art, quando questi aveva puntato l'attenzione sul pacchetto diretto all'ufficio postale; così Lance aveva seguito l'anziano fino a casa, aveva fatto irruzione e aveva affrontato Art, il quale aveva negato tutto, anche di aver visto il pacchetto; ma il rapitore non poteva rischiare che la polizia venisse avvertita, così l'aveva ferito, probabilmente pensando che sarebbe morto dissanguato.

Bristol non era riuscita a vedere Art in ospedale, ma si era ripromessa di andarlo subito a trovare, appena entrambi fossero stati dimessi. Rocky le aveva assicurato che l'anziano stava migliorando; la nipote si era presa le ferie per stargli vicino durante la convalescenza.

Dopo la liberazione da Lance, Bristol aveva sofferto di

incubi e brutti ricordi ricorrenti. Rocky era stato fantastico: era rimasto sempre in ospedale con lei; quando Bristol si svegliava di notte, confusa, non sapendo dove si trovasse, la prima cosa che vedeva appena apriva gli occhi era Rocky, che si rifiutava di far spegnere le luci della camera, per evitare di farla rimanere al buio.

Negli ultimi tre giorni, Rocky si era allontanato qualche ora durante il giorno, raccontandole che aveva alcune faccende di cui occuparsi, a Fallport. A lei dispiaceva moltissimo vederlo allontanarsi, ma non voleva nemmeno costringerlo a rimanere. Lui non le aveva spiegato molto di ciò che doveva fare, ma Bristol immaginava che gliene avrebbe parlato, se fosse stato importante.

Il flusso di visitatori, quando Rocky non era presente, era stato costante, quindi Bristol non si era mai annoiata, né si era mai sentita sola. Aveva pianto... parecchio, quando aveva rivisto Finley. Rocky aveva raccontato a Bristol che era stata proprio Finley a visitare il sito e a capire che c'erano delle recensioni nuove per oggetti venduti e ricevuti negli ultimi giorni. Quando Bristol si era detta dispiaciuta, perché l'amica aveva dovuto chiudere la pasticceria per andarla a trovare, Finley aveva fatto spallucce, dicendo che aveva messo un biglietto alla porta, in cui aveva scritto che andava a Roanoke a trovare Bristol, e che se per qualcuno era un problema, pazienza.

Vedere Finley guadagnare più fiducia in se stessa era meraviglioso, ma sembrava ancora un po' timida quando c'era Brock... infatti, quando lui era andato a trovare Bristol, Finley era rimasta solo pochi minuti. Poi aveva detto di avere da fare e se n'era andata alla svelta. Bristol aveva una *gran* voglia di parlare di lei con Brock, ma non voleva creare imbarazzo tra i due.

Era passata una settimana, era pieno pomeriggio e Bristol era prontissima ad andarsene dall'ospedale. Era molto grata per le cure professionali che aveva ricevuto, grata a tutti quelli che si erano presi il tempo di andarla a trovare, però ormai voleva solo tornare a casa con Rocky. Voleva farlo dormire in un letto, certamente più comodo della brandina o della poltroncina su cui aveva dormito in ospedale.

"Come stai? Dimmi la verità," le chiese Rocky, che era tornato da un'ora da un altro giro a Fallport.

"Sto bene."

"So che hai dovuto parlare con Simon dei dettagli dell'indagine, ma mi interessa di più sapere come ti senti qui," aggiunse, sfiorandole con il pollice la tempia, dolcemente.

"La verità? Sto bene. Non posso certo negare di essermi spaventata a morte; ma finché facevo ciò che mi chiedeva, lui si comportava quasi... da convivente." La prima volta che Bristol aveva pronunciato il nome di Lance, Rocky aveva avuto una reazione viscerale. Gli era venuta la faccia rossa, aveva stretto i pugni, era come se non potesse sopportare nemmeno il nome del rapitore che aveva tenuto Bristol prigioniera. Così lei si era impegnata a non ripeterlo mai più in sua presenza.

"*Non* era un convivente," sbottò Rocky.

Bristol gli mise una mano sulla guancia. "Ma lo so!" gli esclamò sottovoce.

"Non riesco a sopportare quanto tu ci sia andata vicina..." disse Rocky mestamente.

Lei odiava vederlo tanto abbattuto per quanto era successo. "Non avrei dovuto aprire la porta."

Rocky scosse la testa. "No, non dire così! Fallport non è come una metropoli. E poi lo conoscevi. Tu ti facevi i fatti tuoi e quel malfattore è venuto a bussare alla tua porta. Non è stata colpa tua. Non hai nessuna colpa."

Lei annuì.

"È solo che faccio fatica," ammise Rocky.

Bristol sentì una stretta al cuore. Quelle parole non erano certo una sorpresa: glielo leggeva nelle rughe del volto, nel modo in cui le rimaneva vicino, quasi disperatamente.

"Servirà a entrambi del tempo, prima di riuscire a superare l'accaduto," gli disse.

Rocky annuì. "Senti, se per caso divento eccessivamente protettivo, sappi che è perché ho passato due settimane d'inferno. Nulla rispetto a ciò che hai passato *tu*, ma... non sapere dove fossi, se stessi soffrendo... non auguro a nessuno di passare le stesse pene. Mai."

"Ti capisco." Bristol lo capiva davvero. Stare incatenata a quel letto non era stato certo un divertimento, ma sentiva che Rocky aveva sofferto quasi più di lei, pur contando la ferita alla gamba.

"È pronta a filarsela?" le disse allegramente un'infermiera appena entrata in camera.

Rocky si alzò e si portò ai piedi del letto, dando all'infermiera lo spazio necessario per controllare un'ultima volta lo stato di salute di Bristol, prima che venisse congedata in via definitiva. Le tenne le dita sul piede sinistro, per non perdere il contatto fisico.

Quel mattino, le avevano tolto i punti alla gamba e le avevano messo un altro gesso. A quel punto, sia Rocky che Bristol sapevano già bene cosa fare e cosa aspettarsi per il mese successivo, tanto sarebbe durata l'ulteriore convalescenza.

Dopo un'ora, Bristol era seduta nella Tahoe di Rocky, diretta a sud sulla superstrada.

"A cosa devo quel sorriso?" le chiese Rocky a un certo punto.

Bristol si voltò verso di lui. "Niente, sono solo felice. So che sembrerò pazza, ma dopo aver rischiato la vita due volte, sono solo felice di essere ancora al mondo. Il sole splende alto nel cielo... oddio, non mi lamenterò mai più dicendo che c'è troppo sole, dopo essere stata in quella tomba di camera... l'aria aperta, bella fresca, è meravigliosa. Sono insieme all'uomo che amo, torno nel paese in cui tutti si sono dati da fare all'impazzata per trovarmi. Non esiste ragione per non sorridere.”

Rocky allungò una mano per prendere quella di Bristol, che non era mai stata tanto contenta. Per alcuni sarebbe stato difficile capire come potesse essere tanto allegra e ottimista, dopo tutto ciò che le era capitato. Però era viva, Rocky l’amava, aveva amici e amiche fantastici, che non avrebbe mai dato per scontati. Quindi... sì, persino dopo quelle due settimane d’inferno, era felice.

Rocky prese lo svincolo della I-480 e a Bristol sembrò di essere quasi a casa. Non viveva a Fallport da tanto tempo, ma ormai non avrebbe mai immaginato di vivere altrove. Chiacchierarono un pochino di ciò che stava accadendo in paese. Rocky le disse che Drew aveva incontrato in ospedale la nipote di Art e che non era andata molto bene.

“Come mai? Cos’è successo?” gli chiese Bristol.

“È che si sono presi per il verso sbagliato. Immagino che Caryn, che è vigile del fuoco a New York City, sia abituata a comandare in ogni campo, dev’essere una tipa molto tosta e magari anche spigolosa. Era agitata perché Art non se la passava bene e credo che si sia sfogata con Drew, che era andato a trovarlo.”

“Oh, mi dispiace per Art. Però adesso sta meglio, vero? Mi hai detto che dovrebbe tornare presto a casa anche lui.”

“Infatti. Sono andato a trovarlo proprio oggi, prima di partire. Ti manda un abbraccio, ha detto che devi essere la prima ad andare a trovarlo, appena torna a Fallport.”

“Ma certo, ci andrò subito!” esclamò Bristol. “Comunque, allora Drew e Caryn si sono scontrati?”

“Eh sì. Caryn si fermerà a Fallport per un po’, starà con Art finché lui non si sarà ripreso e non potrà tornare autonomo come prima.”

“Fantastico. Gli darebbe fastidio, doversi trasferire in un centro di riabilitazione, o in una casa di cura.”

“Proprio quello che ha detto anche Caryn.”

“Allora, che problema c’è stato con Drew? È uno degli

uomini più gentili che io conosca, non riesco a immaginare che non vada d'accordo con qualcuno," aggiunse Bristol.

"Lui era un poliziotto, lei è nei pompieri," disse Rocky.

"E allora? Non sono due mestieri che vanno d'accordo?"

"Sì, vanno d'accordo, ma c'è anche un certo istinto di competizione, credo. Credo che Caryn non abbia un'opinione particolarmente rosea dei poliziotti perché il suo ex marito fa il poliziotto a New York. Quindi, quando ha sentito che lavoro faceva Drew, immagino si sia messa subito sulle difensive."

Bristol non riuscì a evitare di sorridere.

"Si può sapere per che motivo stai sorridendo *adesso*?" le chiese Rocky.

"Penso solo a quanto ne sai, su quella donna. La cara, vecchia rete del gossip di Fallport ci ha dato dentro. Caryn passava l'estate a Fallport, vero?"

"Da quel che so, sì."

"Quindi è come un'abitante del posto."

Rocky alzò le spalle e annuì.

"Penso proprio che Drew avrà un bel da fare," commentò Bristol.

"Cosa c'entra, col fatto che Caryn sia praticamente una di Fallport?"

"Ognuno si sentirà in dovere di schierarsi, faranno anche delle scommesse."

"Scommesse?"

Accipicchia, Rocky a volte sembrava un ingenuo. "Ma sì! Scommetteranno su quanto tempo passerà, prima che si piacciano."

Rocky la fissò per un momento, poi fece una risata. "Ah, adesso capisco! Ma sai, Drew è un tipo difficile, non sono sicuro che Caryn sia il suo tipo."

"Allora... vuoi scommettere?" gli chiese Bristol.

Lui accennò un sorriso. "Certo, perché no? Cosa vuoi scommettere?"

"Ehm." Bristol si portò una mano alla bocca, dandosi dei colpetti alle labbra. "Vediamo, senti questa: se Caryn e Drew si mettono insieme mentre lei è ancora a Fallport a badare al nonno, mi darai il permesso di fare una vetrata a grandezza naturale in cui sarai raffigurato nel bosco a fare una ricerca."

Rocky alzò gli occhi al cielo. Ne avevano già parlato la settimana prima e lui si era opposto con forza a quell'idea. Le aveva detto che nessuno, lui incluso, voleva guardare un vetro in cui fosse raffigurato lui. Aveva affermato che qualcuno l'avrebbe scambiato per Bigfoot, o chissà che altro, che l'idea di comporre una vetrata con l'immagine di Bigfoot, l'idea originaria, sarebbe stata molto meglio. Bristol era di opinione totalmente contraria.

"Va bene. Se invece non si mettono insieme intanto che lei è a Fallport, tu mi sposerai entro fine anno."

Bristol lo fissò sorpresa. "Cosa?"

"Mi hai sentito. Voglio ufficializzare il nostro rapporto, legarci reciprocamente, marito e moglie. Sposati. Incastrati. Nero su bianco."

All'improvviso, Bristol faceva fatica a respirare.

"Vuoi sposarmi, Punky? Non riesco a immaginare la mia vita senza di te. Senza averti al mio fianco."

Porca paletta! "Sì, certo che sì!" esclamò Bristol.

"Non avevo in mente di chiedertelo mentre guidavo," le spiegò Rocky.

"Però, se la vinco *io* la scommessa... allora non ci sposiamo entro fine anno?" gli chiese.

Rocky fece un gran sorriso. "Sì."

Lei alzò gli occhi al cielo. "Allora che senso ha scommettere?" gli chiese lei.

"Dimmi la verità, non ti sei già immaginata tutta la scena da realizzare col vetro, con me nel bosco?" le chiese Rocky.

Bristol si morse le labbra.

Rocky si mise a ridere. "Appunto, vedi che la tua parte della scommessa è finta, allora è finta anche la mia parte."

Bristol non poté non sorridere: Rocky aveva assolutamente ragione.

"Allora, tuo fratello si sposa per Halloween e noi ci sposiamo sotto Natale?"

"Direi di sì," rispose Rocky. "A te sta bene?"

"Sì."

"Ottimo."

"Mi arriverà anche l'anello?" gli chiese Bristol dopo un momento.

"Oh, vuoi anche l'anello?" le chiese Rocky.

Per un secondo, Bristol lo prese sul serio, ma poi lo vide fare un gran sorriso.

"Che cattivo che sei!" esclamò mettendogli il broncio.

Rocky le prese la mano e se la portò alla bocca per baciarne il dorso. Lei si rilassò sul sedile, mentre stavano per raggiungere Fallport. Vedere Rocky abbastanza rilassato da sorridere fu uno dei regali migliori che Bristol potesse ricevere. L'ultima settimana in ospedale era stata dura anche per lui. Accidenti, le ultime *settimane* erano state straordinariamente dure per tutti, soprattutto per lui.

Mentre si avvicinavano alla palazzina, Bristol si sentì innervosita. In quel palazzo, aveva lasciato ricordi molto belli, ma anche alcuni dei momenti più brutti.

Invece di rallentare e di entrare nel parcheggio del palazzo, però, Rocky guidò oltre.

"Ehm," disse Bristol voltandosi per guardare il palazzo in mattoni che spariva dietro la macchina. "Hai superato l'ingresso del parcheggio."

"No no, non ho sbagliato strada. Voglio mostrarti qualcosa."

"Ah, va bene," rispose Bristol. Era confusa, le faceva male la gamba, ma se Rocky voleva mostrarle qualcosa, lei avrebbe resistito un po' più a lungo. Non poteva negare di essere contenta di evitare per un pochino le scale fino al secondo piano. Passare davanti all'appartamento in cui era stata tenuta in ostaggio non sarebbe stato divertente, ma lei era decisa a non permettere a Lance Zaun di farle altro male, oltre al dolore che le aveva già inferto.

Attraversarono la piazza, passarono il Bed & Breakfast di Chestnut Street, finché arrivarono alla periferia di Fallport. Rocky svoltò in una stradina sterrata. Sembrava fosse diretto al bosco che circondava il paese, ma a un certo punto ci fu una curva stretta... e un'enorme casa colonica si aprì davanti a loro. Sulla sinistra, c'era un enorme fienile rosso abbandonato. Le erbacce erano cresciute, arrivavano come minimo alle ginocchia, sembrava un immobile abbandonato.

Bristol si voltò verso Rocky, sempre più confusa.

"Benvenuta a casa," le disse lui a bassa voce.

———

Rocky era nervoso. Aveva già rovinato la proposta di matrimonio facendosela sfuggire in quel modo, non voleva altri disastri. Del resto, comprare una casa per una donna, senza che lei l'avesse mai vista, non era esattamente la scelta più furba della sua vita.

Nell'attimo stesso in cui aveva visto quella casa, aveva capito che era quella giusta. C'era bisogno di molti lavori, ma lui era del settore, ed era bravissimo; sarebbe servito del tempo, ma lui avrebbe ristrutturato tutto esattamente come voleva Bristol.

Attese col fiato sospeso che lei reagisse a quelle parole.

"Cosa?" gli chiese lei, guardando prima lui, poi la casa, il fienile e il terreno.

"L'agente immobiliare che avevi incontrato mi ha telefonato mentre tu eri via, dicendomi di aver trovare un posto che pensava perfetto per te. Avevate parlato molto delle tue esigenze. Appena l'ho vista, ho capito che era fatta per te. Ecco cosa stavo facendo, mentre tu eri in ospedale: son dovuto tornare per firmare dei documenti, richiedere finanziamenti, cose così. Però l'affare è concluso. È tua. Nostra."

"Ma... non so cosa dire..." commentò Bristol.

Lui deglutì a fatica: non riusciva a capire cosa pensasse Bristol.

Quando lei tornò a guardarlo, aveva le lacrime agli occhi.

"Se non ti piace, possiamo..."

"L'adoro!" esclamò lei interrompendolo. "Voglio saltar giù dalla macchina e andare a darci un'occhiata, ma non posso scendere, che rabbia! È perfetta, Rocky! Mi ci vedo di già, in quel fienile, a lavorare con i miei vetri. Quel porticato è fantastico, mozzafiato! Possiamo metterci un divanetto a dondolo? Sembra che faccia tutto il giro attorno, vero? Spero di sì! Possiamo sederci fuori a mangiare, quando il tempo è bello. Il giardino è enorme! Possiamo invitare tutti. Oh! Possiamo sposarci qui? Magari a dicembre farà freddo, ma possiamo fare il ricevimento nel fienile e..."

A quel punto fu Rocky a interromperla. Le si avvicinò e le coprì le labbra con le proprie, interrompendo quello sproloquio con un bacio.

Quando le loro bocche si staccarono, ansimavano entrambi; lui le tenne la mano dietro al collo... non s'era nemmeno accorto di avercela messa... e le disse: "Ti amo, Bristol. Tantissimo. Voglio che questa sia la nostra casa, voglio che qui crescano i nostri figli. Voglio guardarti mentre crei la tua arte. Metterò porte finestre su tutto il retro. Nella nostra camera da letto ci sarà un balcone, così possiamo aprire le porte e lasciar entrare l'aria fresca. Non ti sentirai mai più soffocata, mai più al buio, te lo giuro. Ti prometto che ti troverò sempre, anche quando andrai via di corsa perché ti faccio incazzare. Certo che possiamo sposarci qui, è un'ottima idea. Magari possiamo fare una prova generale con le nozze di Ethan e Lilly... non dovrebbe essere difficile sistemare subito il fienile, anche se ottobre non è tanto in là."

Bristol gli sorrise, gli si avvicinò e appoggiò la fronte su quella di Rocky. "Ti amo tantissimo. Però..." sollevò la testa e si fece seria "...senti, questo posto costerà una fortuna, e io ho più soldi di quanti me ne servano. Mi lascerai pagare il mutuo?"

Lui le sorrise. "Non c'è alcun mutuo, Punky. L'ho comprata di pacca. In contanti. Niente banche, niente intermediari. Hai scelto un'agenzia fantastica. Quella tipa c'è andata giù dura: il prezzo di vendita era troppo alto, con tutti i lavori che ci saranno da fare. Abbiamo offerto un prezzo più basso, il giusto, e il proprietario ha accettato. Non vedeva l'ora di liberarsene."

Bristol fu colpita. "Non volevo parlarne, ma dato che *ormai* ci sposeremo... avevi tanti soldi da parte?"

Rocky non fu per nulla offeso da quella domanda. "Non aver mai paura di farmi domande. Comunque sia, sì, ce li avevo. Quando ero un SEAL guadagnavo bene, e a Fallport non ci sono molte occasioni per sperperare."

"Ho capito. Beh, però voglio pagare i lavori di ristrutturazione."

Rocky aprì la bocca per protestare, ma Bristol gliela coprì con la mano. "No, niente discussioni. Se vogliamo un rapporto alla pari, dovrai abituarti a lasciarmi spendere i miei soldi. Non è mia intenzione diventare miliardaria, voglio usare i miei soldi, i *nostri* soldi per noi, Rocky."

Lui le baciò il palmo della mano, che poi lei abbassò lentamente. "Va bene."

Lei lo guardò socchiudendo gli occhi. "Va bene?"

"Sì."

"Pensavo che i maschi alfa fossero suscettibili e non volessero farsi pagare le cose dalle loro compagne."

Lui fece una risatina. "Eh, se ti fa piacere mantenermi un po', non mi lamento."

Lei fece un gran sorriso.

"Non mi sembra che tu stia pagando qualcosa per me, come dicevi, è per *noi*. Stiamo investendo nel nostro futuro, costruendo una casa per i nostri figli. Un luogo in cui, si spera, tra qualche anno, anche loro porteranno i *loro* figli a trovare il nonno e la nonna. Poi erediteranno, e tutto ricomincia daccapo."

Gli occhi di Bristol si riempirono di lacrime. "Mi piace, come programma."

"Anche a me," disse Rocky, che poi la baciò dolcemente. "Vuoi entrare a vederla?"

"Sì!" esclamò Bristol con gli occhi accesi dall'entusiasmo.

Rocky sapeva che ci sarebbero stati momenti difficili anche in futuro. Entrambi avevano brutti ricordi da superare, e i lavori necessari nella casa avrebbero reso complicato viverci per un certo periodo, ma lui non aveva dubbi: insieme, avrebbe funzionato tutto a meraviglia. Lui non avrebbe cambiato una virgola.

"Aspettami," le disse aprendosi la portiera.

"Divertente," mormorò Bristol, prima che lui uscisse dalla Tahoe. "Non posso certo prendere e andarmene da sola."

Lui stava ancora sorridendo, quando le aprì lo sportello per prenderla in braccio. Prima la portò al fienile, dicendole ciò che aveva in mente per quello spazio enorme. Poi la portò in casa... dove l'attendeva una sorpresa ancora più grande.

Appena entrarono, Rocky sospirò per il sollievo.

Gli amici e le amiche si erano superati. Avevano completato il trasloco dall'appartamento e avevano portato tutto in quella casa. Lo spazio non si era nemmeno cominciato a riempire, ma era un inizio. Dopo aver traslocato le cose di Bristol dalla casa di Kingsport, anche la casa nuova avrebbe preso più l'aspetto di una casa vissuta.

"Come... eeehh?" Bristol rimase sbalordita, quando vide il divano di Rocky in mezzo al salotto.

"Sarà una rottura, vivere qui durante la ristrutturazione, ma non ti avrei mai fatta tornare in quel palazzo," le spiegò a bassa voce. "Fosse stato per me, avrei demolito quello stabile radendolo al suolo, ma non credo avrebbe fatto piacere a quelli che ci vivono ancora. Quindi sono passato al piano B."

"Ci hai comprato casa e hai traslocato nel giro di qualche giorno?" gli chiese Bristol scuotendo leggermente la testa.

"Più o meno." Rocky si abbassò per farla accomodare sul divano. "Ti amo, Bristol, così tanto che non riuscirò mai a fartelo capire."

"Sbagliato. Lo capisco già, perché ti amo anch'io allo stesso modo."

Bristol alzò un braccio, gli afferrò la barba e lo tirò giù per baciarlo.

"Ehi! Si può, o non è il caso?" disse una voce femminile dall'ingresso.

"Oh... c'è anche una festa di benvenuto," le disse Rocky con un gran sorriso, sempre con la testa abbassata, perché lei gli teneva la barba. Non gli era mai piaciuto, quando qualcuno gli toccava la barba, ma con Bristol era cambiato tutto: non si sarebbe mai stancato di sentirsi addosso le sue mani.

"Ti amo," gli disse lei sottovoce.

"Ti amo anch'io," rispose lui, baciandola sulla testa. "Benvenuta a casa, Punky."

Poi Rocky si alzò per salutare le persone che stavano entrando in casa. Ethan, Lilly, Zeke, Elsie e Tony, Drew, Brock, Talon, Raiden e Duke, Finley, Khloe, Otto e Silas, il dottor Snow con il partner Craig, Sandra, Whitney... s'era presentata persino Edna col marito. Il salotto si riempì di gente in poco tempo.

Rocky si guardò attorno per cercare qualcuno che aveva invitato personalmente... sperando di cuore che si presentasse.

Bristol salutò e intrattenne tutti dal divano, perché non poteva certo alzarsi e andare in giro, ma nessuno se ne dispiacque. Avevano portato tutti da mangiare e da bere, erano tutti allegri e sorridenti. Ecco l'aspetto di Fallport che Rocky amava di più: la comunità.

"Immagino che la casa le piaccia," disse Ethan raggiungendo il fratello alle spalle.

"Sì, meno male," rispose Rocky, che poi aggiunse, "a proposito, tu e Lilly vi sposate qui."

Ethan rise. "Ah sì?"

"Sì."

"Ottimo. Ricevimento in fienile?"

"Esatto. Sarà una prova generale per le *nostre* nozze, verso Natale."

"Allora sarà meglio che ti metta al lavoro, perché io e Lilly non andiamo oltre Halloween," gli disse Ethan.

"Ma certo. Non ce n'è bisogno," disse Rocky, dando al fratello una spinta con la spalla. "Sarà tutto pronto."

Ethan a quel punto si girò e abbracciò Rocky con forza. "Sono troppo felice per te, fratello! Son contento che sia andato tutto per il meglio."

Rocky chiuse gli occhi e diede una pacca sulla schiena di Ethan. "Ti voglio bene, fratello."

"Anch'io ti voglio bene."

Si separarono e si sorrisero a vicenda.

A quel punto, la porta si aprì e Rocky si voltò per vedere chi fosse arrivato. Quando vide i due uomini sull'uscio, fece un sorriso raggiante. "Scusami tanto," disse a Ethan, poi andò ad accogliere i due nuovi arrivati.

Strinse le mani di entrambi. "Bristol vuole parlare con te," disse a Davis.

Sembrava proprio che Davis avesse cercato di darsi una ripulita, per quella visita. Aveva i capelli in ordine, maglia e pantaloni non erano sporchi come al solito. Lui però non sembrava fuori dalla pelle di trovarsi là.

Quando si avvicinarono al divano, appena Bristol vide chi stava accompagnando Rocky, le si riempirono gli occhi di gioia. Appoggiò la testa sulla mano, cercando di controllarsi.

Quando rialzò lo sguardo, le lacrime le rigavano le guance. "Davis," sussurrò.

"Bristol," disse Davis.

"Per favore, dai, vieni qui," gli chiese lei. Davis si avvicinò al divano e lei gli indicò il posto libero di fianco a sé. "Ti siedi?"

"Io... non sono vestito bene."

"Che importa? *Siediti*." A quel punto, non era più una domanda.

Davis si sedette.

Bristol gli si avvicinò, facendo attenzione a non muovere la gamba, e abbracciò il senzatetto. Davis si irrigidì in quell'abbraccio, poi alzò una mano per darle qualche pacca imbarazzata sulla schiena.

Lei si staccò, ma non gli lasciò andare le braccia. "Grazie."

Davis alzò le spalle.

"No, davvero... grazie. Rocky mi ha spiegato che sei stato tu il primo ad andare da Simon per dirgli ciò che avevi visto. Infatti avevi totalmente ragione, era stranissimo che non ti facesse guardare la spazzatura. È perché c'erano perline, biglietti da visita che lui aveva stampato dal suo computer a Kingsport, probabilmente altre cose che avrebbero svelato senz'ombra di dubbio che mi trovavo nel suo appartamento."

Davis alzò di nuovo le spalle, ma Rocky lo vide seduto più composto.

"Per quanto mi riguarda, tu rappresenti gli occhi e le orecchie di questa cittadina," proseguì Bristol. "Vedi tutto. Però mi dispiace tanto sapere che dormi per strada. Non ti andrebbe se io... se noi, tutti i tuoi amici... ti mettessimo a disposizione almeno una casetta? Possiamo trovarne una vicina alla piazza, magari dietro la tavola calda, all'angolo col parcheggio. Ne ho appena parlato con Sandra, lei è d'accordo."

Davis guardava dappertutto, tranne che verso Bristol.

Rocky trattenne il fiato. In tanti avevano provato a offrire aiuto al senzatetto, ma lui si era sempre rivelato troppo ostinato.

"Ci penserò," disse infine Davis.

Bristol sorrise radiosa, come tutte le persone vicine.

"Evviva! Grazie!" esclamò lei con entusiasmo, abbracciandolo di nuovo.

A quel punto, Davis doveva aver raggiunto il limite di sopportazione, perché si alzò dal divano.

"Prendi quello che vuoi, c'è da mangiare, da bere..." gli disse Bristol, sempre radiosa.

Davis si allontanò e Rocky fece un passo indietro per guardare la donna più forte che avesse mai conosciuto mentre lei ringraziava Simon. Bristol riusciva sempre a far sentire le persone vicine come le più importanti al mondo, ogni volta che parlavano con lei.

Era una donna meravigliosa. Guardandola, nessuno avrebbe immaginato l'inferno in cui si era trovata anche solo la settimana prima. Gli faceva venire voglia di diventare un uomo migliore, ogni santo giorno.

Rocky cercò di salutare e ringraziare tutti i presenti, non solo per averlo aiutato a traslocare e sistemare i nuovi ambienti, in modo che Bristol potesse andarci subito a vivere, ma anche per la forte amicizia che gli dimostravano. Erano tutti sollevati e allegri, perché Bristol era stata ritrovata e si sarebbe ripresa.

Aveva ancora della strada da fare, ma ce l'avrebbe fatta. Anche Rocky.

La serata terminò tranquillamente e gli ospiti si defilarono; ben presto, nella casa, si ritrovarono di nuovo Rocky e Bristol da soli. Lui si sedette al suo fianco e le mise una mano sulla guancia. "Sei stanca."

Lei gli rispose con un debole sorriso. "Esausta, ma felice. Non mi sarei persa questa festa per nulla al mondo."

"Probabilmente avrei fatto meglio a chiedere a tutti di andarsene dopo un'oretta e di tornare domani, così potevi dormire un po'."

Bristol scosse la testa. "No no, è stato perfetto così."

"Vuoi vedere il resto della casa? Accidenti, non siamo nemmeno andati oltre il salotto, che già sono arrivati tutti."

"Sì, dai, per favore."

Rocky la prese in braccio con cautela e le fece fare un rapido giretto del resto della casa. Le aveva detto la verità: servivano molti lavori, ma a lei non sembravano importare i pavimenti smantellati o gli intonaci da rifare. I bagni erano in condizioni particolarmente disastrate, in uno c'erano dei mobili rosa, nell'altro verdi.

"Bellissima," gli disse, mentre lui la posava sul letto della camera principale. C'era troppo poca luce: Rocky si ripromise di abbattere al più presto una parte della parete esterna per ampliare l'apertura con una balconata e con porte finestre a tutt'altezza. La sua Bristol non doveva sentirsi mai più in un ambiente troppo chiuso. Specialmente non nella casa che sarebbe divenuto il loro rifugio dal mondo.

"Son contento."

"Ti amo così tanto che mi fa quasi paura."

"Non è paura... è benessere. Io l'ho sentito dal primo momento in cui ti ho vista strisciare per terra, nel bosco. Ho capito subito che eri una persona speciale, da conoscere, altrimenti mi sarei perso qualcosa."

"Che dolce!" esclamò lei sussurrando.

"Niente dolce, è tutto vero!" ribatté lui. "Adesso ti va di farti un bagno?"

"Oddio, certo che sì!"

"L'acqua calda funziona, ma non so quanta ne uscirà prima che finisca."

"Non m'importa. Mi basta farmi un bagno per sentirmi in paradiso."

Dopo un'ora e mezza, Rocky stringeva Bristol tra le braccia e sentiva il profumo di vaniglia del bagnoschiuma che le aveva versato nella vasca. Aveva i capelli ancora bagnati, ma non importava. Tenerla stretta in quel modo era come la realizzazione di un sogno, per Rocky.

"È questo che mi ha tenuta in vita," gli sussurrò Bristol.

Le luci della stanza erano tutte accese e sarebbero rimaste accese finché Bristol non avesse superato ogni paura. A lui non interessava minimamente. Gli bastava averla con sé, poteva dormire ovunque. La strinse tra le braccia, sopraffatto dall'emozione, che non gli consentiva nemmeno di parlare.

"Te lo giuro, potevo sentire le tue braccia intorno a me, sentivo la tua voce dirmi di portare pazienza, perché mi avresti raggiunta. Mi dicevi di non farlo incazzare, di stare calma e di fare ciò che mi chiedeva."

"Sono troppo fiero di te," le rispose Rocky, appena riuscì a riprendere il controllo delle proprie emozioni.

"Sai che c'è?" chiese Bristol

"Che c'è?"

"Anch'io sono troppo fiera di me!"

Rocky sorrise. L'amava anche per quello. "Bene, perché te lo meriti."

"Non vedo l'ora di vivere il resto della mia vita con te."

"Idem," rispose Rocky.

La stanza rimase in silenzio. Rocky sentiva un senso di appagamento in tutto il corpo. Si stava realizzando il desiderio che lui aveva espresso quando lei era scomparsa: Bristol era tornata tra le sue braccia, al sicuro.

Alzò la testa e la vide addormentarsi alla svelta. In ospedale, non si era mai addormentata tanto bene. Era piacevole sapere che Bristol si sentiva al sicuro con lui tanto quanto lui si sentiva al sicuro con lei.

La baciò sulla tempia e si accomodò con lei, sospirando. Ecco cosa gli era sempre mancato nella vita.

Non cosa, *chi* gli era sempre mancato.

Si addormentò inalando il profumo di Bristol e sapendo che, per quanti ostacoli la vita avesse posto davanti a loro, dopo le ultime due settimane, loro sarebbero stati in grado di superarli tutti.

EPILOGO

Drew Koopman odiava quel periodo dell'anno. Non gli piaceva l'umidità. Non gli piaceva la stagione in cui si chiudevano tutte le scadenze fiscali, e lui rimaneva con troppo tempo libero senza nulla da fare.

Lui aveva un carattere irrequieto, aveva bisogno di tenersi impegnato. Invece se ne stava seduto a casa a ripensare ai casi che non era riuscito a risolvere, alla gente che lo odiava solo perché indossava un'uniforme, agli uomini e alle donne con cui aveva lavorato e che aveva visto dedicare al lavoro letteralmente tutto... oltre ai bastardi che indossavano l'uniforme e macchiavano l'onore di ogni singolo collega.

Quando era andato in pensione, Drew era prontissimo a rinunciare al distintivo per trasferirsi a Fallport.

Sapeva benissimo di avere un carattere particolare e di non avere molti amici in città, a parte gli uomini della squadra. Non si fidava facilmente, anche sulla scorta dell'esperienza in polizia. Stava cercando di ammorbidirsi, ma non gli riusciva facile come sperava.

Si accorse di essere di cattivo umore, aveva bisogno di uscire da quella casetta, così si avviò verso la porta. Una bella passeggiata gli avrebbe fatto bene. Era ancora abbastanza presto, c'era ancora fresco e non era troppo umido. Si incamminò verso la piazza, pensando agli amici... a quanto fossero felici, con le rispettive compagne.

Lilly, Elsie e Bristol erano donne eccezionali, Drew le apprezzava molto, era contento che gli amici avessero trovato le persone giuste con cui passare il resto delle loro vite. Non era sicuro di volere altrettanto per sé. A lui piaceva stare da solo. Non amava le lunghe conversazioni, non guardava tanto la TV; preferiva il silenzio, all'eccesso di stimoli esterni.

Forse perché era figlio unico e i genitori non gli avevano dedicato molto tempo, quando era piccolo. Era abituato a passare il tempo da solo. Oppure, forse, era perché aveva passato molto tempo di pattuglia da solo, in un'auto della polizia. Quale che fosse il motivo, Drew non aveva alcun problema a stare da solo e a quarantacinque anni pensava che la sua vita fosse ormai inquadrata.

Usciva in montagna per lavoro, con la squadra di ricerca e soccorso Eagle Point, ma andava spesso nel bosco anche da solo. Conosceva i sentieri vicino a Fallport come le proprie tasche, perché ci aveva passato moltissimo tempo. Si sentiva più libero, quando era immerso nella natura.

Arrivò a piedi in piazza in poco tempo, poi si diresse verso l'Occhio di Bue. Soppesò per un attimo l'alternativa, se andare allo Sweet Tooth per una delle paste gustose che preparava Finley, oppure se andare alla tavola calda per fare una colazione abbondante. Non aveva alcun programma per quel giorno, così decise di mettersi al tavolo, anche per passare più tempo.

Appena aprì la porta della tavola calda, Sandra lo accolse platealmente. Drew sorrise e rispose al saluto con un cenno del mento, andando a sedersi a un tavolino libero un po' defilato. Era ancora presto, ma c'era già un buon numero di clienti. Passarono un paio di minuti, poi Karen, una delle cameriere, lo raggiunse al tavolo.

"Buondì tesoro, caffè?"

"Sì, grazie," rispose Drew con impazienza.

Lei gliene riempì una tazza e gli chiese: "Hai bisogno di un minuto, o sai già cosa vuoi?"

"Posso avere due uova all'occhio di bue, patate lesse, salsiccia, una macedonia di frutta, quella che c'è va benissimo, più un bel bicchierone di succo d'arancia?"

"Ma certo! C'è un po' da aspettare, perché Carl non c'è, per via di un'emergenza in famiglia e c'è solo un cuoco; però intanto ti porto il succo e la frutta, tanto per cominciare."

"Va tutto bene, con Carl?" le chiese Drew.

"Sì, è che ha la moglie incinta ed è un periodo difficile, puoi immaginare. Credo che, stamattina, il figlio piccolo si sia svegliato con la febbre, allora Carl è rimasto a casa per occuparsi di tutti."

Drew annuì. Sapeva della moglie di Carl. Il dottor Snow le aveva prescritto riposo assoluto, dicendole che, se voleva partorire un bambino sano, doveva starsene a letto. Lo meravigliava sempre, che tutti sapessero sempre tutto, nelle cittadine di campagna come Fallport. "Non ho nessun problema ad aspettare. Oggi non ho niente da fare."

"Grazie. Torno tra poco col succo e con la frutta," gli disse Karen.

D'estate, a Fallport c'era sempre più traffico. I turisti arrivavano in zona per percorrere i sentieri sui monti Appalachi; da quando si era sparsa la voce che il programma *Indagini paranormali*, il cui primo episodio era già andato in onda, era passato anche da Fallport, sempre più curiosi arrivavano mossi dalla speranza di intravedere il mitico Bigfoot. L'episodio che ne parlava direttamente, quello effettivamente filmato a Fallport, doveva ancora andare in onda; poi l'afflusso di curiosi sarebbe cresciuto in modo esponenziale.

Drew stava sorseggiando il caffè e mangiando la frutta che Karen gli aveva portato, quando la campanella sull'uscio tintinnò e qualcuno entrò.

Drew alzò lo sguardo; quando vide chi era, gli si formò nel

petto un'inspiegabile sensazione di disagio: Caryn Buckner, la nipote di Art che si era fermata a Fallport per aiutare il nonno a rimettersi in sesto dopo l'accoltellamento. Drew non capiva il perché, ma Caryn lo metteva a disagio. Era una donna gentile... a parte quando si erano conosciuti in ospedale, ma quello era un momento di stress... tutti gli altri, a Fallport, sembravano volerle sinceramente bene.

Aveva qualche anno in meno di lui, stessa altezza, circa sull'uno e settantotto, capelli biondi corti, occhi azzurri. Non era sovrappeso, non esattamente, ma era senz'altro ben messa: muscolosa, forte. Drew l'aveva vista sollevare di peso il nonno senza alcun aiuto, quando aveva fatto un salto nella camera di Art, in ospedale, prima di andare a trovare Rocky e Bristol.

Non gli dispiaceva, tutt'altro. Drew era sempre stato attratto dalle donne corpulente come Caryn. Niente in contrario alle donne come Bristol, sul metro e mezzo, solo che al suo fianco lui si sentiva come Hulk.

Purtroppo, la conoscenza con Caryn era partita col piede sbagliato. Lui sapeva solo che lo metteva a disagio, una sensazione evidentemente reciproca.

Rimase a guardare, mentre tutti la salutavano come se fosse vissuta a Fallport da sempre. Da quel che sapeva Drew, Caryn aveva passato in paese qualche estate, eppure sembrava sufficiente per essere trattata come una del posto.

Sandra uscì dalla cucina per abbracciarla. Le sentì parlare, Caryn era passata a prendere il pasto per Art, che brontolava perché era confinato nel suo letto per altre due settimane. Gli amici Silas e Otto passavano il pomeriggio con lui, lo aggiornavano sugli ultimi pettegolezzi, le novità che altrimenti lui si sarebbe perso, mancando dal solito posto, davanti all'ufficio postale; nonostante la vicinanza degli amici, Art ormai non ne poteva più.

A Drew non dava fastidio sapere di aver passato quasi cinque anni cercando di farsi accettare dagli abitanti del posto, che si chiudevano sempre a riccio, quando quella donna tornava dopo un'assenza di anni e tutti la trattavano come una figlia ritrovata, o qualcosa del genere. *Però* si chiedeva come mai fosse stata via per tanto tempo, dato il modo in cui la trattavano. Se lui avesse avuto un luogo in cui tutti lo accoglievano con affetto e senza riserve, lui di sicuro sarebbe andato a viverci, finito il servizio in polizia.

Un frastuono alla sua sinistra catturò l'attenzione di Drew, che si voltò verso la famiglia seduta a un tavolo poco più in là. Vide un uomo in piedi vicino a una sedia, sembrava nel panico.

Drew si mosse senza nemmeno accorgersene. L'uomo si teneva le mani intorno alla gola, un segnale lampante di ciò che stava succedendo: si stava strozzando... mentre tutti rimanevano seduti a guardare, nel panico.

Quando Drew raggiunse quell'uomo, Caryn lo seguiva a ruota.

"Ci penso io," le disse.

Ma lei lo fece scostare. "No, ci penso *io*," ribatté, mettendo le mani intorno a quell'uomo e tirandolo via dal tavolo a cui si era appoggiato. Lo fece girare senza fatica e gli mise le braccia intorno alla parte bassa del costato.

Drew osservò con una certa preoccupazione: lui era addestrato in primo soccorso, faceva parte del suo dovere di poliziotto dello stato della Virginia. Da quando si era trasferito a Fallport, l'addestramento gli era tornato utile più volte nelle missioni di soccorso. Però era più che ovvio che Caryn avesse la situazione sotto controllo.

Dopo due spinte potenti, la manovra di Heimlich, un boccone volò fuori dalla bocca dell'uomo, atterrando sul pavimento. Caryn gli tolse le braccia di dosso, tenendogli però una mano sotto al braccio per aiutarlo a stare in equilibrio.

Drew spostò una sedia dietro a quell'uomo, e Caryn lo invitò a sedersi, dicendogli sottovoce che non era successo nulla, per rassicurarlo.

A Drew poteva anche dar fastidio quella donna, e il modo in cui tutti i presenti si congratulavano con lei, ringraziandola per aver agito con tanta prontezza... era quasi divertente, nessuno sembrava aver notato che era stato lui, in realtà, a raggiungere per primo quell'uomo... ma Drew non aveva mai avuto bisogno di sentirsi al centro dell'attenzione, ed era felicissimo che tutti si rivolgessero a Caryn, mentre lui tornava al suo tavolo.

Tuttavia, mentre la osservava interagire con gli altri clienti, si accorse che nemmeno *lei* era a suo agio, al centro dell'attenzione.

I loro sguardi si incontrarono e per un secondo Drew le vide negli occhi una traccia di disagio, una traccia che lo toccò nel profondo. Pensò che, forse, quell'aspetto fosse una parte di lei che quella donna preferiva tenere dietro una spessa corazza.

Poi, in un batter d'occhio, un velo discese su quegli occhi e Caryn tornò la donna spavalda che lui si era abituato a vedere. Dopo aver controllato che quell'uomo stesse bene, la vide farsi da parte per dare a quella famiglia un po' di privacy, poi Caryn si incamminò verso Drew.

"Volevi proprio spingermi da parte, vero?" gli chiese a bassa voce.

Lui si sorprese e fece una risata. "Eh, della serie..."

"Meno male che non hai insistito. Ti avrei sbattuto per terra," gli disse con gran sicurezza.

"Pensi che ce l'avresti fatta?"

Lei lo squadrò da capo a piedi, poi fece spallucce e rispose: "Sono *certa* che ce l'avrei fatta."

Un'affermazione piuttosto presuntuosa, ma a Drew piaceva quella sicurezza. In risposta, si limitò a inarcare un sopracciglio.

"Tu hai fatto dei corsi?" gli chiese, indicando l'uomo all'altro tavolo.

"Di primo soccorso? Sì. Dato che sei nei vigili del fuoco, immagino che anche tu abbia un minimo di preparazione?"

"Sono soccorritrice," chiarì lei.

Drew fu colpito. Non che fosse importante. Caryn se ne sarebbe andata, per tornare a New York City. Probabilmente odiava trattenersi in quella cittadina mezza addormentata. Ovviamente Fallport non le era mancata molto, dato che non la visitava da un po'. La scelta di prendersi cura del nonno era meritevole, ma probabilmente Caryn se ne sarebbe andata appena Art si fosse rimesso in piedi.

"Quando parti?" le chiese senza pensarci, ma il modo sgarbato in cui glielo chiese lo imbarazzò.

"Perché? Hai fretta di vedermi partire, così puoi interpretare il ruolo dell'eroe senza interferenze?" gli chiese lei di rimando.

Dopo aver corrugato la fronte, Drew aprì la bocca per rispondere, un po' per scusarsi per quella domanda sgarbata, un po' per difendersi da quell'accusa, ma Sandra li interruppe.

"Caryn! Sei stata fantastica. Meno male che c'eri tu!" La proprietaria della tavola calda guardò Drew e si affrettò a proseguire: "Non che tu non fossi in grado di intervenire." Fece spallucce, come per scusarsi, poi tornò a parlare con Caryn. "Il tuo ordine è pronto, offre la casa."

"Oh, no, non è il caso," ribatté Caryn, "non accetterò un pasto gratis da te."

"Invece sì, devi accettare!" ribatté Sandra.

Le due tornarono verso l'ingresso del locale, dove sul bancone era pronta una borsina per Caryn.

Mentre si allontanava, Caryn si voltò verso Drew. "Scusa, non avrei dovuto dirti quella cosa, mi dispiace."

Drew annuì una volta per accettare quelle scuse. Non voleva certo avere quella donna come nemica, anzi, il coraggio di tenergli testa, rispondendogli per le rime, non gli dispiaceva affatto. Si accorse con stupore che era passato tantissimo tempo, da quando qualcuno gli aveva tenuto testa come aveva fatto Caryn, amici a parte.

C'era molto da scoprire, su Caryn Buckner, e finalmente, dopo chissà quanto tempo, Drew si accorse che la sua curiosità era stata stimolata.

La vide rivolgersi a Sandra, mentre camminavano insieme verso il bancone. Drew tornò ad accomodarsi, ma non tolse gli occhi di dosso a Caryn: ormai quella donna lo intrigava.

Si accorse che non gli aveva risposto: non aveva idea di quanto tempo avrebbe ancora passato a Fallport. Probabilmente se ne sarebbe andata presto, dato che Art si stava riprendendo.

Nel qual caso, sarebbe stato ridicolo volerla conoscere meglio, sapere cosa le piacesse... eppure, quella voglia gli era già venuta.

Erano passati anni, dall'ultima volta che Drew aveva provato qualcosa per una donna. Non era sicuro fosse una novità positiva: grazie al cielo, presto Caryn se ne sarebbe andata e lui avrebbe potuto dimenticare il modo in cui lo aveva guardato: un misto di censura, curiosità, vulnerabilità.

* * *

Cerca il prossimo libro della serie Ricerca e soccorso Eagle Point, *In cerca di Caryn*!

CAPITOLO NOVE

1. Lily significa "giglio", in inglese. Da qui la somiglianza con Lilly. [NdT]

Also by Susan Stoker

Ricerca e soccorso Eagle Point
In cerca di Lilly
In cerca di Elsie
In cerca di Bristol
In cerca di Caryn (4 Aprile)
In cerca di Finley
In cerca di Heather
In cerca di Khloe

Il Rifugio
Meritare Alaska
Meritare Henley (3 Gennaio)
Meritare Reese (30 Maggio)
Meritare Cora
Meritare Lara
Meritare Maisy
Meritare Ryleigh

Delta Duo
La forza di Gillian (1 Dicembre)
La forza di Kinley (1 Febbraio)
La forza di Aspen (1 Maggio)
La forza di Jayme (15 Giugno)
La forza di Riley (15 Agosto)
La forza di Devyn (15 Settembre)
La forza di Ember (1 Novembre)
La forza di Sierra

Forze Speciali alle Hawaii
Trovare Elodie
Trovare Lexie
Trovare Kenna

Trovare Monica
Trovare Carly
Trovare Ashlyn (7 Febbraio)
Trovare Jodelle (22 Luglio)

Armi & Amori: verso il futuro

Soccorrere Caite
Soccorrere Brenae
Soccorrere Sidney
Soccorrere Piper
Soccorrere Zoey
Soccorrere Avery
Soccorrere Kalee
Soccorrere Jane

Delta Force Heroes

Salvare Rayne
Salvare Emily
Salvare Harley
Il Matrimonio di Emily
Salvare Kassie
Salvare Bryn
Salvare Casey
Salvare Sadie
Salvare Wendy
Salvare Mary
Salvare Macie
Salvare Annie

Armi e Amori

Proteggere Caroline
Proteggere Alabama
Proteggere Fiona
Il Matrimonio di Caroline
Proteggere Summer

Proteggere Cheyenne
Proteggere Jessyka
Proteggere Julie
Proteggere Melody
Proteggere il Futuro
Proteggere Kiera
Proteggere i figli di Alabama
Proteggere Dakota

Mercenari di Montagna

Difendere Allye
Difendere Chloe
Difendere Morgan
Difendere Harlow
Difendere Everly
Difendere Zara
Difendere Raven

Ace Security

Il riscatto di Grace
Il riscatto di Alexis
Il riscatto di Bailey
Il riscatto di Felicity
Il riscatto di Sarah

Una raccolta di storie brevi

Un momento nel tempo

BIOGRAFIA

L'autrice best seller del *New York Times*, *USA Today,* e *Wall Street Journal*, Susan Stoker ha un cuore grande come lo stato del Texas, dove vive, ma questa tipica ragazza americana ha trascorso gli ultimi quattordici anni vivendo nel Missouri, in California, in Colorado, e nell'Indiana. È sposata con un ex militare dell'esercito, che ora la segue in tutto il Paese.

Ha debuttato con la sua prima serie nel 2014, seguita dalla serie SEAL of Protection, che ha consolidato il suo amore per la scrittura, e la creazione di storie in cui i lettori possono perdersi.

Se ti è piaciuto questo libro, o qualsiasi libro, per favore considera di lasciare una recensione. Gli autori lo apprezzano più di quanto tu possa immaginare.

www.stokeraces.com
susan@stokeraces.com